héritière

Gay Gaudreau

Contents

Chapitre un :

NDA : Voici le premier chapitre ! Enjoy !

- Myriam ? M'interpella Eden derrière la porte de ma chambre.

- Non Eden, je n'écouterai pas ton histoire à propos du dernier prank que tu as fait avec Johan. On est déjà suffisamment en retard.

Il souffla, exaspéré, abandonnant donc le récit de sa fameuse histoire. Je le sentis s'appuyer contre la porte de ma chambre, probablement ennuyé.

C'est vraiment une drama queen. J'aurais fait un effort si ce n'était pas le premier jour et qu'on est déjà en retard.

Bon, j'avoue, ça, c'est ma faute.

Je terminais de me coiffer avant de sortir, habillée de notre tout nouvel uniforme.

Uniforme assez simple, mais très élégant et croyez-moi, j'ai beau ne pas être capable de me réveiller à l'heure, mais la mode, ça, ça me connaît !

Pour vous faire une description expéditive, puisque je suis toujours en retard, il s'agit d'un beau pull bleu nuit au col rond, avec de belles broderies blanches et une chemise blanche que l'on porte en dessous du pull, on peut le porter avec une jupe ou un pantalon. Aujourd'hui, j'ai opté pour la jupe avec les collants qui arrivent à peu près au niveau des genoux.

L'autre version est un pull noir avec de belles broderies dorées, toujours accompagné d'une chemise. Eden, vêtu donc de manière très similaire, m'attendait devant la porte.

Déjà qu'on est jumeaux, si en plus, on s'habille pareil, on dirait vraiment des photocopies.Même cheveux blonds, même yeux océan. À mon plus grand malheur, il n'y a que la taille qui diffère. La génétique est si injuste. Je fais 1m70, il fait 1m85 ! J'aurais tellement aimé être un tout petit peu plus grande.

C'est notre premier jour à Empire. J'avoue que je n'angoisse pas réellement.

Principalement toutes les personnes du lycée étaient au collège Empire. Rien de très effrayant dans une continuité si logique et où l'on connaît déjà tout le monde.

- Cette année, les héritiers vont nous rejoindre, tu penses qu'on va en avoir un dans notre classe ? Me demanda Eden

- Probablement pas. Ils suivront sûrement des cours avec un tuteur à part, à la limite, les élèves de la Night School les verront peut-être.

Notre monde est divisé en cinq royaumes. Heaven, Park, Kaïn, Emerald, Hillhells. Ce sont les noms des familles qui les gouvernent. Enfin, pour presque tous.

En effet, la famille Heaven est éteinte depuis quatre ans, mais pour le reste, elles sont toujours aussi actives. Chacune possède un héritier qui a suivi une scolarité dans les enceintes du palais royal jusqu'à la fin du collège. Néanmoins, pour le lycée, ils sont censés rejoindre l'établissement Empire.

Pourquoi Empire ? Parce que c'est l'établissement de l'excellence même, les enfants des familles les plus nobles s'y rendent ainsi que les enfants les plus talentueux de tous les royaumes y sont recrutés.

L'admission est loin d'être facile si on ne vient pas d'une lignée noble. Croyez-moi, j'ai sué pour pouvoir intégrer !

Enfin bref, les héritiers sont encore inconnus des différents peuples, on a juste entendu quelques rumeurs qui ont réussi à s'échapper des enceintes des différents palais. Je vous avoue que ce n'est pas aisé de savoir ce qui est vrai et ce qui ne l'est pas, à tel point, que j'ai arrêté de prêter attention à ce genre de rumeurs.

- Oui, ça me paraît logique, répondit alors Eden.

Après avoir marché quelques minutes, on s'arrêta devant une porte. Celle de notre salle de classe. On prit une profonde inspiration, croisant les doigts, espérant que notre prof ne soit pas déjà arrivé. Se prendre une heure de colle le jour de la rentrée, ce serait vraiment nul.

Eden attrapa le battant de la porte, avant de le tourner pour qu'on puisse pénétrer dans la salle de classe. Une humeur conviviale se dégageait de cette dernière, les élèves discutant, se racontent leurs vacances. Je suppose que le prof n'est pas encore arrivé, même si ça ne saurait tarder.

Je pris rapidement donc place à côté de Jennie qui me souriait, radieuse, pendant qu'Eden, lui, s'asseyait à côté de Joan.

Je déposais mon sac au pied de mon bureau, avant de me tourner vers Jennie, toute excitée. Je n'ai pas pu la voir de tout l'été puisqu'elle était partie en vacances dans un autre royaume. Vu son air rayonnant, elle doit être aussi enjouée que moi qu'on se retrouve enfin !

- Les cheveux lisses, ça te va tellement bien, complimentais-je Jennie.

Elle a de magnifiques cheveux rouges flamboyants, ils sont d'un naturel très bouclé ce qui lui va à ravir. Ses yeux de jade ne laissent transparaître qu'une profonde honnêteté, honnêteté qui lui est si propre, si caractéristique. Vêtue du même uniforme que moi, elle y a ajouté sa touche personnelle avec des bijoux reflétant son statut social élevé.

Elle est vraiment jolie en toutes circonstances. La porte s'ouvrit à nouveau, faisant entrer Galatea Ophelis.

Juste en dessous des héritiers, en terme d'échelle sociale, on a les enfants des commandants suprêmes des armées.

Galatea est la fille d'Edgard Ophelis, le chef des armées Heaven. À l'heure actuelle, c'est lui qui dirige le royaume Heaven, puisque la famille Heaven n'est plus de ce monde.

Malgré son statut social colossal, Galatea souffre de nombreuses rumeurs, enfin plutôt souffrait.

Elle était toujours très seule et presque malmenée par les autres élèves à cause du fait que les Heaven, aujourd'hui, ne sont plus qu'un lointain souvenir.

Tout ceci était évidemment complètement débile, je l'ai volontiers accueillie dans notre petit groupe d'amis. Depuis, tout va mieux.

Je lui fis donc signe de venir s'asseoir avec nous, elle nous rejoignit avec un grand sourire, complimentant également Jennie sur son nouveau choix capillaire pour la journée.

Si je devais décrire Galatea à l'aide d'un seul mot, ce serait loyauté. Galatea est un peu renfermée, ce qui est compréhensible, si l'on prend en compte ce qu'elle a vécu. Néanmoins, lorsque Galatea aime quelqu'un, elle est prête à tout.

- Vous pensez qu'on aura un prince ou une princesse ? Me demanda Jennie avec un petit sourire malicieux.

Je lui sortis exactement la même réponse qu'à Eden. Elle souffla, exaspérée, en levant les yeux au ciel.

- J'aimerais tellement qu'on ait un beau prince à observer de temps en temps. Je suis sûre que je serai plus assidue en cours !

Je ne pus m'empêcher de soupirer, amusée.

- Galatea, tu dois savoir toi ! Dis-nous, ils vont nous rejoindre ?

Cela fait des années que Jennie harcèle Galatea pour savoir si les princes sont beaux ou non, s'ils ont une copine ou non, etc. Que des questions qui ne sont pas du tout intéressées comme vous pouvez vous en douter.

Galatea a toujours répondu de manière très évasive, ne comprenant pas que Jennie ne la lâchera jamais à ce sujet.

- Pour la énième fois, commença Galatea, je ne suis pas autorisée à communiquer ce genre d'informations !

Elle était en train d'attacher ses longs cheveux cendrés en queue de cheval tout en répondant à Jennie. Galatea a des traits de visage très fins, rendant son apparence drôlement mignonne. On en oublierait presque que c'est une personne redoutable, elle qui manie les armes avec une élégance ensorcelante et une puissance époustouflante.

-Roooh, t'es nulle ! Soupira Jennie

Elles commencèrent à se chamailler comme à leur habitude. J'écoutais distraitement d'une oreille leur dispute, tout en buvant mon lait à fraise et en feuilletant en même temps un magazine. La nouvelle collection de ma maison de couture préférée vient de sortir. Je suis déjà fan.

C'est la porte qui s'ouvrit subitement qui m'arracha à la contemplation de ces magnifiques robes.

Cette fois-ci, il s'agissait du prof accompagné d'un garçon de notre âge. Ils marchèrent jusqu'à l'estrade, avant de se poster face à nous. La lumière de la pièce nous permit alors de distinguer leurs traits de visage. Et croyez-moi que pour l'un d'entre eux, ça valait vraiment le coup.

Je parle évidemment du garçon de notre âge, pas de notre prof hein ! Un lourd silence s'abattit sur la pièce, ce qui est tout à fait compréhensible. Il est d'une beauté irréelle.

Ses magnifiques cheveux noirs, avec de légers reflets bleutés, retombaient élégamment, contrastant avec ses yeux qui sont colorés à l'aide d'un doux gris argenté. Ses traits de son visage ont beau être masculins, ils s'accordent de manière délicate. Tout en lui paraît juste parfait. De sa peau subliment, hâlée à ses belles épaules larges. En plus, il est grand. Il doit faire la même taille qu'Eden et il doit être aussi athlétique que lui à mon humble avis.

Aucun doute, c'est un prince.

Chapitre deux :

NDA : Bonne lecture !

Contrairement à nous, une couronne argentée était brodée sur son pull. Couronne attestant de son rang social. Les mains dans les poches et le regard impénétrable, ses yeux ne semblaient pas vraiment nous voir. Il a juste l'air absent. C'est un peu comme s'il était proche de nous physiquement parlant, mais complètement ailleurs émotionnellement parlant. Un peu étrange comme sensation.

Néanmoins, je l'avoue un peu honteusement, je crois que personne n'est en train de se préoccuper de son état émotionnel. On est tous un peu trop captivés par sa beauté époustouflante. Je sentis Jennie, à mes côtés, presque défaillir et franchement, qui pourrait lui en vouloir ? Pas moi, en tout cas.

Je savais que les membres des familles royales étaient dotés d'une beauté folle, c'est un cadeau des Dieux après tout. Les rois et reines sont tous beaux, mais je savais que les héritiers, ça allait être autre chose. Il semblerait que la vie ait décidé de me donner raison assez rapidement.

Notre professeur se racla la gorge, histoire d'attirer l'attention sur lui, plutôt que sur notre nouveau camarade.

- Bonjour à tous, je vous présente Aaron Hillhells, l'héritier de la famille royale Hillhells. Je vous prie de l'accueillir comme il se doit.

Les Hillhells, ou encore ceux que l'on appelle les souverains des enfers. Titre plutôt impressionnant, je vous l'accorde. C'est un titre qui force plutôt facilement l'admiration, en plus d'une vive curiosité.

Une fois qu'il fut présenté, tous les élèves se levèrent dans un même mouvement pour s'incliner comme le veulent les conventions sociales. Qu'importe notre royaume d'origine, chaque membre des familles royales se doit d'être respecté.

Aaron ne prêta pas la moindre attention à ce déballage de conventions sociales, il se contenta de nous adresser un hochement de tête avant de traverser la salle de classe, sous les regards des autres élèves. Il finit par s'asseoir à côté de la fenêtre, sans dire un mot. Il ne m'a pas l'air du genre très bavard. Bien au contraire. Bon après, c'est vrai que ce serait un peu difficile pour lui d'être plus " sociable" ou avenant quand une bonne trentaine de paires de yeux sont posées sur lui.

Le professeur racla à nouveau la gorge pour qu'on puisse se concentrer afin d'entamer notre tout premier cours. Évidemment, le concours d'entrée était dure, mais le rythme académique de la Day School n'a rien à lui jalouser.

Pour la Night school, c'est la magie qui est au cœur des préoccupations. Je n'ai jamais intégré la Night school car comme beaucoup d'élèves, je n'ai aucun potentiel magique. Contrairement à Eden, qui lui est plutôt doué de ce que j'ai entendu. Comme quoi la magie, ce n'est pas forcément de famille. Il n'y a pas de professeurs à proprement parler dans la Night School, ce sont les élèves les plus doués qui enseignent aux autres. Eden y enseigne régulièrement, ainsi que Galatea.

Les cours de la matinée filèrent à la vitesse de l'éclair, en même temps, difficile de voir le temps passer quand on est tous paniqués à l'idée de manquer une information. Les profs ne nous facilitent vraiment pas la prise de notes, etc. Je sens que cette année va être longue...

Une fois la matinée écoulée, Aaron fut le premier à se lever et à sortir de la salle, laissant en plan ses livres sur son bureau. De ma place, je peux voir qu'il n'a pris aucune note, je suppose que l'intelligence des royautés n'est pas un mythe non plus. Ça doit être du gâteau pour lui.

- J'ai trop hâte de voir les autres héritiers, même si Aaron est déjà mon préféré, affirma Cassandra une fois dans les couloirs.

Avec Galatea, on leva les yeux au ciel, amusées. Je suis prête à mettre ma main au feu que lorsqu'elle verra les autres héritiers, elle risque de flancher un peu. On discuta joyeusement tout en descendant les escaliers de marbre pour se rendre dans la cafétéria. De nombreux élèves avaient le même objectif que nous, ce qui rendait les couloirs drôlement animés. Néanmoins, pour l'instant, pas d'autre héritier !

On finit par arriver dans la cafétéria sans en avoir croisé un autre. J'avoue que qualifier cet endroit de " cafétéria", c'est vraiment être malhonnête. Cette cafétéria, c'est plutôt un restaurant qui serait digne de recevoir n'importe quel noble sans la moindre gêne.

On prit place à une table qui se trouvait juste à côté d'une fontaine. Oui, vous m'avez bien entendue. Une fontaine.

Pour vous faire une rapide description du lieu :

Les tables sont toutes recouvertes de nappes en soie, accompagnées de décorations en or, des coupes en argents, des couverts étincelants etc. Les murs en marbre noir sont recouverts de tapisseries pourpres, amenant un joli contraste. Le plafond est soutenu par des piliers en marbre blanc. On a beaucoup de tableaux accrochés, ajoutant une petite touche artistique au tout.

On est très habitués à ce genre de décor un peu surréaliste pour une grande partie de la population. Après tout, c'était déjà comme ça au collège.

En plus de ce lieu plus que magnifique, la nourriture y est succulente ! Tout est préparé par des chefs étoilés, c'est vraiment toujours un délice de prendre tous ses repas dans cette " cafétéria".

Alors que les discussions allaient de bon train un peu partout dans la grande salle, ce fut l'arrivée d'Aaron, qui, une nouvelle fois, fit taire tous les élèves. Et encore une fois, ce dernier n'y prêta pas attention, se dirigeant vers la table réservée aux héritiers. Cette dernière était bien à l'écart des autres et complètement différente des nôtres.

Elle était à l'intérieur d'une espèce de chapiteau en soie noire, qui ne laissait pas transparaître ce qui se passait en son sein.

Quelques minutes plus tard, il fut rejoint par une jeune fille aux longs cheveux blonds ondulés, avec une paire d'yeux émeraude absolument splendides. Cette dernière souleva le tissu léger de l'entrée, avant de faire signe à une autre fille de passer devant elle. Cette seconde fille était tout aussi sublime que la seconde. De profonds yeux noirs et de longs cheveux raides de la même couleur qui tombaient élégamment jusqu'au niveau de ses reins. Elle adressa un rapide sourire de remerciement avant de se baisser légèrement et de pénétrer dans le chapiteau, suivie de celle aux yeux de jade.

- Il en manque un non ? Demanda Jennie.

Une fois les héritiers à l'intérieur du chapiteau, les élèves s'étaient enfin autorisés à reprendre leurs discussions qui sont globalement tous tournés vers trois individus dont je viens de m'atteler à la description.

- Oui, il en manque un. Il ne sera présent qu'à partir de demain. La blonde, c'est Nayra Kaïn, et la fille aux yeux noirs, c'est Yuki Park.

- Wow, on dirait des célébrités ! Ils sont tous si beaux, constata Jennie.

Quand je vous dis qu'on le savait, qu'on avait été prévenus, mais qu'on est tout de même tous émerveillés, ça donne une certaine idée d'à quel point la dernière affirmation de Jennie est vraie.

Parce que pour le coup, on ne peut pas lui donner tort, ils ont vraiment l'air d'être sortis tout droit d'un magazine.

Je suis presque curieuse de voir le dernier.

En tout cas, ils ont l'air de plutôt bien s'entendre de ce que j'ai pu voir. Suffisamment pour accepter de déjeuner ensemble, parce qu'ils auraient très bien pu se faire livrer dans leurs appartements.

Une fois le repas servi, on commença discuter d'un peu tout et n'importe quoi, parlant enfin d'autre chose que des héritiers.

- Oui, je dois me rendre à la Night school ce soir, soupira Galatea. C'est tellement fatiguant d'entraîner les nouvelles recrues chaque soir.

- Je n'imagine même pas, je suis bien contente de n'avoir aucun potentiel magique.

- Je parie que tu en as un, Myriam, répliqua Jennie. Tu ne faisais juste aucun effort au collège !

- Tu plaisantes ? Rappelle-toi du premier cours de magie élémentaire, je n'étais même pas capable de créer un flocon. Ce n'est juste pas pour moi tout ça.

On ne put s'empêcher de glousser, en repensant à ce fameux cours. J'ai bien cru que le prof allait devenir barge en voyant mon incompétence. Il a vraiment tenté de s'acharner pour que je puisse au moins réussi des sorts basiques, mais même ça, c'était hors de ma portée. Il avait un mal fou à comprendre comment Eden et moi, on pouvait partager le même sang alors qu'on était deux parfaits opposés.

Au bout de quelques mois, il a fini par abandonner, et heureusement, j'ai envie de dire. Je crois qu'il n'aurait pas tenu un jour de plus. Il aurait fini par s'arracher les cheveux.

Une fois le repas terminé, on se leva de table avant de sortir de la pièce, le ventre bien rempli, ce qui met automatiquement de bonne humeur.

Sur notre chemin, on croisa les héritiers qui étaient visiblement en proie à une vive discussion au détour d'un couloir peu fréquenté à cette heure.

C'est vrai qu'ils ont terminé leur repas assez rapidement. Ils sont sortis au bout de vingt minutes, à la suite l'un de l'autre, d'un pas que j'ai trouvé plutôt détendu pour des gens qui ont les regards, d'une salle entière, braqués sur eux.

- Ace est sûrement en train de se la couler douce au soleil, pesta Nayra. Ce type n'a aucun respect pour les protocoles.

- Calme-toi Nayra, il nous rejoindra demain, répondit simplement Aaron qui était en train de lire un livre de poésie, appuyé contre le mur pendant que Nayra était en train de fulminer juste devant lui.

Bon, c'est peut-être ridicule de ma part de commenter quelque chose d'aussi futile, mais il a vraiment une belle voix. Une voix qui bascule dans une douce tonalité grave. Tonalité gravement séduisante, si vous voulez mon avis. (Je vous le donne même si ça ne vous intéresse pas). Jennie, à mes côtés, doit se faire exactement la même réflexion, vu son air drôlement intéressé.

Autre chose d'intéressant à noter à propos d'Aaron Hillhells, c'est son livre de poésie. Alors, en tant que grande lectrice, c'est sûrement quelque chose dont j'aurais dû parler avant de me concentrer et d'analyser sa voix. Que voulez-vous, je suis faible et je suis sûre que vous me comprenez, hein ?

- Ouais, si cet incapable décide de nous honorer de sa présence. En attendant, je vais devoir me taper ses tâches pour la Night School, s'agaça Nayra, les lèvres pincées.

Elle se tenait l'arête du nez, les sourcils froncés. J'ignore qui a pu l'agacer de cette manière, mais je suis bien contente de ne pas être à sa place.

- C'est bon Nayra, il fera les tiennes en échange pendant un moment, soupira Yuki.

Vu comment Nayra fulmine, je doute que ce soit suffisant pour la calmer. Elle a l'air au bord de la crise de nerfs, excédée par le dénommé Ace, je crois. Elle finit par souffler, les mains sur la hanche, se rendant enfin compte de notre présence.

En voyant Galatea, tous les héritiers lui firent un bref signe de la tête pour la saluer. Après tout, ils la connaissent. Peut-être même qu'ils sont amis ?

- Tu pourrais traîner avec des gens de ton rang tout de même, lança Nayra. Ce n'est pas parce que la famille Heaven ne vaut plus rien que tu dois t'abaisser à des non-nobles.

Ok... Je doute qu'ils soient amis, en fait. Ou du moins, pas Galatea et Nayra. Elle y va fort quand même. Pourquoi est-ce-qu'elle se permet des commentaires de la sorte ? Ils ne lui ont pas enseigné le respect dans les enceintes de son palais ? En plus, son commentaire est directement dirigé vers moi, puisque je suis la seule du groupe à ne pas être noble. Jennie l'est, et Galatea pareil.

- Merci de vous soucier de mes fréquentations, votre altesse, mais je vous assure que tout va bien.

Je sais très bien que Galatea grince intérieurement des dents. Elle est loin d'être du genre à apprécier ce genre de discours. Au contraire, elle a été littéralement harcelée par les nobles de cet établissement, elle n'est pas du genre à se soucier du rang social d'une personne. Sinon, elle ne traînerait pas avec moi, harcelée ou pas.

- Si tu le dis, soupira Nayra en haussant les épaules.

Elle est un peu gonflée quand même. Son regard se posa sur Jennie, avant de se poser sur moi. J'imagine qu'elle ne va sûrement pas lâcher l'affaire. Elle avait l'air drôlement sympa pourtant. En fait, j'ai même la drôle d'impression que son attitude cache autre chose. Elle a l'air de chercher quelque chose, je me demande juste quoi.

En tout cas, sa petite recherche risque d'être chiante pour moi. Je ne peux pas m'empêcher de soupirer intérieurement.

- Quelle lignée ? Lança-t-elle en s'approchant de nous.

La lignée de Jennie est réputée, mais ce n'est pas mon cas. Mes parents ne sont que d'humbles fermiers alors évidemment, même si je lui donne mon nom de famille, son regard ne risque pas de s'illuminer. À moins que ce ne soit une grande fan de la campagne. On ne sait jamais...

- Je n'ai pas de blason, votre altesse, répondis-je calmement.

Je n'ai pas honte de qui je suis. J'ai énormément de respect pour mes parents et pour tout ce qu'ils font pour mon frère et moi-même. Même si ce sont mes parents adoptifs, je suis vraiment très fière d'être leur fille et je porterai toujours leur nom avec fierté, même s'il est méconnu de tous.

- Pas de blason ? Et qu'est-ce-que tu fais ici, alors ?

On peut lui reprocher beaucoup de choses, mais sûrement pas un manque de franchise. Rarement vu quelqu'un d'aussi direct. Devant ses yeux vert émeraude étincelants, ce serait sûrement un peu difficile pour n'importe qui de ne pas être intimidé.

Galatea s'apprêtait à répondre à ma place, probablement pour me défendre, mais Nayra lui fit signe de se taire, d'un signe de la main, sans me lâcher du regard. Bon, autant lui répondre puisque ma réponse semble tant lui tenir à cœur.

- Je me débrouille niveau scolaire, c'est ce qui m'a permis d'intégrer, votre altesse, répondis-je d'une voix calme.

Son regard, qui, au début était tolérable, se transforma très vite en regard méprisant. Ma réponse n'est visiblement pas ce qu'elle attendait. Je vous vois venir, on pourrait penser que c'est une fille méchante, mais non. Je suis persuadée du contraire. À mon avis, quelque chose la chiffonne à mon sujet et elle souhaite simplement découvrir ce dont il s'agit.

Malheureusement, je ne suis qu'une fille très banale, je ne vois vraiment pas ce qui pourrait l'embêter à mon sujet.

- Nayra, ça suffit, lança Aaron, en fermant son livre. Elle ne t'a strictement rien fait.

- Quelque chose cloche avec cette fille, affirma-t-elle.

Bingo. Je vous l'avais dit. Ce n'est pas pour me vanter, mais je suis plutôt douée quand il s'agit de lire le comportement des gens. Bon, après, Nayra n'est pas très subtile. Si je devais lancer les paris, je serais prête à mettre ma main au feu que c'est une personne extrêmement intelligente académiquement parlant, mais que son intelligence émotionnelle n'est pas au top de sa forme.

Malgré les remontrances d'un autre héritier, elle s'avança vers moi, avant de soulever délicatement mon visage par le menton. Honnêtement, si ç'avait été une autre personne, elle se serait prise une claque, mais comme il s'agit d'une princesse, je ne peux strictement rien faire. À moins que je ne veuille signer mon arrêt de mort.

- Ton prénom et ton nom ?

- Myriam Kyora.

Elle plongea son regard dans le sien. Difficile de ne pas remarquer à quel point, ses yeux sont tout bonnement magnifiques. Elle est vraiment très jolie, dire quoi que ce soit d'autre, ce serait faire preuve de mauvaise foi.

Jennie et Galatea, qui étaient toujours à mes côtés, étaient furieuses. Elles serraient les poings, au point que leurs phalanges blanchirent. Néanmoins, elle aussi, elles ne peuvent rien faire bien qu'elles soient nobles.

Les royautés sont juste à un autre niveau, en termes d'échelles sociales.

- Dis-moi, as-tu triché à l'examen d'entrée ? M'interrogea Nayra

Pour entrer à Empire, si on aspirait à y entrer sur le critère de l'excellence scolaire, il fallait passer un concours d'entrée extrêmement coriace.

Avec Eden, on a fait top 1 dans le cas où on ne comptabilisait pas les héritiers qui sont dans une catégorie à part.

En tout cas, quelle drôle de question. Je ne sais pas si elle réalise que c'est juste impossible de tricher à un tel examen.

- Bien sûr que non ! Répliquais-je, outrée

Ma réponse sembla plus ou moins la satisfaire, elle me lâcha avant de me faire un signe de la main pour " gentiment" me congédier. Un peu méprisant de sa part, si vous voulez mon avis. Néanmoins, franchement, je n'ai pas la moindre envie de rester en sa compagnie plus longtemps, donc je vais évidemment saisir ma chance sur le champ. Les filles me suivirent d'un pas hâtif.

J'avais volontairement détourné mon regard pour éviter les regards perçants d'Aaron et de Yuki. Je préfère éviter une deuxième confrontation pour être honnête.

Une fois qu'on fut à bonne distance d'eux, Jennie laissa sa colère éclater. Elle l'a réprimée trop longtemps. N'empêche, elle est mignonne à s'énerver pour moi de cette façon.

- Elle n'a pas le droit de te parler comme ça ! Qu'est-ce-que ça peut bien faire que tu n'aies pas de blason ? Tu es ici parce que tu le mérites !

- Ne t'en fais pas Jennie, ce n'est rien, lui assurais-je.

- Je suis désolée Myriam, tu m'as tant défendue face à ceux qui voulaient me harceler et je n'ai rien pu faire.

- Galatea, ce n'est rien, je vais bien. Je n'ai pas honte du fait que je n'ai pas de blason, je m'en porte très bien !

Je vois bien qu'elles ne me croient pas et pensent sûrement que je suis profondément peinée intérieurement, mais c'est mal me connaître.

Je l'ai déjà dit, mais je vais me répéter pour que ce soit clair. Oui, j'ai grandi dans une petite maison dans la contrée du royaume des Park, mes parents sont d'humbles fermiers, mais j'en suis fière de tout ça et pareil pour Eden. Je pense que mes parents m'ont appris des choses qu'aucun noble ou même qu'aucune royauté n'aurait pu m'enseigner.

Une fois de retour en cours, on décida d'oublier les événements qui venaient de se produire et on se remit à discuter joyeusement. Tant mieux, je ne veux pas que les filles continuent de s'excuser, elles n'ont rien fait.

Quelques minutes avant que le prof n'entre, Aaron nous honora de sa présence. Il tenait toujours son livre de poésie dans la main gauche.

Il traversa la salle, sous les regards de tous. On s'attendait tous à ce qu'il retourne sa place, sans adresser la parole à qui que ce soit. Toutefois, il semblerait que Nayra ne sera pas la seule héritière à qui j'aurais eu l'honneur (notez l'ironic) d'adresser la parole aujourd'hui.

Il s'arrêta alors devant moi, avant d'appuyer sa main droite sur mon bureau. Il s'abaissa légèrement et vint murmurer à mon oreille.

- Je m'excuse pour le comportement de Nayra, elle a tendance à être un peu... dramatique.

Son souffle chaud s'échoua sur mon cou, je dus me faire violence pour ne pas frémir. Néanmoins, je ne pus m'empêcher de rougir à cause de la proximité. Il sent drôlement bon. Terriblement bon même. Une douce odeur florale et fruitée.

Il ne me laissa pas le temps de répondre et partit s'asseoir à sa place, avant de se contenter d'observer les jardins du lycée, à travers la fenêtre, l'air blasé.

Évidemment, une telle interaction, ça ne passe inaperçu. C'était à présent sur moi que les regards étaient braqués, à mon plus grand désarroi. Certains regards se firent plus insistants que d'autre, ceux de mon frère jumeau par exemple. Ce dernier me lança un petit sourire narquois auquel je ne pus répondre autre chose qu'un regard noir.

Je connais mon frère jumeau comme ma poche. C'est très simple de comprendre ce qui est en train de se tramer dans sa tête.

- Wow, je pense que tu peux à présent mourir heureuse, me chuchota Jennie en gloussant.

Elle ne put rien ajouter et heureusement, je n'ai vraiment pas envie de me coltiner les taquineries de Jennie, d'Eden et de Joan. Ce serait juste infernal. Le prof venait d'entrer dans la pièce, un paquet de polycopiés à la main. Je sens qu'on va vraiment s'éclater. (Oui, je suis du genre sarcastique).

L'après midi s'écoula assez rapidement, les cours sont si prenants qu'on ne voit même plus l'heure passer comme je l'ai si bien dit ce matin.

Je rangeais rapidement mes affaires et sortis précipitamment de la pièce, je veux absolument éviter les taquineries de..

- Alors, Myriam, on a un petit copain et on n'en parle pas à son best friend forever aka Joan ?

Eden et Joan étaient malheureusement déjà sur mes talons. Joan me fit un clin d'œil, vraiment s'il n'avait pas un visage aussi mignon, je l'aurais vraiment étranglé depuis longtemps. Mais que voulez-vous ? On ne peut pas lui en vouloir avec ses petites boucles d'or, son petit nez retroussé et ses yeux pétillants de vie. Joan est une de ces personnes que l'on a envie de protéger de tout, je ne veux juste jamais voir son regard s'éteindre. Je ne le supporterai pas. Néanmoins, là tout de suite... Je serais presque tentée de m'occuper personnellement de son cas.

- Je vais vraiment te tuer un jour Joan.

- Pas avant d'en savoir un peu plus sur tes amours !

Je lui donnais un coup de coude, lasse. Ils ne vont pas me lâcher avant d'avoir eu des explications dignes de ce nom. Autant tout leur raconter pour qu'ils me laissent enfin tranquille. Une fois mon petit récit terminé, leurs visages encore enjoués laissèrent très vite place à des visages colériques et des regards sombres.

- Mais elle se prend pour qui cette princesse à deux balles ? Chuchota Joan profondément agacé.

- Fais attention à ce que tu dis, ce genre de paroles peut coûter cher, lança alors une voix derrière nous.

NDA : Alors, ce deuxième chapitre ? Qu'en avez-vous pensé ?

Chapitre trois :

NDA : Let's go pour le troisième chapitre !

Aie. La gaffe. On aurait dû s'assurer d'être seuls avant de tenir ce genre de propos. Ça risque de chauffer. Les mains moites, on se tourna tous les trois, la gorge sèche. Ce serait vraiment dommage que nos jours se terminent aussi tôt, et à cause d'une raison aussi affligeante que celle-ci.

Ce sont des yeux orageux qui vinrent croiser les miens. Un sourire narquois était scotché sur ses jolies lèvres. Oui, il a des jolies lèvres. Je ne fais que constater, d'accord ? Son sourire ne le rend qu'encore plus attirant. Même si ça a l'air difficilement possible.

C'est avec des yeux rieurs qu'il s'avança vers nous, il n'a plus rien du prince distant et désintéressé.

- Mais je vais passer l'éponge, Nayra peut être effectivement une plaie quand elle s'y met, confirma-t-il amusé. Elle est du genre bornée, mais elle a réellement un bon fond.

Je suis plutôt d'accord avec qu'il vient de dire. Ça montre quand même que les héritiers s'entendent généralement bien entre eux, même si certains se montrent un peu plus... capricieux que d'autres.

Il nous adressa un petit sourire complice, c'est moi ou ses yeux s'attardent drôlement sur moi ? Est-ce-que lui aussi, tout comme Nayra, est intrigué par moi ? Il finit par se tourner vers Eden, ce dernier ne semblait pas du tout surpris de l'attitude d'Aaron, contrairement à Joan et moi-même. Je n'aurais jamais cru que les héritiers puissent être aussi laxistes.

- Tu viens à l'entraînement ce soir ? Lui lança Aaron.

- Pas le choix, j'ai tout un régiment à former, souffla Eden.

Contrairement à moi, Eden fait partie de la Night School. Il se débrouille plutôt bien en magie. Je l'ai sûrement déjà dit, mais vraiment, il faut sincèrement noter la différence de niveau entre nous deux !

J'ignorais néanmoins qu'il connaissait un prince. Je veux dire, je suppose que ce n'est pas n'importe qui peut adresser la parole à un prince. Il a beau être de ceux qui enseignent dans la Night School, je n'aurais pu imaginer qu'il avait ce genre de privilèges. J'aurais peut-être dû m'acharner un peu plus en magie, tout compte fait.

En fait, il faut vraiment comprendre que les héritiers et les familles royales, en généralité, sont presque des divinités pour les citoyens. Alors certes, ils ne prendront jamais la place des divinités auxquelles nous vouons des cultes réguliers, mais tout de même ! Ils sont vénérés par les citoyens.

- Quelle plaie, répondit Aaron.

- Attendez, vous êtes amis ? Lança Joan.

Je ne pourrais jamais assez remercier Joan de poser les questions que tout le monde se pose, mais que personne n'ose demander. Ce dernier était passé en mode détective, l'air de réfléchir, la main soutenant son menton.

- Plus ou moins, disons que je le supporte, se moqua Eden.

- Tu rigoles ? Je devrais être payé pour te supporter.

Malgré sa petite joute verbale, leurs petits sourires en coin montrent qu'ils s'apprécient beaucoup et sont clairement amis. Eden s'apprêtait à répliquer, amusé, mais Joan toussota afin d'attirer l'attention sur lui.

- Donc si je comprends bien, vous êtes déjà prêts à être beaux-frères ?

Je manquais de m'étrangler avec le jus de fruit que j'étais en train de boire.

Finalement, je n'ai pas envie de le remercier, mais plutôt envie de l'étrangler. Ce type est infernal, il ne peut vraiment jamais la boucler ou quoi ? Eden gloussa, franchement amusé. Parce que oui, bien sûr, je ne peux absolument pas compter sur mon frère jumeau pour me sortir des situations embarrassantes de ce genre. Non, ça l'amuse beaucoup trop pour qu'il y mette fin.

Eden qui glousse, c'est une chose, mais Aaron qui se met à sourire avant de poser son regard argenté sur moi, c'est encore autre chose.

J'ai vraiment envie de mourir sur place.

- Comment ça se fait que tu n'aies pas intégré la Night School ? Me demanda alors Aaron sans prêter attention à la question de Joan.

- Je ne suis pas douée comme Eden. Je suis même assez nulle, en fait.

- J'ai du mal à le croire, répondit-il avec un sourire charmeur. Tu n'as juste pas trouvé un bon enseignant, m'assura-t-il.

- Et j'imagine que c'est là que tu te proposes ? Me moquais-je gentiment.

- Tu m'ôtes les mots de la bouche, répondit-il toujours aussi charmeur. J'aurais toujours un créneau de libre pour toi si tu décides d'améliorer tes capacités magiques.

Son sourire est vraiment irrésistible. La façon dont ses yeux pétillent, lorsqu'il est amusé, est juste adorable. Je ne pus m'empêcher de lever les yeux au plafond, amusée par sa tentative de drague plus qu'évidente.

Il sourit une dernière fois, avant de passer à côté de moi pour me décoiffer d'un bref geste de la main, avant de s'en aller. Il est du genre tactile ? J'aurais parié le contraire.

- Attends, je rêve ou il est vraiment intéressé ? Ou alors c'est juste un Casanova ? s'étonna Joan.

Évidemment, Joan ne me laisserait jamais sortir avec un Casanova.

- Non, Aaron est tout sauf un Casanova, c'est même la première fois que je le vois agir ainsi, avoua Eden surpris.

Joan était à présent rassuré, prêt à me donner sa bénédiction vu son gigantesque sourire.

- Je n'arrive pas à le croire, j'avais vu juste !

- Joan, je ferais mieux d'aller dans ma chambre parce que sinon je vais vraiment finir par faire quelque chose que je vais regretter.

- Myriam, sérieusement, tu devrais y penser car...

Je lui fis un signe de la main, tout en tournant les talons. Je l'ai assez entendu aujourd'hui, on reprendra probablement cette conversation demain de toute façon. À mon plus grand malheur.

Une fois dans ma chambre, je m'allongeais sur mon lit, le temps de passer une bonne dizaine de minutes sur mon portable, avant de me lever à contrecœur pour faire mes devoirs qui me prirent un sacré moment. Je n'avais même pas encore terminé à l'heure du dîner. Ça devrait être interdit de faire travailler les gens, ainsi.

Une fois le dîner passé, je dus retourner dans ma chambre pour terminer mes devoirs. J'aurais bien aimé discuter un peu plus avec Jennie, mais bon. Enfin, elle, pour le coup, je la plains. Elle n'a même pas encore commencé ses devoirs.

Vers 23h, un bon bain chaud m'attendait ainsi que de bons draps frais. Que c'est bon le repos, après une journée aussi fatiguante.

J'attrapais un jogging et un pull après m'être séchée les cheveux avant d'aller rejoindre le royaume de Morphée. C'est vraiment mon moment préféré de la journée.

Moment préféré de la journée qui fut complètement gâché par des cris stridents qui résonnaient dans l'ensemble du château.

NDA : N'hésitez pas à me faire des retours en commentaires ou même en DM, ça m'aide réellement à m'améliorer!

Chapitre quatre :

NDA : Bonne lecture ! PS : C'est catastrophique, mais vraiment, je ne sais jamais quoi écrire dans les notes d'auteur.

Les hurlements redoublèrent d'intensité. C'était à présent impossible de ne pas les entendre, qu'importe où on se trouvait dans l'enceinte du château. Les mains agrippées à ma couverture, j'étais en train de m'interroger sur ce que je devais faire. Est-ce-que je dois me lever et voir ce qui se passe ou rester plus ou moins en sécurité dans ma chambre ?

Bon. Si jamais des gens sont en danger, je ne peux pas rester assise, les bras croisés, à ne rien faire. Je dois agir. Je me dirigeais vers la porte de ma chambre, avant de tourner la poignée pour voir quelle mouche a bien pu piquer mes camarades.

Une fois la porte ouverte, je n'eus même pas le temps de voir quoi que ce soit que quelqu'un me poussa, entrant dans ma chambre, avec plusieurs personnes à la suite, avant de fermer précipitamment la porte à l'aide du verrou. Impossible de ne pas reconnaître ces cheveux roux, je n'ai même pas besoin de voir son visage.

- Jennie?

Cette dernière se tourna vers moi, elle était dans tous ses états, les yeux larmoyants. Galatea, à côté d'elle, paraissait en apparence plus sereine. J'insiste sur le " en apparence". Je connais Galatea depuis un moment, sa sérénité n'est qu'une façade. Je ne sais pas ce qui se passe, mais elles sont complètement chamboulées. Ce n'est pas normal.

A l'aide des autres élèves, ils commencèrent à barricader la porte. Enfin... Barricader. C'est un bien grand mot. Ils mirent simplement deux chaises sous le battant de la porte afin d'en bloquer l'accès de l'extérieur.

- Qu'est-ce-qui se passe ? Demandais-je paniquée.

- Des intrus ont pénétré dans l'enceinte de l'école, les dégâts sont déjà considérables. Dégâts humains comme matériels, me répondit une fille.

Des intrus dans l'enceinte du château ? Comment est-ce possible ? L'établissement est terriblement bien protégé. Par des gardes, en plus des élèves de la Night School. De toute évidence, nos criminels sont très puissants pour avoir réussi une telle prouesse. Alors que je réfléchissais, Jennie vint se blottir dans mes bras, absolument terrorisée. Je passais mécaniquement mes bras autour d'elle afin qu'elle s'apaise un peu.

Mon regard se posa sur Galatea pour qu'on puisse communiquer du regard.

- Je me suis dit que tu devais dormir comme un loir, murmura Galatea. Alors, je nous ai conduits ici.

J'aurais pu mourir, si elle n'était pas venue. Je vois très bien sur son visage qu'elle est soulagée de m'avoir effectivement retrouvée saine et sauve.

- Merci, murmurais-je sincèrement touchée.

Je vous l'avais dit, c'est une amie terriblement loyale. Ce qu'elle vient de faire pour moi, je ne connais pas beaucoup de personnes qui l'auraient fait pour quiconque. Elle a toute ma reconnaissance. Reconnaissance à laquelle elle répondit par un léger sourire, même si son regard était houleux. Je savais qu'elle n'était sereine qu'en apparence, elle doit être terriblement paniquée en son for intérieur.

Je ne veux même pas imaginer ce qu'ils ont pu voir sur le chemin pour être aussi tremblotants. On était tous recroquevillés, les uns contre les autres, silencieux, afin de ne pas attirer les intrus vers ma chambre. C'est très difficile de garder son calme dans une situation pareille.

Les hurlements qui transpercent la nuit, à maintes et maintes reprises, n'aident vraiment pas à rester calme. Tout ceci... Est juste un cauchemar. Un cauchemar dont j'aimerais tant pouvoir me réveiller. Seulement, ce n'est pas comme ça que ça marche.

Soudain, une voix m'arracha de ma torpeur. Ces deux voix. Joan et Eden. Ils ne sont qu'à quelques pas de ma chambre, ils parlent précipitamment et sont en clair état de choc. Leurs pas hâtifs trahissent le fait qu'ils sont talonnés de près.

Aussitôt, mon sang ne fit qu'un tour. Je ne peux pas les laisser dehors, à la merci de, je ne sais qui. Je ne pourrais plus jamais me regarder dans un miroir si je faisais une chose aussi infâme.

- On doit leur ouvrir, murmura une fille. Ma lecture d'auras me confirme que des auras plutôt sinistres s'approchent.

Si j'avais besoin d'un quelconque argument, celui-ci est entièrement suffisant. Je me levais, sous les regards hébétés des autres. Désolée, mais c'est mon frère et mon meilleur ami qui sont dehors. Je ne vais pas rester passive.

- Si on leur ouvre, on s'expose aussitôt au danger, chuchota un autre garçon.

Je vois très bien à son regard qu'il souhaiterait que je retourne m'asseoir. C'est clairement hors de question.

- On va leur ouvrir, déclarais-je aussitôt. C'est mon frère et mon meilleur ami qui sont dehors.

C'est limite un ordre. On ne va gentiment discuter autour d'une tasse de thé du droit de vie des autres. Si on peut sauver qui que ce soit, on le fait. De ce fait, je n'attendis même pas de réponses de leur part et ouvris la porte d'un geste déterminé. Je m'apprêtais à leur dire de rentrer, mais leurs mines horrifiées me figèrent dans mon élan.

- Myriam, referme cette porte ! Hurla Joan.

Ce dernier venait de libérer sa pression spirituelle, Eden venait de faire de même. En face d'eux, se trouvaient deux silhouettes capuchonnées de la tête au pied qui s'avançaient dangereusement vers nous.

- Inutile ! Hurla Galatea en sortant en trombes à ma suite. L'aile nord a pris feu, ce n'est qu'une question de temps avant que ta chambre brûle.

Ils sortirent précipitamment de la chambre, Eden pesta frustré. J'imagine qu'il aurait aimé que je reste dans cette chambre, en sécurité. Il attrapa ma main avant de me pousser délicatement derrière lui. Suite à ce mouvement, il libéra un torrent de flammes, faisant temporairement reculer les deux intrus. Une fois qu'on fut sûrs que ces deux-là allaient avoir quelques problèmes pour éteindre ce brasier, Eden attrapa ma main et se mit à courir, suivi de tout le monde.

Le château n'a jamais été aussi lugubre qu'aujourd'hui. Les torches peinent à rester allumées à cause de la vivacité des combats qui prennent place un peu partout. Plusieurs vitres sont complètement brisées, faisant entrer l'air frais de ce mois de septembre dans l'enceinte du lycée. C'est la lune qui vint éclairer tous ces corps, jonchant sur le sol. Je ne pourrais pas affirmer que ces personnes sont mortes, mais ils sont définitivement aux portes de la mort.

Bien malgré moi, je ne pus m'empêcher de fermer les yeux. Cette course effrénée est déjà bien assez pénible, si on ajoute en plus des visions d'horreurs, je ne suis pas sûre de tenir le coup.

J'avoue être légèrement terrorisée. Eden le remarqua et malgré la situation, il serra avec douceur ma main pour me faire comprendre qu'il me protégerait quoi qu'il lui en coûte. J'ignore ce que je ferais sans lui. En fait, sans lui, ma vie aurait été un véritable cauchemar. Je le savais déjà, mais je crois que cette nuit vient de me le rappeler avec brio.

- Par les escaliers ! s'exclama un membre du groupe.

Il a raison, c'est le moyen le plus rapide pour pouvoir s'échapper, mais il va falloir s'exposer, ce qui n'est peut-être pas une bonne idée.

De toute façon, on n'a pas le temps de peser le pour et le contre, on dégringola les escaliers à la vitesse de l'éclair pour atterrir dans le hall.

Ce dernier était infesté de combats tous plus violents les uns que les autres. Ce sont les élèves de la Night School et les gardes qui tentent de faire reculer les intrus. C'est juste abominable de les voir s'effondrer, une fois le combat perdu.

Alors que j'observais la scène, les yeux livides, Eden m'attrapa les épaules pour que je concentre mon attention sur lui. Il a sûrement remarqué mes mains tremblantes, parce que moi, j'ai définitivement remarqué les siennes. Ses yeux me fixaient, déterminés. J'avoue que même ça, ça suffit à me rassurer.

- Myriam, tu vas courir, sans t'arrêter jusqu'à la forêt, d'accord ? Quoi qu'il arrive, tu ne te retournes pas.

" Tu" ? Il est où le " on".

- Eden ? Pourquoi tu ne viens pas avec moi ?, répondis-je aussitôt, perdant le peu de calme qu'il me restait.

- Je suis un des chefs de la Night School, je ne peux pas partir comme ça, répliqua-t-il de vive voix.

Il se tourna vers Galatea, ne me lâchant pas des épaules. Cette dernière n'était qu'à quelques pas de nous. Elle aussi, elle observait la scène pétrifiée par le massacre qui était en train de prendre place. Lorsque Eden l'interpella, elle se tourna vers nous, le regard vidé et épuisée.

- Je te confie ma sœur, Galatea. Protège-la, je t'en prie. Tu n'as pas à rester ici, je me chargerai de la protection de ton régiment.

- T'inquiète, pas besoin de me le dire deux fois.

- Attends, Eden ! Non !

Il se contenta de me sourire avant de me lâcher les épaules pour que Galatea m'attrape la main et m'entraîne vers la forêt, avec Jennie à nos côtés. Eden est fort. Il va s'en sortir. Je le sais. Je me mis donc à courir vers la forêt, on évitait soigneusement les auras noirâtres grâce à la lecture d'auras de Galatea. L'air frais du mois de septembre rendait cette cavale encore plus pénible.

- Où est-ce-qu'on pourrait se cacher ? Murmura Galatea

- Dans les branches d'un arbre assez solide.

Elle valida mon idée d'un mouvement de tête, avant d'en désigner un du doigt. Il a l'air suffisamment solide pour qu'on tienne à trois sur une branche. Galatea prit la tête du cortège et se mit à grimper, à sa suite Jennie, et enfin pour fermer le bal, ce fut moi. Pour le coup, je suis un peu avantagée. Avec Eden, on passait tous nos weekends à s'adonner à ce genre d'activités en plein air.

Ce qui n'est sûrement pas le cas de Jennie. Elle est noble, elle n'a jamais eu à faire ce type d'efforts. Elle va rapidement faiblir. Je vis juste, puisqu'elle se mit à ralentir à mi-chemin, elle doit être exténuée. Il faut agir, car si elle tombe, la chute risque d'être violente, en plus, de nous mettre toutes en danger.

- Ne bouge plus, Jennie, intimais-je avant de lui passer devant et d'attraper son bras.

Je suis plutôt forte physiquement et Jennie est plutôt légère, c'est donc totalement dans mes cordes. En l'attrapant par le bras, elle grimpa sur mon dos, à deux doigts de s'évanouir.

Pour le coup, si je n'ai aucun potentiel magique, c'est loin d'être le cas en termes de force brute. J'ai toujours excellé dans le combat corps à corps, dans les épreuves physiques et dans le maniement d'armes. Je suis même plus douée que Galatea, et ça, croyez-moi, c'est un accomplissement dont je ne suis pas peu fière.

Une fois dans les branches, on se fit silencieuses. Même si on est un peu loin du château, on entend tout. Tout. Les hurlements continuent de déchirer la nuit. Les explosions, elles, continuent de réveiller les oiseaux et quiconque qui oserait encore dormir par une nuit aussi macabre.

Cette nuit est la nuit la plus horrible de ma vie. Je vins passer mes bras autour de mes jambes qui étaient repliées. Galatea se rendit compte de mon état, elle attrapa ma main pour qu'on se rassure mutuellement. Ça aurait pu marcher. Vraiment. Néanmoins, il semblerait que cette nuit ait décidé de me réserver encore quelques surprises.

- On a réussi à tuer plusieurs chefs de régiments. Dont l'un des plus renommés ! Eden Kyora, tu te rends compte ?

Ce sont deux intrus. Ils sont facilement reconnaissables à cause de leur accoutrement. Ai-je bien entendu ce qu'ils viennent de dire ? Mon cerveau ne mit pas plus de cinq secondes à analyser leurs propos. Ils éclatèrent de rire, avant de se volatiliser dans les airs, emportant avec eux les battements de mon cœur.

E..Eden ? Mon sang ne fit qu'un tour. Ce n'est pas possible. Il est bien trop fort pour mourir ainsi. Bien trop jeune, aussi. Je ne peux pas le perdre. Pas lui. N'importe qui, mais pas lui. Je me redressais brutalement, avant de descendre de l'arbre en moins de quelques secondes. Je serais sûrement allée encore plus vite lors de la montée, tout compte fait. Je m'apprêtais à m'élancer vers le château, lorsque Galatea me rattrapa en passant ses bras autour de moi.

- Myriam ! Hurla Galatea.

- Lâche-moi Galatea ! Eden ne peut pas être mort !

- Calme-toi, commença-t-elle, même si sa voix trahissait un effroi clair.

- Non.

Je me débattis comme une furie avant de m'extirper de son étreinte. Elle sait très bien que physiquement parlant, je suis bien forte qu'elle. Elle ne peut pas me retenir très longtemps.

- Reste avec Jennie ! Elle ne peut pas rester seule, elle est trop fatiguée !

- Mais et toi alors ? Je te rappelle que tu ne peux pas te défendre.

Je m'avançais vers elle pour extirper une des deux épées de son fourreau qu'elle a toujours au niveau de sa taille. Je vins soupeser l'épée d'un simple geste, avant de l'agripper par le manche.

- Ça me suffira.

Sans lui laisser le temps d'ajouter quoi que ce soit, je filais à la vitesse de l'éclair vers le château. Je suis désolée Galatea, mais je n'ai vraiment pas le temps de tergiverser indéfiniment. Je dois éviter le plus possible d'affrontements pour pouvoir rejoindre Eden rapidement et voir ce que je peux faire pour lui. Pour cela, encore faut-il être possible d'éviter les auras noirâtres. Seulement, je suis incapable de lire les cartes d'aura.

Tant pis. C'est mon instinct et intuition qui vont devoir jouer le rôle à fond. J'espère qu'ils sont fonctionnels, car sinon, je suis cuite.

Heureusement pour moi, ils le furent. Me voilà à quelques pas de l'entrée du lycée, je me fis violence pour ne pas m'arrêter devant tous ces corps qui parsemaient les marches. Est-ce si égoïste de continuer mon chemin, après être sûre qu'aucun de ces corps n'est celui d'Eden ? Si oui, alors, je suis terriblement égoïste.

Bien sûr, dans l'enceinte du hall, les combats font toujours rage. Je n'ai clairement pas de temps à perdre, je dois m'assurer qu'Eden va bien. Cette pensée résulta en moi, abattant mon épée sur quiconque ne portait pas d'uniforme et se dressait sur mon chemin.

Normalement, sans magie, j'aurais dû mourir sur le champ. Mais il faut croire que mes mouvements sont si rapides que nul n'a le temps d'y répondre par de la magie. Je venais d'abattre un nouvel ennemi, essuyant un filet de sueur sur mon front lorsqu'on m'interpella si doucement que j'ai presque failli ne pas l'entendre.

- Myriam, répéta alors cette voix.

Je pus enfin localiser la source de cette voix. C'était Joan qui se tenait à quelques pas de moi, caché derrière un pilier. Il était couvert de sang, les yeux larmoyants, les vêtements recouverts de suie. Ses boucles d'or, d'habitude pleines de vie, retombaient tristement sur son visage. Visage, lui aussi, légèrement recouvert par de la suie noire, à cause des affrontements assez désordonnés.

- Joan, murmurais-je, la voix pleine d'espoir avant de me figer brutalement.

À ses pieds, se trouvait le corps inerte d'Eden.

NDA : Aloooors ? (Oui, il va me falloir du temps pour savoir comment rédiger proprement des NDA).

Chapitre cinq :

NDA : Enjoy !

À ses pieds, le corps d'Eden. Complètement inerte. J'étais immobile, paralysée par un sentiment que je n'avais jusqu'à ce jour ressenti. Ou plutôt un mélange de sentiments. Les mots se bloquaient dans ma gorge, je n'arrivais pas à formuler la moindre pensée cohérente.

- Myriam, murmura Joan en s'approchant un peu de moi.

Il n'était qu'à quelques mètres de moi, mais sa voix me paraissait si lointaine. Mes yeux étaient rivés sur Eden. Ils ont beau être parfaitement fonctionnels, je n'arrive pas à y croire. Certaines visions sont tout simplement mortelles pour l'esprit humain. Celle-ci est l'une d'entre eux.

Tout ceci est forcément un putain de cauchemar, pas vrai ? On est beaucoup trop jeunes pour mourir. Bien trop jeunes pour connaître un destin aussi funeste.

Rassemblant le peu d'énergie qui me restait, je m'avançais en titubant vers Eden, Joan m'assistait même si ce n'est littéralement que quelques pas. Je suppose qu'il a très bien vu que je suis près de l'effondrement. Le regard vide, je me laissais tomber à genoux à ses côtés, laissant l'épée de Galatea s'échouer au sol.

Mon corps est agité de spasmes, je vins appuyer mes mains tremblantes contre le carrelage pour ne pas m'effondrer, avant de laisser ma tête reposer contre ces dernières. Mon cœur tambourine si fort que j'ai l'impression que ma tête va exploser. Malgré tout le raffut provoqué par les combats, je l'entends si distinctement que ça en devient assourdissant.

- Ça doit faire drôlement mal, constata une voix amusée derrière moi.

C'est cette voix qui m'arracha à ma lamentation. C'est cette voix qui me balança droit dans les bras de la démence. Lentement, mais sûrement, ma tête se tourna vers la source de cette voix. Je ne donne pas cher du propriétaire de cette maudite voix.

Propriétaire qui se tenait debout, à quelques pas de moi, sa silhouette complètement couverte par une tenue noire. Impossible de distinguer la moindre caractéristique le concernant, si ce n'est que c'est probablement un homme. Loin de comprendre ce qu'il venait de provoquer, il continua de parler, pas le moins inquiet du monde.

- Je l'ai personnellement achevé, il n'en a pas pour très longtemps. Il n'arrêtait pas de geindre au sujet de sa sœur qu'il ne pourrait pas protéger.

C'est des yeux vides, totalement dénués d'émotions que je vins poser sur lui. En temps normal, lorsqu'une personne est en colère, elle serre les dents ou même les poings, elle se laisse aller et décide de donner libre cours à ses émotions les plus violentes.

Ça, c'est un aspect de la colère. Le plus commun. Il en existe un autre. Celui de la résignation. Celui dans lequel on décide que tout ceci ne vaut plus la peine. Celui qui nous pousse à avoir des pensées autodestructrices pour nous, mais également pour notre entourage. On se dit simplement que si on doit souffrir autant, alors ce serait injuste d'être le seul à souffrir ainsi. Si on doit connaître le désagréable sentiment de chute, alors on fera en sorte que ce soit une expérience collective.

- Enfin, il s'est plutôt bien battu ! Il n'arrêtait pas de se battre tout en protégeant les autres. S'il s'était concentré sur lui-même, il aurait probablement survécu.

Après avoir terminé cette phrase, il éclata de rire. Un rire si glacial. Un rire juste inhumain. À l'opposé de ces émotions brûlantes qui sont en train de consumer tout sens rationnel que je possède.

- Quelle mort pathétique.

Ce fut la phrase de trop. Calmement, je vins me redresser, j'époussetais rapidement mes habits d'un geste net et précis. Joan, qui était toujours à genoux, à côté d'Eden, m'observa éberlué.

- Joan, recule. Prends Eden avec toi.

- Hein ? Mais tu délires ou quoi ?

Je lui adressai un regard qui le dissuada de toute discussion. Un regard auquel il n'est pas habitué. J'ai toujours eu une personnalité avenante et douce. Ce n'est pas le genre de regard que quiconque irait imaginer sur moi. Pourtant, c'est le regard dont chaque être humain est capable lorsqu'il est poussé dans ses retranchements. Je ne fais pas exception à la règle, loin de là.

Joan obéit et vint délicatement saisir Eden dans ses bras, avant de reculer. Il se posta en haut des escaliers, le visage déchiré par la panique. Il doit se faire un mouron. Je suis terriblement désolée, Joan. Pour quelqu'un d'aussi sensible que lui, cette nuit est un véritable cauchemar éveillé.

- Qu'est-ce-que tu vas faire ? Je ne ressens aucun potentiel magique émanant de toi. Tu vas te laisser mourir alors que ton frère a tant souffert pour te protéger ?

C'est vrai, je suis censée n'avoir aucun potentiel magique. Me lancer dans la gueule du loup ainsi est franchement stupide. Surtout après tout ce qu'a fait Eden pour me protéger. Et pourtant, allez savoir, je ne vois pas de meilleure solution que celle-ci en cet instant.

- Au contraire, répondis-je simplement, un sourire moqueur flottant sur les lèvres.

Je ne lui laissais même pas le temps d'être surpris. C'est alors que les mots roulèrent tout seuls sur ma langue. Des mots que je n'aurais jamais dû être capable de prononcer à nouveau. Des mots que les cieux eux-mêmes m'ont interdit de prononcer. Néanmoins, je n'ai jamais été le genre d'individus à prêter attention à ce que les êtres célestes ont à dire.

- Souffle des Dieux, annonçai-je d'une voix calme.

Une fois cette simple phrase prononcée, une énergie destructrice se mit à émaner de mon corps. Énergie très lumineuse et terriblement bruyante, attirant ainsi tous les regards sur moi. Le décor autour de moi se mit à trembler.

- Qu'est-ce-que...

En plus de cette énergie, une véritable métamorphose s'opéra. Je me mis à changer d'apparence, devenant une nouvelle personne. Ou plutôt, je suis redevenue moi-même. D'un beau blond vif, mes cheveux passèrent à un noir éclatant et luisant de santé. Mes yeux ne restèrent pas en reste, le bleu océan qui les habitait, s'effaça progressivement pour laisser place à un doux violet. Cette transformation me fut directement transmise pas mon reflet dans une vitre. Que c'est étonnant.

Néanmoins, je n'ai pas le temps d'y prêter attention. J'ai d'autres choses à régler. Des choses importantes.

Les ondes qui émanaient, au début, progressivement et de manière espacée devinrent de plus en plus violentes. Cette fois-ci, elles étaient complètement incontrôlables, frappant sans avertir. Elles anéantirent d'un seul coup l'individu qui avait osé salir les actes d'Eden.

- Tous derrière moi ! Hurlais-je aux autres élèves qui venaient d'assister à la scène profondément choqués.

Il est important qu'ils restent à l'abri. Ils ont l'air de l'avoir compris. C'est pourquoi, malgré leur étonnement plus que compréhensible, ils obéirent sans rechigner, se précipitant vers les escaliers pour s'abriter.

Finalement, la source d'énergie étant moi, elle est assez simple à diriger, du moins pour l'instant. Je me contentais de simplement lever la main vers nos ennemis, dirigeant le flux d'énergie vers eux, les réduisant en poussière. Jusqu'à ce qu'il ne reste plus personne.

Je pouvais entendre les murmures fascinés des élèves. En même temps, ce n'est pas un individu normal qui pourrait réaliser une telle prouesse magique.

Prouesse magique qui a un coût cependant. N'ayant aucune compétence magique, je suis tout bonnement incapable d'arrêter ce flux d'énergie. Épuisée, je tombais violemment à genoux. Mes poumons sont à deux doigts de se rompre, si ce ne sont pas mes veines qui le feront en premier.

Même mon rythme cardiaque est anormal. Les battements de mon cœur sont bien trop rapides, et trop peu espacés. À ce rythme-là...

Je tentais en vain de calmer mon souffle. En vain, car aussitôt, je me mis à cracher brutalement du sang. Je crois que mon corps n'était tout simplement pas prêt à canaliser autant de magie. Après tout, c'est un corps qui n'en a jamais canalisé.

- Myriam ! Hurla Joan qui s'apprêtait à s'avancer.

- N'approche pas, m'écriai-je, en retour. Je suis incapable de stopper tout ça.

Son visage se déforma par la terreur, il s'apprêtait à répliquer de nouveau et à continuer de marcher vers moi, quand les portes du hall s'ouvrirent brutalement. Malgré mon état, je vins légèrement m'appuyer sur mes coudes pour voir de qui il s'agissait. Si ce sont de nouveaux intrus, ils mourront avant d'avoir fait quelques pas. C'est le seul avantage de mon état actuel.

Néanmoins, ce sont les héritiers qui nous firent face. Ils étaient tous habillés assez simplement, ils devaient probablement être en train de dormir paisiblement puisque les filles sont vêtues d'élégantes robes de chambre.

- Quel sacré bazar, commenta Nayra.

- Ça, je ne te le fais pas dire, constata Yuki, les bras croisés sur la poitrine.

- Néanmoins, le souffle Heaven, je n'aurais jamais cru voir ça de ma vie de nouveau, constata Nayra. C'est toujours aussi sacrément impressionnant et pourtant, elle ne le maîtrise même pas correctement.

- Faites quelque chose ! hurla Joan. À ce rythme-là, Myriam va aussi y passer ! J'ai déjà perdu Eden, murmura-t-il, les yeux larmoyants.

Yuki leva sa tête vers lui, avant de se volatiliser en un clin d'œil. Elle se tenait à présent à côté de Joan et des autres élèves. Ses yeux évaluèrent d'un simple regard l'état d'Eden, avant de conclure.

- Oh, il n'est pas mort, déclara-t-elle. Laisse-moi m'en occuper.

Si c'est une héritière qui s'occupe de lui, me voilà totalement rassurée. Eden est entre des mains expertes qui sauront le tirer de là. Même si on ne peut pas en dire autant du mien. Aaron m'arracha cette pensée de la tête, en marchant simplement dans ma direction, pendant que Nayra s'évertuait à donner des ordres aux élèves pour calmer la pagaille générale.

- Ne t'approche pas, je ne veux pas te blesser, murmurais-je.

- Sans vouloir te vexer, il en faudrait un peu plus pour me blesser, répondit-il, souriant.

Même dans une situation pareille, je ne peux pas m'empêcher de lorgner légèrement sur son sourire. Il faudrait vraiment que je me reprenne en main.

Tout naturellement, il traversa le halo qui me séparait de tout le monde, sans afficher le moindre signe de souffrance. Je l'ai peut-être sous-estimé… En même temps, les autres héritiers aussi semblent être complètement insensibles à mon " pouvoir". Ils se déplacent à proximité de moi, sans le moindre problème, alors que les autres élèves doivent rester à une bonne vingtaine de mètres, tout en activant leurs pressions spirituelles pour pouvoir se protéger.

- Ça va aller, murmura Aaron d'une douce voix. Concentre-toi juste sur moi, d'accord ?

Mes yeux vinrent naturellement rencontrer les siens. La douceur et la chaleur que je pouvais y lire me rassurèrent instantanément. Il s'agenouilla en face de moi, avant de poser sa main sur mon épaule.

Aussitôt, l'énergie magique s'arrêta, c'est comme si elle avait été absorbée par quelque chose. Ou plutôt par quelqu'un.

Mon rythme cardiaque effréné revint à la normale en un éclair, mon corps s'étant détendu un peu trop brutalement, il me fut difficile de rester stable. En fait, c'était pratiquement impossible.

Malgré moi, je me laissais chuter, complètement épuisée. C'est Aaron qui me sauva de la chute, en m'attrapant par la taille. Il vint doucement me soulever dans ses bras.

- Ç'a dû être difficile, murmura-t-il à mon intention. Mais tu as très bien géré la situation. Tu peux être fière de toi.

Un doux sourire vint orner ses jolies lèvres. La gorge sèche, je n'eus pas la force de lui répondre proprement. Pour pas mal de raisons, mais surtout parce que je venais de perdre connaissance.

NDA : J'espère ne pas vous avoir trop effrayé par rapport à Eden !

Chapitre six :

NDA : Salut ! Voici un nouveau chapitre ! Bonne lecture.

J'ouvris lentement les yeux. J'étais si sonnée qu'une simple action comme celle-ci me demandait un effort colossal. Une fois les yeux bien ouverts, la lumière du jour vint m'aveugler quelques secondes avant que je ne puisse recouvrer une vue décente.

À présent, plus rien ne m'en empêchait de jeter un coup d'œil à l'environnement qui m'entourait. Enfin, pour le coup, c'est plutôt " l'environnement qui m'observait". En effet, je ne mis pas très longtemps à me rendre compte que j'étais dans une chambre très luxueuse, entourée des héritiers, d'Eden, Galatea et de son père. Je me demande bien ce que ce dernier fait ici. Je veux dire, même si c'est le père d'une bonne amie, c'est quand même le dirigeant officiel du royaume Heaven. Depuis que la famille Heaven a été éradiquée, c'est lui qui s'occupe de leurs responsabilités. Son visage est donc connu de tous. J'ai un peu de mal à croire qu'un homme aussi important et puissant vienne me rendre visite ainsi.

Il doit forcément y avoir une raison à sa venue. Néanmoins, j'avoue que j'ai vraiment la flemme d'y réfléchir. Même si ça peut paraître légèrement impoli, je soupirais avant de me laisser tomber sur mon oreiller moelleux. La chambre est décidément luxueuse. Mon oreiller est recouvert d'une taie en soie pure, mes draps sont aussi en soie. Le tout servant à décorer un lit à baldaquins dont les piliers sont taillés dans de... L'or ?

Je ne parle même pas du mobilier qui a été conçu à l'aide de matériaux nobles, ça se voit au premier coup d'œil. Qu'est-ce-que quelqu'un comme moi peut bien faire dans une chambre pareille ?

- Drôlement silencieuse, la petite, lança alors un garçon.

Je relevais nonchalamment les yeux pour croiser les siens. De beaux iris écarlates vinrent se poser sur moi. Il se tient juste en face de mon lit, les mains dans mes poches, drôlement bien habillé. Avec mon regard d'experte, je peux vous affirmer que sa tenue doit valoir une véritable petite fortune.

Il passa distraitement sa main dans ses beaux cheveux couleur corbeau, attirant inconsciemment mon attention sur les tatouages qui venaient orner la peau porcelaine de son cou. Je ne saurais vous dire ce qu'ils représentent, mais c'est une véritable œuvre d'art. Un mélange de noir et d'or, reflétant le même sentiment que la vision d'une danse enflammée et passionnée.

Pas le moindre doute possible. C'est le dernier prince. Ace Emerald. C'est Jennie qui va être contente. Je pense qu'à ce stade, ils ont tous compris que j'étais complètement ailleurs, c'est sûrement pour cela que c'est Edgard qui vint prendre la parole, brisant le silence apaisant pour moi, et insupportable pour eux.

- Est-ce-que vous vous sentez mieux, votre majesté ? Demanda-t-il d'une voix bienveillante.

- Je vais bien, attendez, majesté ?

Mes yeux s'écarquillèrent d'eux-mêmes. Alors ça, c'est vraiment nouveau et inattendu. Il ne m'a jamais vouvoyée et encore moins appelée " majesté". Est-ce-que je suis en train de rêver ? Je me pincerais bien pour me convaincre que tout ceci n'est pas un rêve étrange, mais ça risque d'être un peu gênant si ce n'en est pas un.

Pas le moins du monde surpris par mon étonnement, Edgard qui était, jusque-là, debout, vint s'asseoir à côté d'Eden, sur une jolie chaise taillée en chêne qui se trouvait à droite de mon chevet.

- Ça va être compliqué à concevoir, concéda-t-il en guise de début d'explication.

Eden leva les yeux au ciel, je suppose qu'il est, on ne peut plus d'accord. Ça me perturbe de voir à quel point, même avec nos nouvelles apparences, on se ressemble toujours autant. Edgard chercha ses mots pendant quelques secondes, je suppose qu'il ne veut pas me brusquer.

- Vous et votre frère, vous êtes les descendants Heaven. Par, je ne sais quel miracle, vous avez survécu ce jour-là. Néanmoins, ce miracle a coûté a eu un prix. Celui du sacrifice de votre mémoire.

Les descendants des Heaven ? C'est une plaisanterie... ? Je ne pus m'empêcher de lancer un regard en coin à Eden qui me confirma ce qu'Edgard venait de dire par un hochement de tête. Mes mains se mirent à nerveusement triturer les draps de soie.

Comment est-ce-qu'une telle chose serait possible ? Je rappelle que ce jour-là, celui de la tragédie, c'est toute la famille Heaven ainsi que toute âme qui vivait au sein du palais qui ont été décimées. En plus de ce massacre sanglant, il n'y avait pas la moindre trace du coupable. Aucune preuve. On ignore encore qui a commis ce crime.

Alors s'entendre dire que nous, on a survécu à cette horreur, ça me paraît juste inconcevable. Je sais bien que ce n'est pas le genre d'Edgard de faire des blagues de ce genre, mais tout de même.

- Vos pouvoirs ont été scellés par de la magie divine, probablement celle de votre mère. Magie qui a également modifié votre apparence pour que vous puissiez vous vous échapper et rester en sécurité.

Alors.. Je n'ai jamais été nulle en magie ? Mes pouvoirs étaient simplement scellés.

- J'entends ce que vous dites, mais pourquoi est-ce-qu'hier soir, cette magie divine n'a pas pu m'empêcher de libérer toute cette énergie ? En plus, Eden n'a jamais vu ses pouvoirs être scellés. C'est quand même un enseignant de la Night School.

Les coins des lèvres d'Edgard se recourbèrent très subtilement. Visiblement, ma réponse lui plaît beaucoup. Je me demande bien pourquoi.

- Quelle réponse pertinente, constata Yuki, amusée. On est bien loin du " c'est un prank, j'espère ? " d'Eden.

Ce dernier roula des yeux, divertissant encore un peu plus Yuki. Je ne m'attendais pas à ce qu'elle soit du genre taquine.

- Essaye donc de te réveiller un beau matin et d'entendre ce genre de révélations, Yuki. Je ne suis pas sûr que tu ferais la maligne comme en ce moment.

Un doux sourire vint se dessiner sur ses lèvres, tout en continuant de regarder Eden. Ses mains jouaient distraitement avec une dague, munie d'une lame noire.

- Il en faudrait un peu plus pour me perturber, affirma-t-elle d'un ton tranquille.

- Excuse-nous, se moqua ouvertement Eden. L'apocalypse, ça suffirait ?

Les deux commencèrent à se chamailler dans leur coin. Nayra, qui avait le dos appuyé, contre le mur, se contenta simplement de soupirer en voyant le remue-ménage que ces deux-là provoquaient.

- Qu'est-ce-qu'ils sont bruyants, soupira-t-elle avant de se mettre à feuilleter le livre qu'elle tenait dans sa main droite jusque-là.

- Oh, tu sais, le tempérament de Yuki ne convient vraiment à personne. On ne peut réellement pas blâmer Eden, affirma Ace en haussant les épaules.

À l'instant où il finit de prononcer sa phrase, un sifflement se fit entendre. Non, mais je rêve ? Yuki vint sincèrement de lui lancer une dague dessus ? Je n'ai même pas eu le temps de la voir venir qu'Ace avait déjà bougé la tête, l'esquivant aisément.

- Je ne te permets pas de prononcer mon prénom aussi impunément, lui lança-t-elle d'un ton venimeux.

- D'accord, darling.

Sentant le danger venir, Edgard se racla la gorge, afin de récupérer le monopole de l'attention. Avant de rabattre mon regard sur ce dernier, j'eus le temps de voir Ace décocher un sourire moqueur à Yuki, auquel cette dernière répondit d'un regard assassin. Ils s'entendent vraiment bien, dis donc ! Et vous me dites, que je vais faire partie du même groupe que ces gens-là ? Désolée, mais je crois que je vais gentiment passer mon tour.

En fait, le plus normal d'entre eux, ce doit être Aaron, ce dernier n'a rien fait d'étrange pour l'instant. Je lui adressais un discret regard, uniquement pour me rendre compte qu'il était déjà en train de m'observer avec un regard... un peu trop doux.

Edgard, Myriam. On se concentre sur Edgard.

- Pour répondre à ta question, il semblerait que la situation un peu tragique d'hier a juste brisé le sort de votre mère, m'expliqua-t-il calmement. Pour Eden, le sort n'annulait que jusqu'à environ quatre-vingt-quinze pour cent de sa magie.

Attendez, donc il ne pouvait utiliser que cinq pour cent de sa magie ? Et malgré ça, Eden est un des combattants les plus renommés dans la Night School et un des meilleurs enseignants. Alors un héritier, à cent pour cent... Ce doit être juste totalement exceptionnel.

- Maintenant, c'est à vous que la décision revient de vous asseoir ensemble sur le trône et prendre le contrôle du royaume Heaven.

Je vais vraiment devoir finir par me pincer, même si ce n'est pas le moment opportun. Il a bien conscience que je n'ai que seize ans ? Alors, certes, les autres héritiers aussi, mais eux, ils ont été préparés pour ça et ils ont leurs parents pour les épauler. Leur situation est vraiment différente de la nôtre.

Je me mis, malgré moi, à me triturer les mains. C'est un peu trop stressant pour moi. Ça fait un peu trop de nouvelles d'un coup. Je ne suis pas sûre de pouvoir encaisser tout ça correctement.

- On va en discuter, assura Eden. Pour l'instant, elle a besoin de se reposer.

Il a sûrement dû remarquer que j'étais en train de blêmir à une vitesse exponentielle. Eden déposa sa main sur mon épaule pour que je puisse me calmer un peu. Je ne le dirais jamais assez, mais je ne sais pas ce que je ferais sans Eden. C'est juste incroyable d'avoir une personne qui vous comprend sans que vous ayez à dire le moindre mot.

- Bien évidemment. Je comprends tout à fait que vous soyez sous le choc, mais il m'a semblé adéquat d'en discuter le plus tôt possible. Prenez votre temps, à bientôt.

Il se leva de la chaise en chêne, avant de s'incliner et de quitter la pièce. Je ne vais clairement pas m'habituer aux révérences et compagnie. En fait, il semblerait qu'il va y avoir beaucoup de changements auquel je vais devoir m'habituer à partir d'aujourd'hui. Je ne vois même pas comment appréhender cette situation tout bonnement surréaliste.

- Je savais que vous n'étiez pas normaux vous deux, lança Nayra. Comme quoi, j'avais visé juste.

Donc, elle nous soupçonnait tous les deux. J'ai juste eu la malchance de tomber sur elle en premier. Néanmoins, le point positif

de tout ça, c'est qu'elle ne pourra plus nous traiter comme elle le souhaite. Même si je sais qu'elle avait une raison d'agir ainsi, c'était vraiment très chiant.

- Ouais, visiblement, lança Eden en se massant légèrement la tempe.

Ce dernier s'assit sur la chaise qu'Edgard venait de libérer, il a l'air tout aussi perdu que moi. C'est cool, on pourra être perdus à deux !

Galatea, qui avait été silencieuse jusque-là, prit enfin la parole. Elle s'approcha de moi, le visage rongé par l'inquiétude, un verre d'eau à la main.

- Myriam, est-ce-que tu vas bien ?

Elle posa sa main sur mon bras, un sourire réconfortant aux lèvres, avant de me tendre le verre pour que je puisse me désaltérer. Je le bus d'une traite, avant de jeter un nouveau regard à Galatea. Ça me rassure de la voir en pleine forme, j'ai eu vraiment peur en la laissant seule avec Jennie. Ça fait déjà ça de moins à porter sur les épaules.

- Plus ou moins, répondis-je.

En tout cas, aussi bien qu'on puisse aller dans une situation pareille.

- J'ai dormi pendant combien de temps ? Demandais-je afin de changer de sujet.

- Une semaine, répondit Yuki.

Après avoir vu sa petite démonstration en lancer de dagues, j'avoue être assez mal à l'aise à l'idée de discuter avec elle. Je n'ai clairement pas les réflexes d'Ace, donc bon...

Le pire, c'est qu'il y a pour le coup " pire" que son lancer de dagues. En effet, son regard est vraiment un peu trop perçant à mon goût.

Pour être honnête, les héritiers me mettent tous profondément à l'aise. Ils sont là, à me scruter comme si j'étais une bête de foire. Ace et Yuki le font ouvertement. Nayra, elle, le fait " discrètement" en me lançant des regards par-dessus son livre.

Le seul qui montre un peu de décence à mon égard, c'est Aaron, mais avec lui, c'est pour d'autres raisons que je suis un peu nerveuse. Enfin bref, aucune échappatoire.

- Le château a été restauré et les élèves soignés. On ne compte pas de morts, heureusement, m'expliqua Galatea. C'est grâce à toi.

- Oui, fin, si nous n'étions pas intervenus, elle aurait fait beaucoup de dégâts la miss, rajouta Nayra.

- C'est ce qui arrive quand tu libères un degré sans aucune maîtrise au préalable des fondamentaux, répondit simplement Ace en haussant les épaules.

Les degrés ? Les fondamentaux ? Je n'ai pas la moindre idée de quoi ils sont en train de parler. Clairement du jargon magique que je ne maîtrise pas. Néanmoins, vu la tête d'Eden, lui non plus, il n'a pas la moindre idée du sujet de leur conversation. Donc, je me corrige, du jargon magique d'héritiers.

Je devais vraiment faire une drôle de tête, car Aaron s'attela aussitôt à m'expliquer de quoi il en tenait. Il est vraiment gentil.

- Si tu te décides à monter sur le trône, tout ceci te sera longuement expliqué, m'assura-t-il.

- Oui, enfin, il y aurait d'autres choses à expliquer, lança Ace, un sourire moqueur collé au visage. Des choses un peu plus importantes.

Son sourire était clairement sournois et destiné à l'intention d'Aaron. Ce dernier, dont le regard était si doux jusque-là, se tourna vers Ace, le regard à présent glacial. Les deux se toisèrent, les bras croisés. Super, visiblement, eux aussi, ils ne s'entendent pas non p lus...

- Fais attention Ace, tu sais que je n'ai pas un grand sens de l'humour.

Sa voix était parfaitement stable et étonnamment calme, mais la menace n'en reste pas moins à peine voilée. Décidément, Ace a un certain talent pour agacer les gens. C'est presque un don à ce stade.

- J'ai presque envie que tu mettes ta menace à l'exécution, répondit simplement Ace. Seulement, j'ai une collection sur laquelle je dois travailler.

- Une collection ? Répétais-je.

Cette fois, j'étais vraiment curieuse et bien qu'Ace n'ait pas l'air d'être quelqu'un de très avenant, je me risquai à lui poser la question.

- Ace est styliste, expliqua Yuki. Il est à la tête de la maison Fair.

Alors ça... Quelle incroyable coïncidence. Non, en fait, c'est le plus beau jour de ma vie. Je vous ai déjà dit que j'étais fan de mode et que j'avais une maison de couture préférée ? Le styliste à la tête de cette maison de couture n'a jamais fait d'apparition publique et travaille sous un faux nom. Je ne pensais pas qu'un jour, je découvrirais son identité et encore moins que je pourrais lui parler aussi facilement.

- Le créateur à la tête de Fair ?

- Tu connais ? Me lança Ace, les bras croisés.

Son attitude laisse transparaître une nonchalance et une lassitude plus qu'évidentes, mais bon, je ne vais pas me laisser abattre pour si peu. C'est un rêve que je suis en train de réaliser. Les yeux pétillants, je vins lui donner ma réponse.

- Si je connais ? Il y a erreur. Je suis fan !

Ses lèvres se recourbèrent légèrement et c'est avec le regard un peu plus chaleureux, qu'il sembla s'ouvrir un peu plus à la discussion. Ses yeux écarlates sont encore plus beaux lorsqu'ils sont habités par la lueur de la passion qu'il éprouve pour son travail.

- La nouvelle collection est incroyable, le complimentais-je sincère.

Cette fois, c'est avec un sourire espiègle qu'il se tourna vers Aaron. Ce dernier s'était légèrement assombri en le voyant faire. Je crois qu'Ace lui tape franchement sur le système.

- Elle est si mignonne, je t'avoue que je suis tenté de te la voler, déclara-t-il.

« Te la voler ? ». Pardon ?

Cette phrase eut le don d'énerver Aaron encore un peu plus. Seulement, pas de réaction aussi violente que celle de Yuki. Il se contenta juste de le fixer, avec un regard si froid qu'Ace ne le soutint pas plus de quelques secondes.

Il leva les mains en l'air comme pour signifier son abandon, avant de tourner les talons.

- On ne peut même plus rigoler, soupira-t-il.

Juste avant de quitter la pièce, il se tourna vers moi, un air amusé collé au visage.

- Si tu veux assister à un défilé, fais-moi signe, me lança-t-il.

Il sortit en refermant délicatement la porte. Cette fois, je vins me pincer la cuisse sous la couverture. Je vais avoir le droit d'assister à un défilé ? Ok, malgré tout ce qui a pu m'arriver, c'est vraiment le plus beau jour de ma vie.

Mon euphorie se vaporisa cependant assez rapidement, à cause de la tension palpable qui régnait à présent dans la pièce.

- Quel artiste de pacotille, souffla Yuki en scrollant sur son portable.

Nayra lui décocha un regard narquois et Yuki fit mine de l'ignorer. Il semblerait que le traitement " Lancer de dagues" ne soit réservé que pour un certain artiste. Visiblement, y a beaucoup de choses à savoir sur les héritiers. Le genre de trucs pour lesquels Jennic paierait une fortune.

- Mais qu'est-ce-qu'il voulait dire par « me voler à toi » ? Ne pus-je m'empêcher de demander à Aaron.

La tension s'envola aussitôt, quasiment tout le monde se mit à pouffer dans la pièce. Aaron se massa la tempe, ennuyé, pendant qu'Eden et moi, on les regardait interrogateurs.

- Ça, c'est une sacrée histoire, déclara simplement Nayra. Je suppose qu'Aaron a tout son temps pour te la raconter. Allez, à plus.

Elle et Yuki sortirent de la pièce, en gloussant. Le mystère ne fait que s'épaissir. Je me tournai vers Aaron, en même temps qu'Eden, curieuse.

- Ne les écoute pas, il n'y a rien à savoir. Repose-toi bien, me conseilla-t-il avant de quitter la pièce.

Il avait l'air drôlement embarrassé. Son regard était devenu drôlement fuyant tout à coup.

- Galatea, je crois que tu nous dois des explications, ricana Eden.

- Oh, crois-moi, ça aurait été avec plaisir. Mais je crois que c'est plus marrant de laisser ça comme ça. Crois-moi, tu vas bien rire.

Elle prit congé, je me retrouvai donc avec Eden.

- C'est quoi cette histoire ?

- J'ai ma petite idée. Enfin, ce n'est pas le sujet. Qu'est-ce-que tu veux qu'on fasse ? Je te suivrai qu'importe ton choix.

Honnêtement, ce n'est pas une décision à prendre à la légère. Alors qu'Eden me fasse confiance pour un choix pareil, ça montre juste à quel point notre confiance en l'autre est solide. Qu'importe ce qui peut nous arriver, Eden et moi, on sera toujours l'un pour l'autre.

- Je ne sais pas, avouais-je. Mais je veux pouvoir te protéger, Eden. Je ne pourrais le faire uniquement en étant entraînée convenablement. C'est-à-dire comme une héritière. Je suis donc prête à monter sur le trône, si tu es ok avec ça.

Je sais que je viens de prendre une décision colossale drôlement facilement. Néanmoins, quelque chose me dit qu'on n'avait pas réellement le choix. Malgré le ton amical d'Edgard, les royautés sont condamnées à régner. En plus, j'éprouve une curiosité peut-être un peu mal placée vis-à-vis de tout ça.

- Alors, c'est décidé.

NDA : Chapitre lourd en révélations... Qu'est-ce-que vous en avez pensé ?

Chapitre sept :

NDA : Bonne lecture !

Edgard Ophelis, ainsi que la cour royale, attendirent patiemment que je recouvre mes forces afin d'annoncer la date du couronnement. Ce ne fut donc que deux jours, après que mon état s'est stabilisé, que le couronnement allait prendre place.

Voilà pourquoi en ce moment même, on est en train de me préparer pour la cérémonie. Vu la façon dont le personnel s'affaire un peu partout dans le palais, j'imagine qu'ils attendaient tout ce jour avec impatience. C'est même surprenant qu'ils aient eu la décence d'attendre que je sois de nouveau sur pieds.

-Voici les robes proposées ! S'exclama avec enthousiaste une servante.

Elle venait d'entrer dans ma chambre. À sa suite, une panoplie de robes accrochées à des cintres, eux même suspendus à un portant. J'avoue que j'ai presque failli devenir aveugle, mais en même temps, comprenez-moi, elles sont éblouissantes. Mon esprit a beau être tourmenté par de nombreux tracas, vous commencez à me connaître, lorsqu'il est question de beaux habits, j'ai tendance à revoir mes priorités assez vite. (Oui, je sais, je suis très responsable !).

-Wow ! M'exclamais-je, les yeux pétillants

Ma réaction amusa toutes ces femmes qui étaient chargées de me préparer pour le grand soir. Je ne peux pas leur en vouloir, elles n'ont sûrement pas l'habitude de voir une royauté se comporter ainsi. Néanmoins, même si je suis prête à adopter les codes de ce nouveau monde dans lequel je vais officiellement entrer ce soir, je ne veux pas que ma personnalité s'efface aux dépens de mon devoir.

-Vous êtes exactement comme votre mère, votre majesté, plaisanta l'une d'entre elle.

-Ah bon ? Répondis-je étonnée tout en observant de plus près une splendide robe noire.

-Oui, elle était très coquette et adorait les belles choses.

-Telle mère, telle fille, répondis-je amusée.

Le sujet de mes parents biologiques est un sujet sur lequel je souhaite m'attarder plus tard. Pour l'instant, je m'en fiche éperdument.

Revenons-en à ce qui m'intéresse réellement, c.-à-, les robes !

C'est après avoir longuement débattu avec moi-même et avoir mesuré le pour et le contre de chaque robe que je finis par faire mon choix.

- Vous avez l'air si concentrée, votre altesse, me taquinèrent-elles.

- Ce n'est pas un choix trivial, vous avez !

Elles éclatèrent franchement de rire. Cette simple vision libéra une douce chaleur dans ma poitrine. Depuis qu'on a accepté de monter sur le trône avec Eden, tout le palais est en joie. Ils n'arrêtent pas de sourire et de rire aux éclats pour un rien. Ce serait mentir de dire que ça ne me touche pas. Pour être honnête, bien au contraire même.

-J'ai vraiment eu un coup de cœur pour celle-là, confiais-je aux servantes. Mais quel dommage, les autres vont être renvoyées.

J'ai bien conscience qu'il faut faire un choix, mais bon, je peux me permettre d'être un peu capricieuse, non ?

- Elles sont à vous, votre altesse. Quelle princesse digne de ce nom n'aurait pas une panoplie de robes ?

Oh. C'est vrai. Je vais bientôt prendre place sur le trône royal, ce genre de choses, ce n'est rien du tout pour de telles personnes. Les royautés ne sont pas capricieuses, tout leur est simplement dû.

J'ai visiblement encore un peu de mal à me rappeler mon nouveau statut, elles ont l'air de l'avoir bien compris. Les autres robes furent rangées dans mon dressing qui était situé dans une pièce un peu plus loin dans le couloir. Pendant qu'elles étaient en train d'appeler le personnel qui allait s'occuper de mes cheveux et de mon maquillage, je ne pus m'empêcher de m'éclipser discrètement pour aller jeter un coup d'œil dans le fameux dressing.

Croyez-moi, le détour en valait le coup !

C'était une pièce construite en marbre blanc, avec de légers éclats noirs. Une pièce très lumineuse en somme. C'est un dressing grand et spacieux. Au centre de la pièce, une table était érigée, cette dernière a été fabriquée dans des matériaux nobles qui ne la rendent que plus impressionnante. À cette même table, un fauteuil moelleux était accoudé. Je laissais mes doigts parcourir distraitement le cuir de ce dernier, tout en observant le reste de la pièce.

Toutes les poignées des tiroirs ou même des armoires sont teintées d'une douce couleur or, apportant un contraste agréable au reste de la pièce.

Ma curiosité fut plus forte que tout et je ne pus me retenir d'ouvrir chacun des placards, chacun des tiroirs et chacune des armoires. Ne me regardez pas comme ça... Je cède juste assez facilement à mes désirs, d'accord ?

En même temps, qui agirait autrement ? Je n'arrive toujours pas à réaliser qu'ils ont acheminés des habits tous plus luxueux les uns que les autres de tous les royaumes et qu'ils sont, maintenant, entreposés dans mon dressing, à ma complète disposition. Il y a même plusieurs créations d'Ace ! Désolée, mais c'est vraiment surréaliste ! Est-ce-que je vais me plaindre, cependant ? Sûrement pas !

- Votre altesse ? m'interpella la coiffeuse en chef.

Je sortis presque hâtivement de la pièce avant de les rejoindre, un air innocent sur le visage. Je ne sais même pourquoi j'agis comme si j'étais fautive, tout ça est bel et bien... À moi. Même si ça reste encore un peu compliqué de s'habituer à de telles pensées.

Elles me firent signe de prendre place devant le miroir, je m'exécutais bien sagement pour ne pas leur rendre la tâche plus pénible, même si elles ont l'air de bien s'amuser.

Elles s'occupèrent dans un premier temps de mes cheveux. Ils furent délicatement ondulés pour retomber avec grâce sur mes épaules. En ce qui concerne le maquillage, il fut décidé de manière

à pouvoir se marier à la douce couleur lilas de ma robe. De ce fait, on opta pour un maquillage plutôt doux, mais tout de même celui que seule une future reine porterait.

Puis vint enfin la partie la plus excitante de tout ça. La robe ! Je ne pus m'empêcher de trépigner d'impatience à l'idée de pouvoir l'enfiler.

Je pense avoir fait le meilleur choix possible. Elle est tout bonnement divine. La robe est, comme je l'ai dit précédemment, colorée à l'aide d'un doux lilas et ornée par de délicates décorations représentant de jolies roses sur le devant de la parure. On peut retrouver des belles broderies dorées autour du col en V, rendant la pièce encore plus exceptionnelle. C'est une robe féérique pour un jour justement complètement irréel.

-Vous êtes superbe, votre altesse.

-C'est grâce à vous, les complimentais-je, souriante.

-Vous avez la beauté de votre mère, nous n'avons pas tant fait, m'assurèrent-elles, tout de même contentes du compliment.

Elles prirent congé, me laissant un peu de temps pour me préparer mentalement pour un des jours les plus importants de ma vie. Si ce n'est le plus important. Toutefois, j'avoue que je ne sais même pas comment on peut se préparer à l'idée de voir sa vie être autant chamboulée. Et encore, ce n'est qu'un euphémisme là. Je serais bien allée parler à Eden, mais j'imagine que lui aussi, il doit être occupé.

Je finis par soupirer, me laissant tomber sur la chaise face à ma coiffeuse, faisant face au miroir qui la surplombait.

-Princesse Myriam Heaven, ça ne sonne pas trop mal, non ? Murmurais-je à l'intention de mon propre reflet.

Je ne m'attends pas à de réponse, (sinon je serais bonne pour l'asile), mais tout de même, c'est un peu triste de n'entendre que l'écho de sa voix dans une pièce aussi silencieuse, surtout lorsqu'on a vraiment envie de parler à quelqu'un.

Je soupirais, avant de laisser ma tête tomber sur le haut du dossier de ma chaise, fixant alors le plafond.

Franchement, je suis vraiment soulagée de ne pas être toute seule dans cette " nouvelle aventure". Si je n'avais pas Eden à mes côtés, j'aurais probablement agi très différemment.

Perdue dans mes pensées, je faillis ne pas entendre la personne qui venait de toquer à ma porte.

-Je peux entrer ? Demanda Galatea de l'autre côté

-Bien sûr.

La visite de Galatea, c'est pile ce qu'il me fallait. J'aurais fini par faire les cent pas dans ma chambre, stressée et nerveuse. Alors qu'une fois que je l'aperçus avec son habituel sourire réconfortant, je me sentis aussitôt plus légère.

Certes, Eden est complètement mon pilier dans tout ça, mais je ne peux pas ne pas mentionner Galatea et Jennie qui n'ont pas cessé de venir me voir pendant que j'étais clouée au lit. Je suis vraiment loin d'être seule, et ça, ça n'a pas de prix.

-T'es sublime, Myriam.

-Toujours moins que toi, Galatea.

Et c'est la vérité ! Elle est vêtue d'une longue robe bleue avec un effet léger. La robe possède plusieurs détails qui la rendent encore plus spectaculaire lorsqu'on s'y attarde. Par exemple, les jolies broderies dorées qui viennent la parsemer la rendant angélique. Pour ajouter à cette allure absolument divine, Galatea a joliment tressé ses cheveux. Je ne parle même pas de ses bijoux, elle a des goûts exceptionnels !

Les coins de ses lèvres se recourbèrent, accompagnant parfaitement ses yeux pétillants de joie. Galatea ne fait pas exception à la règle, avec le retour de la monarchie Heaven, elle est aux anges.

-Oh arrête, tu as la beauté de ta mère, personne ne peut rivaliser !

-Ce n'est pas la première fois que j'entends ça ! J'ai envie de voir un portrait d'elle. Et de mon père aussi !

Depuis la tragédie qui a décimé la famille Heaven, les portraits officiels ont disparu de la circulation afin de pouvoir permettre au peuple de faire son deuil. Je ne sais donc pas à quoi mes parents biologiques ressemblent, mais ce n'est pas la curiosité qui me fait défaut. Surtout au sujet de ma mère biologique. À chaque fois que je croise quelqu'un dans le palais, ils ne peuvent pas s'empêcher de s'attarder sur la ressemblance et de la commenter tout contents.

-Ne t'en fais pas, tu en verras très bientôt. Le royaume est en fête, les portraits royaux vont être très vite de retour.

Elle s'assit sur le coin de mon lit et on se mit à discuter pendant deux bonnes heures. C'est dommage que Jennie n'ait pas pu venir. En tant que membre de la haute noblesse du royaume Heaven, elle doit être affairée à se préparer.

- Oh, on devrait y aller, remarquais-je en jetant un coup d'œil à l'horloge.

- Tu as raison, il ne faudrait quand même pas que la star de la soirée soit en retard, me taquina-t-elle.

Je levais les yeux au ciel, amusée. Ça me fait juste plaisir qu'on puisse discuter ainsi, je craignais un peu que mon nouveau statut change les choses entre mes amis et moi. Heureusement, ce ne fut pas le cas, loin de là.

Elle me tendit son bras, un doux sourire aux lèvres. Quelle délicate attention ! Je le pris volontiers, lui rendant son sourire. Elle ouvrit la porte, nous permettant de nous extirper de la chambre, pour faire face à Eden qui nous attendait dans le couloir.

Je suppose, à la vue de son allure, qu'il a également eu le droit à une préparation digne de ce nom. Il porte une belle chemise en lin, dont le prix doit être composé de plusieurs zéros, tant la qualité de la pièce est criante. À cette chemise, s'ajoute un pantalon noir en toile et un blazer bleu nuit que mon frère ne se donne, pour l'instant, pas la peine de porter.

Ça lui sied à ravir, il n'y a pas à dire !

On se mit à discuter sur le chemin de la salle de cérémonie pour apaiser un peu mon anxiété grandissante. Je me demande comment Eden fait pour conserver son calme olympien dans une situation pareille. Peut-être que j'en fais trop ? Non. C'est définitivement lui qui ne se fait pas assez de souci !

-T'es très jolie, me complimenta Eden.

-Toi aussi.

On se sourit avant de dire d'une même voix.

-C'est parce qu'on a la beauté de notre mère.

On éclata de rire avec Galatea. Rires qui se dissipèrent assez rapidement une fois que nous arrivâmes à destination.

Une fois devant les gigantesques portes de marbre, deux gardes s'inclinèrent avant de nous ouvrir le passage.

Ce fut alors une pièce éclatante qui vint nous accueillir. Une grande pièce conçue à l'aide d'un marbre éclatant. Le plafond, comme dans de nombreux autres pièces, était décoré par des peintures représentant le royaume céleste. Le royaume des Dieux. Plusieurs chandeliers en cristal venaient éclairer la pièce, une touche de vie était ajoutée à l'aide des nombreuses plantes qui venaient décorer les escaliers et les murs.

De nombreux balcons étaient disposés un peu partout dans la pièce, balcons menant directement à des loges privées qui sont sûrement reservées pour une certaine partie de la haute société et pour les autres familles royales.

Des serveurs faisaient le tour de la salle, avant d'offrir des encas et des rafraîchissements aux invités.

Je ne pus m'empêcher d'avoir les yeux pétillants, c'est vraiment un décor féerique. Enthousiasme qui fut mis à rude épreuve à l'instant où je ne pus m'empêcher de remarquer que tous les regards convergeaient vers nous. C'est difficile d'agir normalement avec autant d'attention dirigée vers soi. En plus, je n'ai jamais été la cible d'autant d'attention, ça ne va vraiment pas être facile de s'y habituer.

Je m'attendais à ce qu'on soit un peu dévisagés et pris de haut. Après tout, on est vraiment loin d'avoir vécu comme des nobles pendant tout ce temps. Néanmoins, ce ne fut absolument pas le cas.

La réaction des nobles du royaume Heaven comme des citoyens plus lambda fut la même. Ils s'inclinèrent tous, les larmes aux yeux. Je fus un peu déconcertée.

Est-ce-que notre venue leur apporte autant de réconfort ?

Je me sens presque coupable quand je vois leur bonheur, d'avoir songé à refuser cette place. Même si ce fut une pensée expéditive. Après tout, comme je l'ai déjà dit, je sais très bien qu'on n'avait pas vraiment le choix. Comment on aurait pu continuer à vivre normalement après avoir littéralement refusé le trône royal ? Ça aurait été juste impossible.

En plus de ça, si nous avions refusé, nous aurions été exposés à un danger sans précédent et je refuse de vivre ce que j'ai vécu cette nuit-là. La vision d'un Eden sans vie continuera de me hanter pendant longtemps.

Toutefois, à présent, en voyant tous ces visages heureux, plein d'espoir, j'ai envie de me battre pour eux et de les protéger également.

Tout ça porte à confusion. J'ignorais que j'étais quelqu'un d'aussi altruiste.

-Relevez-vous, dit Eden d'une douce voix. Cette longue et difficile ère est terminée.

Je fus surprise de son intervention, j'ai rarement vu les yeux d'Eden emplis d'une telle douceur. J'imagine qu'il ressent la même chose que moi. Un besoin presque vital de leur apporter sécurité et prospérité.

Ils se redressèrent tous, peinant à stopper ce flot de larmes qui s'échappait de leurs yeux.

Deux enfants qui se tenaient devant la foule, nous regardaient un peu appréhensifs. Je leur adressais un sourire, ce qui les encouragea à prendre la parole.

-Vous nous protégerez ? Murmura le petit garçon

Je ne vois pas de parents autour d'eux. Les habitants du royaume Heaven ont tellement souffert alors que les autres royaumes vivent dans la prospérité et l'abondance.

Plusieurs guerres civiles ont éclaté et la famine était monnaie courante. Ça a dû être si difficile pour eux.

Notre « retour » est littéralement la meilleure chose qui pouvait arriver au royaume.

Ils ont besoin plus que jamais d'être rassurés, de savoir que nous sommes là et que nous ne comptons par repartir. Je ne vois pas de meilleure manière pour le faire que de leur parler avec le cœur.

-Je vous promets qu'à partir d'aujourd'hui, vous ne souffrirez plus jamais. Je le jure sur ce que j'ai plus de cher.

Leurs yeux s'emplirent à nouveau de larmes, je vins les serrer dans mes bras, la gorge nouée par l'émotion. Ces enfants ont dû vivre un enfer pour que des simples paroles les émeuvent tellement. Eux comme tous ceux présents dans cette pièce.

Je finis par les relâcher et leur adresser un sourire avant d'avancer sur le tapis rouge avec Eden.

Au bout du tapis de soie pourpre et des escaliers en marbre noir, se trouvait Edgard Ophelis et à côté de lui, deux gardes portant des coussins sur lesquels reposaient nos couronnes. On commença à gravir les escaliers, chaque pas rendant un peu plus réel tout ce qui était en train de nous arriver.

Juste quelques mètres avant, nos parents « adoptifs » se tenaient, heureux. J'ai pu les voir durant mes jours de repos. On a pu vraiment discuter de fond en comble de tout ça. Les voir m'a permis de me conforter dans mon choix. Je pense sincèrement que ce monde a besoin de gens qui ont aussi vécu parmi le peuple et non pas que dans les enceintes du palais.

Avec Eden, on s'arrêta à leur niveau avant de les étreindre.

-On est si fiers de vous, murmurèrent-ils d'une même voix.

Même si je deviens une héritière, même si je viens de découvrir l'identité de mes parents biologiques, ils seront éternellement mes véritables parents. L'amour que je leur voue est inconditionelle, bien plus fort que des liens de sang.

- Allez-y, murmura ma mère en nous poussant avec délicatesse vers Edgard.

Une fois face à lui, au sommet des escaliers, on s'abaissa légèrement pour qu'il vienne déposer les couronnes sur nos têtes. La salle peinait à retenir son souffle, après tout, c'est un moment historique. Personne ne pensait qu'un jour, la lignée Heaven reviendrait parmi nous.

-Aujourd'hui, je déclare le retour de la monarchie Heaven. Myriam et Eden Heaven, je vous déclare comme les héritiers de ce royaume. Que les cieux bénissent votre règne.

Il déposa les couronnes sur nos têtes, je sentis aussitôt un poids de responsabilités s'abattre sur mes épaules et pourtant, je sens que malgré les difficultés, nous sommes nés pour ça avec Eden.

La seconde et dernière étape du couronnement consiste à adresser une prière envers la déesse, chargée de la protection du royaume Heaven.

On s'agenouilla en face de l'autel. La déesse protectrice du royaume Heaven est une des déesses les plus puissantes du royaume céleste. Chaque royaume est affilié à une divinité.

Je ne vous ai pas encore parlé de notre univers. Il est divisé en quatre mondes, le nôtre, un second peuplé d'êtres très similaires aux humains, le monde des enfers et enfin le monde céleste. Ce dernier règne en maître suprême sur tout le reste. Ils sont au-dessus du commun des mortels et n'hésiteront jamais à le rappeler si un peuple venait à se rebeller contre l'ordre établi.

Pour être tout à fait honnête, je ne suis pas vraiment fan de ces cultes que l'on voue aux Dieux de notre naissance jusqu'à notre mort, mais je ne le mentionne jamais. Vous n'imaginez pas ce que ce genre d'idées peut coûter. Mes propres parents et même Eden ignorent ce que je pense réellement de ces pratiques. Je me contente d'être simplement hypocrite à ce niveau.

Une fois la prière terminée, on se redressa. La pièce qui était restée silencieuse durant ces quelques minutes, se mit à nous regarder, les yeux pétillants de bonheur.

Avec Eden, on s'échangea un regard.

Ce dernier m'adressa un sourire. Il pense à la même chose que moi. On se releva avant de se tourner vers tous ces gens qui ont tant espéré notre arrivée.

J'attrapais une coupe et la levais vers le ciel.

-Au retour de la prospérité dans ce royaume, dis-je d'une voix claire et pourtant forte.

NDA : Vraiment slay les jumeaux.

Chapitre huit :

NDA : Enjoy !

Les applaudissements et acclamations retentirent dans la grande salle durant une poignée de minutes. Mon cœur se réchauffa agréablement. Je n'avais vraiment pas à m'en faire. Tout se déroule comme prévu. La cérémonie est pour l'instant un franc succès.

Les acclamations finirent par se dissiper, permettant à tout le monde de pouvoir profiter de la soirée qui s'offrait à nous. Cette soirée est importante pour de nombreuses raisons pour Eden et moi. C'est toute la haute noblesse qui va défiler devant nos yeux au cours de cette soirée. Ils vont tenter de créer un lien, lien qui a été effacé par la tragédie.

Je les vois déjà venir nous parler de nos parents et d'à quel point, ils sont exceptionnels. Néanmoins, c'est là où il ne faut pas se faire avoir. Contrairement aux classes sociales les plus basses, les nobles du royaume Heaven n'ont pas souffert de la pauvreté ou encore de la famine. Non, bien au contraire, ils étaient bien au chaud dans leurs multiples résidences, profitant de ce chaos pour semer encore plus de discorde discrètement afin de s'enrichir.

Le malheur des uns fait le bonheur des autres. Un tel dicton se révèle vrai dans une époque comme celle-ci.

Tout ça pour vous expliquer qu'il ne faut pas être aveugle et croire que ces gens sont heureux de nous voir. Bien sûr, lors de notre entrée et de notre discours, ils ont affiché de grands sourires, mais intérieurement ? Ils doivent être en train de fulminer.

Ils ne comploteront pas contre nous pour la simple et bonne raison qu'on est les Élus des Dieux. Qui voudrait se frotter à des gens avec un titre pareil ? Toutefois, je sais que lorsque le moment pour moi viendra de fouiner dans les dossiers de la gestion du royaume, je risque de trouver de nombreux problèmes. Enfin, tout ça, c'est pour un autre jour. Profitons de la soirée, les besties.

Alors qu'on venait de saluer un énième couple de nobles, les héritiers qui étaient descendus de leurs loges privées se joignirent à nous. Évidemment, ils se sont également élégamment vêtus pour l'occasion. Je ne pus m'empêcher de remarquer qu'Aaron n'était pas avec eux, je me demande bien où il est. Il y a de nombreuses personnes avec qui je n'ai pas encore pu passer du temps ce soir. Galatea, par exemple, qui est occupée à saluer certaines personnes avec son père, pareil pour Jennie avec ses parents.

Je doute que je vais avoir l'occasion de leur parler ce soir, mais bon. Mes parents adoptifs, eux, sont rentrés chez eux. Ils sont assez âgés et ont une constitution fragile, donc il est plus approprié pour eux de rentrer tôt. Ils sont escortés par un convoi de gardes, je n'ai donc pas à m'inquiéter pour eux. Ils ont refusé de vivre dans l'enceinte du palais, préférant le confort de la maison que j'ai habitée toute mon adolescence. Je me doutais bien qu'ils refuseraient, ils ne sont pas du genre à aimer tout ce luxe étalé à la vue de tous. Du moment qu'ils sont en sécurité, je n'ai aucun problème avec leurs choix.

- Pour des gens qui viennent d'apprendre qu'ils sont héritiers depuis même pas quelques jours, vous assurez ! Nous complimenta Nayra.

Elle est mignonne. C'est gentil de sa part, parce que pour l'instant, on n'a pas eu grand-chose à faire, mais ça reste agréable à entendre. En plus, c'est une bonne manière de commencer la discussion puisque aussitôt, on se mit à discuter de bon train avec les héritiers qui se montrèrent tous plutôt agréables.

Alors que Yuki m'expliquait quelque chose et que je l'écoutais distraitement, je laissais mon regard parcourir le reste de la pièce.

Bien que j'aie affirmé qu'il y ait une hypocrisie criante de la part des nobles, je ne peux pas nier que cette soirée est spéciale. Pour la simple et bonne raison qu'il n'y a pas de démarcation sociale parmi les invités.

Le temps d'une soirée, les plus hautes classes de la société discutent joyeusement avec les plus basses. Même si ça paraît presque utopique en cet instant, c'est à ce genre de monde que j'aspire. Un monde où le blason n'a pas lieu d'être.

Un monde libre de hiérarchie sociale. Un monde juste libre.

Je suis probablement très ambitieuse pour quelqu'un qui ne sait même pas gérer les bases du rôle d'une héritière, mais bon, il n'y a pas de mal à rêver, non ?

Après tout, c'est le seul moyen pour s'échapper de nos réalités qui sont parfois si cruelles.

- Myriam, tu m'écoutes ? M'interpella Yuki.

Évidemment, ce n'est pas au regard perçant de Yuki qu'on peut échapper, surtout lorsqu'elle nous parle et qu'on l'écoute à moitié. Je lui adressais un sourire désolé. Elle arqua un sourcil, ne tombant pas dans mon petit piège. À mon humble avis, Yuki est l'héritière la moins manipulable. Elle a une excellente et profonde compréhension de l'environnement qui l'entoure. Comment est-ce-que je peux affirmer une telle chose alors que je ne lui ai quasiment jamais parlé ? Ça, c'est une question pour un autre jour, les besties !

- Oh, désolée, j'étais un peu distraite.

- Oh, par Aaron ? Demanda-t-elle narquoise.

Qu'est-ce-qu'elle est fourbe ! En voilà une manière de me rendre la monnaie de ma pièce. Je me demande, c'est quoi le problème avec Aaron, je doute que quiconque ait remarqué que je le trouvais vraiment très beau. De toute évidence, il y a quelque chose que j'ignore.

Ce dernier était un peu plus loin, en train de discuter avec un homme à l'allure impeccable.

- Non ? Lui répondis-je un peu surprise de sa suggestion.

Si je la joue suffisamment idiote, ils vont finir par m'expliquer de quoi il en retourne.

- Le pauvre, rit Ace, amusé avant de boire une gorgée de sa coupe.

- Mais c'est quoi cette histoire avec Aaron ? Demandais-je.

En guise de réponse, des gloussements se firent entendre. Ils ont vraiment l'air très amusés par la situation. Même Eden a le regard malicieux, de toute évidence, j'ai un lien " romantique" avec Aaron. Il ne reste plus qu'à savoir lequel.

- Va lui demander, suggéra Nayra, un sourire au coin des lèvres.

- Non, à tous les coups, c'est un truc gênant.

C'est Ace qui se donna pour rôle de me convaincre. La situation a l'air de beaucoup l'amuser. J'ai la drôle d'impression que c'est le genre à mettre son grain de sel dans n'importe quelle histoire, du moment que ladite histoire est suffisamment divertissante.

- Je te donne un pass VIP pour tous mes défilés si jamais tu vas lui parler.

Visiblement, il est très doué en négociations. Il a frappé exactement là où il fallait. Je ne peux pas le nier, c'est un marché très alléchant. Mon hésitation sembla les ravir. Amusée par leurs comportements, je finis par céder intérieurement. Autant aller demander directement au principal concerné. À mon avis, Aaron sera plus enclin à m'expliquer la situation.

- Bon, c'est d'accord. Mais je veux mon pass demain !

- C'est comme si c'était fait, répondit Ace, le nez dans sa coupe.

Impossible de ne pas remarquer son sourire narquois. Il a l'air de s'amuser comme un petit fou. Je dus faire un effort monumental pour ne pas rire à mon tour. Bon, allons parler à Aaron. Même si j'avoue que ça, ça m'intimide un peu. Comprenez-moi, il est vraiment séduisant et je ne parle même pas de sa voix.

Je pris une profonde inspiration intérieure avant de m'avancer vers Aaron. Ce dernier était toujours encore en train de discuter avec cet homme. L'homme semblait ravi d'avoir l'occasion de discuter avec Aaron, tandis que ce dernier... Comment expliquer ?

Son corps se meut d'une manière qui laisserait penser qu'il est engagé et intéressé par la conversation. L'homme a l'air d'être convaincu qu'Aaron le tient en estime et qu'il éprouve un réel intérêt pour leur conversation. En fait, n'importe qui penserait une telle chose devant cette scène. Néanmoins, si on s'arrête deux minutes sur les yeux d'Aaron, c'est une autre réalité qui s'offre à nous.

Bien qu'il soit en train de sourire à ce type, son regard, lui, n'a rien de chaleureux. Bien au contraire. Il est glacial. Je ne vois pas de mot plus adéquat que ce dernier pour le qualifier.

Je me demande qui est ce type pour susciter un tel dégoût chez Aaron. Sûrement quelqu'un impliqué dans une des institutions suprêmes. Il n'y en a que deux. La première, c'est le conseil suprême. La seconde, c'est le temple suprême. Une chance sur deux. J'aurais tendance à parier sur la première. Cet homme a la trempe d'un homme d'affaires, je le vois mal se placer sur la ligne des Hommes ayant dévoué leurs vies au royaume céleste.

N'allez pas croire que ceux qui travaillent pour le temple suprême sont des saints. Bien au contraire. Je sais que mon discours peut paraître biaisé. Après tout, j'ai déjà exprimé mon aversion pour le royaume céleste, mais croyez-moi, on ne peut pas me blâmer pour ça.

Mes pensées furent interrompues momentanément, une fois arrivée devant Aaron et l'homme en question. Ils se tournèrent vers moi, deux sourires me faisant à présent face. Il n'y a qu'un sourire qui paraisse sincère, je vous laisse deviner lequel.

- Votre majesté, me salua-t-il d'une légère révérence. Je me présente, je suis Jude Parson. J'appartiens au conseil suprême.

Bingo. En plein dans le mille.

Je pense qu'une explication du rôle du conseil suprême dans notre monde s'impose. Ce sont eux qui font passer les lois que les gouvernements de chaque royaume crée. Impossible d'appliquer une loi s'ils ne l'ont pas validée au préalable. Ils ne doivent pas être sous-estimés. Ils ont autant de pouvoir et d'influence que les familles royales. Ils peuvent s'opposer à ces dernières, voire pire... En effet, ils sont là pour s'assurer qu'aucun monarque ne décide d'imposer une dictature.

Les identités des Hommes qui siègent au conseil suprême sont un mystère complet, sauf pour les familles royales. Le spectre d'âge est assez varié au sein de ce dernier. De plus, ses membres viennent tous de royaumes différents afin de respecter une certaine parité. Il y a également une parité de genre.

En somme, je viens de rencontrer mon premier membre du conseil suprême. J'aurais beaucoup affaire à eux dans le futur, essayons de garder notre relation cordiale pour l'instant.

C'est pour ceci que je le saluais poliment, avec un sourire complètement feint.

- Enchantée de faire votre connaissance.

- De même, votre altesse. Je serais ravi de discuter un peu avec vous pour faire plus ample connaissance, mais je suppose qu'il serait plus avisé de vous laisser, vous avez sûrement beaucoup de choses à vous dire, rit-il, amusé avant de prendre congé avec une dernière révérence.

Tant mieux. Je ne tenais pas plus que ça à discuter avec lui aujourd'hui. Il s'éloigna, avant de rejoindre d'autres adultes qui nous lançaient des regards à la dérobée, amusés. C'était loin d'être un phénomène isolé, puisqu'à présent, toute la pièce nous observaient discrètement.

Difficile de ne pas remarquer que les discussions sont bien moins bruyantes d'un coup et qu'ils tendent discrètement l'oreille pour nous écouter. Ça donne franchement l'impression d'être espionnés, ce qui n'est pas vraiment agréable.

Je me tournais vers Aaron pour voir si son visage trahissait quoi que ce soit. Excepté une nervosité apparente, pas grand-chose à noter.

- Je peux t'aider ? Bafouilla-t-il.

Comment aborder le sujet ?

- Ce sont ces débiles qui t'ont dit de venir me voir, hein ?

Mon silence fit office de réponse. Il lança un regard par-dessus mon épaule pour fusiller du regard les " débiles". Impossible de rater les gloussements de ces derniers, même si j'étais dos à eux et à une bonne dizaine de mètres.

Devant la réaction enfantine du groupe, Aaron se contenta de soupirer et d'enfouir ses mains dans ses poches. Je rêve ou... ?

- Attends, t'es fiancé ? M'étonnais-je en voyant une bague sur son doigt avant qu'elle ne disparaisse dans sa poche.

Cette fois, le reste de la salle ne s'encombra pas des faux-semblants, ils éclatèrent tous de rire.

J'eus un peu de mal à cacher mon embarras, je l'avoue. J'ai une hypothèse qui expliquerait la raison de leurs rires, mais ça me paraît complètement surréaliste.

Il porte une bague sur son annulaire, comme le veut la tradition. En plus, comme on ne peut pas se marier avant la majorité, qui est à 19 ans, cela signifie sûrement que c'est une bague de fiançailles.

- Attends quoi, t'es fiancé, Aaron ? Se moqua Ace, feignant la surprise.

Sa réaction ne fit que jeter de l'huile sur le feu, non seulement, mon embarras et celui d'Aaron d'ailleurs ne firent qu'augmenter, mais les rires redoublèrent d'intensité par la même occasion.

- Alors ça, c'est vraiment une surprise ! Mais qui peut bien être l'heureuse élue ? En rajouta Yuki, franchement amusée.

Sans attendre une seconde de plus, Aaron attrapa délicatement ma main avant de m'entraîner en dehors de la pièce, loin des rires. Même en marchant devant moi, il faisait attention à marcher doucement pour pas que je ne me prenne les pieds dans le tapis, avec mes talons. Il finit par s'arrêter au détour d'un couloir. Il a l'air de bien connaître l'endroit.

Le couloir était peu fréquenté, la lueur de la lune venait nous éclairer en traversant cette grande fenêtre qui était à notre droite. Cette douce lumière venait se refléter dans les yeux orageux d'Aaron.

Avec un tel décor, sa beauté n'en est plus que criante. Je n'y avais pas spécialement prêté attention pour l'instant, mais difficile de ne pas s'attarder un peu sur sa tenue maintenant qu'on est que tous les deux.

Pour cette cérémonie, il a revêtu un col roulé noir qui a l'air d'être en lin, par-dessus lequel il a passé un blazer noir. Son pantalon en toile, également noir, était attaché au tour de son bassin à l'aide d'une ceinture tout aussi noire. Je ne suis pas sûre, mais je crois qu'il aime bien le noir. En même temps, ça lui va à ravir !

Une montre dorée venait orner son poignet, apportant ENFIN une touche de couleur. Ce n'est pas chose aisée d'arrêter de l'admirer pour pouvoir mener une discussion normale.

- Désolé pour tout ça, s'excusa-t-il en lâchant ma main, un peu embarrassé.

Je n'avais même pas fait attention que jusque-là, il ne s'était pas séparé de ma main. Mes joues rosirent légèrement.

- Ce n'est rien, assurais-je.

Il me tourna le dos, s'appuyant contre l'encadrement de la fenêtre. Aussitôt, la bague fut de nouveau livrée à ma vue. C'était une bague fine et délicate, ornée d'une pierre violette. Violet qui me rappelle la couleur de mes yeux. De plus en plus d'éléments commencent à confirmer mon hypothèse.

- Je voulais tellement éviter d'avoir à te raconter tout ça pour que tu ne sois pas mal à l'aise, en ma présence. Surtout qu'on va être amenés à se côtoyer souvent.

Il semblait avoir repris suffisamment de contenance et de courage, puisqu'il se tourna à nouveau vers moi. Il planta son regard dans le mien, avant de déglutir péniblement.

- On était fiancés, lâcha-t-il alors d'une traite.

Bon, cette fois aussi, j'ai visé en plein dans le mille. Même si cette fois, j'en fus vraiment décontenancée.

Ma réaction faciale a probablement dû être bizarre, car il s'attela aussitôt à m'expliquer la situation plus en détails.

- Ce n'était pas du tout des fiançailles arrangées, m'assura-t-il. On se connaît depuis qu'on a six ans et on était réellement amoureux, donc on avait décidé de se fiancer quand on avait douze ans. C'était un truc de gamins, mais il semblerait que ce ne soit pas de l'avis de tout le monde puisqu'ils s'évertuent tous à en faire des caisses depuis que tu es revenue.

Alors ça...

Je crois que je l'aurais jamais vu venir. Mais un truc me chiffonne. Même si ça ne devrait pas.

- Si c'est un truc de gamins, comme tu dis, pourquoi as-tu gardé cette bague aussi longtemps ? Demandais-je, les joues brûlantes, en évitant son regard.

Il ne devait pas s'attendre à une telle question, puisqu'il se mit alors à éviter mon regard à son tour.

Un petit silence s'installa pendant une poignée de secondes avant qu'il ne se décide à parler de nouveau, mais je l'interrompis aussitôt.

- Enfin, tu vas me dire, tu as flirté avec moi lorsque que j'avais une autre apparence, donc j'imagine que tu as simplement gardé la bague en tant que souvenir et que tu as tourné la page.

- Non ! S'exclama-t-il aussitôt.

Il passa rageusement sa main dans ses cheveux, il a vraiment l'air très stressé le pauvre. Bon, j'avoue que ça le rend très mignon. On est loin de l'image du prince inaccessible et froid qu'il renvoie en temps normal.

- Je savais que c'était toi.

- Pardon ?

- Je savais que c'était toi, même lorsque tu avais une apparence différente. C'est pour ça que je me suis permis de flirter avec toi.

Je ne pus m'empêcher de l'observer, incrédule. Tout le monde ignorait que nous étions encore en vie, avec Eden. Mais Aaron le savait ?

- Quand on s'est fiancés, on a utilisé un sort en secret pour lier nos âmes. De cette façon, nous ne serions jamais complètement séparés et toujours capables de se retrouver. Donc, je savais que tu étais encore en vie.

- Attends, mais, on devait sacrément s'aimer pour faire une chose pareille, murmurais-je écarlate.

Il ne répondit pas et se contenta de rester silencieux, les joues légèrement pourpres. Son regard était toujours posé sur moi, cela dit. Avec son visage tout penaud, il émane vraiment une énergie de Golden Retriever. C'est adorable, on ne va pas se le cacher.

- Mais pourquoi est-ce-que tu ne l'as dit à personne ? M'étonnais-je.

- J'ai vu que tu étais en sécurité, adoptée par une famille aimante avec Eden. Je me suis dit que ce n'était pas le meilleur moment pour te faire revenir ici. C'était dangereux pour toi. Enfin, pour vous deux.

C'est logique. Il est très prévenant. Je restais silencieuse, plongeant mon regard dans le sien pendant une poignée de secondes. Ses yeux orageux étaient éclairés par le clair de lune, les rendant encore plus mystiques.

-Je vois. Je comprends, répondis-je un peu embarrassée.

-Je suis sincèrement désolé pour tout ça. J'ai demandé à tout le monde de tenir leurs langues, mais c'était vraiment trop leur demander. Encore désolé, je vais jeter la bague.

Il tourna les talons, s'apprêtant à partir. Il a débité sa dernière tirade en littéralement trois secondes. Le pauvre, il est devenu nerveux en ma présence. J'imagine que c'est plutôt normal, surtout que je connais la vérité maintenant.

Prise d'une pulsion inconnue, j'attrapais la manche de son blazer. Il s'arrêta de marcher, dos à moi. Je peux voir ses mains trembler légèrement. Je le rends aussi nerveux que ça ?

-Tu n'as pas besoin de la jeter. Ça n'a pas dû être facile pour toi. On devait beaucoup s'aimer et du jour au lendemain, tu as perdu ta fiancée. Même si tu savais que j'étais encore en vie, tu ne pouvais le dire à personne et encore moins m'en parler. Tu as dû porter tout ce poids sur tes épaules pendant si longtemps. C'est fini, Aaron.

Il resta muet comme une carpe durant quelques secondes avant de se tourner vers moi. Son regard plongea dans le mien, je vois très bien toutes les émotions qui se bousculent dans ses yeux argentés. Ses mains ont arrêté de trembler, il doit être rassuré par le fait que ma réaction est plutôt positive.

-Tu m'as tellement manqué, Myriam.

Mes yeux s'écarquillèrent sous le coup de la surprise, avant qu'un doux sourire ne vienne se dessiner sur mon visage.Difficile de ne pas faire abstraction de tout à cet instant.

-Ce n'est pas pour vous déranger, les tourtereaux, hein, mais la soirée va s'achever, lança alors Galatea qui était venue nous chercher.

Je rougis légèrement, avant de lâcher le pan de sa manche.

-J'arrive ! M'exclamais-je, un peu gênée.

Galatea pouffa, amusée avant de retourner dans la salle de cérémonie. Je me tournais vers Aaron, un peu embarrassée.

-Tu viens ?

- Je deviens déjà aussi indispensable à tes yeux ? Enfin, je devrais plutôt dire redevenir.

Je rougis brutalement. Il semblerait qu'il ait totalement dépassé sa gêne, engendrée par toute cette histoire, puisqu'il est suffisamment à l'aise pour flirter de cette manière.

-Détrompe-toi, je ne veux juste pas me perdre dans les couloirs et visiblement, tu as passé pas mal de temps dans ce palais comme tu as l'air de connaître ces couloirs comme personne.

- Disons qu'une certaine personne ne cessait de m'y inviter.

Mes joues doivent être cramoisies, je tournais les talons, morte de gêne. Il éclata de rire avant de me rattraper pour qu'on retourne ensemble dans la salle.

Quelle drôle de soirée. Je suis, à présent, une princesse et en plus, je viens d'apprendre que j'ai, enfin, avais un fiancé, qui n'est personne d'autre qu'un autre prince.Quelle drôle de soirée, vraiment.

NDA : Vraiment Aaron...Il est juste incroyable.

Chapitre neuf : Aaron's pov

NDA : Premier chapitre depuis le POV d'Aaron ! J'ai vraiment hâte d'écrire plus de chapitres depuis les POV des autres héritiers. Bonne lecture !

- Pas trop inquiet pour ta fiancée ? Commença Ace, rompant par la même occasion le confortable silence qui s'était installé dans la pièce.

Je me disais bien qu'il était trop calme ces derniers temps. J'ai eu le droit à environ une semaine de répit, c'est déjà très altruiste de la part d'Ace. Il faudra s'en satisfaire et retourner à notre routine habituelle.

Néanmoins, impossible de ne pas lever les yeux au ciel. Il aurait pu au moins rester calme le temps de ce petit déjeuner. En effet, nous étions tous ensemble, en train de prendre un petit-déjeuner après que Myriam soit partie pour son entraînement d'un mois dans la salle du temps.

Un entraînement d'un mois dans la salle du temps, ne dure que quelques jours dans notre réalité. C'est une salle, menant à une dimension avec une distorsion du temps. C'est drôlement efficace quand on n'a pas beaucoup de temps, mais beaucoup de choses à faire. Typiquement le cas de Myriam.

Elle a beaucoup de choses à apprendre en termes de magie, mais aussi en termes de leadership, etc. Je ne me fais aucun souci, avant qu'elle ne perde sa mémoire, Myriam était l'héritière la plus prometteuse. Elle ne reviendra de tout ça que plus forte.

- Je ne vois pas pourquoi je m'inquiéterai, répondis-je simplement tout en beurrant un toast.

- Elle pourrait se blesser ! S'exclama Jennie effarée.

S'ils commencent à s'y mettre à plusieurs, ça va devenir invivable. Ils n'ont juste pas conscience de la force de Myriam. Que ce soit intellectuellement, physiquement et magiquement parlant, elle excelle partout. Ils n'ont vraiment pas à s'en faire, mais je n'en peux pas vraiment leur expliquer en détails pour l'instant. Ils ne comprendraient pas. Ils finiront par s'en rendre compte, je suppose.

Je levais passement mes yeux vers Jennie et Joan. Ce sont deux amis des jumeaux, ils sont venus accompagnés de Galatea pour encourager Myriam pour son entrainement, avant de décider de rester quelques minutes avec nous pendant qu'on prenait notre petit-déjeuner.

Myriam avait l'air heureuse de les voir, je suppose donc que je vais prendre sur moi. Je ne suis pas du genre très sociable, je ne m'entends bien qu'avec les héritiers parce que je les côtoie depuis ma plus tendre enfance et que je les apprécie sincèrement.

Toutefois, Myriam les aime beaucoup, ça saute aux yeux. Je ne veux pas mal accueillir des gens qui lui sont chers, en me comportant froidement. Je ne peux pas faire ça... À ma fiancée. Rien que de penser à elle, ça me rend nerveux. J'ai vraiment hâte de la revoir.

- Oui, approuva Joan. Tu pourrais être un peu plus inquiet pour ta fiancée.

Évidemment, les autres héritiers à part Eden se mirent à glousser. Parfois, j'ai drôlement envie de rappeler à ces imbéciles que si on me surnomme l'héritier des Enfers, ce n'est pas pour rien. Ils sont vraiment chanceux que je les apprécie beaucoup. Ce sont mes seuls amis et si je venais à les tuer, je devrais faire l'effort de socialiser et ça, je n'en ai tout simplement pas la force ni l'envie. On va donc gentiment les laisser en vie.

- Je n'ai pas à être inquiet, je n'ai strictement aucun doute par rapport au potentiel magique de Myriam, elle achèvera son entraînement haut la main, c'est juste une évidence, répondis-je sans même les regarder, tout en me versant une tasse de thé.

- Oh, répondit Jennie.

Je n'aime pas trop cette réponse. J'ai peut-être un peu trop parlé. Mes yeux se posèrent sur elle, mon regard absent ne semblait pas la déranger. Pendant que je soufflais délicatement sur ma tasse fumante, elle était en train de m'observer comme un poisson-globe le ferait.

- Tu crois tellement en ta fiancée que ça ne te vient même pas à l'idée d'être inquiet, finit-elle par dire, et ce, avec un grand sourire. C'est si romantique.

Mes doigts se serrèrent légèrement autour de l'anse de ma tasse. Bon, j'avoue que ça me rend heureux qu'on se réfère à Myriam en tant que ma fiancée de temps en temps, mais je ne vais sûrement pas le laisser paraître. Non seulement parce que ça les rendrait bien trop heureux et qu'ils ne me laisseront plus respirer une seule seconde.

Je n'ai décidément plus la force de continuer à discuter avec ces idiots.

Les autres se remirent à pouffer, même Eden, cette fois. Si seulement, je pouvais renverser « par accident » la théière sur Ace. Il est infernal. C'est toujours lui qui instigue tous mes problèmes.

- Oui, Aaron est comme ça, répondit Ace d'un ton délibérément niais. Il est si romantique !

Si infernal... Toujours là à instiguer et à jeter de l'huile sur le feu.

Je me demande sincèrement ce que j'ai pu faire dans une vie précédente pour me coltiner ce genre de conversations. Heureusement pour moi, j'ai dû aussi accomplir de bonnes actions puisque Jennie et Joan durent prendre congé, raccompagnés par Galatea, nous laissant alors entre nous.

- Il faudra qu'on lui organise une soirée pour son retour, lança Eden. Ça lui fera plaisir.

- Pourquoi pas, mais bon, je ne sais pas trop si elle acceptera ma présence, remarqua Nayra. J'ai quand même été un peu infâme avec elle.

On lui lança tous un regard, l'air de dire : « et pas qu'un peu ». Nayra soupira, tout en reprenant un biscuit, ne pouvant pas rétorquer quoi que ce soit. Je sais très bien que ce n'est pas le genre de Nayra d'agir comme ça. Elle avait simplement des suspicions qui se sont révélées infondées. Elle s'excusera, je la connais bien, c'est une bonne personne.

- Ma sœur n'est pas rancunière, déclara facilement Eden.

- Oui, mais tout de même, je lui ai balancé des trucs assez violents.

- Je pense qu'elle a plus eu de peine pour toi qu'autre chose.

Nayra se mit alors à regarder Eden, comme s'il était devenu fou.

Je pense avoir ma petite idée sur ce qu'il veut dire.

- Oui, dans un certain sens, à travers tes propos, tu as transmis l'image d'une personne enfermée dans ses idéaux. Des idéaux basés sur une hiérarchie sociale des êtres humains, entravant et empêchant la notion même de liberté d'exister en ton for intérieur. Connaissant Myriam et son profond amour pour la liberté, elle n'a probablement rien éprouvé d'autre que de la peine à ton égard.

Eden venait de déballer tout ça, tout en tartinant ses toasts de beurre de cacahuète, sans même se rendre compte qu'un silence criant vient de prendre place. Je ne pus m'empêcher de sourire, sourire que je vins dissimuler derrière ma tasse de thé.

- Je crois que tu surestimes un peu la bonté de ta sœur, finit par lâcher Yuki.

- Non, affirma tranquillement Eden. Vous comprendrez ce que je veux dire très rapidement.

Il a entièrement raison !

NDA : J'espère que ce chapitre vous a plu !

Chapitre dix :

Mon visage vint rencontrer le sol pour la vingtième fois, cela commence à bien faire. Je suis de plus en plus frustrée, et en plus, mes muscles commencent à me faire drôlement souffrir. Je ne parle même pas de mes habits, qui sont dans un état de loque, complètement recouverts de poussière.

- Tu ne libères pas assez de pression spirituelle, soupira Hélios.

- Mais j'ai l'impression que je ne peux pas dépasser une certaine limite, si je souhaite éviter de voir chaque parcelle de mon corps se rompre.

- Tu te trompes, c'est en passant ce point de non-retour que ta pression spirituelle sera réellement tienne.

Facile à dire. Dans un dernier élan, je me relevai tout en tentant de contrôler ma respiration. Mon entraînement avec Hélios a débuté six jours avant. C'est un des chefs de régiments de l'armée. Il doit avoir environ quatre-vingt ans, mais ne vous laissez pas avoir par l'image du petit papi. Loin de me ménager, il ne recule devant rien pour que je parvienne à une maîtrise complète de ma pression spirituelle.

Pour la faire court, la pression spirituelle, c'est littéralement la force que peut exercer notre âme. Elle se manifeste sous une forme de pression locale qui peut mettre les autres à genoux du moment que notre pression spirituelle est plus importante que la leur. Impressionnant, hein ?

Chaque monde possède un genre de pression spirituelle, sauf pour les habitants des Enfers. Ils en sont dénués, mais en contrepartie, ils sont immunisés contre les autres types de pression spirituelle, leur donnant un avantage non négligeable sur le reste.

Les habitants célestes possèdent ce que l'on appelle l'aura divine. À cause de cette aura divine, il est insoutenable pour un être humain de rester aux alentours d'une divinité si ce même humain souhaite rester en vie.

L'autre monde humain est doté du fluide. C'est très semblable à la pression spirituelle. Je ne vois même pas pourquoi on nomme ça différemment, mais bon. À vrai dire, je ne vois même pas pourquoi nos deux mondes sont séparés, on est si similaires, mais ça, c'est un autre débat dont je n'ai pas le temps de me préoccuper.

- On réessaye, lança Hélios.

Il se déplace à l'aide d'une canne. Néanmoins, je doute que ce monstre de puissance en ait vraiment besoin, il est drôlement en forme le papi. La canne, c'est juste pour nous rappeler qu'il ne faut jamais se fier aux apparences.

Je soupirai avant de fermer les yeux. Une fois que ce fil bleuté m'apparut distinctement, il me suffit de le saisir. À chaque centimètre parcouru, les ondes qui s'émanent de moi commencent déjà à faire leur effet, en perturbant les propriétés spatiales locales du milieu.

- Maintenant, passe à l'étape supérieure, m'intima Hélios.

Plus facile à dire qu'à faire. J'ai l'impression que ma cage thoracique va se briser à cause de la pression qui m'entoure. Toutefois, c'est hors de question de m'écraser de nouveau par terre, j'ai eu mon lot de chutes pour le restant de mes jours.

D'un geste brusque, je me saisis du fil bleuté avant d'ouvrir les yeux, déterminée. Ma pression spirituelle se décupla aussitôt. Pour être honnête avec vous, cela est très compliqué de supporter tout ça physiquement. Bien qu'Hélios ait drôlement insisté sur un entraînement purement physique au départ, je suis loin d'avoir un physique spectaculaire. Or, pour supporter la pression spirituelle que permet l'âme d'une héritière, ce physique est nécessaire.

Très vite, mes réactions physiques vinrent appuyer mon propos. Mon corps est en ébullition, mon cœur bat à tout rompre.

Hélios libéra alors sa pression spirituelle, la mienne et la sienne se rencontrèrent violemment, réduisant à néant les lois de la physique chez l'environnement qui nous entourait. Mes baskets, pourtant bien incrustées dans le sol, commencèrent à reculer. De nombreuses échardes, plus ou moins profondes, commencèrent à faire leur apparition un peu partout sur mon corps.

Perdre contre une personne à cause de sa pression spirituelle, c'est littéralement se soumettre. Je ne veux jamais avoir à me soumettre à qui que ce soit, je tiens beaucoup trop à ma liberté pour ça.

Je ne vais donc sûrement pas laisser tomber. Pas maintenant. Cette fois-ci, j'attrapai le fil bleuté avant de le briser, ce qui demande une énergie absolument folle. Je sens déjà le goût métallique du sang dans ma bouche se répandre. Tant pis, j'ai décidé que j'en avais terminé avec l'entraînement d'Hélios, je souhaite passer à l'étape suivante et je ne suis pas du genre à revenir sur mes décisions. Au contraire.

Une fois le fil bleuté complètement réduit en poussière, je passai un nouveau cap, libérant cette fois un nouvel élan de pression spirituelle qui se décuplait de manière exponentielle.

Les arbres, qui nous entouraient, n'étaient pas étrangers à toute cette agitation, puisqu'ils commencèrent à progressivement se déraciner.

- C'est vraiment grisant comme sensation, murmurais-je.

- Oui, mais cela suffit. J'en ai assez vu, déclara Hélios.

Ce n'est pas moi qui vais refuser. Une fois la fin de l'entraînement annoncée, on s'arrêta brutalement, ramenant enfin un semblant de paix parmi la faune et la flore.

- Je suis impressionné, m'avoua-t-il. En juste quelques jours, tu as réussi à atteindre un tel niveau. Tu n'es plus très loin du niveau des héritiers. Tu combleras ce gap sur le terrain et en améliorant ta condition physique, tu peux être très fière de toi, finit-il par conclure avec un sourire bienveillant.

C'est la première fois depuis le début de l'entraînement qu'il m'accorde un sourire chaleureux. Ce serait mentir de dire que ça ne me fait pas plaisir. Mon cœur se réchauffa de lui-même, je suis sincèrement très contente d'entendre des compliments venant d'Hélios. En ayant passé un certain temps avec lui, je sais qu'il n'est pas du genre à dire des choses qu'il ne pense pas.

- Allons dîner, lança-t-il en tournant les talons.

- Hey Hélios, tu crois que j'arriverai à te dépasser ? Plaisantais-je en venant marcher à ses côtés.

Un nouveau sourire se dessina sur son visage, accentuant légèrement les rides qui recouvraient son visage. On s'assit tranquillement dans la lisière de la forêt, avant qu'il ne me tende un panier repas, contenant un sandwich et un jus de fruits. Mon ventre criait à la famine, je me mis donc aussitôt à manger, n'attendant même pas la réponse d'Hélios.

Oui, les manières royales, je passe mon tour pour l'instant. Ce n'est pas ma faute si ça creuse l'appétit, les entraînements.

- Je n'en doute pas une seule seconde, finit par lâcher Hélios en buvant une tisane. Tu es l'héritière de la lignée des dieux, ton potentiel est infini.

Ah. Ce fameux surnom.

Chaque famille royale possède un titre. Un titre la ralliant directement à ses fonctions ou alors à son influence.

Par exemple, pour la lignée Heaven, nous sommes : « Les élus des dieux ».

Pour les Hillhells : " Les souverains des enfers". Ça en jette drôlement, on ne va pas se mentir.

Les Kaïn, eux, sont nommés comme « les Gardiens de l'espace-temps », rien que ça. Cela suscite une certaine curiosité concernant les capacités et les pouvoirs que Nayra peut bien posséder.

Néanmoins, je doute qu'elle me réponde bien gentiment si je venais à lui poser la question.

Ensuite, la famille de Yuki, les Park sont dénommés « Les souverains de la Nature ». Pour avoir vécu dans ce royaume, vous n'avez pas idée d'à quel point c'est magnifique. La nature y est enchanteresse.

Pour terminer, la famille d'Ace, les « Gardiens du royaume des âmes », encore un titre qui impose un respect fou.

J'imagine que vous commencez à comprendre pourquoi les familles royales sont aussi respectées, hein ?

Un respect fou, mais également une triste ironie du sort. En effet, je ne peux m'empêcher de m'amuser du fait que je sois une Heaven, l'héritière des dieux, alors que je méprise profondément tout ce qui touche de loin ou de près aux cultes des divinités.

Les dieux m'ont choisie, en dépit du fait que je ne les choisirais jamais. Suis-je vraiment la seule membre de cette lignée à ne pas leur porter un amour fou ?

- D'ailleurs, t'as connu mes parents, non ? Comment étaient-ils ? Lui demandais-je avant de prendre une nouvelle bouchée de mon sandwich.

Il n'eut même pas besoin de prendre un instant pour choisir ses mots, lui qui prend toujours un temps de réflexion avant de répondre à mes questions.

Cela lui vint naturellement, comme si c'était de l'ordre d'une vérité générale.

- Spectaculaires, répondit-il, l'air nostalgique. Des souverains avec un grand cœur, affirma-t-il. En plus d'être proches du peuple.

Quelle réponse élogieuse. Hélios doit beaucoup les respecter, je sais que son opinion est la plus objective possible, et pourtant, est-ce-que des souverains peuvent être proches de leurs peuples ? Un gouffre les sépare. Un gouffre de privilèges, impossible à combler. Néanmoins, je pense, encore une fois, que ce genre d'opinion, je ferais mieux de les garder pour moi.

Non qu'Hélios serait contre l'expression de mes idées, il me paraît simplement inutile de les discuter de fond en comble. Peut-être un jour. Dans une société un peu moins malade.

- Je vois, répondis-je, un doux sourire collé aux lèvres.

- Et je ne doute pas une seule seconde que leurs successeurs seront tout aussi formidables, ajouta-t-il.

Touchée de sa preuve d'affection, mon regard s'adoucit légèrement. Je me suis drôlement prise d'affection pour ce petit papi.

J'espère ne pas le décevoir.

Chapitre onze :

NDA (= notes de l'auteur) : J'ai intégré deux poèmes à l'histoire, que j'ai moi-même écrit y a un moment, si ces derniers vous plaisent, n'hésitez pas à vous rendre sur mon autre compte : EriXeris. J'ai un recueil disponible. Bonne lecture !

- Normalement, le maniement des armes ne me pose pas trop de souci.

- C'est à nous d'en juger, répondit Alia.Quelle ambiance. Est-ce-que je peux retourner avec Hélios, s'il vous plaît ?J'attrapais l'épée d'entraînement qu'Alia me tendait.J'ai la drôle d'impression qu'elle ne m'apprécie pas beaucoup. Pourtant, j'ai été sympa ! Même si j'avoue que ça me choque toujours autant que ce soit une enfant de six ans, je n'ai pas laissé paraître. Je ne comprends donc pas pourquoi, elle est aussi froide.

Elle ne m'apprécie pas, certes, mais c'est toujours mieux qu'avec Aylan. Lui, Il est tranquillement assis contre un arbre, en train de lire un livre de poésie, complètement déconnecté du reste.Ça fait quelques jours que je m'entraîne avec eux, il ne m'a pas adressée la parole plus de trois fois à tout casser. Drôlement agréable.Vu qu'on avait le même âge, je pensais qu'on s'entendrait bien, mais je me suis lourdement trompée.Entre lui et Alia, je n'ai qu'une hâte, en terminer avec eux.Ils ont jugé que mes talents au combat corps à corps étaient suffisants, et de ce fait, on passe maintenant aux armes. Je dois juste tenir un peu plus longtemps, mon entraînement avec eux sera bientôt terminé.- Arrêter de rêvasser ! S'exclama Alia avant d'asséner un coup avec son épée dans l'air.Je l'esquivais de justesse, en pivotant sur mon pied droit. Je vais vraiment perdre mon sang-froid.- Tu dois te concentrer, ce n'est pas comme ça que tu vas devenir une héritière digne de ce nom, continua-t-elle.- Bon, ça suffit.Elle me regarda surprise, Aylan ne leva pas ses iris guimauves de son bouquin. Le contraire m'aurait étonnée, tiens.- Ce n'est pas en étant infâme avec moi, que je vais progresser. C'est vraiment trop compliqué pour vous d'être agréable ?J'attendais d'Alia une réponse, mais à ma grande surprise, ce fut Aylan qui prit la parole pour me répondre.Il leva ses yeux vers moi, m'observant tranquillement, pas le moins perturbé du monde.- Nous avons un objectif à accomplir et nous n'avons pas besoin d'être agréables pour le faire, déclara-t-il d'une voix calme.Mes yeux passèrent d'Alia à lui. Une moue un peu déçue se dessina sur mon visage. Sa réponse ne me plaît pas du tout.- Depuis quand on a besoin d'une raison pour agir d'une certaine manière ? Vous rendez tout si compliqué, soupirais-je. Mais bon, puisque c'est votre choix.Je me tournais vers Alia avant de lui faire signe qu'on pouvait reprendre.Les iris guimauves d'Aylan ne me lâchèrent plus de tout l'entraînement.La nuit finit par tomber, on installa un petit campement provisoire pendant qu'Aylan allumait un feu.Heureusement, il fait drôlement froid cette nuit.En fait, la salle du temps est un peu particulière. Ce n'est pas une salle déjà.Lorsqu'on traverse la porte, on atterrit dans une plaine qui ne semble pas s'arrêter. On est donc baignés dans une nature qui paraît un peu artificiel et qui est interminable. Ça donne une sensation de tournis un peu incomfortable, mais bon heureusement ou malheureusement, avec l'entraînement, je n'ai pas trop eu l'occasion de ressentir ce sentiment d'inconfort. Vu qu'on a fait un feu, pourquoi pas faire griller des guimauves ? J'attrapais mon sac avant de sortir un paquet de bonbons. J'aperçus le regard envieux du coin de l'œil d'Alia.J'esquissais un sourire discret, après tout, elle reste une enfant. C'est peut-être ma seule chance d'avoir une discussion civilisée.- Tu en veux ? Lui proposais-je.- Oui, répondit-elle embarrassée.Aussitôt le premier bonbon avalé, elle parut tout de suite plus chaleureuse. Dire que j'ai dû supporter son humeur massacrante depuis des jours, alors qu'un simple paquet de bonbons aurait réglé le problème. Le sucre, c'est vraiment le remède à tout !

- J'adore ces bonbons, m'avoua-t-elle.- Moi aussi, j'aime bien tout ce qui est sucré en général.- Ah bon ?- Oui, en revanche, mon frère déteste ça. Il préfère le salé.- Ça doit être cool d'avoir un frère.Je ne pus m'empêcher de l'observer, étonnée.- Aylan n'est pas ton frère ?On ne pourrait pas m'en vouloir de penser ça. Leur ressemblance est frappante. La même peau mate luisante. Teinte de peau qui contraste avec leurs iris guimauves. Oui, vous m'avez bien entendue. Guimauve. C'est la première fois que je vois une couleur aussi..originale. En revance, il n'y a pas à dire, ça leur sied à ravir. La seule différence notable, c'est la teinte de leurs cheveux. Ceux d'Alia sont colorés à l'aide d'un profond noir alors que ceux d'Aylan, ont la même teinte que la neige d'un mois de Décembre.

Ce dernier était, d'ailleurs, parti faire un tour, je pense juste que ce genre d'ambiance, ce n'est pas trop son truc. Quelle surprise.. - Non, répondit simplement Alia. Je n'ai pas de famille, confia-t-elle en baissant les yeux vers le sol. J'ai vécu toute ma vie dans un orphelinat avant d'intégrer les rangs de l'armée.Elle a l'air d'en avoir honte.Avec son caractère peu commode, j'en ai presque oublié qu'elle n'est qu'une enfant.Pour ne pas la mettre mal à l'aise, je rabattis mon regard sur le feu qui crépitait et nous éclairait par cette nuit sombre.- Moi aussi, j'ai vécu en orphelinat. Pendant quasiment un an, lui confiais-je avec un sourire.Elle tourna brusquement la tête vers moi, les yeux écarquillés par la surprise.- Ne sois pas si étonnée, ne pus-je m'empêcher de rire.- Je pensais que tu avais été immédiatement recueillie par ta famille adoptive.- Non, souriais-je. Je suis passée par la case orphelinat.Son regard s'illumina instantanément, son expression se réchauffa. J'ai l'impression que cette confidence lui fait drôlement plaisir, c'est comme si elle venait de se trouver un point en commun avec moi. Et pas un point commun banal.Aylan venait de revenir de sa balade, il ne nous prêta pas attention et s'assit de l'autre côté, appuyé contre un arbre, avant de fermer les yeux, prêt à somnoler.- Aylan, tu veux des bonbons ? Lui proposais-jeAucune réponse. Il s'endort drôlement vite ou alors il m'ignore sciemment.- T'es vraiment tenace, consista Alia. Pourquoi est-ce-que tu continues de faire des efforts ?- Parce que vous avez l'air seuls.Alia me fixa, avec des yeux ronds comme des soucoupes, avant d'éclater de rire. C'est la première fois que je l'entends rire. Cela suffit à extirper Aylan de sa sieste.- T'es très bizarre, déclara-t-elle.- Je vais prendre ça comme un compliment, plaisantais-je.Elle sourit, avant de laisser sa tête tomber contre mon épaule.- Vivre dans un orphelinat avec toi, ç'aurait été vraiment pas mal, déclara-t-elle timidement.Des larmes se mirent à se déverser sur ses joues. Je fis mine de ne pas le remarquer, connaissant le côté fier d'Alia.Je ne comprends pas pourquoi une fille aussi jeune qu'elle, aussi douée soit-elle, soit dans l'armée. Elle est clairement trop jeune.- C'est peut-être trop tard pour l'orphelinat, mais ce n'est pas trop tard pour le reste, lui répondis-je souriante.- Si, c'est un peu trop tard pour tout, déclara-t-elle, se laissant tomber en arrière.- Qu'est-ce-que tu veux dire ?Je vins m'allonger à mon tour sur l'herbe. Les étoiles brillent vraiment de mille feux, ce soir. Une légère brise vint me caresser le visage.- On n'a pas toujours le choix de vivre comme on l'entend, déclara-t-elle.Je me tus, la laissant dire ce qu'elle avait à dire. Vu son air frustré, cela fait longtemps qu'elle souhaite vider son sac. Ses petites mains étaient refermées, son visage crispé. Ça me fait vraiment de la peine de la voir aussi tourmentée. -Je n'ai jamais voulu intégrer l'armée, m'avoua-t-elle. Je n'ai juste pas trop eu le choix. Avec mon talent magique, j'avais enfin l'occasion de vivre une vie un peu plus confortable que celle que je menais dans mon orphelinat.- Mais ce n'est pas ce que tu veux, hein ?- Non. Mon rêve est de devenir historienne.- Ah bon ? Qu'est-ce-qui motive un tel choix ?Elle resta silencieuse durant quelques secondes, les yeux rivés sur les étoiles. Je pus voir une passion ardente consumer son regard. Y a pas de doute possible, c'est son rêve. - Étudier l'Histoire m'aide à oublier ma propre histoire, finit-elle par lâcher.Je ne sais pas ce qu'Alia a vécu, mais pour avoir une telle maturité à son âge, il est évident que ça n'a vraiment pas toujours dû être facile pour elle.Mon cœur se serra en entendant ses larmes s'écraser sur le sol.- Tu n'as que six ans Alia, tu as toute la vie devant toi.Et c'est vrai ! Elle ne devrait pas être aussi fataliste. Elle n'a vraiment que six ans, comment peut-on s'imaginer que sa vie est scellée aussitôt ? Elle ne l'est même pas lorsqu'on atteint la quarantaine. Il n'est jamais trop tard. Jamais. Tant que vous avez décidé de ne pas abandonner, il est toujours possible d'accomplir ce qui vous tient à coeur. - Tant que les guerres continueront, les gens comme moi seront condamnés à continuer à servir notre royaume, répondit-elle d'un ton las.- Alors dans ce cas, je te promets que mon règne sera le dernier qui comportera des guerres. Je te rendrai ta liberté, Alia.Elle esquissa un sourire, en entendant ma réponse. Elle essuya du revers de sa manche ses yeux larmoyants, même si ces dernières continuent de couler sans s'interrompre. - T'es vraiment bizarre comme fille, ajouta-t-elle avant de s'assoupir.Je pris une couverture que je vins délicatement poser sur elle. J'ai l'impression que la glace est définitivement brisée avec Alia. Cette soirée a permis de nous rapprocher et j'en suis très heureuse. Je ne pense pas qu'Alia ait quiconque vers qui se tourner dans ses moments difficiles. Je serais plus que ravie de devenir cette personne pour elle. - Quel est l'intérêt de lui faire des promesses que tu ne peux pas tenir ?Entendre la voix d'Aylan me fit presque sursauter. Je pensais qu'il s'était aussi assoupi, mais visiblement, non. Il a écouté toute notre conversation et semble fortement désapprouver les propos que j'ai pu tenir, vu son air renfrogné.- Je compte les tenir, figure-toi.- Tu es sacrément ambitieuse pour quelqu'un qui a appris qu'elle était une héritière, il n'y a même pas deux semaines de cela.Je haussais les épaules, avant de ranger mes affaires dans mon sac.- Il n'y a pas de mal à y croire, non ?- Il n'y a pas de mal à être réaliste, non ? Répliqua-t-il du tac au tac.- Surprenant pour quelqu'un qui lit du Ford.Ash Ford est l'écrivain qu'Aylan passe son temps à lire. Je lis aussi régulièrement les écrits de ce dernier, après tout, il est vraiment très célèbre.La presse ne cesse de parler de lui, après tout, il écrit sous un faux nom et n'a jamais fait d'apparition publique. Les gens meurent d'envie de voir de qui il s'agit. Compréhensible. J'avoue que, même moi, j'éprouve une certaine curiosité à son égard.C'était un peu comme Ace, qui à cause de son statut, ne faisait jamais d'apparition et ne faisait que créer une aura mystique autour de ses collections.- Les écrits de Ford sont réalistes, je ne vois pas de quoi tu parles. Ils sont fatalistes.Je ne pus m'empêcher de pouffer, ce qui l'agaça franchement. Il fronça les sourcils, ennuyé par mes propos.Ash Ford, c'est la définition de l'espoir, la définition de l'optimisme. Même si ses écrits sont à vous fendre l'âm e.Cette situation est donc vraiment ironique, voire cocasse.- Réaliste ? Fataliste ? Ford ? Tu parles !Je vins m'asseoir à ses côtés, laissant mon sac au pied d'un arbre avant de lui prendre le livre qu'il tenait dans ses mains. Il ne rechigna pas et se contenta d'attendre. Il est plus " docile" que ce que je ne pensais. Est-ce-qu'Alia et lui ne jouent qu'un rôle, se cachant derrière une façade ? - Prenons ce poème par exemple, affirmais-je en ouvrant le livre de manière aléatoire.« Et c'est sur ce papier,Que naît la débauche de mes sentiments,Armé,D'une simple plume, traduisant,l'humain, juste l'humain,Reflet de mille vices.E nsanglantées, souillées sont ses mains,Qui sévissent.Pourtant, dans le silence,Elles pleurent,Elles n'ont pas été faites pour cela.L'homme fuit sa vraie nature,Abandonne dame Nature,Au profit de richesses éphémères,Qui ne sont rien d'autres que des chimères.La réalité, la vérité,Ne nous heurte que le jour dernier,Où il faut tout laisser tomber,Avancer, sans se retourner,Et surtout sans regretter,À la vue de la fin ».- T'as vraiment choisi le pire poème pour prouver tes dires, rit Aylan.- Oh que non ! Alors certes, le poème est très triste. Mais est-ce-que tu vois la forme en escalier à la fin ? Pour les cinq derniers vers ?Aylan se pencha légèrement pour voir à quels vers je faisais référence, avant de hocher la tête, ne voyant absolument pas où je voulais en venir.- Bon, un escalier, soit tu montes, soit tu descends, il y a là une métaphore de la vie. Quelqu'un d'un peu défaitiste tendrait à voir un escalier qui descend et inversement pour quelqu'un d'un peu plus optimiste. De plus, si tu comptes le nombre de marches, on en a cinq. En numérologie, pseudo-science selon certains, que Ford utilise très régulièrement, le chiffre cinq représente le souffle de la vie, l'épanouissement de l'être humain. C'est donc un escalier qui monte qu'il faut voir. Le fait que cet escalier soit à la fin, est loin d'être une coïncidence.- Comment ça ? Demanda alors Aylan pensif.- Ce qu'il souhaite nous dire, c'est que ce n'est jamais réellement la fin tant que ce n'est pas une fin heureuse, une fin dans laquelle où on s'est épanouis, une fin pleine de vie.Aylan me prit le livre des mains et relut le passage plusieurs fois, les sourcils froncés. Je doute qu'il accepte mon explication aussi facilement. En même temps, nous ne mentons pas, c'est un peu tiré par les cheveux, sauf que c'est ça du Ash Ford, il fait rarement dans la simplicité. Vous pouvez me faire confiance, je suis sa plus grande fan. - Tu en as d'autres d'analyses similaires ? Finit-il par lâcher. Celle-ci me semble possible, mais un peu trop extrême. T'en as des plus concrètes ?- Bien sûr.On discuta alors pendant des heures des œuvres d'Ash Ford. J'aime en parler presque plus que les collections d'Ace. C'est dire !Il n'y a pas à dire, Ash sait exalter les âmes et les esprits par sa simple plume.- Est-ce-que tu as un poème préféré ? Me demanda alors Aylan- Oui.- Lequel ? M'interrogea-t-il, prêt à chercher dans un livre ou sur son téléphone.- Pas la peine de le chercher, je le connais par cœur.Je me levais sur la pointe des pieds afin de ne pas réveiller Alia et me mis à réciter d'une voix douce, tout en observant les étoiles.« Les yeux reflétant l'océan,Je me perds dans l'horizon,Je pense à ces douces promesses réduites à néant,C'est à perdre la raison.Chaque détail, chaque souvenir,Est ancré dans mon esprit,Afin que ce dernier ne dérive pas.Chaque instant, je prie,Je ne peux supporter une telle fin,Pas lorsque je ressens encore la douceur de sa main.Je ne peux pas m'empêcher de rêver,Pour échapper à cette affreuse réalité,Qu'à présent, nous ne partageons plus.Mon cœur se serre,En repensant à nos éclats de rire,Qui, aujourd'hui, ne sont plus.

Ce goût amer, ce goût d'inachevé,Me fait sombrer dans la dém ence.Alors, je respire, j'exhale,Observe ton nom,Et dépose en mon nom,Cette rose symbole d'un amour éternel.Amour éternel et pourtant si affreusement humain,Que la mort a décidé d'éteindre,Mais que l'au-delà, je l'espère, rallumera ».J'achevais ma récitation, en me tournant vers Aylan, un doux sourire collé aux lèvres. Ce dernier m'observait, silencieux. Le poème que j'ai récité, n'est pas très connu. Il appartient à un recueil qu'Ash Ford n'a fait éditer qu'en une poignée d'exemplaires.Mon père a juste eu la chance d'avoir un ami libraire qui nous en a fourni un exemplaire, puisqu'il était au courant de mon admiration pour Ash. Il est possible qu'Aylan ne le connaisse pas ou en ait simplement entendu parler.- Tu as déjà vécu la perte d'un être aimé ? Me demanda-t-il- Non, pourquoi ?- Je ne sais pas, ta récitation avait l'air un peu trop vivante, m'avoua-t-il. Tes iris étaient rivés sur les étoiles et pourtant, tes yeux, eux, avaient l'air de voir autre chose.- C'est sûrement le pouvoir qu'Ash Ford a sur moi. Il me fait oublier la réalité le temps d'un poème.Aylan esquissa un sourire, en hochant la tête, approuvant ma réponse. Ses iris guimauves sont pétillants, je crois que finalement, il est plutôt du genre bavard. Il a juste besoin de quelqu'un qui sache lui parler. Même si pour ça, il faut probablement lui parler surtout de littérature. Il passa sa main dans ses cheveux aussi blancs que la neige d'un doux mois de décembre d'un geste nonchalant. - J'espère qu'on pourra discuter de poésie une nouvelle fois, murmura-t-il avec un air sincère.- Je suis toujours disponible pour en parler, lui répondis-je amusée avant qu'on aille, chacun de notre côté, rejoindre le royaume de Morphée.

Chapitre douze :

Tu dois te concentrer sur ton flow de magie, me conseilla Esther.- Le problème, c'est que je n'arrive pas à doser la quantité de magie que je libère, lui répondis-je.- C'est vraiment surprenant, déclara-t-elle. Ton potentiel magique a été scellé pendant si longtemps et pourtant, ta magie est toujours aussi vive.Elle me regarda, pensive, avec ses yeux noisette.- Il faut croire que les héritiers sont vraiment dans une catégorie à part, soupira-t-elle.Je crois déceler une certaine amertume dans ses propos, mais je ne préfère pas faire de commentaires. Esther a été adorable avec moi, et ce, depuis le début de mon entraînement avec elle.Elle m'explique tout clairement en détails et n'hésite pas à tout répéter si jamais je n'esquisse que le mouvement d'une mine confuse.- J'imagine que c'est pour ça que tu as pu activer les degrés, continua-t-elle en réfléchissant à haute voix.Les degrés. Alors, Esther m'a dit que ce sont simplement des niveaux supérieurs de magie, caractéristiques des magies ancestrales des familles royales. Par exemple, pour les Heaven, c'est la magie divine.Il existe plusieurs degrés, le souffle des dieux est le degré un de la magie divine.- Je t'envie un peu, m'avoua-t-elle. Tu possèdes une source de magie presque infinie. C'est extraordinaire.- Moi, ce que j'envie, c'est ton talent à manipuler la magie aussi précisément, répondis-je. Je doute réussir cet exploit un jour.Un léger sourire vint se dessiner sur son visage. Un sourire qui traduisait beaucoup d'émotions différentes. J'ai la drôle d'impression qu'Esther manque cruellement de confiance en elle. Je me demande bien pourquoi.- Tu es une héritière, nous ne sommes pas dans la même ligue, tu y arriveras, m'assura-t-elle.On reprit l'entraînement, jusqu'à la tombée de la nuit. J'ai grandement progressé grâce à elle et c'était loin d'être gagné.Le premier jour, j'ai littéralement fait exploser la grange dans laquelle on s'est entraînées dans un premier temps. J'étais incapable de contrôler mon flow magique, engendrant des conséquences plutôt explosives.Mais à présent, tout va tellement mieux. La magie coule naturellement dans mes veines.Esther a préparé un petit dîner, c'est notre dernier jour d'entraînement ensemble.- La dernière étape de ton entraînement, ce serait avec Nash, m'annonça-t-elle avant de boire une gorgée de soupe.- Oh, il est sympa ?- Oui, répondit-elle. Tu devrais pouvoir exploiter tout ton potentiel avec lui.- Je l'exploite aussi avec toi.- Non, je suis déjà dépassée par tes progrès.Je soufflais doucement sur mon bol de soupe fumant, l'air dubitative. Allez, autant poser la question qui me turlupine depuis le départ. Le regard d'Esther est toujours empli d'amertume et de regrets, même la façon dont elle se tient exprime toujours une certaine attitude défensive. - Pourquoi tu manques autant de confiance en toi ? Demandais-je alors. Elle parut un peu surprise de ma question dans un premier temps, avant de simplement hausser les épaules. Elle appuya son menton sur ses genoux, avant d'encercler ses jambes de ses bras. S

- Je suis la dernière mage d'un clan très ancien, je suis la dernière à pouvoir porter leur histoire, m'avoua-t-elle. Mais je m'en veux de ne jamais être à la hauteur. Quoi que je fasse, ce n'est jamais suffisant.- Tu es une des chefs de l'armée à seulement 17 ans, je ne pense pas que ce soit un petit accomplissement.- J'étais promise à bien plus à cause de mon nom.- Ton nom?- Parson.J'ai déjà entendu ce nom de famille. Il m'est étrangement familier. Je dûs fouiller dans ma mémoire pendant quelques secondes avant que ça ne m'évoque quelque chose. Oh, ça me revient. Le gars du conseil suprême. Mais alors.. Pourquoi sa fille fait partie de l'armée ? Il n'aurait pas pu lui éviter ça ?- Tu dois connaître mon père, constata-t-elle devant mon air pensif.- Oui, je l'ai rencontré à la cérémonie de couronnement.- Je vois, répondit-e lle.Elle soupira, avant de lever les yeux au ciel.- Mon père a honte de moi. J'aurais dû être capable d'être bien plus qu'une simple chef de régiments. Il ne s'est même pas opposé à mon affection dans l'armée alors qu'en tant que membre du conseil suprême, il en a parfaitement le droit.- Il te l'a dit qu'il ne s'était pas opposé ?- Non, mais c'est évid ent.Il y a toujours beaucoup de non-dits dans les familles, à sa place, je n'en serais pas aussi sûre. Même si elle peut tout à fait avoir raison, je n'aurais pas l'audace de prétendre mieux savoir à ce sujet qu'elle. - Qu'est-ce-que tu aurais aimé faire à la place de ton poste actuel ?Elle se triturait légèrement les mains, je crois que cette conversation l'angoisse énormément, je m'apprêtais à changer de sujet quand elle reprit la parole.- J'aurais aimé entrer à l'académie des anciens mages.

Mais j'ai échoué au concours.- Quels postes occupent-ils en général, à la sortie de cette académie ?- Les postes de chef suprême des armées, comme Edgard Ophelis par exemple.Je me tournais vers elle, je vois bien qu'elle est très nerveuse d'avoir parlé de tout ça, de s'être autant confiée. Je doute qu'elle en ait l'habitude.- Ce n'est pas trop tard pour atteindre ce poste. Tu n'as que dix-sept ans, je te rappelle.- Mais je suis à des années-lumière de pouvoir, ne serait-ce-que, prétendre à un tel poste.- Si tu as un rêve, ne te pose pas de questions, Esther. Agis. Agis tout simplement.Elle s'apprêtait à me répondre quand des détonations retentirent. On releva subitement la tête. Ce sont des feux d'artifices. C'est le festival annuel du royaume Heaven. Edgard m'avait prévenue que je ne pourrais pas y prendre part cette année, j'étais un peu déçue et je le suis toujours, mais ce n'est pas si grave.On était capable d'entendre la musique qui s'élevait de l'autre côté de la porte de la salle du temps et les feux d'artifices sont clairement visibles dans le ciel.- Oh, vous êtes là ! S'exclama une voix derrière nousC'était Alia et Aylan, les deux nous sourirent avant de s'asseoir à nos côtés.- Quel dommage qu'on soit coincés ici, souffla Alia. J'aurais vraiment aimé participer au festival cette année, le peuple doit être en fête.- C'est vrai, renchérit Esther. Cela fait si longtemps, après tout, que le festival n'ait pas été célébré correctement.Elle doit faire référence au fait qu'à la suite de l'extermination de la famille Heaven, le royaume a cessé tout ce qui pouvait ressembler de loin ou de près à du divertissement.- Alors, certes, ce n'est pas exactement pareil, mais on peut tout de même en profiter, assurais-je.- Et comment ? Me répondit Esther- On entend la musique, on voit les feux d'artifices, on est plusieurs et on s'entend bien ! C'est plus que suffisant à mes yeux.Je me levais avant d'attraper une main d'Esther et celle d'Alia.- On peut danser rien qu'entre nous, souriais-je.Elles mirent un peu de temps à accepter, un peu hésitantes avant de finir par me suivre lorsqu'elles me virent danser sous le ciel étoilé. Une douce brise venait nous caresser le visage pendant que nous rions aux éclats, tout en entendant les rires enthousiastes des habitants, de l'autre côté de la porte. La fraicheur de la prairie ne vint qu'ajouter un charme supplémentaire à cette soirée. - Hors de question que tu restes dans ton coin ! M'exclamais-je en attrapant Aylan par le bras.À ma grande surprise, il accepta sans rechigner et se laissa entraîner sur notre piste de danse improvisée. Alors, certes, il est loin de se déhancher sur la piste, mais il participe ! Je pense que c'est un sincère progrès pour quelqu'un qui ne voulait même pas adresser la parole aux autres, il n'y a encore que quelques jours.C'est probablement une des soirées les plus mémorables de ma vie. Je ne connais ces gens que depuis quelques semaines, et pourtant, je me sens déjà si proche d'eux. La salle du temps a vraiment un effet particulier sur les humains, il n'y a pas à dire. Coupé de tout, on a tendance à se confier plus aisément, ne renforçant que les liens avec autrui. - Tu es vraiment pleine de vie, me dit Aylan en me voyant faire tourner Alia dans les airs.Cette dernière riait aux éclats tandis qu'Esther nous accompagnait en dansant à nos côtés.- Je pense que c'est ce qu'Ash Ford voulait pour le genre humain, à travers son escalier, tu ne crois pas ?Il m'observa quelques secondes avant que son expression ne se fende en un doux sourire.- Tu as raison.

Chapitre treize :

J'étais assise sur un rochet, balançant calmement mes jambes dans le vide, tout en attendant patiemment l'arrivée du dénommé Nash.

C'est la dernière étape de mon entraînement. J'avoue que j'ai un peu hâte d'en finir. Ce n'est pas que je m'ennuie, loin de là, mais bon, je veux commencer à exercer mon rôle d'héritière.

- Salut, lança alors un homme qui était en train de traverser la prairie pour me rejoindre.

Vraiment, on aura fait toutes les tranches d'âges avec les chefs de régiments. Du sept ans au quatre-vingt ans. C'est fou quand même. L'homme, qui se tenait à présent à quelques mètres de moi, avait l'air plutôt jeune. Il a probablement vingt-ans.

Il a des cheveux blonds cendrés et de jolies taches de rousseur. Son visage exprime une innocence stupéfiante. Il donne cette envie de lui faire confiance si facilement. Je pense que si on me demandait la description d'un ange, ce serait sûrement lui que je décrirais.

Il m'adressa un gentil sourire avant de prendre la parole.

- J'ai récupéré les compte-rendus des autres chefs, visiblement, tu as beaucoup progressé. Tu es donc prête pour cette dernière phase d'entraînement. Néanmoins, je te préviens, ce sera bien plus difficile que ce à quoi les autres t'ont habituée.

C'est loin d'être rassurant.

J'ai vraiment sué pour pouvoir finir les autres entraînements. Ce n'était absolument pas du gâteau.

Mais je ne vais quand même pas abandonner alors que je ne suis pas qu'à un pas de la fin.

- Tu as atteint un niveau suffisant pour vaincre un commandant suprême, il ne te reste plus qu'un léger gap à combler pour pouvoir prétendre au statut d'héritière. Ce gap, tu vas devoir le combler dans des conditions réelles.

J'acquiesçais, silencieuse. Je vais faire de mon mieux, jusqu'à maintenant, ç'a été suffisant.

- Allons-y.

Je descendis de mon rocher, avec un peu d'appréhension, avant de le suivre.

- On va s'exercer ici, déclara-t-il. On a suffisamment d'espace.

Je hochais la tête. On est en plein milieu d'une vaste prairie, je me demande bien pourquoi on a besoin d'autant d'espace.

- J'ai un programme qui se divise en plusieurs étapes. On va commencer tout de suite commencer par la première. On n'a pas de temps à perdre.

Il claqua des doigts, une femme se matérialisa, une seconde plus tard, à ses côtés. Ses yeux étaient fermés, elle avait l'air de dormir debout. Elle était vêtue d'une longue robe blanche et ses cheveux noirs venaient couvrir son visage.

Pendant qu'elle somnolait tranquillement, Nash se tourna à nouveau vers moi.

- Elle sera ta première adversaire. Mais avant de commencer, je dois t'avertir de quelques petits trucs.

Je sais déjà que ces « petits » trucs, sont tout sauf de petits détails. Je rabattis mon regard sur Nash, malgré la curiosité que j'éprouvais envers cette femme. Qui est-elle et pourquoi Nash peut la faire apparaître comme ça ?

- Elle n'a pas de prénom, commença-t-il. À vrai dire, elle n'est pas humaine comme toi.

- Et comme toi.

- S'il te plaît, ne m'interromps pas pour des futilités.

Il reprit, l'air de rien. Je ne vois pas pourquoi il monte sur ses grands chevaux, je n'ai rien dit de mal.

- Elle a été fabriquée à partir de rien, continua-t-il.

- Heu, je ne suis pas sûre de te suivre.

Il me sourit, avec bienveillance. Deux salles, deux ambiances. J'ai la drôle d'impression qu'il va falloir faire un effort et s'habituer à d'éventuelles sautes d'humeur.

- C'est normal. Je ne suis pas que chef de régiments, je suis aussi scientifique. Je suis capable de créer des êtres. C'est une de mes créations, elle n'a pour but que de servir lors des entraînements que je dispense régulièrement.

Elle paraît si réelle, pourtant. Est-ce-que c'est ok de se servir d'elle de cette manière ? J'en doute fort.

- Est-ce-qu' elle ressent les mêmes émotions que nous ? Demandais-je

- Non, répondit-il tranquillement. Et à ta place, je ne me poserais pas ce genre de questions. Le combat que tu vas livrer contre elle, c'est un combat à mort. Elle n'hésitera pas à te tuer.

Pardon ? J'ai dû mal entendre.

Je l'observais, franchement effarée. Vous allez me dire que ça, c'est juste la première étape ? Hisser le drapeau blanc n'est peut-être pas une si mauvaise idée que ça, finalement.

- En tant qu'héritière, tu seras, plusieurs fois, amenée à te battre pour ta propre survie, Myriam. À partir du jour où tu es montée sur ce trône, tu as décidé de mettre ta vie en jeu, et ce, en permanence.

J'en ai conscience, mais c'est si soudain. Mettre ma vie en jeu aussi tôt ?

- Tu peux abandonner maintenant, déclara-t-il tranquillement.

Se rend-il seulement compte de ce qu'il est en train de me suggérer ? Je ne peux pas abandonner. Même si je le voulais, je ne peux pas.

- Non, c'est bon, répondis-je sèchement.

Il m'agace légèrement, ce type.

- Commençons alors.

La jeune femme ouvrit ses yeux. C'était un regard vide, froid et dénué d'émotion, qui me faisait face..

Des frissons me parcoururent l'échine, si on devait mettre un visage sur la faucheuse, ce serait elle. Simplement prête à faucher une vie.

- Vous pouvez commencer.

Je n'eus même pas le temps de me mettre en position qu'elle se précipita sur moi, une lame à la main. Bordel, elle ne rigole pas du tout. Elle venait d'abattre son épée à l'endroit où je me trouvais il n'y a qu'une seconde de cela.

Sa vitesse de réaction est tout bonnement inhumaine. Peut-être probablement parce qu'elle ne s'avère pas être humaine...

- Si tu continues ainsi, je ne donne pas cher de ta peau, lance Nash qui était assis sur le rebord d'une falaise, observant tranquillement l'affrontement qui prenait place.

Il est marrant, lui. C'est mon tout premier combat, je n'ai pas la moindre idée de ce que je devrais faire.

Connaître la théorie et savoir l'appliquer dans des conditions tranquilles, c'est autre chose que devoir l'appliquer dans un combat où je pourrais mourir. Ce n'est VRAIMENT pas la même chose.

- Bordel, murmurais-je alors qu'elle venait de m'entailler l'épaule.

Le sang perlait de ma plaie, ça fait un mal de chien. Elle est profonde l'entaille, en plus. Ma mâchoire se crispa à cause de la douleur.

J'attrapais mon épée avant de me précipiter sur elle, elle esquiva de justesse ma lame, mais pas mon coup de pied qui vint la balayer, la faisant tomber au sol.

Si je comprends bien, je dois la tuer ? Je ne vois pas pourquoi on devrait en arriver là.

J'ai gagné, non ? C'est largement suffisant, à mon humble avis.

Je rangeais simplement ma lame dans son fourreau.

- Quelle erreur stupide, constata Nash.

Elle venait de se jeter sur moi, me plaquant au sol et m'administrant un violent coup dans l'estomac.

Mon souffle se coupa momentanément. Elle attrapa une dague qui était accrochée à sa cuisse avant de me la planter dans l'abdomen.

- C'est donc ici que s'éteint Myriam Heaven ? S'interrogea Nash à haute voix. Ton règne fut bref.

Mon sang coulait abondamment, une véritable mare pourpre. Je vais clairement pas crever, ici. J'ai un peu trop de choses à vivre pour mourir maintenant.

- Je suis désolée, je ne voulais pas en venir là.

Alors qu'elle était en train de bouger pour récupérer sa lame qu'elle avait perdue dans sa chute, je vins murmurer à nouveau ces mots.

- Souffle des Dieux.

Aussitôt, un halo dévastateur d'énergie se libéra, la propulsant quelques mètres plus loin, vivement brûlée.

Je m'avançais, titubant légèrement à cause de ma blessure à l'abdomen.

Bordel, quelle plaie, sans mauvais jeu de mots. Elle était toujours au sol, visiblement sa brûlure lui donne du fil à retordre.

- Je suis désolée.

J'attrapais mon épée et m'apprêtais à l'abattre. Je vais vraiment tuer quelqu'un ?

Je ne pus m'empêcher de fermer les yeux avant de fendre l'air avec. Le sifflement de l'épée, au contact de l'air, est horrible à entendre.

Lorsque je les rouvris, son corps était en train de se désintégrer. Je m'apprêtais à tourner les talons, pour ne pas en voir plus et pouvoir me poser afin de me soigner, avant de me figer sur place.

Ce sont des larmes au coin de ses yeux ? Des larmes ? J'étais incapable de bouger alors que son corps finissait de se désintégrer. Elle a pleuré. Elle a pleuré face à la mort. Elle était capable d'éprouver des émotions. Ce n'était pas une marionnette. J'ai tué quelqu'un de tout aussi humain que moi.

- Je suis désolée, murmurais-je.

- Il n'y a pas à l'être. C'était un combat à mort, rappela Nash.

- Elle a pleuré, répondis-je. Elle était capable d'éprouver des émotions. Ce n'était pas une marionnette ou un pantin.

Je m'attendais à ce que cette réponse le choque un peu, lui fasse peut-être reconsidérer deux ou trois choses, mais absolument pas. Il balaya ma remarque d'un haussement d'épaules.

- Et alors ? Répondit-il simplement. Tu seras amenée à tuer des gens qui ont des amis, une famille, des souvenirs et bien d'autres choses. Pourquoi est-ce-que tu te lamentes pour un être qui n'avait rien de tout cela ?

Ses paroles sont immondes. Il me donne envie de vomir. Un ange, tu parles. C'est le diable que j'ai en face de moi.

- Habitue-toi à tuer, c'est normal, lâcha-t-il en s'appuyant dos au mur contre la falaise et en me fixant.

D'un geste très rapide, geste qu'il n'eut même pas le temps d'apercevoir, je lançais une dague qui vint se planter juste à côté de son visage. Il ne broncha pas et resta parfaitement calme. Pas étonnant pour un chef d'armée. Néanmoins, je décèle une certaine inquiétude dans son regard, inquiétude qu'il n'arrive pas à refouler.

- Est-ce-que je devrais commencer par toi ? Suggérais-je, narquoise, le regard froid.

Il ne broncha pas et se contenta de m'observer silencieux. Je soutins son regard, sans le moindre effort.

- Je plaisante, finis-je par lâcher. On continue l'entrainement ? Proposais-je avec un air innocent pour faire oublier mon comportement d'il y a quelques secondes.

Il me sonda pendant quelques secondes, avant d'acquiescer.

- Oui, continuons.

Chapitre quatorze :

Oh, c'est gentil, mais il ne fallait pas ! Leur assurai-je- Bien sûr que si, répliqua Eden.Impossible de faire changer d'avis mon frère lorsqu'il est convaincu de quelque chose. On fera donc une petite soirée avec les autres héritiers, ce soir.Je levais les yeux au ciel, amusé e.Aujourd'hui était officiellement mon dernier jour d'entraînement. Enfin ! Bon, il y en a qui l'acceptent moins que d'autres. Par exemple, Alia, qui à peine arrivée, se précipita dans mes bras, en pleurant à chaudes larmes.- Ne t'en fais pas, Alia, on va continuer de se voir, lui assurais-je tout en essuyant ses larmes.Alia finira par l'accepter, enfin je suppose, étant donné qu'elle continue de pleurnicher dans mes bras. C'est vrai qu'on aura un peu moins l'occasion de se voir, mais sûrement pas pour les raisons qu'elle imagine. - Les enfants ont l'air de t'apprécier, constata Nayra qui se tenait à mes côtés.J'ai la drôle d'impression qu'elle veut me dire quelque chose, mais qu'elle est très mal à l'aise et que donc, elle tente d'engager la conversation comme elle peut.- Je suppose que oui, répondis-je avec un léger sourire.Les héritiers étaient en train de discuter avec Edgard Ophelis et les chefs de régiments.- Tu sais, commença-t-elle un peu embarrassée, je tiens à m'excuser des horreurs que j'ai pu te dire.- Oh, c'est déjà oublié.Je vins déposer Alia, qui s'était un peu calmée, au sol, elle partit jouer avec Esther. Alia est décidément très proche des chefs de régiments, ils la traitent tous comme une petite soeur ou comme une petite fille dans le cas d'Hélios. Je finis par me tourner vers Nayra. Ses longs cheveux blonds étaient attachés en queue de cheval aujourd'hui. Ça lui va drôlement bien. Elle avait un air légèrement embarrassée et évitait mon regard du mieux qu'elle le pouvait. Je ne pus m'empêcher de rire intérieurement, c'est loin de concorder avec l'image qu'on peut se faire de Nayra lorsqu'on la rencontre pour la première fois. - Mais je me demandais, qu'est-ce-qui t'a fait agir de cette manière ?Elle ne semblait pas s'attendre à cette question, elle n'esquiva néanmoins plus mon regard, elle vint, au contraire, le soutenir. Ça ne fait que confirmer mon intuition que ses excuses sont sincères et probablement justifiées. Nayra me donne franchement l'impression d'être quelqu'un de sincère, je doute qu'elle soit foncièrement méchante.- Je ne sais pas ce qui m'a pris ce jour-là, m'avoua-t-elle. En fait, tu n'es peut-être pas au courant, mais toi et Eden, vous avez obtenu les mêmes résultats que les héritiers au concours d'entrée. Évidemment, ç'a été tenu secret des autres élèves par la direction.Je l'ignorais, effectivement. Ce n'est pas très étonnant que la direction ait gardé ça secret. Les familles royales sont supposées être au-dessus du commun des mortels. Elle resta silencieuse quelques secondes avant de reprendre la parole.- Tu comprends, c'est littéralement impossible d'avoir un score aussi haut sans venir d'une famille royale. Ça me perturbait et j'ai simplement eu « peur » d'une certaine manière

d'avoir à nouveau à faire au même type de personnes que ceux qui ont décimé les Heaven.Devant mon air pensif, elle continua son explication. Je pense savoir où elle veut en venir, mais j'aimerais entendre son explication complète.- Ce que ces gens ont fait ce jour-là, c'est tout bonnement irréel, déclara-t-elle. Les Heaven sont littéralement les élus des Dieux, je n'ai jamais pu me faire à l'idée qu'ils auraient pu être défaits par de simples humains. Je ne dis pas ça avec condescendance, mais c'est vraiment un fait. Ils n'ont pas pu être défaits par de simples humains.Elle se rendit alors compte de ce qu'elle venait d'affirmer et se figea sur place. Elle baissa les yeux, Nayra a l'air vraiment troublé e.Je vins poser ma main sur son épaule avec un sourire rassurant. Elle n'a assurément pas à s'en faire. Son raisonnement est cohérent.- Je comprends ce que tu veux dire, lui assurais-je, et je trouve ta réaction plus que légitime. Tu espérais qu'en me traitant de la sorte, je réagisse pour pouvoir me démasquer plus facilement si jamais j'appartenais au groupe de ceux qui ont commis ce massacre, c'est ça ?Elle acquiesça, soulagée que je comprenne son raisonnement. Ses épaules tendues s'affaissèrent, elle releva aussitôt les yeux, reconnaissante.
- Est-ce-que les héritiers, ou même les familles royales en général, pensent comme toi ? Ne pus-je m'empêcher de demander. Est-ce-qu' ils pensent que la tragédie qui est arrivée aux Heaven, n'est pas le fruit d'une action humaine ? Vins-je préciser à voix basse.- Tu n'as pas idée à quel point cette tragédie a chamboulé les familles royales, chuchota-t-elle. Depuis, nous sommes tous très méfiants, même si on ne le montre pas. Mais je pense que personne n'est aussi méfiant que je ne le suis.- Pourquoi donc ?- Ça, c'est une histoire pour un autre jo

ur.J'imagine que le contexte et l'environnement qui nous entoure ne sont pas réellement des plus propices pour ce genre de conversations. Ce sera donc pour une prochaine fois. Je suis déjà contente qu'elle envisage de m'en parler.- En tout cas, je suis heureuse qu'on ait pu résoudre ce différend, déclara-t-elle en me tendant la main.Je la pris volontiers, un sourire aux lèvres. Pour moi, le différend n'avait pas lieu d'être, je ne lui ai absolument pas tenu rigueur des propos qu'elle a pu avoir.- J'en suis également ravie.Elle s'apprêtait à ajouter quelque chose quand les autres vinrent nous rejoindre. Edgard Ophelis et les chefs de régiments ne vont pas pouvoir rester très longtemps malheureusement. Ils ont un planning plutôt chargé, mais ont réussi à dégager cinq minutes pour moi. Je leur en suis vraiment reconnaissante. J'ai l'impression d'avoir réellement tissé des liens avec eux, enfin sauf avec un.- Merci pour tout, vous m'avez tellement aidée à progresser.- Oh arrête, tu vas nous faire rougir, plaisanta Esther.- Ç'a été un plaisir, m'assurèrent Alia et Aylan d'une même voix.- Je vous souhaite le meilleur pour votre règne, dit tranquillement Hélios me donnant sa bénédiction pour la suite.Le seul qui ne dit rien, c'est Nash. Que c'est étonnant, je ne l'aurais jamais vu venir. Sarcasme quand tu nous tiens.On se dévisagea avec une haine et rancœur à peine dissimulée.Je crois que je n'ai jamais rencontré quelqu'un, autant à l'opposé de mes valeurs et de qui je suis. On n'a strictement rien en commun, mon entraînement avec lui a été un enfer.C'est un excellent professeur, ce serait mentir de dire le contraire, mais impossible de créer la moindre entente ou complicité entre nous. Il est tout simplement invivable pour quelqu'un comme moi.Je suis plutôt du genre tolérante, enfin je pense, mais vraiment, ses idéaux paraissent juste impossibles pour moi à envisager, encore moins à comprendre. On est juste trop différents.Personne ne pouvait ignorer la tension qui régnait entre nous deux, il faudrait être aveugle pour ne pas s'en rendre compte.- Bonne continuation, lâcha-t-il uniquement avant de tourner les talons.- Ouais, toi aussi, répondis-je sèchement.Une fois qu'il fut sorti de la pièce, tout le monde se tourna vers moi, curieux. Surtout Eden. Je crois bien que c'est la première fois qu'il me voit aussi sèche avec quelqu'un.- C'était quoi cette animosité ? Rit Ace- Rien, disons qu'on ne s'est simplement pas trop entendus.- Pourtant, Nash est du genre très compréhensif, répondit Esther s urprise.Je manquais d'avaler de travers la gorgée d'eau que je venais de boire. Je me tournais vers elle, effarée. J'ai sûrement mal entendu. Ce type ? Compréhensif ?- Pardon ?- Oui, répondit-elle surprise par ma réaction. Bien qu'il ait largement le talent pour prétendre au titre de commandant suprême, il est vraiment humble et modeste et ne se plaint jamais de son poste actuel.Bon, visiblement, on n'a pas rencontré la même personne. La personne, que j'ai côtoyée pendant quelques semaines, était TOUT sauf humble, sûrement pas modeste et encore moins compréhensive.- J'imagine qu'on n'était pas juste pas trop compatibles alors, répondis-je en haussant les épaules, ne voulant pas en discuter plus longtemps.

Si j'entends encore un compliment sur ce type, je vais vomir. Et franchement, j'exagère à peine. On continua de discuter pendant quelques minutes avant qu'ils ne prennent congé, on se retrouva alors entre héritiers.- On devrait y aller aussi, lança Eden.On se mit

alors tranquillement en route pour le palais Heaven. Ce dernier n'est pas très loin de la salle du temps. Il suffit juste de traverser les jardins royaux.Jardins absolument magnifiques au passage ! Une fontaine en marbre blanc trônait au milieu de l'un d'entre eux, tandis que des parterres de fleurs colorées venait l'entourer. On peut croiser des paons qui se baladent si on est assez chanceux.Je ne pus m'empêcher d'observer cette fontaine de marbre noire entourée d'un parterre de roses rouges éclatantes.- C'est joli, hein ? Me lança Ace- Ce serait un euphémisme de se contenter de qualifier ce jardin de joli.- Je suis d'accord, répondit-il. Je viens souvent ici pour trouver de l'inspiration. Aucune famille royale ne possède des jardins plus beaux que ceux des Heaven.- Je ne pourrais donner mon avis que lorsque j'aurai vu les jardins des autres familles royales.- Oh, tu en auras bientôt l'occasion, déclara-t-il.On continua de discuter un peu avant d'arriver au palais. On monta les escaliers avant de se rendre sur le toit.Une vaste terrasse faisait office de toit pour cette partie du palais. La décoration était de goût.Des guirlandes bleutées venaient illuminer l'endroit, endroit composé d'une belle piscine construite en marbre blanc.Plusieurs poufs et fauteuils étaient disposés un peu partout pour pouvoir se poser confortablement.Des tables recouvertes de nourriture se trouvaient dans chaque coin de la terrasse. Un écran de télévision avait été fixé contre un mur.Tout ça sous un beau ciel étoilé, c'est vraiment parfait. Je crois qu'on aurait pu difficilement faire mieux pour une petite soirée. Je pense qu'ils ont préparé ça pendant la journée, ça m'étonnerait que la terrasse soit ainsi en temps normal.- C'est vraiment sympa, m'exclamais-je.- Tu devrais remercier Eden et Aaron, ils se sont chargés de tout, m'informa Yuki.Je me tournais vers les deux concernés.- Merci !- Oh tu sais, c'est ça d'être le grand frère, on assure toujours, me répondit Eden.Je ne pus m'empêcher de souffler, avant de me tourner vers un buffet, sans même lui répondre.- Hey ! Je ne te permets pas ! Tu pourrais au moins faire mine d'acquiescer.On éclata de rire avant de commencer à profiter de cette belle soirée. Eden n'attendit pas une seconde de plus, avant de se jeter dans la piscine.- Elle est drôlement bonne, venez vous baigner ! S'exclama-t-ilYuki le dévisagea, comme s'il était tout droit sorti d'un asile. Difficile de se retenir de rire.- On est en plein mois d'octobre, crut-elle bon de lui rappeler au cas où il l'aurait oublié.- C'est le dernier de ses soucis, il se baigne même en décembre, l'informai-je.Elle soupira, exaspérée. C'est généralement la réaction des gens quand ils entendent les débilités auxquelles Eden s'adonne régulièrement et je ne peux vraiment pas les blâmer. Mon frère est un peu unique dans son style.- Vous êtes nuls, répliqua-t-il avant de continuer à barboter comme un gosse.Je vins me servir une part de fraisier, c'est mon gâteau préféré avant de chercher une boisson pour accompagner mon dessert.- Oh, Eden, tu as acheté du OrangeLit, constatais-je.- Ce n'est pas moi, c'est Aaron, répondit-il tout en continuant de nager.Je me tournais vers ce dernier qui se tenait à côté d'Ace. Ace avait déjà enfilé son sourire moqueur. Il vit vraiment pour ce genre de situations, vous savez, le genre de situations où il peut mettre quelqu'un dans l'embarras. Surtout si ce quelqu'un en question, c'est Aaron.- Excellent choix, c'est mon jus de fruit préféré, lançais-je à Aaron.- C'est bien pour ça qu'il l'a choisi, commença Ace amusé. Il a fait les courses, tout en priant pour que tes goûts culinaires n'aient pas changé. T'imagines, le prince des enfers, en train d'harpenter les rayons, tout en se demandant quelle saveur de jus de fruits te plaîrait le plus. Comique, non ? Aaron souffla, ennuyé tout en se massant la tempe. Le pauvre. Supporter Ace en permanence, ça doit être loin d'être facile. En plus, quelque chose me dit qu'Ace n'est pas du genre à laisser Aaron tranquillement dans son coin. Néanmoins, leur amitié est mignonne. - Tu sais, Ace, un accident est si vite arrivé, affirma Aaron d'une voix légèrement menaçante.- Tu n'oserais pas, hein ! Fit mine de s'indigner Ace.- Je sais même pas pourquoi je discute encore avec toi, répondit Aaron désespéré.- Peut-être parce que tu m'adores ?- Yuki vient le récupérer, ma patience a des limites.Cette dernière qui était en train de discuter avec Nayra et Eden qui participait à leur conversation tout en faisant des brasses.- Désolée, Aaron, je le vois déjà un peu trop souvent.- C'est vraiment une malédiction, soupira Aaron.- Bon, d'accord, dans ma grande bonté d'âme, je vous laisse entre fiancés.Ace nous quitta pour aller s'asseoir avec le reste du groupe, Aaron ne chercha même pas à répliquer à la dernière petite provocation d'Ace, sûrement peu désireux de le voir changer d'avis et ainsi revenir lui tenir compagnie.- Ils t'embêtent vraiment tous avec ça, hein ? Le taquinais-je- Oui, répondit-il en agitant le contenu de son verre, distraitement. Parfois, je suis vraiment tenté d'en étrangler un, ajouta-t-il en so ufflant.Je ne pus m'empêcher de pouffer de rire, ce qui lui arracha un sourire amusé.J'évitais aussitôt son regard, les sourires d'Aaron Hillhells devraient être interdits. Ils sont capables de faire battre votre cœur un peu trop vite.On s'appuya sur la barrière qui délimitait la terrasse, dos aux autres. Je continuais de manger mon fraisier, tout en restant avec lui, en silence.C'est le genre de silence où on se sent à l'aise avec l'autre personne.- T'aimes vraiment toujours autant ça, constata-t-il en me voyant vider ma canette de jus d'orange.- Oui ! C'est vraiment le meilleur jus de fruit, c'est dommage que leurs ventes baissent, ils fermeront probablement dans quelques années.- Je peux acheter l'entreprise et la faire tourner pour toi, si tu veux, me lança-t-il narquois.Je souris, franchement amusée. Rien que ça.- Fais attention, je pourrais te prendre au pied de la lettre.- Tu peux, c'est vraiment la moindre des choses que je pourrai faire pour ma fiancée, m'assura-t-il.Son regard argenté est vraiment très troublant, encore plus quand il dit ce genre de choses. En plus, c'est la première fois qu'il m'appelle comme ça. Je rougis légèrement, avant de détourner le regard.- Quel fiancé exceptionnel, j'ai vraiment de la chance.- Oh, je pense que de nous deux, c'est moi qui ai le plus de chance, déclara-t-il tranquillement.- Si tu dis ce genre de choses, ils ne vont jamais arrêter de te taquiner.- Si c'est pour te voir rougir comme ça, ça en vaudrait presque la peine, répondit-il narquois.Il est fort. Très fort.Je me mis à fixer mon assiette, je ne suis pas vraiment en état de soutenir son regard. Je n'ai même pas besoin de me tourner vers lui pour savoir qu'il est en train de sourire, visiblement très content de son petit effet.

- Arrête, tu vas finir par retomber amoureux, lui lançai-je uniquement pour le titiller.Il n'eut pas le temps de me répondre puisque Yuki nous interpella.- Hey, les tourtereaux, vous venez ? On va regarder un film.Leurs dos nous faisaent face, pendant qu'ils se disputaient pour choisir un film. À mon avis, Ace y est pour quelque chose dans la dispute. Ce type a un don pour jeter de l'huile sur le feu.Je m'apprêtais à les rejoindre quand Aaron m'attrapa par la main, me tirant légèrement en arrière vers lui, avant de s'abaisser légèrement pour venir murmurer dans mon oreille.- Il faudrait encore pour ça que j'ai cessé de t'aimer, chuchota-t-il d'une voix doucement grave en guise de réponse à ma petite taquinerie.Il me laissa là, plantée derrière lui, les joues en feu, avant d'aller donner son avis sur le choix du film, l'air de rien.Il sait très bien qu'il n'a même pas besoin de se retourner pour constater l'impact de ses mots.

Chapitre quinze :

NDA : Chapitre plus long que d'habitude ! Bonne lecture !

Cette réunion est ma toute première réunion. Je ne peux pas m'empêcher d'être un peu nerveuse.Hélios m'a dispensée de longs cours, très détaillés, sur la façon dont une héritière devait se comporter. Mais malgré ça, je ne peux pas m'empêcher d'être anxieuse. Pourtant, je connais mon rôle sur le bout des doigts. Je vais aussi rencontrer les couples royaux, les parents des héritiers, pour la première fois.Une fois devant la porte de la réunion, les gardes s'inclinèrent avec respect avant de nous ouvrir. Je suis tout de même contente que cette réunion prenne place dans notre palais, ça me permet d'avoir quelques repères.J'ai visité la pièce où notre réunion va prendre place hier afin de ne pas paraître trop perdue.Afin de gagner quelques secondes avant de croiser les regards des personnes présentes dans la pièce, je vais tâcher de vous décrire cette dernière.C 'est une grande pièce éclatante. Le plafond, décoré de dessins censés représenter le royaume céleste, était soutenu par de larges colonnes en marbre blanc.Ces dernières étaient ornées de jolies fresques peintes avec une douce couleur dorée. De nombreuses plantes venaient

ajouter un air plus vivant à cette pièce sublime.Au centre de la pièce trônait une longue table rectangulaire en marbre noir.Je ne sais pas qui a décoré le palais, mais cette personne a vraiment l'air d'apprécier le marbre.Bon, j'ai gagné quelques secondes, il est temps de remarquer que tous les regards sont posés sur moi. Évidemment, ils ont déjà rencontré Eden, alors que moi.. Je débarque. - Bonjour à tous, les saluai-je d'une même voix qu'Eden.Je vins prendre place sur nos sièges en marbre (oui, encore !) gris, incrustés dans le sol, qui nous attendaient.- Votre frère, c'était troublant, mais alors vous, vous êtes le portrait craché de votre mère, constata une femme qui se tenait aux côtés de Nayra.Ce doit être sa mère, elles ont vraiment la même couleur de cheveux, ce châtain léger qui resplendit de mille feux au soleil. En revanche, ses yeux de jade, ce sont ceux de son père.- Oui, approuva un homme. J'ai l'impression d'avoir Iriel en face de moi.Ir iel, c'est le prénom de ma mère biologique. Là, ce doit être le père de Yuki, un air doux venait complimenter ses traits de visage. La mère de Yuki, en revanche, était silencieuse.- Ce doit être Aaron qui doit être content, rit une femme aux iris pourpres. Une aussi jolie fiancée, tu dois être si heureux de la retrouver.Alors ça, c'est définitivement la mère d'Ace. Il faut croire que ce petit côté taquin est de famille puisque le père comme le fils se mirent à glousser. Aaron, qui était assis en face d'eux, ne put s'empêcher de soupirer.Ce dernier n'était pas accompagné de ses parents, je lui lançais un regard curieux.- Mes parents sont en déplacement, m'expliqua-t-il. C'est donc moi qui vais m'occuper de représenter le royaume Hillhells.Normalement, les héritiers n'assistent aux réunions que dans un but éducatif, alors le fait que les parents d'Aaron lui fassent suffisamment confiance pour le laisser gérer une réunion seul, ne montre qu'une chose. Il est probablement déjà apte à montrer sur son trône en tant que roi.- Ne t'en fais pas, tu rencontreras tes beaux-parents bientôt, m'assura Ace .Aussitôt, la famille Emerald se remit à pouffer. Je ne pus m'empêcher de rougir violemment, ce qui ne fit que provoquer l'hilarité générale de la pièce.Aaron me décocha un sourire qui n'eut pas d'autre résultat que d'accélérer les battements de mon cœur.Je suis loin d'avoir oublié ce qu'il m'a dit hier, même sous le ton de la rigolade, je dois avouer que ça ne m'a pas laissée indifférente.Bon, soyons honnêtes, c'est juste Aaron Hillhells qui ne me laisse pas indifférente. Ce dernier était assis en train d'éplucher un dossier du regard, il est vêtu de manière assez détendue pour cette réunion. Il porte un simple pull marron avec un col en V, sous lequel il a passé un t-shirt noir, un pantalon en toile noir venait terminer la tenue. La petite touche finale restera toujours cette bague violette qu'il a finalement décidé de ne pas jeter. Malgré moi, ça ne peut pas m'empêcher de me faire plaisir. Il s'habille vraiment bien, même lorsqu'il joue la carte de la simplicité.

Bien que vêtu simplement, Il paraît toujours surréel à mes yeux. Même dans une pièce remplie de personnes aux physiques au-dessus du commun des mortels. Qu'importe la beauté d'autrui, c'est toujours sur Aaron que mes yeux se poseront.

Sa main droite était enfouie dans la poche de son pantalon pendant qu'il feuilletait son dossier avec sa main gauche. Je suppose qu'il est donc gaucher. Oui, je sais, je prête attention à des détails complètement inutiles.- Tu pourrais être un peu plus discrète quand tu le mates, me murmura Eden narquois.- Mais ça ne va pas, répliquais-je aussitôt à voix basse.- Tu n'es pas très subtile, hein. Enfin, bon, tu vas me dire qu'il n'y a pas de mal à observer son fiancé qui t'a fait une petite confession hier.Évidemment, j'ai tout raconté à Eden hier soir. Mon frère jumeau est vraiment son confident, vous pouvez être sûr que tout ce qui se passe dans ma vie, il est au courant, et inversement.Je vins lui pincer le bras pour qu'il se taise. Il me lança un regard, outré, qui m'extirpa un léger sourire.- Bonjour à tous.La porte venait de nouveau s'ouvrir, cette fois, c'était une femme qui venait d'entrer. Ses longs cheveux blonds tombaient en cascade sur ses épaules et s'arrêtaient au niveau de ses reins. Elle portait une longue robe blanche en soie. Un châle, toujours en soie, venait recouvrir le haut de ses épaules.Son visage, lui, était caché par un masque blanc. Masque blanc décoré par de jolies arabesques bleutées. On ne peut que voir ses sublimes yeux océans. Elle est vraiment magnifique, je n'ai même pas besoin de voir son visage pour l'affirmer.Je suppose que c'est elle, la grande prêtresse.Alors, la grande prêtresse, qui est-ce ?C'est très simple, c'est elle qui gère le culte dans notre monde, elle est responsable de tous les temples que l'on peut apercevoir dans à peu près chaque ville.Elle est très influente et très puissante grâce à sa position. Elle est en contact direct avec les divinités après tout. C'est notre seule intermédiaire avec eux.Même le conseil suprême, dont les représentants viennent de débarquer, ne peut pas s'opposer à ses décisions.Elle prit place en bout de table pendant que les membres du conseil venaient de prendre place à côté de la famille Kaïn.Aujourd'hui, c'est le père d'Esther ainsi que le président du conseil suprême qui viennent nous faire l'honneur de leur visite.Le président du conseil suprême n'est pas un homme dont l'allure m'inspire vraiment confiance. Il dégage quelque chose de plutôt inquiétant, si vous voulez mon avis.Mon regard se rabattit sur la prêtresse. Elle était en train d'ouvrir gracieusement son dossier avant qu'on ne commence la réunion.- Je suis enchantée de vous compter enfin parmi nous, déclara-t-elle d'une voix douce à mon égard. J'espère que votre entraînement a été des plus enrichissants.- Je suis tout aussi honorée d'être parmi vous, aujourd'hui, répondis-je sur le même ton. Merci de vous en inquiéter, mon entraînement a effectivement été des plus riches.- Vous m'en voyez ravie.On commença alors la réunion. Je sais qu'on n'abordera pas le sujet de ce qui est arrivé à Empire ce fameux soir. Eden m'a expliquée que la situation avait déjà été résolue, apparemment, ce n'était qu'un groupe rebelle qui a très vite été dissous.On aborda donc divers sujets, heureusement pour moi, Eden gère vraiment bien. Ça me laisse la possibilité d'apprendre sur le tas.Néanmoins, celui qui me surprend le plus, c'est Aaron. Il est encore plus doué que ce que je ne pensais.Son attitude est très différente. Avec les héritiers, il est toujours très détendu et a un côté un peu mignon, alors qu'à présent, il ne laisse strictement rien passer et sait se montrer très diplomate, mais ferme.Il est vraiment l'incarnation de la définition de charisme.- Abordons à présent la taxe mensuelle avant de terminer cette réunion, annonça la prêtresse.La taxe mensuelle... J'ai lu le dossier hier. J'ai un avis bien tranché et je vais me permettre de le donner.C'est une taxe que l'on doit reverser au temple de la grande prêtresse, ce sont principalement des récoltes de nourriture, mais aussi des étoffes hors de prix, des bijoux, etc..Ce sont censés être des cadeaux pour les divinités. Chaque mois, chaque royaume doit payer la taxe.- Enfin, je suppose que vous avez tous reçu la liste d'éléments que votre royaume doit nous fournir, donc je doute qu'il soit utile d'en parler plus longtemps, nous pouvons alors arrêter là, se ravisa-t-elle.Normalement, cette taxe n'est qu'une formalité. Voilà, pourquoi elle juge non nécessaire d'en parler plus longtemps.- À vrai dire, j'ai une objection à soumettre, répondis-je d'une voix claire.Tout le monde se tourna vers moi, surpris de m'entendre parler. Oui, j'imagine que pour ma toute première réunion, je devrais me taire et prendre des notes. Mais non, je ne vais pas me taire au sujet de cette taxe que je trouve tout bonnement injuste.- Je vous écoute, m'assura-t-elle.Ses yeux océan pétillaient de malice. Je ne sais pas si elle apprécie ma prise de parole inattendue. Quelque chose me dit que non.- Je pense que le royaume Heaven devrait être exempté de cette taxe. Du moins, pour l'instant.Nayra se tourna vers moi, estomaquée. En fait, ils me regardent tous comme si je venais de me mettre à danser sur la table.- Pardon ? Prononça le président du conseil suprême incrédule.Jude Parson, le père d'Esther, ne semblait pas en croire ses oreilles. Et ça encore, ce n'est rien à côté de la réaction du président, il a l'air à deux doigts de se pincer le bras pour s'assurer qu'il est bien réveillé.- La taxe est un devoir, me rappela le président. Personne ne peut en être exemptée. Ce serait injuste et irait à l'encontre de tous nos principes.J'esquissai un sourire en coin, les yeux rieurs.- Le royaume Heaven vient tout juste de recommencer à se mettre sur pied. Les commerces commencent de nouveau à fonctionner, les agriculteurs viennent tout juste de commencer à récupérer leurs premières récoltes. Vous n'êtes pas sans le savoir que la famine qui a sévi pendant des années vient tout juste de commencer à disparaître ?Je pris un temps de pause avant de reprendre. Je vois très bien le regard inquiet d'Eden qui se tient à mes côtés. Je sais qu'il est d'accord avec moi, mais il appréhende fortement la réaction de la grande prêtresse.- Mon peuple a payé pendant toutes ces années difficiles cette taxe, je pense que nous pouvons en être exemptés le temps de se remettre définitivement sur pied, vous n'êtes pas d'accord ?Ma question n'est absolument pas pour le président du conseil suprême dont je me fiche éperdument, c'est pour la grande prêtresse. Cette dernière me scruta, derrière son masque, visiblement amusée.- Vous avez perdu l'esprit ? Que diront les autres peuples en voyant ça ? Me lança-t-il furieux.- Que les Dieux sont cléments lorsque leurs adorateurs souffrent, répondis-je.Ma réponse le déstabilisa et lui fit enfin fermer son clapet.- Je comprends bien votre raisonnement, mais ça ne me semble pas possible, déclara la grande prêtresse.- J'en conclus que vous souhaitez donc voir ce royaume sombrer à nouveau dans la misère. Une raison particulière qui pourrait expliquer un tel souhait ?Un silence glacial vint s'abattre sur la pièce. Je suppose là que je suis allée un peu trop loin. La goutte de trop, j'imagine.- Je ne suis pas sûre de vous suivre, répondit-elle d'une voix monotone, mais pourtant terriblement menaçante. Vous vous rendez compte que, sans la taxe, vous risquez d'éveiller la colère des Dieux.Tu parles.- Voyons, grande prêtresse, les Dieux ne sont pas enfantins pour s'emporter pour de telles choses. Ils sont bons, cléments et doux avec leurs adorateurs.

Ils peuvent comprendre que nous n'avons pas les moyens de payer pour un certain temps. S'ils acceptent, cela ne montre, qu'encore une fois, qu'ils sont aussi cléments qu'ils le prétendent.Je marquais un temps de pause, je vois très bien les regards horrifiés des autres, avant de reprendre.- Et s'ils n'acceptent pas, alors lorsque tout ceci sera révélé au peuple, des réactions assez diverses vont s'élever, mais cela se terminer inexorablement par une révolte.- Révolte qui sera réprimée, répliqua le président.- Révolte qui sera certes réprimée, mais qui ne fera qu'augmenter un doute concernant nos divinités, un doute qui amènera tôt ou tard à une révolte générale. Et alors quoi ? Le royaume céleste va effacer notre monde de la carte ? Cela finira alors simplement par une guerre entre tous les mondes. Ce n'est pas ce que quiconque, autour de cette table, désire, n'est-ce pas ?Je vins appuyer mon menton sur mes mains entrelacées, les jambes élégamment croisées. Je suis totalement en train de mettre un coup de pression à la grande prêtresse. Cette dernière ne me lâchait plus du regard, ses yeux océan me scrutant et sondant mon âme par la même occasion. - C'est de la folie, murmura le président du conseil suprême.Il était drôlement blême, Jude, à ses côtés, n'en menait pas large non plus. C'est normal après tout, personne n'a jamais été exempté de la taxe. Les familles royales restent toutes silencieuses, cette décision revient à la grande prêtresse.- C'est d'accord, répondit-elle. Je m'entretiendrais personnellement avec les divinités pour les en informer. Cette réunion est terminée, déclara-t-elle d'une voix dénuée de toute émotion .Elle quitta la pièce, suivie des deux membres du conseil suprême qui tentaient de calmer la situation.- Alors ça, murmura Yuki.- T'es un peu déjantée sur les bords, me lança Ace. La grande prêtresse n'est pas du genre à accorder ce genre de faveurs sans contrepartie.- Ce n'est pas une faveur, répondis-je. Elle n'a pas le choix et elle le sait très bien.- Tu n'as pas l'air de la porter dans ton cœur, constata Nayra.- Il n'y avait rien de personnel, assurai-je. Je me soucie simplement de mon royaume et de ses habitants.Les parents de Nayra se levèrent avec grâce et s'apprêtaient à sortir, ils se tournèrent néanmoins vers moi pour me mettre en garde.- Tu vas mener une politique très différente de celle de tes parents. La grande prêtresse et ta mère étaient très proches. Elle ne t'a passé cet affront qu'à cause de ça, je te déconseille fortement de tenter à nouveau quelque chose de ce genre.- J'en prends note, répondis-je simplement.Les autres couples royaux quittèrent la pièce, nous laissant entre héritiers. Aussitôt, le filtre qui n'est présent qu'à cause des adultes disparut.- Myriam, je suis vraiment..scotchée, lança Yuki.- Ce que tu viens de faire, c'est noble, déclara Aaron, mais tu devrais vraiment faire attention. La grande prêtresse est loin d'être comme l'image qu'elle essaye de renvoyer.Tout le monde se tourna vers lui, scandalisé.- Aaron, c'est encore pire ce que tu viens de dire ! C'est toi qui devrais faire attention, s'indigna Yuki.Ce dernier haussa les épaules, clairement pas inquiet pour un sou.- La lignée des enfers est intouchable, répondit-il amusé. La grande prêtresse nous évite comme la peste. En revanche, pour la lignée des élus des Dieux, c'est vraiment autre chose.Ce qu'Aaron est en train de dire, ça pourrait lui coûter très cher si jamais il venait à être entendu par quelqu'un d'autre. Néanmoins, il a l'air très détendu.- Pourquoi est-ce-qu'elle vous évite ? Juste à cause de votre titre ? Demandais-je.- Plus ou moins, mais c'est surtout que le royaume des enfers est affiliée à une déesse qui ne fait pas l'unanimité dans le royaume céleste, m'exp liqua-t-il.Oh, c'est plus clair maintenant. J'imagine que la grande prêtresse va dans le sens de la majorité du royaume céleste. On sortit de la salle de réunion.Je n'y avais pas fait attention en entrant parce que j'étais trop anxieuse, mais ils ont remis des portraits de mes parents biologiques un peu partout.Eden, lui, passa devant sans y prêter attention, mais moi, je ne pus m'empêcher de m'arrêter devant.Sur ce portrait, ils sont tous les deux assis sur un trône. Ma mère est habillée d'une longue robe noire en soie, laissant découvrir ses frêles épaules. Ses magnifiques cheveux violet foncé retombaient avec élégance, se mariant parfaitement avec ses doux yeux teintés d'un violet clair.Elle est vraiment sublime. Mon père n'est pas en reste, ses doux cheveux blonds venaient complimenter ses traits gracieux. Ses yeux caramel étaient posés sur ma mère, on pouvait y lire un immense amour. Ceux de ma mère exprimaient la même tendre affection à son égard.Ils s'observent tous les deux amoureusement, loin de tout problème, tout simplement coupés du monde.

- Myriam, tu viens ? Me demanda Aaron en se tournant vers moi alors que les autres étaient déjà en train de descendre les escaliers pour rejoindre les jardins.Je ne lui répondis pas, me contentant de fixer ce tableau. Avant même que je ne m'en rende compte, des larmes se mirent à couler sur mes joues.Aaron écarquilla les yeux, surpris. Il s'apprêtait à me parler quand Ace venait de revenir, sûrement intrigué de ne pas nous voir les suivre.- On est en train de flirter, tu peux nous laisser ? Lui lança Aaron en se postant dos à lui, devant moi afin de me dissimuler grâce à sa silhouette.- Vous ne perdez pas de temps, se moqua Ace avant de s'éclipser. Je vais aller le raconter aux autres !Aaron ne se préoccupa pas de ce qu'Ace venait de répondre, il s'abaissa légèrement avant d'essuyer délicatement mes larmes à l'aide de ses douces mains.- Est-ce-que tu penses que c'est normal que des personnes, que l'on n'est pas censées aimer, puissent nous manquer ? Murmurais-je en plongeant dans son regard argenté.- Je pense que oui, répondit-il. Par exemple, certaines personnes viennent à nous manquer, bien qu'elles aient agi d'une manière horrible envers nous, on naît simplement avec des liens indéfectibles avec certaines personnes. Alors, dans ton cas, même si tu as tout oublié de tes parents, ils peuvent tout de même te manquer, affirma-t-il.- Indéfectibles, répétais-je. Tu penses donc qu'on ne peut pas s'en débarrasser ? Qu'on est condamnés à en souffrir éternellement ? Ou du moins jusqu'à ce que je retrouve ma mémoire.- Je l'ignore, murmura-t-il.Il posa sa main sur ma joue avant de doucement la caresser avec son pouce, je ne pus m'empêcher de me laisser bercer par sa délicatesse.- Tout ce que je sais, c'est que la vie peut être bien trop belle pour ressasser sans cesse le passé.Je ne pus m'empêcher de sourire en entendant ses paroles. Je jetais un dernier coup d'œil au portrait de mes parents.- Mais c'est normal de faire son deuil et de prendre le temps nécessaire pour cela, ajouta-t-il.On resta silencieux, observant le portrait pendant quelques minutes avant de tourner les talons et de se mettre à marcher dans les couloirs du palais.- On ne les rejoint pas ?- Non, je n'ai vraiment pas envie de supporter Ace, répondit-il. Enfin, tu peux les rejoindre si tu veux, ajouta-t-il avec un air qui laissait entendre qu'il préfèrerait que je reste avec lui.- Est-ce-que tu as envie que je les rejoigne ? Le taquinais-jeIl leva les yeux au ciel, amusé avant de tourner son visage vers moi.- Si je réponds que non, tu resteras avec moi ?- Bien sûr, je ne suis pas une aussi horrible fiancée que ça.Il ne semblait pas s'attendre à une telle réponse vu son expression surprise, après tout, c'est la première fois que je me qualifie ainsi. C'est juste ma petite revanche pour la dernière fois.- Bien joué, répondit-il simplement, le regard légèrement fuyant, légèrement embarrassé.Je souris, amusée. Je suppose qu'il n'a pas de répartie pour cette fois. On entra dans la bibliothèque du palais, Aaron doit récupérer quelques livres qui ne sont pas disponibles ailleurs que dans notre bibliothèque.- T'es un grand lecteur, non ? Remarquais-je en le voyant empiler une pile de bouquins sur une table tout en traversant les rayons.- Oui, répondit-il. J'occupe une grande partie de mon temps libre avec les livres.- T'as un auteur préféré ?- Non, pas vraiment, répondit-il tout en feuilletant un livre. Aucun auteur ne me marque réellement.- Quoi ? Même pas Ash Ford ? Demandais-je, surprise.Il se tourna vers moi, amusé.- Surtout pas Ash Ford.- Non, là, tu abuses Aaron.Je devais le regarder avec une mine complètement scandalisée parce qu'il éclata de rire. La bibliothécaire nous lança un regard intimant de nous taire, comme quoi, même lorsqu'on est héritiers, on n'échappe pas aux bibliothécaires !- Tu aimes tant que ça ses écrits ? Me demanda-t-il à voix basse- Bien sûr ! Ses écrits sont toujours profonds, qu'il s'agisse de ses poèmes ou de ses romans, Ash Ford est terriblement talentueux.- T'as vraiment une très haute opinion de lui, personnellement, je trouve ses écrits minables.Je ne pus m'empêcher de le dévisager, abasourdie. Est-ce-qu' il se rend compte de ce qu'il est en train de dire ? C'est presque du blasphème là.- Je ne peux pas te laisser dire ça, m'exclamais-je. On va lire ensemble un de ses livres s'il le faut, mais tu vas changer d'avis !- Oh, c'est un date ? Répondit-il narquois- S'il faut qu'on ait un date pour que tu changes d'avis, c'est bon pour moi.Aaron sourit de plus belle, il s'abaissa légèrement pour venir murmurer dans mon oreille. Son large torse venait se poster devant moi. Son souffle vint se percuter sur mon cou. La proximité me fit instantanément rougir. Je ne comprends pas comment il peut avoir autant d'effet sur moi. Ça ne m'était jamais arrivé auparavant.- En échange d'un date avec toi, je suis prêt à changer d'avis sur tout et n'importe quoi, affirma-t-il en me lançant un regard en coin malicieux.- Non mais sérieusement, ce soir à dix-huit heures ? Demandais-je les joues pourpres.- Ça me va, répondit-il amusé en se redressant. Je passerai te chercher.Je m'autorisai à nouveau à respirer une fois qu'il s'écarta. Je ne m'étais même pas rendue compte que mon souffle s'était coupé le temps de quelques minutes.

Pendant que je tentais de me calmer, il observa les étagères avant d'attraper un livre, le feuilleta avant de s'arrêter sur une page bien précise. Il vint alors le déposer sur ma tête en mode petit chapeau, avant de tourner les talons et de quitter la bibliothèque.Je vins attraper le livre, de ma main droite, tout en faisant bien attention à ne pas perdre la page.C'est un exemplaire d'un recueil de poèmes d'Ash Ford. Je vins alors lire attentivement le passage qu'il a choisi.C'est un poème sur la notion de « premier amour ». En fait, s'il continue, c'est moi qui vais tomber amoureuse.

Chapitre seize :

NDA (= Notes de l'auteur) : Vraiment, ce chapitre, je fonds. Je les AIME TROP, ces deux là.

- Ça va avec ce trench, tu penses ? Demandai-je à mon cher frère jumeau.Eden était allongé sur mon lit, tout en jouant à sa console. Il leva les yeux vers moi, fatigué de tout ça visiblement. Oui, d'accord, ça doit être la vingtième fois que je lui demande son avis, mais tout de même. Il pourrait faire un effort !- Mais oui, m'assura-t-il. T'es drôlement inquiète pour un date « poésie » qui n'est pas vraiment un date, constata-t-il moqueur.Mes joues se teintèrent aussitôt à l'aide d'un rouge carmin. Je me tournais vers mon armoire pour éviter son regard taquin. Il est vraiment insupportable. C'est ça le problème quand on a un frère jumeau qui vous connaît un peu trop bien.- Allez, avoue, il te plaît ? Rit Eden- Non, réfutais-je aussitôt.Je l'entendis simplement soupirer avant de marmonner quelque chose d'inaudible. Je dois vraiment l'exaspérer. Bon, j'avoue, c'est complètement un mensonge. Aaron me plaît mais allez me le faire admettre. Fin bon, avec vous, je peux bien l'admettre parce-que vous n'allez pas vous mettre à me le rappeler chaque jour de mon existence. Contrairement à Eden. -

Il est juste.. Différent, finis-je par lâcher.- Différent comment ? Me demanda-t-il pendant que j'étais en train de choisir un collier.- Je ne sais pas, répondis-je les joues brûlantes. C'est juste agréable d'être avec lui.- Développe un peu pour voir.- Non.Il soupira une nouvelle fois, levant les yeux au ciel.- Ce serait tellement plus simple si tu l'admettais, hein, m'affirma-t-il. En tout cas, lui, il est fou amoureux de toi.- Mais pas du tout.- Crois-moi quand je te dis que ce n'est pas la poésie qui va l'intéresser ce soir. Il doit probablement être en train de remercier ce Ash Ford en ce moment même.Je levais les yeux au ciel alors qu'il était en train de pouffer comme une petite peste. Je lui lançais un oreiller dessus pour qu'il se taise. Il se mit à rire de plus belle, visiblement très satisfait de mes réactions.- N'oublie pas ton livre de poésie, ce serait dommage, se moqua-t-il.- Alors, toi...On commença à se chamailler à coup de coups de polochons avant que quelqu'un ne vienne toquer à la porte.- Mince, c'est déjà l'heure, chuchotais-je.Je jetai un dernier coup au miroir pour m'assurer que je suis ok. Bon sang, je suis vraiment stressée. Eden a raison.

J'ai ondulé mes cheveux pour ce soir, je trouve vraiment que les cheveux ondulés, ça me va beaucoup mieux que les cheveux lisses.

Je vins ouvrir la porte, le cœur battant un peu trop fort à mon goût. Il était là, sur le pas de la porte, un doux sourire sur les lèvres.- T'es prête ? Me demanda-t-il d'une voix douce

Bon sang. Il s'habille déjà bien de base, mais là, c'est vraiment difficile de rester insensible. Son pantalon blanc se marie parfaitement avec son col roulé couleur nude, le tout qu'il a accompagné d'un trench beige. Ace a beau être le styliste, Aaron n'est vraiment pas en reste. - Oui, oui.J'ai carrément du mal à le regarder dans les yeux. Ça ne va plus, il faut que je me ressaisisse. Ça ne peut pas continuer comme ça.- Que vous êtes mignons, pouffa Eden. C'est son premier date, elle était toute contente, crut nécessaire d'ajouter Eden.Je devins écarlate, Aaron se tourna vers moi amusé.- J'en déduis que tu n'es jamais sortie avec qui que ce soit ?- Non, répondis-je.Est-ce-que cette situation peut devenir encore plus embarrassante ?- Il semblerait ton cœur, lui, n'a pas oublié qu'il était déjà lié à un autre, conclut-il.Bon, si, visiblement, ça peut devenir encore plus embarrassant. Mon cœur va littéralement exploser. Aaron me décocha un petit sourire amusé avant de me tendre sa main.- On y va ?J'acquiesçais, si je me mets à parler, je vais bafouiller comme une idiote. Il vint entrelacer nos doigts. Ça ne va pas être facile de rester calme.- Amusez-vous bien ! Pas de bêtises ! Lança Eden visiblement mort de rire devant cette scène.Je parie qu'il va envoyer un petit message à Ace pour le tenir au courant. Ces deux-là sont vraiment ingérables. Je n'ai même pas la force de répliquer, on finit par sortir de la chambre.- Où est-ce-qu' on va ? Demandais-je- Tu verras.Je vins lâcher un soupir en mon for intérieur. Je n'aime pas les surprises, mais bon pour cette fois, je ferais une exception. Je sens que pour Aaron, je vais faire beaucoup d'exceptions. On traversa les jardins du palais en silence.

Tout le personnel, qu'on venait à croiser, nous lançait des regards taquins.- Ça doit leur rappeler des souvenirs, lâcha Aaron en voyant mon air interrogateur. On passait beaucoup beaucoup de temps ensemble quand on était plus jeunes.- Dommage que je ne me souvienne de rien.- Ce n'est pas très grave, si t'es d'accord, ça ne me dérange pas de tout récréer depuis le début.Il dit ce genre avec tellement d'aisance, je ne sais pas comment il fait. - Ça me va, répondis-je, le regard fuyant.Son regard argenté est vraiment mauvais pour mon rythme cardiaque, je l'entendis simplement pouffer amusé. On finit par arriver sur la plage de la mer qui longe la frontière entre le royaume Heaven et le royaume Park.Une nappe, avec plusieurs paniers repas, avait été dressée. De nombreuses bougies venaient éclairer l'endroit. C'est magnifique, surtout avec le coucher de soleil.- C'est peut-être un peu trop, mais je voulais marquer le coup, murmura-t-il embarrassé en passant sa main sur sa nuque.Je ne pris pas la peine de répondre tout de suite, je vins me hisser légèrement sur la pointe des pieds avant de déposer un baiser sur sa joue.- C'est parfait, lui assurais-je souriante.- Ah super, répondit-il avant d'aller chercher les paniers repas.Il fit mine de chercher quelque chose dans un panier, il est si transparent parfois. Il ne veut juste pas que je voie son air embarrassé. C'est vraiment adorable.- Pas besoin d'être gêné, le taquinais-je avant de m'asseoir.- L'hôpital qui se fout de la charité, non ?On se regarda quelques secondes avant d'éclater de rire. Il retira son trench avant de le déposer à sa droite, ses épaules larges étaient à présent bien plus visibles. Je ferais mieux de ne pas trop m'attarder sur son apparence, sinon il va le remarquer.

- En tout cas, c'est super joli, tu as vraiment choisi un bel endroit.- C'est la moindre des choses, surtout pour ton premier date.- C'est ton premier aussi !- Ah bon ? Comment peux-tu en être sûre ? Répondit-il amuséJe jetais simplement un regard à la bague sur son annulaire, narquoise. Il veut vraiment me faire croire qu'il a eu d'autres dates alors qu'il a conservé notre bague de fiançailles, bien en évidence, tout ce temps ?- Bon, tu marques un point, répondit-il malicieux avant de me tendre un panier repas.On commença à dîner tout en discutant.- C'est délicieux. Tu remercieras le chef !- Oh, tu peux le remercier, il est en face de toi.- Tu sais cuisiner ? Mais t'as combien de talents exactement ?Il ne put s'empêcher de rire, avant de me tendre une pâtisserie.- C'est la moindre des choses quand on a une fiancée aussi difficile en termes de nourriture.- Je ne suis pas difficile, je suis exigeante !- Et je réponds à ces exigences ?Je vois très bien qu'en disant ça, il mentionne d'autres exigences que mes exigences culinai res.Un regard complice suffit à répondre à cette question. Après avoir fini de manger, il vint se rapprocher pour être juste à côté de moi. Je lui lançai un regard surprise.- On va lire ce livre, non ? Après tout, on est là pour ça non ? À moins que tu avais d'autres plans, ajouta-t-il narquois.

Il sent drôlement bon. Une douce et fraîcheur odeur fruitée émane de lui.- Non, non, bafouillais-je.Je vins attraper mon livre avant de me figer sur place. Je n'ai pas pris mon exemplaire vierge, non, j'ai pris l'exemplaire où j'annote toutes mes pensées. Parfois, j'agis carrément comme si Ash Ford s'adressait à moi. La honte. Non, Aaron ne peut décidément pas voir ça.Ce dernier était d'ailleurs en train de me regarder, curieux. C'est vrai que ça doit faire plus d'une minute que je suis immobile et que je ne dis pas un mot.- Tu sais quoi ? Pas la peine. T'as raison, ses écrits ne sont pas si cool que ça, bafouillais-je.Au moment où j'allais ranger mon livre dans mon sac à la hâte, il réussit à me subtiliser le livre.- Qu'est-ce-que tu peux bien me cacher ?Il ouvrit le livre malgré mes tentatives pour le récupérer, j'étais écarlate. J'ai vraiment écrit des choses embarrassantes.- Oh, lâcha-t-il. C'est une version annotée, c'est encore plus intéressant, affirma-t-il. Mais je ne veux pas te forcer, si tu n'es pas à l'aise, on peut faire autre chose.- Non, non, c'est bon, c'est juste un peu gênant.- En échange, un jour, je te ferai lire un de mes carnets de poésie.- Attends, tu écris aussi en plus de lire ?Il hocha simplement la tête, souriant. Bon, d'accord, le marché est plus qu'alléchant. Allez, pourquoi pas.- Bon, d'accord. Par contre, tu as vraiment intérêt à tenir ta part du marché.- Ne t'en fais pas, je n'ai qu'une parole, affirma-t-il en venant s'appuyer sur ses mains en arrière.J'ouvris le recueil avant de choisir un poème. Je vins choisir celui que j'avais récité à Aylan. C'est réellement un de mes préférés.- Ce recueil a été tiré en édition limitée. Tu as eu de la chance de pouvoir t'en procurer un.- Oui, je suis vraiment contente de l'avoir. La façon dont Ash s'adresse à ses lecteurs est différente.- En quoi est-ce différent ?- Il est plus ouvert, il partage plus d'émotions. J'ai l'impression qu'il relate quelque chose qui lui est réellement arrivé.- C'est fort possible, répondit Aaron amusé. Je suis bien curieux d'entendre ce que tu as pu annoter.- Ne te moque pas, hein. Mais j'ai un peu agi comme si c'était à moi qu'il s'adressait durant tout le recueil.- Même si je le voulais, il n'y a rien de honteux pour se moquer. Pourquoi as-tu fait une telle chose toutefois ?- Il avait l'air seul, murmurais-je les yeux rivés sur le livre. Je n'aime pas voir les gens seuls. Son recueil, c'est un peu comme une bouteille à la mer, il l'a sûrement écrit en pensant que personne ne lui répondrait. Du coup, j'ai voulu lui répondre.Aaron m'observa quelques secondes avant qu'une douce expression ne vienne prendre place sur son visage. Il vint remettre une mèche de cheveux derrière mon oreille, les yeux pétillants. Mon cœur accéléra aussitôt, ses yeux sont ensorcelants. Lorsque son regard plonge dans le mien comme en ce moment, c'est vraiment tellement facile de faire abstraction de tout.- T'es vraiment une personne formidable, cette sensibilité qui te parait si propre, elle a vraiment le don de charmer n'importe qui.- Même toi ? Demandais-je dans un souffle- Surtout moi.Je n'arrive pas à rompre le contact visuel et même si je le pouvais, je ne le ferais pas. Sa main était toujours contre ma joue.- Je ne comprends pas, cela ne fait quelques semaines que je te connais et pourtant..- Et pourtant ? Répondit-il avec un sourire en cion.- Et pourtant, je n'ai jamais ressenti ça auparavant. Je ne sais pas si c'est trop rapide, mais je ne sais pas. C'est déjà très fort comme sentiment.Ses yeux s'écarquillèrent, il me regarda stupéfait pendant quelques secondes avant de sourire de plus belle.Il en devient presque aveuglant, il est éblouissant et toutefois, je ne peux pas m'empêcher de poser mes yeux sur lui, quitte à en perdre la notion de réalité et la vue par la même occasion.

- Tu sais, j'ai une petite théorie, déclara-t-il tranquillement.- Laquelle ?Il tourna son regard vers la mer, un air nostalgique sur le visage.- Je ne sais pas si les âmes-sœurs existent, mais je me dis que dans l'éventualité où elles devraient exister, je ne vois personne d'autre que toi pour être la mienne. Ce que je ressens pour toi, c'est le genre de sentiments que l'éternité ne peut réussir à effacer. C'est simplement écrit.J'entrouvris juste la bouche, incapable de répondre quoi que ce soit. Il se tourna vers moi, de nouveau, un petit sourire mutin sur ses lèvres. Est-ce-que j'ai déjà dit à quel point ses yeux sont magnifiques ?- Tu n'es pas obligée d'être de cet avis, en fait, tu n'es obligée à rien. C'est juste ce que je ressens.Prise d'un élan de courage soudain, je vins déposer ma main sur la sienne, il frémit légèrement à ce contact.- Je pense que tu as raison, répondis-je. Moi, je ne voudrais personne d'autre que toi pour être la mienne.Ses yeux se mirent à pétiller un peu plus, il vint délicatement prendre mon visage dans ses mains.- Si tu continues, je pourrais bien prendre ça pour une déclaration d'amour.- Pas encore, mais j'ai la drôle d'impression que tu pourras bientôt, le taquinais-je.On éclata de rire avant que je ne lise mes annotations à haute voix.Aaron est vraiment une personne extraordinaire, il est intéressant, cultivé, drôle et surtout profondément réfléchi. Je me sens vraiment à l'aise en sa compagnie.- Là, je me suis juste fait la remarque, que c'est drôlement mignon de comparer la personne qu'il aime à une ancre qui l'empêcheraît de dériver.- Awww, me taquina-t-il.Je vins lui donner un petit coup de coude, embarrassée. Il me fit un clin d'œil avant qu'on ne continue de lire, éclairés par les étoiles et les bougies. Puis, on finit par arrêter notre lecture pour juste discuter.- T'as des rêves ? Me demanda-t-ilOn observait tranquillement les étoiles, bercés par le bruit des vagues.- Non et toi ?- Non ? Répéta-t-il. Tu n'en as aucun ?- Non, avouais-je. C'est si bizarre que ça ?- Pas bizarre, mais un peu surprenant. T'es plus du genre à ne pas te préoccuper du futur et juste à vivre l'instant présent ?Je tendis mon bras vers le ciel comme pour toucher les étoiles.- Je ne sais pas, répondis-je simplement. Tout ce que je sais, c'est que j'aimerais pouvoir vivre comme je l'entends.- Tu as l'impression que tu ne peux pas ?Je haussais simplement les épaules.- On n'est jamais complètement libres. Et toi, c'est quoi tes rêves ?- Juste être heureux, répondit-il. Et puis, je veux participer à la création d'un monde plus juste.Je lui souris.- Je suis sûre que tu feras un très bon roi.- Et toi, une très bonne reine.On se sourit avant de se mettre à rire. Je n'ai jamais été aussi à l'aise avec quelqu'un.- Ça te tente un bain de nuit ? Lui proposais-je- As-tu perdu l'esprit ? Elle doit être gelée ! Eden a déteint sur toi ?- Allez, ça fera de chouettes souvenirs !- Et si on se créait ce genre de souvenirs en été ?- Allez, Aaron !Il soupira avant de se laisser entraîner, comme il a l'air vraiment frileux, on se contenta d'avoir l'eau à la hauteur de mes cuisses.- Bon, c'est vrai qu'elle est assez gelée, je le reconnais.- Tu parles, elle est glaciale oui !Je m'avançais et vins passer mes bras autour de sa taille.- Plus trop froid comme ça ? Le taquinais-je- Ça va mieux, mais je pourrais m'habituer à ce genre d'étreinte, répondit-il en passant ses bras autour de ma taille.- Moi aussi.Il passa son pouce sur ma joue avec délicatesse. Nos regards plongèrent dans celui de l'autre, faisant abstraction de tout.- Si c'est ça un date, ça ne me dérangerait pas d'en avoir d'autres, déclarai-je.- Avec moi, j'espère ? Plaisanta-t-il- Qui d'autre que toi ?Il vint déposer un baiser sur mon front, j'ai l'impression qu'il peut entendre mon cœur tambouriner dans ma poitrine.- On en aura plein d'autres, m'assura-t-il. C'est promis.

- Bon, je suppose que je peux te faire confiance. Après tout, tu n'as qu'une parole.

Chapitre dix-sept :

NDA : Me revoilà ! J'ai dû prendre une pause à cause de mon stage, mais j'ai de nouveau du temps libre. Avec ce nouveau chapitre, on entre dans le premier arc de cette histoire. Bonne lecture !

- Myriam ! S'exclama Alia en débarquant comme une furie dans mon bureau.

Elle ouvrit la porte brutalement, avant de se poster devant moi, les mains sur la taille, visiblement très en colère.

Avant qu'elle ne m'interrompe, j'étais tranquillement en train de feuilleter mon dossier. J'ai passé une bonne partie de ma nuit et de ma matinée à le peaufiner. Je m'investis de plus en plus dans mon rôle. Ce mois va me permettre de comprendre plus en détails mon rôle et de m'immerger un peu plus dans cette nouvelle vie.

- Oui ?

Je vins poser mon regard sur elle, le dossier dans ma main droite. Heureusement que les regards ne tuent pas, sinon, je serais déjà six pieds sous terre. Elle a vraiment l'air furieuse.

- C'est quoi cette nouvelle loi ? Tu te rends compte que je ne peux plus être chef de régiments ? Vu que je n'ai pas plus de quinze ans ! Je n'ai plus de travail ! Plus de moyen de me nourrir.

Comme premier objectif, je me suis donnée deux semaines pour régler tous les problèmes que traversent les enfants dans notre royaume. Un peu ambitieux certes, mais je me suis butée au travail. J'en ai passé des nuits blanches à me casser les neurones sur toutes les problématiques auxquelles on fait face. Je ne parle même pas de ces journées que j'ai passé à écumer le royaume pour visiter plusieurs orphelinats etc.. Je n'ai pas eu un instant de répit, puisque je dois en même temps ne pas prendre de retard sur mes cours au lycée.

Enfin, tout cela valait le coup, j'ai crée de nouvelles lois pour la protection de l'enfance et le conseil suprême est en train de faire de ces lois une partie intégrale de toutes les constitutions. Pour une fois que cette ridicule instance sert à quelque chose. Une de ces lois se révèle être l'interdiction pour les enfants d'entrer dans les rangs de l'armée. Normal, me direz-vous ? Néanmoins, ça a été un profond changement de la constitution. J'ai dû passer par de nombreux meetings et négociations pour faire valider mon projet.

- Tu n'as plus besoin d'être chef de régiments, déclarais-je d'un ton tranquille.

- Tu délires ou quoi ? Je ne sais rien faire d'autre ! Je vais finir à la rue.

J'attrapais d'un geste vif une enveloppe sur mon bureau avant de m'approcher d'elle et de lui tendre. Heureusement qu'elle m'apprécie un minimum, parce-qu'elle sinon, elle penserait vraiment que je me fous de sa gueule.

- Tu vas apprendre à faire autre chose que te battre. Je ne veux plus jamais te voir sur un champ de bataille.

Elle me regardait comme si j'avais perdu la tête, mais je lui fis signe d'ouvrir l'enveloppe. Elle est si méfiante ! Elle finit par l'ouvrir, sans oublier de rechigner au passage et de me lancer quelques regards meurtriers. Elle déchira l'enveloppe avant d'en sortir une lettre écrite sur un ancien parchemin de couleur noire. L'identité de l'expéditeur ne fait aucun doute, le sceau pourpre est très réputé.

Très vite, les yeux d'Alia s'emplirent de larmes. Elle, qui est pourtant si fière, peinait à stopper le déluge, et à vrai dire, elle n'essayait même pas vraiment. L'émotion était un peu trop forte pour se soucier de détails aussi futiles.

- Je ne peux pas accepter une telle chose, murmura-t-elle.

- Bien sûr que si tu vas accepter, sinon je fais quoi de cette place, hein ? Plaisantais-je

Elle leva les yeux vers moi, avant de renifler et d'éclater en sanglots. On commence à connaître Alia, elle courut se réfugier dans mes bras pour pouvoir pleurer plus à son aise. Je vins passer ma main sur ses cheveux pour qu'elle se calme un peu. Je la considère vraiment comme une petite soeur.

Malgré l'étreinte, elle tenait fermement contre elle ce dossier d'inscription pour l'académie d'Histoire que je viens de lui offrir.

- Mais Myriam, je n'ai pas les fonds nécessaires, murmura-t-elle. Cette école n'accueille que les nobles.

- Regarde le nom de ta tutrice.

Elle jeta un coup d'oeil au dossier avant de voir mon nom et de se mettre de nouveau à pleurer.

- Ne te soucie plus de rien d'autre que de tes études, je m'occuperai du reste, lui assurais-je.

- Merci, lâcha-t-elle dans un souffle.

- C'est normal, Alia, tu le mérites.

Je vois dans ses yeux une profonde gratitude. Une gratitude bouleversante. Elle n'a pas à me remercier, c'est normal. Je veux qu'elle soit heureuse et épanouie et ce n'est pas sur les bancs de l'armée qu'elle pourra l'être.

Le futur d'un royaume, c'est sa jeunesse. On a besoin d'une jeunesse éduquée, indépendante et surtout, n'oublions pas le plus important, une jeunesse qui est épanouie. Épanouie et ce qu'importe les choix, qu'elle a décidé de faire.

J'ai l'impression d'être vieille en tenant ce genre de discours ! Je deviens décidément un peu trop sage. Je devrais faire une petite sortie avec Johan, histoire de redevenir un peu immature le temps d'une journée.

- Allez, va te préparer. Plusieurs servantes vont venir t'aider à préparer tes bagages.

- Je n'oublierai jamais tout ce que tu as fait pour moi. Je serais la meilleure historienne du pays et je raconterai le règne de la meilleure reine qui soit !

Je ne pus m'empêcher d'éclater de rire avant de lui tendre ma main. C'est un marché alors. On fera chacune de notre mieux. Elle vint serrer ma main avec un air solennel que je ne pus m'empêcher de trouver amusant. Évidemment, il vaut mieux en rire intérieurement, Alia se vexe assez facilement compte tenu de son jeune âge.

- J'ai hâte de voir ça. Je lirais tout tes livres.

- T'as intérêt ! Tout comme t'as intérêt à devenir la meilleure reine du monde !

- C'est promis.

Elle esquissa un grand sourire, avant de tourner les talons pour sortir, une fois devant la porte, elle se tourna une dernière fois vers moi.

- Merci pour tout ce que tu fais pour les enfants de ce monde. Merci.

Je me contentai de lui sourire avant qu'elle ne finisse par sortir de la pièce. Mes épaules s'affaissèrent, ce n'est pas facile de tenir la cadence de ce nouveau rôle. Je suis sincèrement épuisée, mais il y a trop à découvrir et trop à faire pour rester les bras croisés. Je veux tirer le maximum de cette nouvelle vie, car rien n'est éternel.

Je soufflais, fatiguée avant de déposer mon dossier sur mon bureau et d'observer ce dernier.

C'était une belle pièce, grande et lumineuse grâce aux fenêtres qui donnaient vue sur les jardins royaux. Plusieurs plantes somptueuses venaient apporter un élan de fraîcheur supplémentaire à la pièce.

Je laissais mes doigts courir sur cet impressionnant bureau en chêne sur lequel je suis assise depuis quelques minutes. Mon regard se perdit dans sa contemplation le temps de quelques instants.

Aujourd'hui est un jour important pour moi. C'est pour cela que j'ai vraiment prêté attention au choix de ma tenue.

Je jetais un coup d'oeil à mon reflet dans le miroir. Une belle robe couleur or. Elle venait épouser mon buste avec élégance avant de diverger au niveau de la taille, donnant un effet plus volumineux à la robe. Elle était soutenue par deux fines bretelles qui venaient drôlement bien s'accorder avec ma teinte de peau.

De nombreux bijoux venaient donner la touche finale. Une tenue à la hauteur d'un jour pareil.

Ma première visite dans l'autre monde humain. Contrairement aux familles royales et aux héritiers, Eden et moi, on ne s'y est jamais rendus. Le passage entre les deux mondes est réservé aux dirigeants. Je me demande vraiment de quel genre de monde il s'agit. A quel point sont-ils différent de nous ? J'ai beau avoir lu tous les bouquins à ce sujet, ma soif de savoir et surtout ma soif d'expérience sont loin d'être étanchées.

Je vins prendre appui sur mes mains avant de me lever et de sortir de mon bureau pour être aussitôt suivie par une poignée de soldats afin de rejoindre toute la troupe.

- Te voilà ! On peut enfin partir, s'exclama la mère de Nayra.

- Merci de m'avoir attendue, j'avais une affaire urgente à régler.

Nous étions dans une des pièces les plus protégées de tout le palais. Elle est surveillée quotidiennement par une bonne dizaine de soldats.

On pourrait bien se demander pourquoi, étant donné le contenu de cette pièce qui serait loin d'attirer des brigands.

En effet, elle est vide, elle contient simplement un objet assez grand et large, recouvert d'un drap. Un soldat s'avança, avant de retirer le draps.

Une sorte d'étrange miroir circulaire nous faisait face. Le contour du miroir était fait de tresses de branches d'acajou. La surface du miroir était scintillante, on pouvait se perdre si facilement à le contempler. C'est une pièce de goût, sans même prêter attention à son usage, on pourrait sûrement le vendre pour un assez bon prix dans un marché.

- C'est votre première fois, alors on va ouvrir le bal, affirma Yuki.

Elle s'avança avec sa grâce habituelle vers le miroir. Elle enjamba les branches avant de traverser le miroir. Wow ! Ils passèrent un par un avant que ce ne soit plus que mon tour avec Eden.

- A toi l'honneur, déclarais-je.

Il esquissa un sourire avant de traverser à son tour le miroir. Je vins me poster en face du miroir, c'est un puissant artefact, je comprends mieux la protection colossale qui a été mise en place. Même si à mon avis, il n'y a pas besoin de protéger cet objet. Il semble pouvoir estimer ceux qui sont autorisés à se rendre dans l'autre monde. C'est probablement un cadeau de ces autres humains. Ils ont sûrement dû s'assurer de la qualité et de la sécurité offertes par ce miroir.

Je vins poser ma main sur la surface, un petit picotement se fit ressentir au niveau de mes doigts. Intéressant.

Je pris une profonde inspiration avant de traverser la surface brillante.

Lorsque je rouvris les yeux, une grande pièce lumineuse vint m'entourer. Au centre, une table en chêne massif. Les autres ont déjà pris place, je ferais mieux de me dépêcher de faire de même.

- Quel plaisir d'enfin vous rencontrer, votre altesse, déclara une voix féminine.

Pour ce voyage, des soldats nous ont accompagné, Aylan à leur tête, ils sont debout, contre des piliers, silencieux. Je vins passer à quelques centimètres de lui, avant de prendre place, aux côtés d'Eden.

- De même, répondis-je avant de prendre place.

Mon regard se posa aussitôt sur la dirigeante de l'autre monde. Héméra. J'ai énormément lu à son sujet. Elle enchaîne les titres, c'est vraiment le moins qu'on puisse dire. Et des titres plutôt variés pour être honnête. Des éloges pour son talent de diplomate, on peut passer à ses fans absolument transis par sa beauté.

En même temps, il y a de quoi. Lorsque ses yeux d'ambre se posent sur vous, vous oubliez très rapidement toute notion de réalité. Yeux d'ambre qui se marient parfaitement avec sa douce peau porcelaine. Ses cheveux étaient joliment tressés en deux nattes. Non, vraiment, il n'y a pas dire, c'est une femme de goût. Elle transpire l'élégance et l'autorité d'ailleurs.

La réunion débuta. En réalité, cette réunion n'a qu'un but, s'assurer que nos deux mondes cohabitent en paix, tout en empêchant le moindre contact entre nos citoyens.

Je comprends que nos mondes sont en apparence trop différents, leurs citoyens seraient condamnés pour ne pas vouer de culte aux divinités.

Oui, je vous avoue avoir été assez surprise lorsque j'ai lu ça dans le dossier qu'Edgard, le père de Galatéa, m'a fournie.

C'est une des raisons pour lesquelles il vaut mieux éviter tout contact entre nos deux mondes. Que direz nos citoyens si ils voyaient qu'un peuple tout entier mène une vie prospère et paisible, sans pourtant autant payer la moindre taxe à ces maudits êtres divins ?

Néanmoins, je me demande si une unification sera un jour possible. Ça semble presque impossible pour le moment.

Pendant un court instant, mon esprit se mit à divaguer. Aaron est venu seul aussi à cette réunion, apparemment, ses parents sont actuellement en train de visiter le monde divin. Pour le coup, c'est vraiment le seul monde qui ne m'intéresse pas. Enfin, pour en revenir à Aaron, je suis de plus en plus impressionnée par ses talents de diplomate. Il a ce charisme naturel qui fait que l'on reste suspendu à ses lèvres, attendant avec impatience sa prise de parole.

Enfin, j'avais déjà remarqué qu'on reste facilement suspendu à ses lèvres.

- Vous êtes bien silencieuse, constata Héméra à la fin de la réunion. Je m'attendais à ce que vous soyez bien plus entreprenante, après avoir entendu que vous aviez osé défier la prêtresse.

Tout le monde se tourna vers moi, visiblement, ce que j'ai fait ce jour-là a vraiment choqué tout le monde. Cependant, je ne le regrette pas, ça valait le coup. L'économie du royaume Heaven n'a jamais été aussi bonne et le commerce n'a jamais été aussi florissant. Je ne regrette donc vraiment rien.

- La dernière fois, j'ai jugé pertinent d'intervenir, mais je reste néanmoins toujours en cours d'apprentissage de mon nouveau rôle.

- Compréhensible, répondit-elle. Néanmoins, je ferais attention si j'étais vous. Il n'est jamais bon de défier les cieux. Ils trouveront toujours un moyen de vous faire payer le prix fort, quitte à s'en prendre aux êtres chers qui vous entourent.

Si elle disait une telle chose dans notre monde, je n'ose même pas imaginer les conséquences. Elle a bien conscience que nous n'avons pas du tout les mêmes coutumes, mais elle se permet tout de même de faire ce genre de remarques. Ce n'est pas anodin comme comportement. Toutefois, elle n'a pas l'air de s'accommoder de ce genre de détails. Devant nos airs intrigués et scandalisés pour certains, elle reprit la parole.

- Je me dis simplement que ce serait dommage que les Heaven subissent une nouvelle tragédie, lança-t-elle narquoise.

Un silence de mort s'abattit sur la pièce, ils étaient tous hébétés et bouche bée. J'imagine que c'est donc la première fois qu'elle agit comme ça. C'est sûrement la venue d'Eden et moi-même qui motive un tel discours.

Je ne pus m'empêcher de sourire, amusée par la situation avant de venir croiser élégamment mes jambes et d'appuyer mon visage contre la paume de ma main, les yeux pétillant de malice.

- Qu'êtes-vous en train d'insinuer ? Demandai-je en tapotant la table avec mon index.

Un sourire vint se dessiner sur son visage, son regard mutin était posé sur moi. Elle m'a l'air d'être une personne sûre d'elle, ça se lit à travers sa posture, elle se tient élégamment et la tête haute.

- Rien que tu ne saches pas déjà, à mon humble avis, déclara-t-elle avant de se lever et de sortir de la pièce avec une démarche qui attestait encore une nouvelle fois de son élégance innée.

- Je n'ai pas la moindre idée de ce que vous voulez dire, répondis-je tranquillement.

Une fois qu'elle fut sortie de la pièce, le silence qui s'était installée se brisa aussitôt. Le comportement d'Héméra ne fait définitivement pas l'unanimité chez les familles royales.

- Celle qu'elle vient de dire, oubliez ça, m'assura la mère de Yuki.

Pourquoi ? C'est pourtant ce qu'ils pensent tous au fond. Ils ne veulent juste pas l'admettre, car si les familles royales n'ont pas le soutien des divinités, alors là, on aura affaire à une situation sans précédent. Le genre de situations capable de détruire notre monde.

- Cette Héméra était vraiment bizarre, souffla Eden.

On était en train de discuter tous ensemble, après être retournés dans notre monde, lorsque la porte de la salle de réunion s'ouvrit subitement. Un soldat nous faisait face, paniqué et à bout de souffle. La situation est bien évidemment inédite. Nul ne peut entrer dans cette salle, sans y être convié.

-Un massacre, murmura-t-il avant de s'effondrer.

Aylan se précipita pour le rattraper avant qu'il ne s'écrase par terre. Je me levais d'un pas rapide pour tendre une bouteille d'eau afin que ce dernier puisse s'hydrater. Il est en nage, je me demande ce qu'il a pu voir pour provoquer un tel état de panique. Il reprit doucement un semblant de contenance.

- Les Hilberg ont été assassinés.

Les Hilberg ? C'est une des familles au rang le plus élevé dans le royaume Heaven. Ils ont amassé une fortune et une influence colossale au fil des siècles. Si ils sont assassinés.. C'est clairement une déclaration de guerre envers la monarchie Heaven.

- La scène de crime est un carnage, ajouta le soldat avant de perdre conscience.

Je ne pris pas plus de quelques secondes pour analyser la situation. C'est vraiment dans ce genre de situations qu'il ne faut pas se laisser déstabiliser, l'avenir d'un royaume ne peut se jouer en quelques secondes.

- Aylan, accompagne-le chez un médecin, on va se rendre sur le lieu du crime.

- A vos ordres, votre altesse.

Je le réprimandais du regard, je préfèrerai qu'il ne m'appelle pas comme ça. C'est mon ami, pas mon sujet. Je me tournais vers un autre soldat pour l'intimer d'amener une troupe afin de quadriller la zone.

- Nous ferons mieux d'y aller tous ensemble, quelque chose me dit que ça va tous nous concerner, affirmais-je au reste du groupe.

Quelques minutes plus tard, on ne put en effet que constater l'ampleur des dégâts. Une des servantes nous avait fait traverser la demeure pour atteindre le dernier étage qui servait de lieu de réception. J'aurais probablement dû m'y rendre dans un futur proche pour assister à une des petites fêtes tenues par la haute noblesse.

- Vous pouvez y aller, affirmais-je à l'intention de la servante.

Elle m'adressa un grand sourire, visiblement ravie de ne pas avoir à voir cette scène de nouveau, ce qui est plus que compréhensible. Elle sortit hâtivement, refermant la porte derrière elle.

- C'est immonde, souffla Yuki.

Je ne te le fais pas dire, Yuki. La pièce est un véritable bain de sang. Les murs sont tapissés de liquide écarlate dont l'origine ne fait pas le moindre doute. Difficiles d'identifier un visage ou même un corps, puisque les membres sont dispersés un peu partout dans la pièce en pas très bon état. Les Hilberg ne sont qu'un petit couple assez âgé, leur seul enfant est actuellement en train de terminer ses études dans le royaume Kaïn. Je ne vois pas comment on pourrait faire preuve d'autant de violence à leur égard.

Avec la réputation des Hilberg, ce massacre fera la une des journaux à travers tous les royaumes. Ça va être difficile de gérer le déferlement médiatique, c'est vraiment la dernière chose dont on avait besoin.

J'étais déjà en train de réfléchir à comment gérer tout ça, lorsque la voix d'Aaron m'extirpa de ma réflexion.

- Il y a de l'énergie démoniaque, murmura Aaron. Ce lieu est empli d'énergie démoniaque.

C'est vrai que je ne me suis même pas interrogée sur l'identité du coupable. Mais qu'est-ce-qu'il veut dire par de l'énergie démoniaque ?

- Je ne comprends pas, continua-t-il.

Il s'avança vers le centre de la pièce, avant de poser sa main sur le sol. Il ne prêta même pas attention au décor un peu sinistre de l'environnement qui l'entourait, il semblait plongé dans une profonde torpeur.

-Pourquoi est-ce-que ce démon ferait une chose pareille ?

- Tu as l'identité du coupable ? Demandais-je

- Oui. L'énergie démoniaque est traçable. Enfin, pour les membres de la famille royale.

Aaron semblait vraiment perplexe, il ne nous prêtait déjà plus attention et examinait la pièce, curieux.

- Je ne comprends pas. Nos deux royaumes ont toujours eu de bonnes relations, personne ne serait assez stupide pour briser ces liens, finit-il par lâcher après quelques minutes de silence.

- Il faut prévenir tes parents en vitesse, tout ceci va très vite dégénérer, déclara le père de Nayra inquiet.

- Non, leur visite au royaume céleste est bien trop importante pour être interrompue. Je vais gérer ça moi-même.

Aaron se tourna vers Eden et moi-même. Son regard semblait assez troublé. En même temps, c'est normal, l'affaire est impossible à étouffer et son royaume se retrouve dans une situation très délicate. Un faux pas et il va falloir gérer une crise sans précédents.

- Je vous demande de m'accorder quelques heures, le coupable sera châtié, je vous en fais la promesse.

- Ne t'en fais pas, on te fait confiance.

Il nous adressa un sourire reconnaissant, avant de sortir de la pièce et de disparaître. J'imagine qu'il va se rendre dans le royaume des Enfers. J'ai drôlement envie de l'accompagner, mais ce sera pour une autre fois. Je pense que la dernière chose dont il ait besoin actuellement, c'est notre présence.

- Pour l'instant, c'est important de ne pas laisser l'origine du coupable être révélée au public. Les réactions seraient sans précédent, affirma Ace. Une fois qu'Aaron aura résolu ce mystère, on pourra aviser.

On discuta quelques minutes de plus avant de se séparer, la nuit est déjà tombée. Avec Eden, on se mit à marcher en direction du palais. La demeure Hillberg n'est pas très loin de ce dernier et avec la ville complètement endormie, personne ne s'apercevra de notre présence.

- J'espère qu'on va vite régler ça, souffla Eden. J'ai l'impression que les problèmes n'arrêtent pas de s'enchaîner, je commence à être un peu dépassé.

- Ça va aller, répondis-je en passant mon bras sur ses épaules. On est ensemble, petit frère !

Il leva les yeux au ciel, exaspéré mais amusé. On commença à se chamailler sur le chemin. Néanmoins, très vite, des sujets un peu plus sérieux revinrent au centre de nos préoccupations.

- Tu sais, cette façon de voir les choses dans l'autre monde, je suis assez perplexe, déclara-t-il.

- Comment ça ?

- Ce qu'Héméra a dit.. C'est sensé. Est-ce-que les Dieux nous auraient abandonné le jour de cette tragédie ?

Je dus me faire violence pour ne pas réagir excessivement, c'est la première fois qu'on aborde le sujet des divinités avec Eden. On n'en a jamais parlé avant. Je n'aurais jamais cru qu'il émettrait des doutes à leur égard.

- Je ne sais pas, qu'est-ce-que tu en penses ?

- J'ai des doutes, continua-t-il. J'ai toujours cru que les Dieux étaient un symbole de justice et d'égalité, enfin j'y croyais moyennement. Ils ont laissé le royaume des Elus des Dieux, vivre une famine et une crise sans précédent. Ça n'a pas trop de sens.

Si moi, mon dada c'est la liberté, Eden, lui, c'est la justice. Aussi loin que je me souvienne, il a toujours été comme ça. La protection des plus défavorisés lui a toujours tenu à coeur. Mon frère est la personne la plus généreuse, la plus altruiste et la plus juste que je connaisse.

Je ne compte pas le nombre de fois où il est intervenu dans des situations où la plupart des gens auraient joué les aveugles. C'est une des choses que j'aime le plus chez lui et dont je suis le plus fière.

- Je ne pense pas qu'ils soient aussi généreux qu'ils le laissent le prétendre. Loin de là, souffla-t-il. Néanmoins, j'ai l'impression que tout ceci nous dépasse franchement et qu'on est simplement les marionnettes d'une entité plus puissante.

- Qu'elle vienne nous chercher des noises, cette entité. Ensemble, on est invincibles.

Il ne put s'empêcher d'éclater de rire avant de passer son bras autour de mes épaules.

- Évidemment, petite soeur.

Ma complicité avec Eden est vraiment quelque chose de si précieux pour moi. Je serais prête à tout pour la protéger et à la garder intacte.

NDA : Il est possible que des petites erreurs se soient glissées, je vais m'atteler à la correction un peu plus tard, j'espère qu'il n'y en aura pas assez pour gêner votre lecture. Sinon, qu'avez-vous pensé de ce nouveau chapitre ? J'ai vraiment hâte de publier la suite, cet arc compte beaucoup pour moi, il fait intervenir beaucoup de thématiques que je trouve très intéressantes !

Chapitre dix-huit : Aylan's POV

NDA : Je comptais publier demain mais j'avais vraiment envie de partager ce nouveau chapitre avec vous ! TW : Mention d'attouchements ! N'hésitez pas à me dm pour un résumé !

Mais qu'est-ce-qu'elle fait en dehors de sa chambre à cette heure ? Habillée d'une drôle de manière, en plus. Elle a troqué ses robes royales pour un manteau noir mal coupé. Sur la pointe des pieds, elle traversa le couloir. Elle se la joue espionne ou quoi ?

- Mais qu'est-ce-qu'elle fait ? Murmura Esther qui était de garde avec moi.

On la vit se diriger vers la salle qui contenait le portail reliant les deux mondes humains, sous nos regards éberlués. Elle a perdu la tête ? Elle sait combien de lois elle est est en train d'enfreindre ? Visiblement oui, puisqu'elle évita discrètement les gardes qui s'étaient assoupis avant de pénétrer dans la pièce. Sa démarche féline aide à être discrète, il n'y a pas à dire.

- On ferait mieux de la suivre, déclarais-je dans un souffle.

On la suivit, tout aussi silencieusement. J'espère vraiment qu'elle ne compte pas faire de bêtises. Ah. On dirait bien que si, elle vient de s'arrêter en face du miroir, avant de retirer sa capuche, libérant sa belle cascade de cheveux noirs. Elle ne nous laissa même pas le temps de l'interpeller, puisqu'elle se retourna subitement vers nous, un grand sourire collé aux livres.

- Je vous ai vus, souffla-t-elle amusée. Vous n'êtes vraiment pas discrets !

- Myriam, as-tu perdu la tête ? Tu ne peux pas te rendre dans l'autre monde comme ça ! S'exclama Esther à voix basse.

Myriam se mit à bouder, son caractère est vraiment difficile à suivre. Parfois, elle agit comme si elle était née pour régner et puis le reste du temps, elle se comporte comme une enfant.

- Allez Esther, supplia-t-elle en attrapant ses mains avec une moue mignonne et penaud à la fois.

Difficile de lui dire non. Esther déglutit péniblement, elle peinait à se résigner à refuser. La petite moue innocente de Myriam finit par l'emporter, elle finit par soupirer et détourner le visage avant de laisser échapper un ok. Quel pouvoir édifiant. Elle a quand même réussi l'exploit d'amener Esther à accepter un acte illégal. Croyez-moi, c'est loin d'être une petite prouesse.

- On y va ? Demanda-t-elle en nous tendant deux manteaux.

Encore une fois, impossible de dire non lorsqu'elle vous regarde avec une moue pareille. On ne peut qu'accepter tout ce qu'elle propose. Esther avait un visage déconfit, elle doit s'en vouloir un peu de ne pas avoir pu opposer une plus ferme résistance. Ne t'en fais pas Esther, je doute que quiconque puisse être ferme lorsqu'il s'agit d'elle.

Pauvre Aaron, il ne doit rien pouvoir lui refuser.

On hocha la tête avant de se vêtir des manteaux.

- Mais pourquoi tu veux t'y rendre ? Demanda Esther qui ajustait les manches de son manteau.

- Je suis curieuse, je veux pouvoir visiter et découvrir ce monde tranquillement, sans devoir suivre un guide touristique.

Une fois le portail traversé, on put se rendre dans le centre-ville de la capitale. Myriam a photographié une carte à l'aide de son téléphone pour qu'on puisse se repérer. Elle avait donc vraiment tout prévu, ce n'était pas du tout une décision sur un coup de tête. Pourquoi est-ce-que ça ne m'étonne pas..?

- Qu'est-ce-qu'on fait? Demanda alors Esther.

C'est vrai que c'est bien beau d'avoir transgressé, en l'espace d'une soirée, une bonne centaine de lois, encore faut-il rendre l'illégalité un peu divertissante. Enfin, vu l'air de Myriam, elle a déjà l'air de vouloir simplement se laisser porter par le vent.

- On va faire du tourisme ! S'exclama Myriam

La nuit était tombée mais la ville restait drôlement active, l'architecture d'ici est très différente de la nôtre et vraiment très peu variée. Chez nous, chaque royaume a un style différent et l'exprime ouvertement. Ici, les bâtiments sont juste... basiques. De grands bâtiments, très peu colorés, accolés à d'autres bâtiments. Plusieurs fontaines étaient dispersées un peu partout dans la ville. Ça donne un côté assez rustique. Un style que l'on n'oserait jamais utiliser pour construire la capitale d'un de nos royaumes. Les capitales sont bien trop importantes pour pouvoir se contenter d'être simples. Elles se doivent d'être majestueuses.

- J'ai piqué de la monnaie de ce monde à Edgard, autant se faire plaisir, nous chuchota-t-elle.

- Myriam.. soufflais-je exaspéré mais amusé.

- Allez, je vous invite !

Après avoir vagabondé pendant une bonne vingtaine de minutes, on se décida à s'arrêter dans une taverne pour manger un petit encas. C'est vrai que la marche, ça creuse.

- Ce genre d'endroits n'est pas à ta hauteur, rappela Esther.

C'est vrai que la taverne est loin d'être un endroit où on s'attendrait à croiser la reine d'un future royaume. Je n'imagine très clairement pas les autres héritiers prendre du bon temps ici.

Même si l'endroit n'est pas si horrible que ça. Les tables en bois sont grossièrement taillées mais propres. Derrière le comptoir, on peut apercevoir une large variété d'alcools. L'endroit bien que très simple, est plutôt globalement bien tenu. De toute façon, c'était le seul endroit encore ouvert à cette heure-là et l'ambiance est plutôt au rendez-vous. Une aura conviviale émane de la pièce, on aurait pu vraiment tomber sur pire.

- Tu parles, j'ai grandi dans une ferme Esther, je me fiche éperdument des protocoles royaux.

Esther l'observa, scandalisée. Je crois qu'elle ne s'attendait pas à une réponse pareille. Enfin, c'est vrai que beaucoup de gens ont tendance à oublier le passé plus modeste de Myriam, ou alors, ils pensent que c'est plutôt elle qui aurait tendance à l'oublier pour vivre dans le luxe de la royauté. Néanmoins, c'est très mal la connaître. Bon certes, je ne la connais pas encore très bien, mais je l'ai beaucoup observée et sa personnalité est loin d'être ce que l'on imagine au premier abord.

Myriam leva la main pour interpeller un serveur pour passer commande. Ce fut directement le patron du bar qui vint vers nous.

- Quel drôle d'accoutrement, rigola-t-il. Vous êtes en voyage ?

- Oui, répondis-je.

- Retirez au moins les capuches, c'est un peu impoli.

On s'exécuta avec plaisir, on ne va tout de même pas se faire remarquer.

Cependant, une fois les capuches tombées, leurs réactions furent très différentes de ce à quoi je m'attendais. Ne vous méprenez pas, je ne m'attendais à rien de particulier. Ce à quoi je ne m'attendais pas, c'est voir le sourire du patron se volatiliser en une fraction de seconde et d'apercevoir tous les regards converger vers nous. Regards peu chaleureux d'ailleurs.

L'ambiance festive de la taverne a complètement changé et je me doute bien qu'on n'y ait pas pour rien. Je n'aime pas toute cette attention portée sur nous, ça me rend assez anxieux.

Le patron ne fit pas de commentaires et se contenta de nous servir. J'ignore si Myriam est juste aveugle ou prétend juste ne pas avoir remarqué, mais on ne nous lâche pas du regard. Avec Esther, on se lança un regard en coin, je pense qu'il serait plus avisé de partir au plus vite. Notre présence n'est clairement pas désirée.

J'ai envie de prévenir Myriam, mais elle a l'air de tellement s'amuser que je n'ai pas envie de la déranger avec ça. Esther, en revanche, a loin d'être l'air de cet avis.

- Myriam, on ferait mieux de partir, je ne crois pas qu'ils veulent de nous ici, murmura-t-elle.

Elle se contenta de hausser les épaules.

- Qu'ils veuillent de nous ou pas, ça m'importe peu. Si ils viennent nous importuner, je m'en chargerai.

Cette façon qu'elle a de vivre sa vie comme elle l'entend, ça me fascine. Elle ne laisse personne lui dicter quoi que ce soit. Je l'envie beaucoup, j'aimerais avoir cette fraîcheur et spontanéité qui lui sont si caractéristiques.

Esther s'apprêtait à en rajouter une couche quand soudain, un certain grabuge se fit entendre à l'extérieur. La porte s'ouvrit subitement, un type avec une carrure d'ogre fit son entrée. Mon sang ne fit qu'un tour en voyant ce qu'il tenait dans sa main. C'était une poignée de cheveux. Il était en train de traîner une femme par terre, femme qui a l'air quasiment inconsciente. Elle a le visage en sang, la peau tuméfiée à de nombreux endroits. Ses vêtements sont en lambeaux, sa robe est déchirée à de nombreux endroits.

Le type s'assit à quelques tables de nous, la femme s'assit à ses côtés, peinant à marcher. Elle avait l'air si mal à l'aise. Pourtant, personne ne semblait y prêter attention.

Ce type était en train de se comporter comme un gros porc, après l'avoir pourtant tabassée, il ne pouvait pas s'empêcher de toucher son corps de façon obscène sous les regards lubriques des autres clients.La pauvre jeune femme semblait terriblement embarrassée et tétanisée, elle n'a évidemment pas l'air d'avoir donné son consentement. On doit intervenir, je ne supporterai pas de voir cet air misérable sur son visage une seconde de plus.

- Myriam, qu'est-ce-que tu fais ? S'alerta Esther

La voix d'Esther m'extirpa de l'analyse de cette situation pendant quelques secondes, Myriam venait de déposer sa chope remplie de jus de fruits assez brutalement sur la table, avant de se lever. Loin d'avoir fait dans la discrétion, elle attira de nouveau tous les regards vers elle.

Elle s'approcha du type qui était en train de s'empiffrer comme le gros porc qu'il est. Il ne la remarqua même pas, les yeux rivés sur son assiette. La jeune femme, en revanche, elle a bien remarqué Myriam. Elle ne pouvait s'empêcher de la regarder, d'un air rempli d'espoir.

- Salut, commença Myriam d'une voix douce. Est-ce-que tu peux rejoindre mes deux amis qui sont là-bas ?

A cet instant, c'est le charme de Myriam qui opéra une nouvelle fois. Cette sincérité criante dans ses yeux qui pourrait convaincre n'importe qui de faire n'importe quoi. La jeune femme se leva précipitamment et se hâta vers nous.

- Accordez-lui les premiers soins, lança Myriam.

On s'exécuta aussitôt, Esther s'occupa des plaies qui parsemaient son corps, tout en lui tendant son manteau pour qu'elle puisse se couvrir. Pendant ce temps-là, je vins m'atteler à faire disparaître les bleus de son visage. Cet animal n'y est pas allé de main morte.

- Qu'est-ce-que tu crois faire, sale petite traînée ? S'emporta le type en voyant qu'elle n'était plus à ses côtés.

Hé bah, il en a mis du temps à s'en rendre compte. Un frisson parcourut la jeune femme, elle est clairement terrifiée. Esther vint poser sa main sur son épaule, un sourire réconfortant sur les lèvres.

- Ne t'en fais pas, dès l'instant où Myriam a décidé de te protéger, tu ne crains plus rien.

C'est tellement véridique. Il suffit de voir ce qu'elle a fait pour Alia. Lorsque Myriam aime, elle ne compte pas et ne lésine pas sur les efforts.

- Tu crois aller où comme ça, gros porc ? Répondit d'une voix froide Myriam en le rattrapant par le bras.

- Qu'est-ce-que tu veux, sale petite traînée ? Tu veux prendre sa place par hasard ? Après tout, t'es plutôt bien formée, tu feras largement l'affaire.

Pour le coup, il a bien de la chance qu'un certain prince des enfers ne soit pas dans les parages. Si Myriam ne fait pas dans la dentelle, Aaron aurait littéralement commis un meurtre en entendant ce genre de choses.

Le type approcha ses sales pattes de Myriam, cette dernière soupira, visiblement terriblement ennuyée. Elle pivota sur son pied droit avant de frapper violemment ce type de son pied gauche, l'envoyant aussitôt s'encastrer dans un mur.

- Bordel, qu'est-ce-que vous croyez faire ? Hurla le patron

- Ferme-là, répondit-elle toujours aussi calme.

Ce calme olympien est bien plus terrifiant que quoi ce soit d'autre. Enfin, j'imagine que Myriam en colère doit être bien plus effrayant. Quoi qu'il en soit, j'espère ne jamais être la cible et la raison de son courroux. Le patron doit penser la même chose, puisqu'il se tut aussitôt, impuissant. Lui comme tous les autres clients.

Myriam s'avança vers le type qui peinait à recouvrir ses esprit, avant de l'attraper par sa tignasse de cheveux. Elle le traîna, sous les regards éberlués des autres clients.

- A genoux, saleté, intima-t-elle d'une voix ferme.

- Tu rêves, espèce..

Elle ne lui laissa pas le temps de finir, elle vint tout de suite lui faire rencontrer le sol, l'obligeant à se prosterner devant la jeune femme que nous venions de secourir. Du sang se mit à couler sur le visage de ce type, Myriam ne sembla même pas s'en préoccuper.

Elle vint s'accroupir, avant de venir murmurer à l'oreille de cet individu.

- Tu as cinq secondes pour présenter tes excuses ou je te jure que tu ne sors pas de cette taverne vivant.

Le ton qu'elle venait de prendre, aurait fait comprendre à n'importe qui, qu'elle n'est absolument pas en train de plaisanter. Si il ne s'excuse pas, elle va vraiment lui trancher la jugulaire.

- Pardon, couina-t-il.

Elle le relâcha aussitôt, le faisant s'effondrer par terre, inconscient. Elle sortit un mouchoir de soie de sa poche pour s'essuyer les mains.

- On sort, déclara-t-elle.

Son ton ne laissait place à aucune protestation, bien qu'il n'y en aurait aucune de toute façon. Une fois dans une ruelle un peu à l'écart, la jeune femme qui n'avait pas lâché Esther d'une semelle, éclata en sanglots.

- Merci, murmura-t-elle. Je ne savais plus quoi faire. Mes parents m'ont mariée de force à cette ordure.

Elle se laissa tomber à genoux, les yeux larmoyants, passant ses bras autour de ses jambes. Ses cheveux blonds désordonnés retombant en pagaille sur ses épaules.

- C'était un enfer, tout le monde le savait. Tout le monde savait à quel point je souffrais, mais personne n'a rechigné lever le petit doigt pour m'aider.

Esther s'accroupit à ses côtés pour la consoler. Elle passa un bras autour de ses épaules, la rapprochant d'elle afin qu'elle se sente épaulée.

- Je croyais qu'il finirait par me traiter correctement, qu'il finirait par m'aimer, chuchota-t-elle avant que sa voix ne se brise dans l'obscurité de la nuit. J'étais prête à attendre.

Myriam prit alors la parole, son regard était difficile à lire. J'ignore ce qu'elle pense réellement en cet instant.

- Ce genre d'individus ne change pas, affirma-t-elle. Ils n'ont aucune notion du consentement et ils ne prendront jamais soin de toi. Un amour sain ne peut pas naître là où les notions de respect et d'égalité n'existent pas. Tu mérites d'être aimée et d'être traitée avec respect par ton partenaire.

- C'est plus facile à dire qu'à faire, murmura la jeune femme. Je n'ai jamais connu ce genre d'amour sain.

Myriam lui tendit sa main, l'aidant à se relever. Elle dégagea ses cheveux pour pouvoir son visage. Avec un nouveau mouchoir en soie, elle essuya avec douceur ses larmes.

- Même si le monde entier venait à te haïr, du moment que toi tu es capable de te donner l'amour que tu mérites, tu seras heureuse.

Elle passa avec douceur sa main sur la joue de la jeune femme qui semblait hypnotisée par les paroles de notre très chère reine.

- La personne qui restera avec toi quoi qu'il advienne, c'est toi. Alors, chéris là et ne la laisse plus jamais finir dans ce genre de situations. J'ai conscience que très souvent, c'est complètement indépendant de notre volonté, mais on doit incarner le changement que l'on veut voir, on doit se battre. Un jour, toi, moi et toutes les femmes du monde, on n'aura plus jamais à vivre ce genre de situations, je te le promets.

La jeune femme était complètement sous le charme des promesses de Myriam. Pour la première fois de la soirée, je la vis esquisser un grand sourire avant d'essuyer promptement ses larmes.

- D'ici là, je ferais de mon mieux pour vivre comme je l'entends, murmura-t-elle avant de prendre ses jambes à son cou.

- Courage, ce sera un long périple, répondit Myriam avec un doux sourire.

Elle avait déjà parcouru une bonne dizaine de mètres lorsqu'elle s'arrêta brutalement, avant de se tourner à nouveau vers nous.

- Comment t'appelles-tu ?

- Myriam et toi ?

- Cassandra.

Sur cette dernière réponse, elle se volatilisa dans le silence de la nuit.

- Quelle soirée, murmura Esther.

- Désolée de vous avoir embarquer là-dedans, on va juste faire une dernière chose avant de rentrer.

- Quoi donc ?

- Donner un dernier coup de pouce à Cassandra, répondit Myriam avant de sortir une dague.

Il n'y a aucun mystère sur la nature du coup de pouce. Je ne suis pas un grand fan de la violence, ironique pour un chef d'armée je sais, mais il y a vraiment des situations où l'usage de la violence est vraiment le seul moyen de régler certaines situations. La dernière chose que l'on voudrait, c'est que Cassandra soit poursuivie par ce type lorsqu'on aura quitté ce monde.

- Restez-là, je reviens, ça ne me prendra pas plus de quelques minutes, déclara-t-elle avant de faire virevolter la dague à l'aide de sa main droite et de retourner dans la taverne.

Elle rabattit sa capuche, il vaut mieux, en effet, pour ce genre d'actions que son identité reste secrète.

- Elle est vraiment exceptionnelle cette fille, murmura Esther.

- C'est clair.

- J'aurais aimé la rencontrer avant, j'aurais aimé qu'elle puisse intervenir ce jour là pour moi aussi.

J'ignore à quoi elle fait référence, mais de toute évidence, c'est le genre de pensées qu'on préfère ne pas dire à haute voix. Elle n'a probablement même pas remarqué qu'elle a pensé ça tout haut.

Néanmoins, elle a raison. Moi aussi, j'aurais aimé rencontrer Myriam plus tôt, j'aurais aimé avoir son éclat dans ma vie plus tôt. Cet éclat ensorcelant qui vous donne l'impression que tout est possible. Que rien n'est hors de votre portée.

NDA : Alors ce chapitre ?

Chapitre dix-neuf :

NDA : Vous commencez à me connaître maintenant, je publie ce soir mais je le corrige demain ! Bonne lecture ! (Chapitre plutôt long d'ailleurs, on avoisine les 4000 mots !)

- On ne pourra pas faire taire la presse encore très longtemps, il faut qu'on aille voir de quoi il en retourne, déclara Ace soucieux.

- On va se charger de la presse en attendant, déclara la mère d'Ace qui semblait assez remontée par toute cette situation. Rendez-vous dans le royaume des enfers en attendant pour voir ce qui s'y passe.

J'espère qu'Aaron va bien, ça ne doit pas être simple de gérer une affaire d'une telle envergure. Tout seul, en plus. Enfin, j'imagine que c'est loin de se dérouler comme il l'espérait. Effectivement, s'il n'est toujours pas revenu, c'est qu'il y a eu un accrochage. Quelque chose qui l'empêche de régler le problème rapidement.

- Très bien, on y va, lança Nayra qui prit les devant.

Pour se rendre dans le royaume des enfers, là encore, il faut utiliser un miroir qui fait office de portail reliant les deux mondes. Ces miroirs sont les seuls moyens pour voyager entre les différents mondes.

- Ce doit être vraiment difficile à gérer pour Aaron, souffla Ace. Même s'il est clairement le plus doué d'entre nous pour gérer un royaume, il n'en reste pas moins un héritier.

Il est donc réellement le plus doué futur souverain parmi les héritiers. Pour être tout à fait honnête, cela ne faisait pas l'ombre d'un doute à mes yeux. Il a un certain don pour ensorceler les foules et pour charmer son audience. C'est sûrement grâce à ça qu'il est capable de s'imposer dans les réunions et les congrès malgré son jeune âge. Il est né pour ça. Né pour régner.

Cette fois-ci, le portail fut légèrement différent. La surface du miroir était complètement noire, je suppose que ce n'est qu'un petit clin d'œil de la part du royaume des ténèbres. En effet, chaque monde réalise la conception des différents portails pour les offrir aux autres mondes. C'est une manière d'en contrôler l'accès, mais aussi d'y ajouter leur petite touche personnelle.

- Je me demande de quelle couleur ma toge va être, soupira Yuki avant de traverser le miroir.

La couleur de sa toge ? De quoi elle parle ? Je n'eus même pas le temps de demander puisqu'ils traversèrent tous le miroir, me laissant derrière. Je ne pus m'empêcher de soupirer, avant d'analyser le miroir d'un peu plus près. La surface, loin d'être scintillante, était teintée d'un noir profond. Ça peut légèrement effrayer, on a l'impression de chuter dans des abysses, on n'a aucune idée de ce qui peut se tramer derrière.

Je finis par me résigner avant de traverser. Aucun picotement cette fois. Après tout, ce n'est quand même pas le monde de mon futur fiancé qui va me refuser. Ce serait comique.

- Une tunique aussi blanche, c'est du jamais vu, rit Ace en me voyant débarquer.

Je lui ai lancé un regard confus et il me désigna d'un simple mouvement de tête ma tenue, un sourire en coin. Mon regard se posa alors sur mes habits.

- Oh.

Effectivement, ma tenue s'est volatilisée pour laisser place à une tenue bien différente. J'étais vêtue d'une sorte de longue tunique.

La mienne était d'un blanc étincelant et venait épouser élégamment les courbes de mon corps. Elle était à manches courtes, couvrant mes épaules, mais venait dévoiler légèrement mon buste avec un col en V ainsi que mes bras. Un tissu doré, fabriqué dans une étoffe légère, était noué autour de mon bassin, venant complimenter ma silhouette. De nombreuses broderies venaient ajouter une touche colorée à la pièce.

- Quelle tenue sublime ! M'exclamais-je, les yeux pétillants.

Je levais mon regard les autres, impatiente de voir comment ils avaient été relookés, ils avaient exactement le même modèle sauf que les leurs étaient bien plus sombres.

- Qu'est-ce-que la couleur d'une tunique signifie ?

- Ça représente la pureté de l'âme, répondit Yuki avec un léger sourire sur les lèvres. Le blanc incarne la pureté, tandis que les couleurs plus sombres montrent les penchants les plus sombres de chacun.

Cela signifie donc qu'ils ne sont pas considérés comme purs ? Puisque celle d'Eden est légèrement grisée, celles des filles sont un peu plus sombres tandis que celle d'Ace est nettement plus foncée. Malgré l'explication de Yuki, j'ai un peu de mal à saisir pourquoi la mienne serait blanche. Chaque être humain possède des facettes sombres, il faudrait être fou pour croire que certains humains puissent être assimilés à des anges. Je ne fais pas exception à la règle.

- Un ange chez les démons, plaisanta Yuki.

Tu te trompes, Yuki. Tu te trompes. Je ne suis pas un ange, ni un démon, je suis simplement humaine. J'arbore les côtés les plus merveilleux de l'humanité, comme ses côtés les plus sombres. Néanmoins, je ferais mieux de garder ça pour moi. Je doute que quiconque ici ait envie de m'écouter me lancer dans ma carrière de philosophie.

Plusieurs soldats marchèrent vers nous, s'inclinèrent avant de nous faire signe de les suivre. Les habitants des Enfers sont différents de nous pour bien des raisons. Premièrement, physiquement, nous sommes différents. Ils prennent, néanmoins, forme humaine afin de ne pas nous choquer.

Cependant, il faut savoir que la force physique d'un démon équivaut à celle d'une centaine d'humains. C'est une des raisons pour lesquelles ils sont tant craints, si jamais un conflit militaire venait à éclater. Non seulement, pour leur force physiquement, mais également leur force magique, ils sont loin d'être faibles. Très loin d'être faibles, j'insiste. Ils possèdent des quantités de magie colossales.

On marcha le long d'un couloir, en silence, avant de traverser une porte et d'entrer dans la salle du trône du palais. Aaron était assis sur son trône, le visage appuyé contre sa main, dont le bras était replié sur lui-même, le coude posé sur l'accoudoir du trône.

Une longue tunique noire venait l'habiller, elle avait un large col en V, laissant entrevoir son torse, couvrant néanmoins ses épaules. Elle était, sans aucun doute, fabriquée à l'aide d'une étoffe dont le prix pourrait permettre d'acheter un château. De jolies broderies d'une couleur bleue nuit venaient décorer le col. À sa taille, était noué un tissu gris. Il est d'une beauté indescriptible. Surtout avec cette couronne noire de lauriers, d'une teinte plus foncée que ses, qui se mariait parfaitement avec ces derniers.

Il dégage une aura bien différente de celle qu'il dégage habituellement. L'aura qu'il dégage actuellement, c'est celle d'un roi, mais pas n'importe quel roi, c'est l'aura du roi des Enfers.

- Heu, Myriam ? Ta toge ? S'étonna Eden en me regardant avec des yeux ronds.

- Mh ?

Sa voix venait de m'extirper de mon admiration, à peine cachée, d'Aaron. Mes yeux quittèrent Aaron quelques secondes pour se poser sur ma tenue. Cette dernière était, à présent, écarlate. Je n'eus même pas le temps de réaliser ce qui venait de passer, qu'Ace esquissa un grand sourire, les yeux pétillants de malice.

- Est-ce-que tu sais ce que cela signifie ? Me demanda-t-il avec un amusement à peine dissimulé.

J'ai bien ma théorie et la dernière chose dont j'ai envie, c'est qu'elle soit confirmée. Et encore plus, si elle doit être confirmée par Ace. Le connaissant, il ne va jamais me laisser oublier ce moment.

- Vous pouvez y aller, congédia Aaron d'un geste de la main ses conseillers.

Il nous fit signe d'entrer. La salle du trône du palais Hillhells, c'est quelque chose. Tout est construit à l'aide de marbre noir, de larges fenêtres donnaient une vue tout bonnement spectaculaire. Dans le monde des Enfers, il fait toujours nuit, on pouvait alors observer un croissant de lune bien plus proche de nous que d'habitude. Ici, les nuages sont pourpres. Un ciel presque noir avec cette teinte pourpre et ce croissant de lune, c'est juste la huitième merveille du monde.

Une fois que j'eus terminé de contempler le ciel, mon regard vint croiser celui d'Aaron. Aussitôt, ses yeux pétillèrent d'amusement, j'imagine que la couleur de ma tenue l'amuse fortement. Mes joues se colorèrent, je me mis à fuir son regard, franchement embarrassée.

- Un commentaire, peut-être ? L'interrogea Ace sournois.

Il ne s'arrête donc jamais celui-là. Le jour où j'en découvre un peu plus sur ses amourettes d'artiste torturé, je ne donne pas cher de sa peau. Je m'approchais du centre de la pièce, après lui avoir allègrement écrasé le pied. Les filles pouffèrent de rire pendant qu'Ace se mit à pleurnicher. Il me fatigue. Quelle drama-queen.

- Du nouveau ? Demandais-je pour changer de sujet

La dernière chose dont j'ai envie, c'est qu'Aaron se décide à me taquiner devant tout le monde. Ce dernier laissa tomber ses bras sur les accoudoirs de son trône, levant les yeux au ciel, mettant en valeur sa pomme d'Adam. Bon, Myriam, le but n'est pas de rendre ta tunique encore PLUS ROUGE. J'obligeai ainsi mes yeux à prêter attention à autre chose.

- Oui, et on a un problème, déclara-t-il. Le démon nie avoir une quelconque implication avec ce meurtre.

- Il ment sûrement, non ? Tu as tracé son énergie, après tout, rappela Eden.

- C'est ce que je me disais également, mais dans le doute, je lui ai fait boire un sérum de vérité.

Oh, j'en ai déjà entendu parler. Ces sérums sont très puissants, il est impossible de mentir après en avoir bu une gorgée.

- Sa version n'a pas changé, il ne ment donc pas. Il n'a aucune implication dans ce meurtre.

- Quelqu'un essaye ainsi de lui faire porter le chapeau et par la même occasion, créer d'immenses problèmes entre les Heaven et les Hillhells. Dans quel but, cependant ? S'interrogea Yuki.

- Je ne sais pas, marmonne simplement Aaron en se massant la tempe. On n'a pas d'autre choix que de laisser la presse parler.

- Tu devras exécuter ce démon innocent, lui rappela Ace. Les différents peuples ne laisseront jamais passer ça autrement.

- C'est hors de question, répliqua aussitôt Eden. On ne peut pas exécuter un être pour un crime qu'il n'a pas commis.

Aaron lui sourit, une douceur présente dans les yeux. Il doit se rappeler à quel point, Eden aime la justice.

- Ne t'en fais pas, Eden. Je n'en ai pas l'intention, je vais régler ça autrement.

Malgré lui, il ne put réprimer un bâillement, le pauvre, il doit être épuisé. Il n'a sûrement pas pu fermer l'œil depuis le début de cette histoire.

- T'as l'air fatigué, constata Yuki. On va te laisser te reposer un moment, avant de rentrer.

- Merci, répondit simplement Aaron qui ne pouvait nier être épuisé.

Les autres tournèrent les talons et je m'apprêtais à faire de même quand Aaron m'interpella. Mince. Moi qui voulais lui échapper, c'est vraiment trop embarrassant cette histoire de tunique qui change de couleur en fonction de nos émotions.

Les autres esquissèrent un sourire amusé avant de s'en aller. Je n'ai même pas envie de les regarder, ils sont totalement en train de pouffer comme des petites pestes.

'- Tu m'évites ? Demanda-t-il narquois

- Moi ? Éviter mon fiancé ? Jamais.

Je lui lançais un regard complice, qu'il me rendit aussitôt. Il rit, amusé, avant de se lever et de me tendre sa main.

- Tu veux faire un tour dans les jardins royaux ? Me proposa-t-il

- Avec plaisir. Je vais avoir le droit à une visite guidée par le futur roi ? Quel honneur. Impossible de refuser.

- Oui, bon, n'en fais pas des caisses, se moqua-t-il en me tirant la joue.

Je lui fis un petit clin d'œil avant qu'on ne sorte dans les jardins. Je suis habituée aux lieux splendides à présent, mais les jardins Hillhells..

Je me vois déjà m'asseoir ici, avec une tasse de chocolat chaud, en train de lire du Ash Ford.

Plusieurs serres étaient dispersées dans les jardins, contenant toutes des fleurs qu'on ne pouvait trouver dans aucun autre royaume. Aaron me les fit toutes visiter, me faisait découvrir chaque variété de fleurs et en commentant leurs propriétés.

- Tu t'y connais vraiment, constatais-je.

- C'est grâce à ma mère, m'expliqua-t-il avant de se saisir d'une rose noire. Elle adore les fleurs et passe tout son temps libre à m'expliquer les caractéristiques de chacune de ces fleurs.

La rose dont il venait de se saisir, n'était pas une rose banale. Certes, elle était noire, mais en plus de cela, elle n'avait aucunes épines. À l'intérieur de la fleur, on y trouvait une petite perle en or. Sur ses pétales, plusieurs paillettes argentées venaient ajouter une touche de couleur supplémentaire.

- Elle est magnifique, murmurais-je en l'observant de plus près.

- Et pourtant, elle ne t'arrive pas à la cheville, lança-t-il avec un innocent sourire séducteur.

Je ne pus m'empêcher d'éclater de rire, avant de lui donner une légère tape sur l'épaule.

- Mais quel Casanova.

- Juste pour toi, ajouta-t-il narquois tout en calant la rose derrière mon oreille.

Ses yeux plongèrent dans les miens, pendant qu'il ajustait distraitement de sa main droite la rose.

- Tu sais ce que signifie une toge rouge ? Me demanda-t-il alors, rompant le silence.

- J'ai ma petite idée, mais quelque chose me dit que tu vas te faire un plaisir de me donner une explication.

Il ne put s'empêcher de me répondre avec un clin d'œil, un sourire au coin des lèvres.

- Bien vu. Ici, les tuniques sont les reflets de notre âme. Une toge devient rouge en face d'un être que l'on voudrait s'accaparer, ne l'avoir que pour soi. C'est simplement une preuve de l'égoïsme de l'être humain lorsqu'il aime.

Je vins m'approcher de lui, rapprochant nos visages. J'ai envie de le déstabiliser un peu. C'est presque toujours l'inverse, il faut un peu de changement pour maintenir des relations trépidantes.

- Dois-je comprendre par là que tu ne ressens aucun égoïsme à mon égard ? Et par conséquent, aucun amour ? C'est ça que tu es en train d'essayer de me dire ?

- Il y a erreur, déclara-t-il en venant remettre une mèche derrière mon oreille avant de venir y murmurer. C'est juste qu'en tant que roi, j'ai le droit à quelques privilèges. Comme celui de pouvoir changer la couleur de ma toge à ma guise.

Mes joues se teintèrent d'un léger rose en sentant son souffle sur ma peau. Il sent toujours aussi bon, cette odeur fruitée et florale, je pense que je ne pourrais jamais m'en passer. Il m'observa, content de son petit effet. Je veux vraiment effacer ce petit sourire narquois de son visage (sourire craquant au passage).

Je vins donc passer mes bras derrière sa nuque, les yeux pétillants, mon pouce caressant ses lèvres. Il se figea, visiblement s'attendant à tout sauf à ça. Bien joué, Myriam.

- Pourtant, j'aimerais vraiment avoir une preuve que c'est une erreur de ma part. Qu'est-ce-que je devrais faire pour que tu perdes le contrôle de tes pouvoirs et laisse la véritable couleur de ta toge se manifester ?

Nos lèvres n'étaient plus qu'à quelques centimètres, nos yeux plongés dans ceux de l'autre. Je ressens toujours une telle euphorie quand je suis à ses côtés. Il me captive. Eden a raison, il me plaît, je dois bien l'admettre.

- Est-ce-qu' un baiser réussirait à faire plier l'héritier des Enfers ? Vins-je délibérément chuchoter d'une voix susurrante.

Mon souffle se répercutait sur ses lèvres tandis que mon cœur tambourinait dans ma poitrine, mais il est temps de se venger des petites taquineries de mon cher fiancé. Je le sentis légèrement se crisper, ses bras figés dans le vide, il ne sait visiblement pas où les mettre. J'ai l'impression qu'il ne veut pas passer ses bras autour de ma taille, de peur de me mettre à l'aise. Il est toujours si prévenant. Mon cœur ne peut s'empêcher de fondre à chaque fois, devant la présence de tant d'amour et de respect dans chacune de ses actions.

- Je pense qu'un baiser ferait effectivement l'affaire, murmura-t-il, le regard houleux.

- Alors, embrassons-nous.

Mon cœur bat à la chamade, j'ai les mains moites et la gorge nouée par l'appréhension.

Mes lèvres vinrent juste effleurer les siennes et ce fut suffisant pour que sa toge devienne aussi rouge que la mienne.

- Oh ? Il faut croire qu'il n'y a même pas besoin d'aller aussi loin qu'un baiser.

- Est-ce-que ce serait pourtant égoïste de t'en demander un ?

- Oui, mais tu as de la chance, je suis également égoïste.

Un doux sourire se dessina sur mes lèvres. Ses yeux argentés s'attardèrent quelques secondes sur ces dernières. Aaron est loin d'être transparent lorsqu'il est dans son rôle de roi, mais en ma compagnie, c'est autre chose.

- Mais j'aime bien t'embêter, alors peut-être un autre jour, ajoutais-je narquoise.

Il leva les yeux au ciel, amusé.

- J'attends ce jour avec impatience alors, répondit-il avec un regard complice.

- Moi aussi, Aaron. Moi aussi.

On reprit notre petite marche en silence, le temps de ressasser ce qui venait de se passer. Vraiment, c'est impossible d'expliquer à quel point je suis à l'aise avec lui. À quel point je me sens bien en sa compagnie.

- Oh d'ailleurs, avant que je n'oublie, tiens. Je l'ai annoté.

Il me tendit mon recueil de poèmes d'Ash Ford, l'exemplaire qu'on avait lu ensemble durant notre date. Il m'avait proposée avant qu'on ne se sépare de le lui prêter pour qu'il puisse ajouter son ressenti et annoter deux, trois petites choses à son tour. Je vais être honnête avec vous, j'ai trouvé l'idée si romantique que c'était impossible pour moi de refuser.

- J'ai hâte de lire ce que tu as noté.

- Rien de bien fou, affirma-t-il amusé.

- Ça m'étonnerait !

Il s'étira légèrement, tout en bâillant, pendant que je feuilletais les pages du recueil. Il a vraiment une très jolie écriture, une écriture élégante et fine. Ça ne me surprend guère, je ne l'aurais pas imaginé avoir une écriture désordonnée ou brouillonne.

- En tout cas, après avoir lu tout ce que tu as noté, je crois que tu es la personne la plus fleur bleue que j'ai jamais rencontrée, assura-t-il amusé.

- Je pense que tu as oublié de t'inclure. Quelque chose me dit que tu ne peux pas t'empêcher d'être très romantique lorsqu'il s'agit d'une certaine personne.

- Oh ?

Il me lança un regard complice, m'invitant à continuer. Il sait très bien où je veux en venir, mais jouons la carte de l'ignorance si ça peut faire pétiller un peu ses yeux.

- Une bague de fiançailles reflétant la couleur des yeux de cette certaine personne, un dîner romantique en face de la mer et d'un beau coucher de soleil et un livre que tu as pris le temps d'annoter malgré tout le stress auquel tu fais face ces derniers temps sont de plutôt bons indicateurs de ton romantisme, mon cher Hillhells.

- Tu marques un point, mais bon, ça vaut le coup de perdre cette petite joute verbale si j'occupe déjà autant ton esprit.

Je ne pus m'empêcher de lever les yeux au ciel. Il n'a pas tort, après tout. Avant de me coucher, je ne vais pas pouvoir m'empêcher de lire chaque des petites notes qu'il a glissées dans mon livre.

- T'es incorrigible, soupirais-je exaspérée et amusée à la fois avant de jeter un coup d'œil à ma montre. Je vais devoir y aller, à plus tard.

Je me mis sur la pointe des pieds pour pouvoir déposer un baiser sur sa joue. Sa toge devint à nouveau écarlate.

- Tu ferais mieux d'utiliser tes petits privilèges de roi pour changer cette couleur.

- Je n'ai pas honte de ce que je ressens pour toi, affirma-t-il en venant déposer un baiser sur le dos de ma main, après l'avoir délicatement saisie.

Oui, vous imaginez bien si vous pensez que la mienne s'est également teintée de pourpre.

- Je vais vraiment finir par tomber amoureuse de toi, si tu continues.

- Tu te fourvoies si tu penses que ce n'est pas mon but, murmura-t-il d'une voix un peu plus grave que d'habitude.

Le charme du futur souverain Hillhells n'est décidément plus à démontrer. Je ne sus quoi répondre et pris la fuite, le laissant seul dans les jardins, un grand sourire collé au visage. Il est bien plus taquin qu'Ace finalement.

Le reste du groupe se prélassait sur des divans, ils sont fatigués eux aussi. Cette histoire mine le moral de tout le monde.

- On lui demande de se reposer et il va se la jouer Casanova, soupira Yuki en voyant la rose dans mes cheveux.

Ils ne purent s'empêcher d'éclater de rire, je vins m'asseoir à côté d'Eden, légèrement gênée. L'amusement fut, néanmoins, de très courte durée. Très vite, le sujet qui hante nos pensées revint sur table.

- La presse va se déchaîner, c'est la première fois que les Hillhells sont au cœur d'un scandale. Ils sont aux anges, soupira Ace.

Eden se massa la tempe, ennuyé. J'ai bien conscience que tout ceci lui mine le moral plus qu'aux autres. Là où presque tout le monde voit un problème politique, Eden voit surtout la mort d'innocents.

- De toute évidence, on ferait mieux de se méfier, déclara-t-il alors. Ce meurtre n'est que la prémisse d'une série d'autres meurtres.

Il nous fixa, le regard solennel, les bras croisés sur son torse.

- Le coupable n'en veut pas aux Hillhells en particulier. Il essaye de semer la zizanie pour simplement nous renverser plus tard, continua-t-il.

-Mais qui cela peut bien être ? S'étonna Yuki

- Sûrement la même personne qui a mené cette attaque contre Empire, déclarais-je.

Tout le monde se tourna vers moi, je vins poser mon regard sur chacun d'entre eux.

- Vous avez conclu que ce n'était qu'un petit groupe de rebelles, une organisation qui en voulait aux nobles, mais je suis loin d'être de cet avis. Je pense que l'ennemi a déjà infiltré nos rangs.

A vrai dire, cela va bien plus loin que ça. Notre ennemi a déjà accès aux informations les plus secrètes de nos monarchies. Néanmoins, ça, ils ne l'ont pas encore réalisé et je veux leur éviter cette réalisation à tout prix. Enfin, pour l'instant.

- Je ne pense pas que ces deux affaires soient liées, répondit Yuki. On aurait remarqué une telle menace depuis bien longtemps.

Un petit sourire mutin vint se dessiner sur mes lèvres.

- Comme nos parents avaient remarqué que des gens étaient capables de défaire toute une monarchie ? Ils ont presque réussi et jusqu'à ce jour, on ignore le nom des coupables.

Ils se turent instantanément.

- Vous ne devez jamais vous sentir trop en sécurité, le danger guette en permanence les gens comme nous.

- Tu as raison, déclara Nayra qui était resté étonnamment silencieuse jusque-là. On a affaire à un adversaire sournois qui ne la jouera pas loyale.

- Comment ça ? S'étonna Eden

- Ils ont attendu qu'on se rende dans l'autre monde pour attaquer, rappela-t-elle d'une voix sereine. Ils ne nous feront pas de cadeaux. Tu as raison lorsque tu dis que ce n'est que le début d'une longue série de meurtres si nous n'agissons pas très rapidement.

Nayra est terriblement intelligente et perspicace. Je le savais déjà, mais elle vient de le prouver de nouveau. Néanmoins..

- N'empêche, c'est vraiment horrible ce qui s'est produit. J'aurais aimé rencontrer les Hilberg. Ils étaient très proches de nos parents, déclara Eden en se laissant retomber contre le dossier moelleux du divan.

- Je comprends, répondit simplement Yuki. Ne t'en fais pas, tu pourras sûrement discuter de vos parents avec d'autres personnes.

- Bien sûr, mais bon..

Je croisais mes jambes, les observant et écoutant à peine la conversation. Ils ne se sont donc pas rendus compte de cette absurdité. Cette pièce est remplie de personnes tout simplement brillantes et pourtant.. Ils viennent d'ignorer un élément de taille. Je suppose que c'est l'anxiété générale qui est à blâmer.

Et vous, est-ce-que vous avez suffisamment prêté attention pour être en mesure de remarquer cette légère anomalie ?

En tout cas, tout ceci ne laisse rien présager de bon si on ne se met pas rapidement au boulot.

Chapitre vingt : Ace's POV

NDA : Voici le vingtième chapitre, je posterai le 21ème dans la journée, je pense !

- Bon, il semblerait que tu avais raison, soupirais-je, exaspéré par cette situation, en me tournant vers Eden. Ce n'est visiblement que le début.

Ce dernier esquissa une petite moue affligée. Sans surprise, il n'est pas spécialement content d'avoir eu raison. En même temps, quel bien triste macabre que celui qui nous faisait face.

Un « corps » inerte gisait sur le sol. J'insiste sur les guillemets parce que le corps est à peine identifiable. Cette fois-ci, c'est donc sur les Marl que le coupable a décidé de sévir et la moindre des choses qu'on puisse dire, c'est qu'il n'y est pas allé de main morte.

- Aucun doute possible, c'est encore l'énergie d'un autre démon, souffla Aaron. Sauf que ce démon fait partie de ma garde rapprochée, il n'a pas pu être à deux endroits en même temps. Le coupable ne prend même plus la peine de brouiller les pistes.

Aaron se massa la tempe, exaspéré. Je ne peux que comprendre sa frustration.

- Le coupable se fout éperdument de nous, conclut-il.

C'est une conclusion plutôt amère. Il faut le faire pour oser se moquer des cinq monarchies en même temps. Cela ne traverserait même pas l'esprit de quiconque de s'attaquer à un membre d'une famille royale, alors les cinq familles royales au complet... Il faut vraiment pas être net ou alors, il faut être bien sûr de soi. Je ne sais pas laquelle des deux hypothèses m'inquiète le plus.

Il est cinq heures du matin. Dans deux heures, les nouvelles sur les Hilberg vont être dévoilées et celles sur les Marl par la même occasion. Les parents d'Aaron ne sont toujours pas rentrés, il va devoir faire face à la colère des citoyens seul. Quelle position et situation délicate.

Même pour quelqu'un comme lui, je ne sais pas comment il va agir. Je lui fais confiance, il va réussir à gérer ça d'une main de maître.

- Tout ceci commence sérieusement à m'énerver, fulmina Yuki.

Yuki est l'héritière la plus calme, alors si même elle, elle commence à perdre son calme, je ne donne pas cher de notre peau. Elle se laissa tomber sur un divan, avant de fermer les yeux, fatiguée.

Ses cheveux étaient joliment attachés en une longue tresse. Sous ses yeux, des cernes commençaient à apparaître, cernes sûrement dû au stress de la situation. Je ne pus m'empêcher de constater qu'elle reste sublime en toutes circonstances. Je suis bien content qu'elle soit bien trop fatiguée pour me prêter attention, elle aurait deviné ce qui se trame dans ma tête en un seul regard. C'est impossible de cacher quoi que ce soit à Yuki. Elle lit dans le cœur des gens, comme dans un livre ouvert.

- C'est vraiment malheureux, soupira la marquise.

Elle, depuis le début, son attitude me chiffonne. Elle n'a pas l'air spécialement attristée par la mort de son mari. Au contraire, elle nous a même proposé de venir prendre le thé avec elle. De plus, ses larmes sont inexistantes même si elle passe son temps à les essuyer avec son petit mouchoir en soie. Un véritable talent d'actrice au rabais..

Myriam s'apprêtait à prendre la parole quand la porte s'ouvrit subitement. Je ne sais pas de qui il s'agit, mais il a bien de la chance que nos parents ne soient pas là, ils n'auraient sûrement pas apprécié de se faire interrompre de la sorte. En général, les héritiers sont bien plus sympathiques et tolérants que les précédentes générations.

La porte qui venait de s'ouvrir, laissa place à un adolescent qui devait avoir un an de plus que nous. Rien de bien notable à propos de son apparence, si ce n'est l'écusson qui était accroché à son uniforme. Ça s'annonce pimenté.

Voici donc le fils unique des Hilberg, il ne manquait vraiment plus que sa présence pour que la boucle soit bouclée. Il semblait en proie à une colère assourdissante, le genre de colère qui vous fait perdre la notion de réalité ainsi que celle des convenances. Sans grande surprise, il ne mit pas plus d'une seconde pour me donner raison.

- Vous ! Hurla-t-il en pointant Aaron du doigt

Ce dernier ne broncha pas et se contenta de l'observer, silencieux, le visage impassible. Je vous assure que si on ne connaît pas Aaron, son petit air indifférent paraît, extrêmement arrogant. C'est sûrement pour ça que la plupart des gens qui nous rencontrent, se méfient toujours un peu de lui. Inconsciemment, il a un petit air supérieur qui donne très envie de l'étriper. Bon évidemment, quand on le connaît et qu'il vous apprécie, c'est une autre histoire.

- Vos maudits démons ont tué mes parents ! Quel futur héritier n'est pas capable de contrôler ses citoyens ?

Bon, à sa place, je me tairais rapidement. Comme je l'ai déjà dit, Aaron a beau avoir ce côté très doux lorsqu'il apprécie ceux avec qui il partage du temps, il n'en reste pas moins l'héritier des Enfers. C'est loin d'être un petit ange, il ne faut pas l'oublier. (Oui, j'avoue, j'ai tendance à l'oublier, mais c'est si drôle de le taquiner en même temps).

Aaron s'apprêtait à répliquer et la situation allait donc s'envenimer, car je doute qu'il montre une très grande tolérance à l'égard de cet individu. Myriam a dû le sentir puisque c'est elle qui s'interposa, prenant ainsi contrôle de la situation. Elle dégagea d'un mouvement sec la main du fils Hilberg, dont le doigt pointait encore agressivement Aaron. Elle appuya ensuite délicatement, mais fermement sur son épaule, l'obligeant à s'asseoir sur une chaise.

- Je vous demande un peu de tenue, c'est tout de même au fiancé de votre future reine à qui vous vous adressez aussi impunément.

Alors là... Aaron écarquilla les yeux, surpris avant d'esquisser un petit sourire en coin. Il croisa les bras sur son torse, pour ensuite s'appuyer contre le rebord d'un bureau. Il est tellement sous le charme que ça n'est même plus drôle. Non, je ne rage pas. Ils me font juste sentir si célibataire, ces deux-là.

- Mais... protesta le jeune homme, visiblement un peu embarrassé tout de même.

Je ne pense pas me tromper lorsque je dis bien que personne dans cette pièce ne s'attendait à une attitude aussi autoritaire de la part de Myriam. Cette fille est décidément pleine de surprises. Je ne pus m'empêcher de remarquer que Nayra l'observait beaucoup, le visage fermé.

- J'ai été claire, non ? Soyez reconnaissant d'avoir encore votre tête après ce que vous venez de vous dire.

Il baissa les yeux honteux, le visage de Myriam s'adoucit aussitôt. Elle passa doucement sa main sous son menton, avant de lui faire relever la tête, comme pour lui rendre sa fierté. Un sourire bienveillant vint se dessiner sur son visage, le type n'en menait pas large, les joues légèrement rosées. Ne me dites pas qu'il est en train de tomber sous le charme, lui aussi ? Il faudrait qu'un jour Myriam me donne des petits conseils et non, ça n'a aucun rapport avec une fille aux cheveux de jais.

- Je comprends votre peine, vous avez perdu vos parents et je vous jure que ça ne restera pas impuni. Je condamnerai fermement le coupable.

Il acquiesça, intimidé. Ouais, ok, il est définitivement tombé amoureux.

- Pour moi aussi ! S'exclama la marquise, voulant visiblement un peu d'attention.

Néanmoins, ça n'eut pas vraiment l'effet escompté.

- Vous ne m'avez pas l'air très affectée, constata Yuki.

Cette dernière prend rarement la parole dans ce genre de situations, mais il faut croire que même elle, elle en a assez du comportement de la marquise. Cette dernière esquissa un petit sourire gêné, elle ne s'attendait probablement pas à ce que quelqu'un l'interpelle aussi franchement et surtout avec ce regard perçant qui est vraiment caractéristique de Yuki Park. Je le sais parce que j'y ai eu affaire plusieurs fois et je vous assure que c'est le genre de regards à vous faire ratatiner sur place.

- Eh bien, c'est la vie ! Je ne vais pas non plus pleurer vingt ans.

Quelle réponse.. Surprenante ? Le corps est littéralement encore chaud. Je m'apprêtais à faire un de ces petits commentaires dont j'ai le don quand je fus doublé par Myriam.

- Et vous avez bien raison, approuva Myriam.

On se tourna tous vers elle, éberlués. Elle a disjoncté ? Visiblement oui, elle était en train d'adresser un grand sourire à la marquise, cette dernière sembla tout de suite plus à l'aise, elle n'a pas le soutien de n'importe qui. Elle a le soutien d'un des héritiers de la famille des Élus des Dieux. Ça donnerait une confiance inébranlable à n'importe qui.

- Chacun réagit comme il veut à la peine et puis vous êtes bien trop jolie pour pleurer des heures.

La marquise et elle se mirent à pouffer de rire après s'être lancées un regard complice. Pendant ce temps, le reste du groupe observait ces deux-là, avec une mine interloquée. C'est vraiment notre Myriam ?

- Les autres ont sûrement du boulot, mais je serais ravie de prendre un thé avec vous. Vous ne devez pas traverser tout cela toute seule, affirma-t-elle en posant sa main sur son épaule pour la revigorer.

- Avec plaisir!

Et sans même nous demander notre avis, elles s'en allèrent. Elles nous laissèrent seuls, avec une bonne dizaine de questions fusant dans nos esprits.

- Quelle scène bizarre, s'étonna Yuki.

- Ouais, totalement pas le genre de Myriam, s'inquiéta Eden. Bon, elle doit avoir ses raisons. Faisons-lui confiance.

- Oui, allons-y.

On se tourna tous vers Aaron, ça va être le moment de son allocution. Il ne prit pas la peine de prendre une profonde inspiration ou quoi que ce soit, il se leva simplement, d'un pas tranquille. Il est toujours très confiant et très serein. On pourrait se demander pourquoi, mais c'est pour une raison très simple. Chaque héritier se distingue par un certain type d'intelligence.

Par exemple, Nayra se distingue par son intelligence académique, elle est brillante. Bien sûr, tous les héritiers le sont, mais elle, c'est quelque chose. Son cerveau est littéralement une bibliothèque.

Yuki, elle, même si on ne le parierait pas au premier abord, elle est caractérisée par une intelligence émotionnelle bien au-dessus du commun des mortels. On pourrait se demander quel genre d'avantages ce genre d'intelligence confère, n'est-ce-pas ? Si vous saviez... Ce genre d'intelligences est probablement une des plus redoutables.

Quant à moi, je me distingue par mon intelligence créative, encore une fois, qu'est-ce-que ceci pourrait bien apporter à un héritier ? Eh bien, il se trouve encore une fois que c'est un atout de taille.

Pour finir, Aaron, je pense que ce qui le qualifierait le mieux, ce serait son intelligence diplomatique et stratégique. Pour le coup, cette fois-ci, ce n'est pas la peine d'expliquer en quoi ceci lui confère un statut d'héritier de première division. Vous pourriez le balancer seul sur une île, entouré d'un peuple ingouvernable, il arriverait quand même à s'en sortir tout en s'illustrant en temps que leader. Son charisme n'est vraiment plus à démontrer.

Maintenant, le mystère réside dans notre capacité à pouvoir établir le type d'intelligence que possèdent Eden et Myriam.

Pour l'instant, Eden reste un peu en retrait, il est encore en phase d'apprentissage ce qui est tout à fait normal. Néanmoins, je ne pense pas me tromper lorsque j'affirme qu'il a un potentiel extraordinaire.

Pour Myriam, je préfère ne pas me prononcer pour l'instant, mais ce n'est qu'une question de temps.

Je crois bien que c'est la première fois qu'une génération d'héritiers comporte autant de talents, autant d'esprits prometteurs.

NDA : Alors ce chapitre ? J'espère qu'il vous a plu et à très vite pour le prochain !

Chapitre vingt-et-un :

NDA : Salut ! Chapitre bien plus long que d'habitude ! Je voulais le poster plus tôt, mais vraiment la chaleur m'empêchait d'écrire correctement mddr, en tout cas bonne lecture ! Je corrigerai les fautes plus tard. C'est un chapitre plutôt important pour plusieurs raisons, on commence à comprendre pas mal de choses et un de mes chouchous fait enfin son entrée dans l'histoire !

- Délicieux votre thé, la complimentais-je, souriante, avant de boire une nouvelle gorgée

- Oh merci ! S'exclama-t-elle joyeuse. C'est du thé qui a été acheminé depuis le royaume Park.

Étant moi-même originaire de là-bas, je sais que c'est un mets de luxe. Un mets que seule une infime partie de la population peut se permettre. Comme les familles royales par exemple, ou encore l'élite de la noblesse. La raison derrière cette inaccessibilité, c'est simplement que les graines nécessaires à la préparation de ce thé sont issues d'une plante qui ne fleurit que pendant quelques jours sur toute l'année.

Je fis doucement remuer le liquide dans ma tasse, un petit sourire en coin.

- Ça me rend réellement heureuse de savoir que vous êtes si épanouie. Ce n'était pas gagné. Vous et votre mari n'avez entré les rangs de l'aristocratie il y a à peine quelques années et vous voilà pourtant déjà installés. Je suis heureuse pour vous, Madeleine.

Elle esquissa un grand sourire, flattée. Premièrement à cause des compliments et surtout à cause du fait que je connaisse son prénom. En même temps, je me suis attelée à la mémorisation des prénoms et noms ainsi que le background de chaque individu appartenant à la noblesse. Je pense que ce sont des informations incontournables. Après tout, ils sont un peu trop influents pour que je les ignore sciemment.

Mon mari a travaillé dur pour que l'on puisse se permettre ce train de vie confortable, affirma-t-elle fièrement.

Elle avait la tête haute, un grand sourire sur les lèvres. J'imagine qu'elle ne peut pas ouvertement se vanter ainsi avec les autres nobles. Ils la verraient d'un mauvais œil. Dans un certain sens, elle me fait déjà confiance, ce qui va fortement faciliter tout ça.

- Je n'ose même pas imaginer tous les efforts qui ont été réalisés.

- Oh bien sûr, ce n'était pas facile tous les jours, mais ça en valait le coup, non ?

Je bus une nouvelle gorgée. Ce thé était vraiment délicieux, je comprends mieux sa renommée. Avant de répondre à sa question, je laissais mon regard parcourir la pièce. Contrairement à beaucoup de nobles, ils ont décidé de jouer sur la modernité pour le design de leur maison. Les murs ont été peints en noir et sont éclairés par des lumières tamisées disposées un peu partout dans la pièce. De nombreuses plantes viennent aérer la pièce. Des plantes qui viennent d'un peu tous les royaumes. Encore une fois, c'est des plantes qui sont loin d'être celles qu'on peut acheter dans un petit marché. Ce n'est qu'un étalage de leur richesse.

J'avais déjà cerné le personnage, mais si jamais j'avais des doutes, les voilà complètement disparus.

- En effet. Il n'y a rien en ce bas-monde qui surpasse la valeur de l'argent et du pouvoir.

Elle écarquilla les yeux, surprise. Elle s'arrêta même dans son geste pour boire une nouvelle gorgée du thé sucré, avant de me fixer.

- Vous le pensez vraiment ? Bafouilla-t-elle

Non, mais ça, elle ne doit pas s'en rendre compte. Elle est assez jeune, elle doit avoir vingt-cinq ans environ. Je pense qu'elle est assez naïve, ça va franchement me faciliter la tâche.

- Bien sûr, affirmais-je avec un sourire amical sur les lèvres. Qu'importe les moyens que l'on doit employer pour y parvenir, la richesse et le pouvoir sont le Graal de notre existence. Chaque être humain a ce désir enfoui en lui. Nous avons tous envie de captiver les regards d'autrui et d'obtenir leur admiration, en faisant l'étalage de nos atouts.

Un peu comme avec ce thé, ou encore avec ces plantes. Je ne sais pas si elle comprit le sous-entendu, mais elle semblait ravie de m'entendre dire ça. Étonnée, mais ravie.

- Wow, je ne m'entends pas à entendre une héritière dire ça.

- Pour vous mettre dans la confidence, commençais-je.

Elle se pencha aussitôt, très touchée par cette marque de confiance. On lit vraiment en elle comme dans un livre ouvert. La pauvre, ça doit vraiment lui jouer des mauvais tours au quotidien, ou alors c'est juste moi qui analyse un peu trop bien les gens.

- Tous les héritiers pensent comme ça. Évidemment, il en va de même pour les couples royaux. Malgré notre statut royal, nous n'en restons pas moins des êtres humains.

Elle parut très désarçonnée par mon honnêteté. Pour pouvoir finir mon coup en beauté, il va falloir jouer ma petite carte joker.

- Je ne suis pas comme eux, lui avouais-je. J'ai passé plusieurs années dans la pauvreté, je sais à quel point c'est horrible. Alors, je comprends très bien qu'on puisse même avoir recours à des moyens peu conventionnels pour s'en sortir. On ne devrait pas juger les personnes dans cette situation avec des leçons de morale malvenues.

Elle baissa les yeux sur sa tasse, silencieuse. Elle semblait méditer mes paroles, j'ai fait ce que j'avais à faire, maintenant, elle devrait s'ouvrir à moi et me dire exactement ce que je veux entendre.

- Je suis vraiment heureuse de vous entendre dire ça, finit-elle par lâcher.

- J'espère ne pas vous avoir ennuyé avec mon petit monologue philosophique.

- Pas du tout ! Paniqua-t-elle. Je suis même d'accord avec tout ce que vous avez pu dire, me confia-t-elle. Vous savez, après tout, notre fortune...

Elle s'interrompit quelques secondes, avant de reprendre. Je dois la laisser parler, je dois la laisser m'ouvrir son cœur. Il ne faut surtout pas la brusquer et la couper dans son élan, en prenant la parole.

- Mon mari ne voulait pas que j'en parle, murmura-t-elle. Mais le poids est devenu trop lourd à porter.

- Il n'est plus là, profitez-en pour vous libérer, lui assurais-je avec un sourire chaleureux.

Elle s'approcha de moi, nous étions toutes les deux à présent assises sur le même divan. Malgré le fait qu'elle soit plus âgée que moi, en ce moment même, elle ne ressemble qu'à une petite fille apeurée.

- Mon mari a bâti sa fortune sur des moyens illégaux. Je ne sais pas si je peux vous en parler, ça a un lien direct avec les Heaven.

Enfin, on y vient. Ça valait vraiment le coup de rater le discours d'Aaron.

- Je vais vous faire une autre confidence, répondis-je. Je n'ai aucun souvenir de mes parents, aucun. Je ne les considère donc pas comme tels. Je ne vous tiendrai aucunement rigueur de quoi que ce soit.

Cette réponse la réconforta. Cette confidence, c'était la cerise sur le gâteau. À présent, elle me fait totalement confiance.

- Après la tragédie, le palais est resté intact pendant quelques jours avant d'être rasé pour en construire un nouveau.

- Effectivement, le nouveau palais a été construit en reprenant les mêmes plans que le précédent.

Voilà, on glisse une petite anecdote pour rendre la conversation plus légère. Il faut, à tout prix, éviter les conversations trop lourdes, sinon elle va se rendre compte de la gravité de la situation et elle va se rétracter et ne rien me révéler.

- Oui, répondit-elle d'une voix faible. Pendant ce laps de temps, durant la nuit, avec d'autres personnes, des nobles comme de futurs nobles, nous avons pénétré dans le palais, volant énormément d'objets précieux.

Ceci explique donc leur ascension un peu trop rapide. Après tout, ce n'est pas en quelques années qu'on peut atteindre les hautes sphères de l'aristocratie. Il ne faut pas rêver, si c'était aussi simple, tout le monde pourrait le faire.

- Comme les Hilberg par exemple ? Demandais-je, dissimulant un sourire derrière ma tasse.

- Comment le savez-vous ?

Elle n'eut même pas le temps d'arriver à la conclusion logique que l'on pouvait tirer de cette conclusion, qu'elle s'effondra sur le divan.

- Je suis désolée, murmurais-je.

J'ai effectivement versé une petite potion dans sa tasse lorsqu'elle est partie appeler sa servante pour qu'elle nous apporte des pâtisseries au tout début de notre conversation.

Non seulement, elle perdra connaissance, mais oubliera toute cette conversation. Je ne peux pas m'encombrer d'un fardeau comme elle. C'est pour son propre bien qu'elle doit oublier tout ce dont nous avons discuté.

Ses servantes sont toujours à l'étage d'en dessous, j'en profitais donc pour faire un petit tour dans son dressing. Quelqu'un comme elle a sûrement volé quelques petites robes de ma très chère mère biologique. Ça ne fait pas l'ombre d'un doute, elle est beaucoup trop coquette pour se contenter de tableaux ou de bijoux.

Le contenu de son dressing ne me donna pas immédiatement raison. Elle ne va certainement pas exposer un tel bijou à la vue de tous. Non, il y a forcément une trappe ou un passage secret. Un endroit, que même comme quelqu'un d'étourdie comme elle, n'oublierait pas.

Néanmoins, ce n'est sûrement pas elle qui est derrière tout ce petit stratagème. Si cela ne tenait qu'à elle, elle l'aurait probablement accroché comme pièce centrale de son dressing pour pouvoir l'admirer tous les jours, à son réveil. Non, c'est forcément son mari qui est derrière tout ça.

J'ai lu beaucoup de rapports à son sujet, c'est un homme fan de symbolisme et de littérature. Une personne dans son genre accorde beaucoup d'importance à la signification de ses actions.

Réfléchissons, c'est un cadeau pour sa femme. Un cadeau pour lui faire oublier sa pauvreté. Pauvreté qu'elle subissait tous jours pendant son enfance au royaume Hillhells. Ce dernier se trouve au nord par rapport à notre position actuelle. Je pense que c'est dans cette direction-là que je dois chercher.

Je pus me rendre compte très rapidement que j'avais raison. En effet, un petit bouton était dissimulé par une robe, dans l'aile nord du dressing. Machinalement, je vins appuyer dessus.

Une porte se dessina aussitôt à ma droite, révélant un passage secret. Je ne pris pas plus d'une seconde pour m'engouffrer à l'intérieur, les lampes s'allumèrent aussitôt, éclairant la pièce.

C'était une pièce très sombre, aucune décoration. Il n'y avait qu'une armoire accolée au mur. Cette dernière ne contenait qu'une robe. Évidemment, elle n'a sûrement pas pu en voler plus, mais elle a mis la main sur un véritable bijou et vraiment, ça, c'est le moins qu'on puisse dire.

Une robe conçue par la déesse de la couture, elle-même. Il est évident que ce genre de cadeaux ne peut pas être obtenu par une noble. Non, il faut faire partie d'une famille royale.

Je dois avouer que je n'ai rarement rien vu d'aussi beau. C'était une longue robe violette, cousue dans un tissu léger avec une légère fente sur le côté. Le violet était de la même teinte que celui de mes yeux. Deux longs châles noirs étaient accrochés à chaque bretelle de la robe, pour donner l'effet d'une traine. De nombreuses arabesques dorées venaient décorer le buste de la robe, buste munie d'un décolleté plongeant en forme de V. Au niveau de la taille, un tissu toujours aussi léger en or venait marquer la taille.

- En voilà un bien exceptionnel.

C'est définitivement un cadeau de la part du royaume céleste pour ma mère. Rien de bien surprenant. Lorsque j'avais défié la prêtresse, on m'avait dit que j'allais mener une politique bien différente de celle de ma mère, cette dernière étant très proche du royaume céleste et de la grande prêtresse. Je suppose qu'elle avait souvent le droit à ce genre de présents.

Si j'avais été plus gentille avec la grande prêtresse, j'aurais peut-être eu le droit à ce genre de cadeaux, moi aussi. Quel dommage !

Je finis par sortir de la pièce, en refermant soigneusement tout derrière moi. La marquise était toujours plongée dans un profond sommeil, allongée sur le divan. Je la pris délicatement dans mes bras pour veiller à ne pas la réveiller, avant de la déposer sur son lit. D'après mes estimations, elle devrait se réveiller dans une heure environ. D'ici là, elle aura déjà tout oublié.

Je saluais les gouvernantes avant de quitter la demeure. Avant de partir, je ne pus m'empêcher de regarder une dernière fois derrière moi.

- Vous avez provoqué le courroux d'une personne qu'il vaut mieux éviter. À cette étape de ma vie, je ne peux rien pour vous. Désolée.

Sur ces derniers mots, je tournais les talons avant d'aller rejoindre Jennie et Galatea qui m'attendaient chez cette dernière. Ça fait un moment que je n'ai pas pu partager un moment avec elles, je suis principalement les cours du lycée par correspondance, je n'ai vraiment plus le temps de me rendre au lycée. Ça me rend un peu triste pour être honnête, mais je comprends les enjeux. Les autres héritiers ont beaucoup plus de temps libre que nous.

- Salut ! M'exclamais-je après avoir salué le personnel de maison.

- Te voilà, enfin ! s'exclama Jennie visiblement très inquiète. On a lu le journal et écouté le discours d'Aaron, c'est horrible cette histoire !

Elle se jeta dans mes bras, j'esquissais un sourire en coin. Jennie s'inquiète très facilement d'habitude, alors j'imagine qu'une situation comme celle-là est loin d'aider. Elle a dû se faire un sang d'encre pas possible.

- Ne t'en fais pas, Jennie. Je vais bien.

Je m'apprêtais à rompre l'étreinte, mais elle m'observa avec des yeux de chien battu. C'est déloyal comme technique ça, je soupirais avant de lui tapoter doucement le dos pendant qu'elle me serrait dans ses bras.

Galatea regardait la scène, amusée, tout en buvant son chocolat chaud.

- Elle n'a pas arrêté de pleurnicher, m'avoua Galatea. Elle n'a même pas déjeuné !

Jennie rougit violemment, embarrassée avant de se tourner vers Galatea, énervée. Jennie est trop mignonne pour qu'on la prenne au sérieux quand elle s'énerve.

- Arrête de dire n'importe quoi, ce n'est même pas vrai !

Elles commencèrent à se chamailler, comme au bon vieux temps. J'en parle comme si ça ne faisait pas juste moins de trois mois que ce genre de scènes venait peupler mon quotidien. Le temps passe décidément si vite. C'est réellement le pire ennemi de l'Homme.

Je ne pus m'empêcher d'éclater de rire en assistant à cette scène, elles se tournèrent vers moi, surprises, avant d'esquisser un sourire.

- Vous m'avez manqué, avouais-je avant de prendre place dans un fauteuil moelleux.

- C'est réciproque, me répondit Galatea avec son élégance habituelle.

Elle ne laisse pas souvent transparaître ses sentiments, mais lorsqu'il s'agit de Jennie et de moi-même, elle fait toujours des efforts pour verbaliser ses émotions. Ça m'a toujours fait plaisir qu'elle accepte de sortir de sa zone de confort pour nous faire comprendre à quel point elle tient à nous.

Galatea et Jennie sont vraiment des amies précieuses.

Galatea avait fait préparer tout un assortiment de pâtisseries pour notre petite après-midi entre filles.

On commença donc à discuter un peu de tout, de leurs dernières péripéties au lycée, des derniers pranks de Joan etc. Ça me détend d'avoir ce genre de conversations. Je suis un peu fatiguée de devoir toujours avoir des conversations sérieuses.

- Mais tu es sûre que ça ne pose aucun problème que tu sois là ? Me demanda Galatea

Je haussais les épaules avant de boire une gorgée de chocolat chaud à la crème.

- Ils peuvent très bien se débrouiller sans moi, je ne suis pas l'élément clé du groupe.

- Ne dis pas ça ! S'exclama Jennie. Tu fais un travail remarquable, on parle déjà beaucoup de toi et de tes accomplissements.

- T'es trop gentille, Jennie, lui répondis-je avec un sourire bienveillant.

- C'est juste la vérité !

Je vins remuer le contenu de ma tasse, le regard perdu dans ce doux liquide brun.

- Néanmoins, oui, je ne vais pas pouvoir rester aussi longtemps que je le souhaite. J'aimerais vous donner un petit truc avant.

Je sortis un petit paquet de ma poche avant de leur tendre. Elles l'ouvrirent sans poser de question.

C'était deux petites boîtes, contenant toutes les deux un collier. Les colliers sont identiques et assez simples. Une chaîne dorée avec une pierre violette en tant que pendentif.

- Oh merci ! S'exclama Jennie toute contente. Il est vraiment joli !

Galatea, quant à elle, resta silencieuse. C'est normal, elle a compris la nature de ce collier. Jennie n'a jamais été très intéressée par la magie etc, c'est loin d'être le cas de Galatea.

- On ne peut pas accepter un tel présent, ça mettrait ta position en danger.

- Hein ? S'étonna Jennie, confuse.

- C'est un collier particulier, si jamais nous sommes en danger, Myriam pourra en être informée et ainsi venir nous aider.

- Oh d'accord, mais c'est quoi le problème ? Demanda Jennie, sincèrement perdue.

Je laissais Galatea se charger de la réponse. Cette dernière me fixa, tout en répondant à Jennie.

- Elle le fait, car nous appartenons à des familles nobles du royaume Heaven et que nous pouvons être d'éventuelles victimes. Seulement, c'est du favoritisme pur et dur, ça ferait jaser les nobles. Surtout que Myriam pour l'instant, a toujours joué sur la carte de l'égalité des individus.

Jennie sembla alors comprendre de quoi il en retournait. Sa mine confuse laissa place à une mine déterminée. Tout comme Galatea, elle n'était visiblement pas du tout d'accord avec ça.

- Alors, je n'en veux pas ! s'exclama-t-elle. Je ne veux pas que tu sois attaquée par les nobles.

Je vins déposer ma tasse sur la table en verre avant de me lever et de me poster derrière elles.

- Vos vies m'importent plus que mon statut royal, affirmais-je tout en passant le collier autour du cou de Galatea.

- Mais Myriam.. Murmura Jennie

- Ne t'en fais pas, Jennie. Ce n'est qu'une mesure préventive.

Je vins attacher délicatement le collier autour de son cou frêle. Jennie se tourna vers moi, les yeux larmoyants. Je vins lui tapoter la tête avec un léger sourire, avant de venir m'adosser à la fenêtre.

- Je doute qu'il vous arrive quelque chose, mais on ne sait jamais.

- On en fera un bon usage, m'assura Galatea.

- Je n'en doute pas, lui répondis-je d'une voix douce.

- Qu'est-ce-que tu penses de tout ça ? Tu sais qui est derrière toute cette histoire ?

- J'ai ma petite idée, répondis-je.

Je vins m'adosser à la fenêtre, tout en appuyant ma tête contre la paume de ma main pour pouvoir mieux observer la belle vue que le salon de Galatea offrait sur la place publique.

- Une ère sombre approche, c'est pourquoi je veux que vous ayez ce collier avec vous en permanence.

Elles acquiescèrent silencieuses, comprenant visiblement la gravité de la situation. Pourtant, je crois que personne ne comprend ce qui s'apprête à se passer. On entre dans une des ères les plus sombres de l'Histoire de notre monde.

- Je vais devoir y aller, j'ai promis à Alia de la récupérer ce soir, on se voit bientôt les filles !

Je vins les serrer dans mes bras en guise d'au revoir, avant de tourner les talons.

- Quoi qu'il arrive, on sera toujours de ton côté, m'assura Galatea.

- Si jamais j'entends un noble dire quoi que ce soit à ton égard, je lui réglerai personnellement son compte, affirma Jennie.

J'esquissais un petit sourire coin, en ouvrant la porte. Je ne peux pas mettre des mots sur ce que l'on ressent, lorsqu'on sait qu'on n'est pas tout seul. Ce sentiment dissipe toujours une douce chaleur dans ma poitrine.

- Vous êtes vraiment les meilleures.

Elles m'offrirent un doux sourire chaleureux avant qu'on ne se sépare. Je me rendis alors dans le royaume Kaïn, c'est là que l'académie d'Histoire arrive.

Le royaume Kaïn, c'est quelque chose. On doit tous voir ça au moins une fois dans notre vie. Je vous ferai une description dans un futur proche, pour l'instant, je ne peux que vous décrire l'académie d'Histoire, cette dernière est complètement ex-centrée par rapport au reste du royaume.

Elle se situe en plein milieu d'un désert, dans ce que vous appelez une pyramide, je crois ? Ça doit vous faire bizarre. La pyramide a été aménagée pour pouvoir accueillir les élèves ainsi que les professeurs. Elle contient des salles de classe ainsi que des dortoirs et aussi une cafétéria, etc. C'est très impressionnant à voir.

Juste à côté de la pyramide, on a un sphinx impressionnant qui garde l'entrée. Ce dernier se contenta de me lancer un regard, avant d'acquiescer pour me faire comprendre que je pouvais entrer. Imaginons ce que l'on ressent quand on est face à un sphinx, d'environ 80 mètres de hauteur, capable de nous envoyer valser d'un coup de patte. C'est sûr que ça calme les ardeurs de ceux qui tenteraient d'entrer illégalement.

J'ai l'emploi du temps d'Alia, je mis un peu de temps à trouver la salle.

Déjà parce que je n'ai pas un sens de l'orientation incroyable, mais aussi car j'ai perdu un peu de temps à observer toutes les fresques qui venaient décorer les murs.

Si bien que le cours venait de s'achever, lorsque je finis par trouver la salle.

Alia était au premier rang, en train de ranger ses affaires. La tranche d'âge des élèves de cette académie est assez variée, les élèves sont normalement répartis par tranche d'âge.

Mon regard se posa sur l'enseignante, il ne s'agissait de personne d'autre que Nayra. Cette dernière était en train d'effacer le tableau.

Je savais que de tous les héritiers, elle était celle qui avait emmagasiné le plus de connaissances et ça va de l'Histoire aux sciences. C'est une véritable bibliothèque vivante, cette fille, mais de là à imaginer qu'elle est déjà professeure. Je ne l'aurais pas parié.

- Myriam ? S'étonna-t-elle en finissant par m'apercevoir du coin de l'œil.

Elle n'eut pas le temps de rajouter quoi que ce soit puisque Alia accourut vers moi pour se jeter dans mes bras.

- T'es venue ! S'exclama-t-elle

- Évidemment, je tiens toujours mes promesses, m'assura-t-elle.

D'habitude, c'est Aylan qui vient récupérer Alia, mais pour une fois, j'avais envie de venir, je veux voir comment elle s'en sort, si elle se plaît ici.

Nayra esquissa un petit sourire.

- Alia est ma meilleure élève, déclara-t-elle. Elle rend toujours des devoirs remarquables !

Alia vint se cacher derrière ma jambe, intimidée. Décidément, Nayra et les enfants, ce n'est vraiment pas son fort. Cette dernière soupira, elle vient probablement de se faire la même réflexion.

- Tu as raté le discours d'Aaron, il s'en est très bien sorti. La population lui fait confiance vis-à-vis de cette affaire.

- Il est doué avec les mots, ce n'est pas très surprenant.

Je fis signe à Alia de m'attendre dans le couloir avant d'entrer pour discuter avec Nayra.

Elle s'appuya contre le bureau du professeur pendant que je partis m'asseoir sur une chaise. La classe ressemble plus à un amphithéâtre d'université qu'à une salle pour des enfants qui ont l'âge d'être en primaire. Preuve que cette académie ne blague pas !

- Tu penses vraiment que tout ceci a un lien avec la tragédie qui est arrivée à ta famille ? Me demanda-t-elle, en plongeant son regard dans le mien.

- J'en suis même persuadée. J'ai des preuves à l'appui, j'en ferais part lorsqu'on sera tous réunis.

- Tu es extrêmement très intelligente, constata-t-elle. Tu as déjà réuni des preuves aussi rapidement.

Même si ma relation avec Nayra s'est fortement améliorée, je la sens toujours légèrement méfiante à mon égard. J'ignore le pourquoi du comment cela dit.

- Ça t'effraie ?

- Je me dis simplement que si quelqu'un comme toi se liguait contre nous, on aurait beaucoup de problèmes.

- Tu ne me fais donc pas confiance ?

- Si, répondit-elle aussitôt. Néanmoins, depuis que tu es arrivée, j'ai un mauvais pressentiment. Il y a quelque chose qui me chiffonne, mais je n'arrive pas à mettre le doigt dessus.

Visiblement, elle est très inquiète, mais fait de son mieux pour le cacher auprès des autres.

- Tu es très charismatique, brillante et par-dessus-tout, tu comprends bien les êtres humains. En plus de ça, tu es diplomate et tu sais te faire entendre.

- Tous les héritiers sont ainsi, lui fis-je remarquer.

- Certes, mais il y a quelque chose de différent avec toi.

Je l'observais quelques secondes sans dire un mot.

- Est-ce-que tes doutes à mon égard viennent du fait de ce dont tu m'as parlé la dernière fois ?

Je fais référence à cette fois où je venais de terminer mon entraînement dans la salle du temps et que Nayra était venue me parler, me disant qu'elle en savait un peu plus que les autres héritiers sur la tragédie.

Pendant qu'elle réfléchissait à comment répondre à cette question, je ne pus m'empêcher de regarder à travers la baie vitrée.

Il commence à se faire tard, mine de rien, la nuit vient de tomber.

Nayra finit par soupirer, prête à prendre la parole, quand on se tourna brutalement toutes les deux vers l'est.

- Cette source de magie, murmura Nayra.

Je ne pris pas la peine de réfléchir. Je me levais de ma chaise avant d'ouvrir la porte, Alia était en train de lire un bouquin dans le couloir.

- Alia, tu ne rentres pas au palais ce soir, reste au dortoir, d'accord ?

L'inquiétude prit aussitôt place sur son visage, mais comprenant que je devais avoir des raisons sérieuses, elle acquiesça avant de se lever et de se diriger vers les dortoirs.

- Allons-y, dit Nayra d'une voix grave.

On ferma les yeux avant de se téléporter et de se retrouver devant la demeure des Mahr. Heureusement que la demeure est à l'extérieur du royaume, avoir de la civilisation autour, n'aurait causé que des problèmes supplémentaires.

Pendant que je me faisais cette réflexion, Nayra claqua des doigts, faisant apparaître un dogme infranchissable qui ne laissera rien filtrer de ce qui se passe et ne laissera personne pénétrer dans la zone. Ce dogme s'étend sur une zone de dix kilomètres autour de la demeure.

Les héritiers sont déjà à l'intérieur, je sens leurs auras. En revanche, il n'y a presque plus d'âme qui vive dans cette maison. Le personnel a probablement été massacré.

Avec Nayra, on entra sans faire de cérémonies. C'était un bain de sang, le personnel a été effectivement massacré. Une vision vraiment sinistre nous faisait face.

- Je commence à en avoir ma claque de toutes ces vies perdues, s'emporta Nayra.

Elle semblait visiblement très en colère puisque de la pression spirituelle commença à émaner d'elle. On monta les escaliers, jusqu'à arriver à l'étage où se trouve la chambre de la marquise.

Les héritiers étaient là, dos à nous. Yuki était à genoux et tenait dans ses bras la marquise. Vu la pâleur de sa peau, elle est aux portes de la mort. La faucheuse doit se tenir dans la pièce, prête à s'emparer d'une nouvelle âme.

En m'apercevant, la marquise commença à gesticuler malgré le trou béant dans son abdomen.

- Pardon, Iriel, murmura-t-elle, les yeux larmoyants. Je ne voulais pas...

Sa voix se brisa dans l'obscurité de la nuit. Elle n'a plus la force de continuer.

Le groupe semblait surpris, en même temps, je ne leur ai pas encore fait part de ce que j'avais découvert. Elle est en train de s'excuser pour les vols qu'elle et son mari ont commis.

Elle m'a simplement confondue avec ma mère biologique et je ne peux pas lui en vouloir, elle et moi sommes de véritables photocopies.

- Je te pardonne, Madeleine. Tu peux partir en paix, lui assurais-je d'une voix douce.

Elle esquissa un faible sourire, avant de rendre son dernier souffle. Elle était si jeune, mais malheureusement sa mort avait été scellée le jour où elle et son mari ont décidé de se joindre aux nobles et ainsi de piller le palais royal.

- Mais qu'est-ce-qui se passe ? Demanda Ace, visiblement confus.

- Je vous expliquerai plus tard, mais avant tout...

On ne me laissa pas terminer ma phrase. Une personne venait de m'interrompre, elle était assise sur un fauteuil, dos à nous, je ne l'avais même pas remarquée.

- Quel charmant spectacle, lança alors une voix masculine enjouée.

Le type se tourna vers nous, un sourire condescendant collé sur le visage, les jambes élégamment croisés, ses bras s'étalant sur le haut du dossier du fauteuil et sa chemise blanche légèrement ouverte, laissant entrevoir sa peau porcelaine et le début de son torse finement dessiné.

- En tout cas, c'est un véritable plaisir de vous rencontrer, déclara-t-il en passant sa main dans ses cheveux.

Ils sont d'un blond très pâle et retombent élégamment. Ses yeux d'ambre nous fixaient, une lueur d'amusement pétillant en leur sein. Il a un discret grain de beauté sous son œil droit.

Ce serait mentir de dire qu'il n'est pas d'une beauté inouïe. C'est inquiétant d'ailleurs, il n'y a pas beaucoup de gens qui peuvent prétendre à une beauté pareille sans faire partie des familles royales. Pour ne pas dire aucun. Je jetais un coup d'œil au reste du groupe, ils ont visiblement tiré la même conclusion que moi.

- Qui es-tu ? Demanda Ace d'une voix calme.

Sa voix semblait sereine, mais ce n'est qu'en apparence. Il se pourrait bien que nous ayons affaire à une des personnes ayant commandité la tragédie Heaven. Fin quoique, c'est plutôt quelqu'un qui est affilié à leur groupe en tout cas. Ce gars a l'air d'avoir le même âge que nous, je doute qu'il soit directement responsable.

- Moi, c'est Ilay, déclara-t-il les yeux pétillants.

Ça ne nous donne aucune information supplémentaire et il le sait. Il n'a même pas daigné donner son nom de famille. J'ai la drôle d'impression qu'il n'est pas trop inquiet pour quelqu'un qui fait face à cinq héritiers. Ça ne rend la situation qu'encore plus inquiétante.

- Tu as tué cette femme, lança Nayra. Elle, ainsi que tout le personnel de cette maison.

- Effectivement, répondit Ilay pas le moins du monde honteux ou embarrassé.

C'était suffisant pour Nayra. Elle cherchait un coupable et elle venait d'en trouver un, elle retroussa ses manches, prête à en venir aux mains, mais Aaron lui barra le passage de son bras, tout en continuant de fixer ce type.

- Qu'est-ce-qui te prend ? S'étonna Yuki

- Ce type n'est pas normal, affirma Aaron. Ce matin, avant qu'on ne reparte, j'ai utilisé un enchantement sur cette maison, enchantement qui était censé protéger la demeure des intrus.

- Et ? Il l'a sûrement brisé, c'est tout, répondit Ace.

- Il a brisé le sort d'un héritier, sans même dégager aucune pression spirituelle, sans être un démon, nous fit remarquer Aaron.

Aussitôt, ce fut clair que ce type est dangereux. C'est impossible de ne posséder aucune pression spirituelle, sans faire partie du royaume des Enfers. Sauf qu'Aaron connaît son peuple, il peut donc assurer, sans aucun problème, que ce type n'est pas un démon. Ainsi, même sans pression spirituelle, il a réussi à briser l'enchantement d'un héritier. Ce type n'est clairement pas commode.

- Qu'est-ce-qu'il est perspicace, le petit prince des enfers, rit Ilay.

Aaron est bien trop mature pour se laisser avoir par des provocations aussi débiles.

- Je me demande bien si tu es aussi puissant qu'on le raconte, déclara alors Ilay en se levant.

Aaron ne laissa rien paraître, mais son regard ne laisse place à aucun doute. Il est prêt à en arriver aux mains s'il le faut. D'ailleurs, tous les héritiers le sont, ils sont tous sur leur garde.

Je voulais tenter de calmer le jeu pour en apprendre plus sur ce type et au groupe auquel il est affilié quand je me figeai instantanément sur place.

- Vous êtes plusieurs, pesta Aaron en colère.

- Hé ho ! J'ignorais qu'Azrael avait aussi une mission ce soir, répliqua Ilay en levant les mains comme pour s'innocenter.

Il disparut dans les airs, il va probablement aller voir ce qui se passe là-bas.

- Eden et Yuki, restez ici s'il vous plaît, il faut protéger la scène du crime, leur demanda Aaron.

Ils acquiescèrent, on se volatilisa à notre tour. Comme je m'en doutais, le signal provenait bien du manoir de Galatea. Un dogme avait déjà été installé, je suppose que c'est Edgard, le père de Galatea, qui est à l'origine de cette mesure de précaution.

Après tout, le manoir de la famille Ophelis est en plein milieu de la capitale, il faut absolument éviter tous les dégâts collatéraux.

Je me précipitais à l'intérieur et montais rapidement à l'étage, les autres me suivirent comprenant que je connaissais bien l'endroit.

J'ouvris la porte de la chambre de Galatea brutalement, avant qu'une vision désagréable prenne place.

- Galatea, Jennie..

NDA : Alors ce chapitre ? J'espère que la longueur du chapitre ne vous a pas trop dérangé !

Chapitre vingt-deux :

NDA : Coucou ! J'espère que vous allez bien. Je sais pas vous, mais moi, la chaleur, j'en peux vraiment plus mdddr. Enfin bref, j'espère que vous allez apprécier ce chapitre ! Je pense le corriger proprement demain, donc je m'excuse pour les petites fautes !

- Myriam ! Peina à murmurer Jennie.

Un type était en train de la suspendre dans les airs, sa main serrant la gorge de Jennie. Cette dernière peinait à respirer. Galatea était assise sur son lit, inconsciente. Une plaie sur son front s'était ouverte, laissant échapper un filet de sang écarlate. Plusieurs ecchymoses venaient recouvrir son corps. Elle a sûrement fait son possible pour défendre Jennie qui est tout simplement incapable de se défendre, car elle n'a jamais éprouvé aucun intérêt pour la magie, etc.

En voyant tout ça, mon sang ne fit qu'un tour, je ne pris même pas la peine d'analyser le reste de la situation. Ma pression spirituelle s'activa d'elle-même, à présent, il était, à présent, impossible d'ignorer ma présence, le type se tourna de manière lasse vers moi.

Je ne lui laissais pas le temps de prononcer un seul mot, avant de lui asséner un violent coup de pied dans l'estomac, sa prise sur Jennie se défit presque instantanément. J'en profitai pour attraper cette dernière dans mes bras, avant qu'elle ne s'écrase au sol. Elle s'agrippa de toutes ses forces à mon chemisier, Jennie n'est pas habituée à ce genre de scènes. Je n'ai pas réussi à la protéger. Elle comme Galatea. J'ai échoué. Ils me le payeront. Pas aujourd'hui. Pas demain, mais ils ne payent rien pour attendre.

- Myriam, j'ai eu tellement peur, murmura-t-elle en sanglotant dans mes bras.

Elle pleurait à chaudes larmes. Je n'ose même pas imaginer les conséquences de tout ce qu'elle a pu voir cette nuit sur sa santé mentale. Déjà qu'elle avait gardé de forts traumatismes de la nuit où notre lycée avait été attaqué. Cette fois, c'est encore pire. Pardon, Jennie. Pardon, Galatea. C'est la dernière fois que ceci arrive, je vous le promets.

- Tu devrais surveiller tes arrières, s'emporta le dénommé Azraël.

Ce dernier s'était relevé et s'apprêtait à me transpercer d'un coup d'épée dans l'abdomen, mais ce fut sans compter sur Aaron.

Je ne l'ai même pas vu se déplacer, qu'il était déjà à mes côtés et s'était simplement interposé en attrapant la lame de l'épée avec deux doigts. Très impressionnant. En seulement cinq secondes, il a montré qu'il était tout aussi rapide que la vitesse de la lumière, si ce n'est plus et qu'il pouvait parer un tel coup d'épée avec une aisance presque terrifiante. Les héritiers, c'est vraiment quelque chose. Ils ont été bien entraînés.

- Elle n'a pas besoin de surveiller ses arrières, je m'en charge déjà, lança Aaron, qui était légèrement incliné, surplombant Azraël.

Ce dernier avait l'air drôlement surpris des capacités d'Aaron. Il l'a sûrement fortement sous-estimé. Il retira brutalement son épée, avant de se redresser, effaçant la position de supériorité dans laquelle Aaron était, ou enfin du moins, en apparence. Le coup du « j'attrape ton épée avec seulement deux doigts », c'est clairement de la provocation et une humiliation totale pour ce fameux Azraël.

- Ouhh, ricana Ilay.

Ce dernier était élégamment assis dans un fauteuil, peu préoccupé par le sort d'Azraël. Il a l'air plus intéressé par le divertissement que tout ceci pouvait lui apporter, plutôt que par la gravité de la situation. J'ai la drôle d'impression que ce type n'est pas très stable mentalement.

Bon assez parlé de lui, je vins échanger un regard bienveillant avec Jennie. Cette dernière tremblait toujours dans mes bras, terrorisée.

- Je vais m'occuper de tout ça à partir de maintenant, tu peux me faire confiance. Repose-toi un peu.

Je vins délicatement fermer ses yeux, avant d'utiliser une petite incantation pour qu'elle puisse sombrer dans un profond sommeil sans rêves, puisque sans rêves, il n'y a pas de cauchemar et inversement.

Je m'avançais alors vers celui que probablement personne n'avait encore remarqué. Nash. Il venait d'arriver et ne semblait pas le moins du monde chamboulé par cette situation. Tu m'étonnes...

- Dépêche-toi de ramener Galatea et Jennie au palais.

Il acquiesça. Avant qu'il ne s'exécute, j'attrapai son col pour venir murmurer dans son oreille.

- Tu aurais pu agir plus tôt, mais tu ne l'as pas fait. Rappelle-toi bien de cette décision que tu as décidé de prendre.

Il ne broncha pas, mais je le sentis se tendre légèrement. Il récupéra Galatea dans ses bras pour ensuite prendre Jennie sur son dos.

Je vins ensuite m'agenouiller auprès d'Edgard. Malheureusement, pour lui, c'est déjà trop tard. Nayra et Ace ont tenté de prodiguer des soins, mais même les héritiers ne peuvent faire contre une mort certaine.

- Je suis désolé, votre majesté. Je n'ai rien pu faire.

Ses quelques mots lui coûtèrent des toussotements assez violents. Il cracha, malgré lui, du sang dont certaines gouttes s'échouèrent sur mes habits. Je n'y fis même pas attention, Edgard aurait été certainement embarrassé s'il s'en rendait compte.

On pourrait croire qu'avec un bras et une jambe en moins, on n'aurait vraiment pas le temps de se concentrer sur des choses aussi futiles, mais c'est mal connaître le caractère digne d'Edgard. C'est pour ça que je m'assis de manière à ce qu'il ne s'en aperçoive pas.

Néanmoins, vu son sale état, cela laisse sous-entendre que ce type Azraël est plutôt fort. Il a tout de même réussi à défaire le commandant en chef des armées. Ce n'est pas une prouesse minable, loin de là.

- S'il te plaît, Myriam, protège ma fille ainsi que Jennie.

Il ne me demande pas ça en tant que subordonné, il me demande ça en tant que le père d'une de mes meilleures amies. C'est pour ça qu'il a utilisé mon nom et le tutoiement. Le message est passé, Edgard.

- Pars en paix, Edgard. Je te promets de les protéger jusqu'à mon dernier souffle et de leur offrir la vie qu'elles méritent.

Il esquissa un faible sourire, avant de lever les yeux vers le plafond, des larmes roulant sur ses joues.

- Lorsqu'on est commandant des armées, on sait que l'on met sa vie en jeu chaque jour, mais c'est toujours quelque chose d'être face à la faucheuse.

Edgard… Mon cœur se serra légèrement. Ce n'est pas quelqu'un d'anodin pour moi. Il a, tant de fois, aidé mes parents adoptifs financièrement par le passé. Nous aurions eu une vie si difficile s'il n'était pas intervenu.

- Merci pour tout, Edgard. Merci pour tout ce que tu as fait.

- C'était avec plaisir, murmura-t-il. Je continuerai de vous acclamer de là-haut. Je suis sûr que vous deviendrez de grands leaders, Eden et toi.

- Je te le promets.

Son faible sourire s'évapora, il fut pris d'une dernière douleur avant que son âme ne soit récupérée par la faucheuse. Je dus me faire violence pour ne pas laisser mes larmes couler. Nayra, qui était à ma droite, s'en rendit compte et posa sa main sur mon épaule pour me réconforter silencieusement.

Je fis abstraction de ma gorge serrée et de mon estomac noué pour me relever dignement.

- Mettons en sécurité son corps, il faut pouvoir lui offrir des funérailles dignes de ce nom, déclara Nayra avant de porter le cadavre.

Merci Nayra. Je crois que je n'aurais pas eu la force de prononcer ces mots. Elle a dû s'en rendre compte et a donc décidé de prendre les devants.

- Et si je disais non ? Intervint alors Ilay

Je fis un signe de tête à Nayra pour qu'elle continue son chemin, sans se préoccuper de cet imbécile. Ça, en revanche, je peux m'en occuper.

Je sais que c'est mal de refouler ses sentiments pour pouvoir affronter ce à quoi on doit faire face. Je le sais, mais je n'ai pas le choix de recourir à ce genre de méthodes que je voulais pourtant laisser dans le passé.

Je me tournais donc vers lui, les bras derrière mon dos, les mains entrelacées, un sourire en coin. Je suis vraiment une actrice née.

- Je comptais ne pas m'occuper de toi, du moment que tu restais tranquille, en revanche, si tu décides de l'ouvrir, ce sera une autre histoire, susurrais-je d'une voix doucement menaçante.

- Ouhh, se moqua-t-il ouvertement. C'est que tu es incroyablement effrayante, princesse.

Princesse ? Pardon ? Aaron sembla également tiquer en entendant ce surnom, mais il ne vaut mieux pas se laisser avoir par les provocations de bas-étage de ce type.

Ilay désigna alors Azraël d'un mouvement de tête. Ce dernier était toujours face à Aaron, hésitant grandement sur la méthode à entreprendre. Il est évident qu'Aaron est loin d'être facile à vaincre, Azraël doit s'interroger sur les aboutissants d'un affrontement avec lui.

- Ce type est un froussard, en plus d'être des ligues en dessous de mon niveau. Moi, je n'hésiterai pas à faire couler un peu plus de sang ce soir, déclara-t-il tranquillement.

Ouais, j'avais raison. Ce type est loin d'être mentalement stable. Si ça ne tenait qu'à moi, je lui ferais sûrement consulter quelques professionnels, histoire de voir ce qui ne tourne pas rond là-haut, même si je doute que même le meilleur des spécialistes fasse l'affaire. Ilay m'a l'air d'être le genre à faire vriller le plus patient des psys.

Ilay appuya sa tête contre la paume de sa main gauche, sans me lâcher du regard. Son regard est assez déstabilisant, peut-être parce que ses yeux sont presque éteints et ne semblent se raviver que lorsqu'il est question de violence.

- En tout cas, c'est étonnant que tu comptais me laisser tranquille à condition que je n'agisse pas. J'ai aussi tué quelqu'un. Est-ce-que les vies humaines ne sont pas égales à tes yeux ? Est-ce-que les humains ne sont pas égaux à tes yeux ? La vie de cette marquise vaut moins que celle de tes deux petites copines et du père de l'une des deux ?

Ace écarquilla les yeux, surpris par cette question. Je crois que personne ne s'attendait à ce qu'il ait ce petit côté philosophe en lui. J'avoue que, étant donné la situation, le moment est mal venu pour philosopher, mais j'ai la drôle d'impression qu'Ilay n'est pas le genre à se soucier des convenances. Enfin, j'imagine que vous vous en doutiez également, pas besoin d'un bac +8 pour réaliser que ce type est complètement barge.

- Irais-tu jusqu'à philosopher pour te battre contre moi ? Es-tu dans ce genre de délires ? Me moquais-je ouvertement.

Il sourit, visiblement ravi de ma réponse. Ouais, il est vraiment là pour se divertir. Je crois qu'il se fiche pas mal des ordres de ses supérieurs. C'est clairement le genre « d'employés » que les haut-placés n'aiment pas trop avoir. Tout simplement parce qu'il n'est pas là pour obéir, il est juste là pour s'amuser.

- Et puis, je ne suis pas sûre que tu sois de ceux qui considèrent les vies humaines comme égales.

- Tu as raison. Pour moi, les humains ne sont que des insectes que l'on peut écraser selon notre bon vouloir.

Nayra qui avait emmené le corps d'Edgard en sécurité, était de retour. Elle se figea presque instantanément en entendant ce qu'Ilay venait de dire. Ce dernier s'en rendit compte et sourit de plus belle. Il prend un malin plaisir à observer le désarroi d'autrui.

Tous les héritiers ont l'air d'avoir compris. Ils ont compris la nature de ces deux-là.

En effet, laissez-moi vous expliquer, ils ne sont pas humains sinon ils dégageraient de la pression spirituelle ou du fluide et comme ce ne sont pas des démons non plus... Alors, il ne reste plus qu'une possibilité.

- Vous êtes des... Habitants du royaume céleste ? Des Dieux ? Demanda Nayra, même si elle connaissait déjà la réponse.

- Et qu'est-ce-que ça engendrerait si je disais que oui ? Répondit Ilay, en inclinant la tête sur le côté, avec un petit sourire en coin.

Ace était en train de l'observer, l'air de se demander qui était ce psychopathe. C'est vrai qu'on ne connaît l'identité de seulement quelques Dieux, on ignore énormément de choses à propos du royaume céleste. Ce mystère sciemment cultivé n'a qu'un but. Celui de nous faire comprendre que même nous, les familles royales, on ne reste que des insectes, comme l'a si bien dit Ilay.

- Ce sont des Dieux, mais ils n'agissent pas sous les ordres du royaume céleste, déclarais-je.

Je me suis permise d'intervenir, car ce n'est clairement pas ces deux imbéciles qui vont donner plus d'informations. Les regards de tous les individus de la pièce convergèrent vers moi, intrigués. Néanmoins, je ne pris pas la peine d'élaborer plus longtemps. Ça n'en vaut pas la peine, il y a d'autres choses à traiter en priorité.

D'un claquement de doigts, je fis disparaître les éventuelles blessures d'Azraël. Le coup de pied que je lui ai administré, a sûrement dû faire des dégâts. Je vous assure que ça me donne envie de vomir, je ne le fais pas de bon cœur. Je le fais uniquement pour éviter un accident diplomatique qui aboutirait à l'effacement de notre monde de la carte.

Azraël m'observait, dubitatif. J'ai envie de vomir. Je veux voir cet homme mort, pas se portant comme un charme.

- Qu'est-ce-que tu fais ? S'étonna Nayra

- Il ne faut pas que tout ceci engendre une guerre entre les deux royaumes. Même s'ils ne sont pas ici sous les ordres du royaume céleste, ils n'en restent pas moins des Dieux et nous de simples humains.

Ilay posa sa main sur sa hanche, m'observant avec un sourire arrogant. Ce type ne me lâche décidément pas du regard, en plus d'analyser chacun de mes propos. Ça m'agace fortement, je n'ai pas le temps pour ses bêtises.

- Pourquoi est-ce-que je ressens une certaine amertume dans tes propos ? Ce serait quand même embêtant que les Heaven, les élus des Dieux, se montrent peu coopératifs avec le royaume céleste. Déjà que les Hillhells se sont ouvertement opposés à nos décisions récemment.

Avec les autres héritiers, on lança un regard à Aaron. Ce dernier avait les bras croisés sur son torse, impassible. Il n'a pas l'air franchement surpris, j'imagine qu'il était déjà au courant. Néanmoins, les Hillhells qui s'opposent à des décisions du royaume céleste, ce n'est pas négligeable. Je ferais mieux de m'informer au sujet de cette affaire dans un futur proche.

- Enfin, si vous permettez, on va devoir y aller, déclara Ilay.

Azraël vint se poster à ses côtés, sans protester. Ilay est définitivement celui qui mène la danse. Azraël m'a même l'air un peu effrayé de se tenir à ses côtés.

- J'ai été ravie de te rencontrer, princesse, déclara-t-il à mon intention.

On ne lui répondit pas, restant silencieux avant qu'ils ne se volatilisent dans les airs. Ça m'agace de ne pas avoir pu venger mes proches, mais pour l'instant, ça aurait été juste de la folie de les attaquer.

Nayra vint poser sa main sur mon épaule, un sourire chaleureux et bienveillant sur le visage.

- Tu as su garder ton calme malgré la situation, tu es vraiment digne d'être reine.

Je ne pus m'empêcher de la regarder, perplexe. J'avoue que je ne m'attendais vraiment pas à un tel compliment de sa part. J'ai l'impression que son opinion sur moi a un peu changé.

- Si tu avais décidé de te battre, je l'aurais compris et je t'aurais soutenu, mais je ne m'attendais vraiment pas à ce que tu sois aussi mature, affirma-t-elle.

- Je voulais juste rentrer le plus tôt possible au palais pour pouvoir comment elles vont, lui avouais-je, la gorge nouée. Elles ont dû terriblement souffrir et en plus, Edgard est mort.

Ma voix se brisa légèrement, ils le remarquèrent, mais firent mine de rien pour ne pas m'embarrasser. Je les en remerciais intérieurement. Je n'aurais pas eu le courage d'affronter des petites consolations de pitié.

- Rentrons au palais, j'ai beaucoup de choses à vous dire, finis-je par lâcher.

- Allons-y, mes parents vont bientôt également rentrer, je pense qu'il serait avisé de discuter de tout ça avec tout le monde, déclara Aaron la mine légèrement sombre.

Sa mine sombre est probablement due à tout ce qui vient d'avoir eu lieu ce soir, les autres héritiers ont également une tête d'enterrement. Quelle misérable soirée qui n'annonce que le début d'une longue série de soirées similaires.

On acquiesça avant de se rendre au palais. Dans le hall, deux individus étaient présents, prêts de l'ascenseur pour se rendre dans la salle du conseil. Les autres doivent tous nous attendre là-bas également.

Avec la pénombre de la nuit, c'était un peu difficile de distinguer les individus pour pouvoir les identifier. Heureusement, on n'eut même pas besoin de s'approcher puisque la silhouette féminine se précipita sur Aaron.

Je n'eus le temps de voir qu'un reflet argenté, avant que cette femme ne vienne serrer Aaron dans ses bras.

- Oh mon petit poussin ! Tu vas bien ? Tu n'es pas blessé !

Les héritiers se mirent à pouffer de rire. Les pointes des oreilles d'Aaron virèrent au rouge. Adorable. J'imagine que c'est sa mère. Lorsqu'elle se releva, éclairée par les torches à présent, mes yeux me donnèrent tout de suite raison.

Elle était dotée d'une silhouette finement dessinée, silhouette sur laquelle elle avait passé par-dessus une belle robe blanche qui venait joliment complimenter sa peau subliment hâlée.

Une jolie chevelure bleue nuit retombait élégamment jusqu'au niveau de ses reins. Et enfin, la cerise sur le gâteau, de beaux yeux argentés. Les mêmes que ceux d'Aaron. Elle est vraiment d'une beauté à vous en faire perdre la parole.

- Oui, je vais bien maman, ne t'en fais pas, la rassura Aaron, avec un doux sourire sur les lèvres.

Quelque chose me dit que ces deux-là sont très proches. Malgré son embarras, Aaron ne pense pas à rien d'autre qu'à rassurer sa mère. C'est mignon, cette vision ne fait qu'augmenter mon envie de revoir ma mère adoptive. Je devrais organiser un dîner prochainement, je suis sûre qu'Eden serait partant.

- Vous aussi, les enfants ? Demanda-t-elle après avoir gentiment décoiffé Aaron.

Son regard se posa sur Nayra et Ace qui hochèrent la tête, souriants. Puis, elle croisa mon regard.

- Oh ma petite chérie !

Avant même que je ne réalise quoi que ce soit, j'étais en train de me faire câliner. Aaron soupira, exaspéré, mais un peu amusé à la fois.

- Maman, elle a perdu sa mémoire, elle ne sait pas qui tu es, lui rappela Aaron.

- Oh pardon, c'est vrai. Je suis Adelaïde Hillhells, la mère d'Aaron et ta future belle-mère.

Un silence plana pendant quelques secondes, avant qu'Ace explose de rire. Mes joues étaient brûlantes et Aaron n'en menait pas large non plus. Pourquoi ce genre de scènes n'arrivent qu'à nous ?

- Ma chérie, tu ne devrais pas les embarrasser comme ça, soupira le deuxième individu qui avait observé la scène d'un peu plus loin.

Il s'avança vers nous, alors lui, c'est définitivement le père d'Aaron, ils ont les mêmes cheveux de jais et des traits de visage quasiment identiques. La seule différence, c'est la couleur des yeux. Ceux de son père sont teintés d'une douce couleur caramel. Il a donc hérité ses yeux de sa mère. Cette petite pensée me fit sourire, on est pareils, après tout. J'ai aussi hérité la couleur de mes yeux de ma mère.

- Mais c'est trop drôle de les taquiner Ash, ils sont trop mignons, rit Adelaïde.

Ace était en train de s'esclaffer, visiblement très amusé par la situation. Adelaïde me laissa de côté pour quelques minutes pour le réprimander.

- Tu rigoles beaucoup pour quelqu'un qui n'ose même pas confesser ses sentiments envers Yuki depuis des années !

Alors ça.. Ça eut l'effet escompté, c'est le moins qu'on puisse dire, Ace s'était littéralement figé sur place, muet comme une carpe.

- Attendez, vous saviez ? M'étonnais-je en regardant Nayra et Aaron qui ne semblaient pas tant surpris que ça.

- Il a appris à le cacher que très récemment, rit Nayra. Si tu l'avais vu il y a quelques années.

Ace était aussi écarlate que ses iris, je ne pus m'empêcher de pouffer.

- Quel dommage, Ace. Dire que tu aurais pu vivre une vie paisible, me moquais-je.

Il souffla, ennuyé, avant de passer sa main dans ses cheveux rageusement.

- Tu peux te moquer autant de moi que tu veux, mais s'il te plaît, ne mentionne pas ça devant Yuki.

- L'hôpital qui se fout de la charité. Elle venait à peine de se réveiller de son éveil magique que tu commençais déjà à faire des allusions, lui rappela Aaron à juste titre.

- Certes, mais je suis le plus mignon du groupe et le plus jeune aussi ! J'ai le droit de faire des erreurs.

Pincez-moi, je rêve. Le voilà en train de nous faire les yeux doux pour nous convaincre. Je n'y crois pas.

- Tu me donnes envie de vomir, soupira Aaron. Si j'étais aussi agaçant que toi, je te jure que j'aurais tout balancé à Yuki depuis un bail.

Ace, en tant que grande drama-queen, eut un air offusqué, avant de s'indigner en tapant presque du pied. Ce type est un spectacle à lui tout seul. Il arriverait presque à nous faire oublier cette soirée catastrophique.

- Tu n'oserais pas, hein ! S'exclama Ace en suivant Aaron dans l'ascenseur.

Ce dernier se contenta d'esquisser un petit sourire mutin qui ne fit que décupler l'angoisse d'Ace.

- Ce type est vraiment un gamin, souffla Nayra amusée.

On monta tous dans l'ascenseur pour nous rendre dans la salle de conseil. Il doit être environ minuit, c'est une longue nuit qui s'annonce. Même lorsque cette réunion se terminera, je n'irai pas me coucher, je vais veiller au chevet des filles, les médecins sont encore en train d'analyser la situation. J'espère vraiment qu'elles vont bien.

Bon, pour l'instant, il vaut mieux se concentrer sur cette réunion. Quelqu'un doit se charger de résumer cette nuit plutôt chaotique et c'est Ace qui se désigna. Il résuma rapidement la situation, avec tous les détails nécessaires. Comme quoi, passer son temps à parler potins, ça confère des compétences bien particulières.

J'ignore s'il a pu lire dans mes pensées ou s'il est juste encore agacé parce que j'ai découvert son petit secret, mais en tout cas, à la fin de son récit, il en profita pour me lancer un regard noir pendant que personne ne l'observait.

J'esquissais un petit sourire innocent qui l'agaça davantage.

- Des Dieux, murmura Adelaïde. En voilà une situation bien compliquée. Juste après que nous avons décidé de refuser leur offre. Quel timing intéressant.

Ses insinuations eurent l'effet escompté sur le reste de la salle, mais je me permis de prendre la parole.

Elle se trompe pour le coup, tout ceci n'a rien à avoir avec les Hillhells, même si ça aurait été préférable pour être honnête. On aurait pu régler ce genre de problèmes aisément, alors que celui qui nous fait face, ça va être une autre paire de manches.

- Vous vous trompez, déclarais-je. Les Dieux ne sont pas directement derrière tout ça.

Les gardes, pour cette réunion, ont été expulsés de la pièce. Nous ne sommes qu'entre familles royales. Aucun citoyen ne peut assister à cette réunion, ça créerait des problèmes incommensurables. On n'a vraiment pas besoin de ça pour l'instant.

- Qu'est-ce-que tu veux dire ? S'étonna Yuki, les bras délicatement croisés.

L'attention de la pièce était, à présent, reportée sur moi. Tant mieux. C'est exactement ce que je voulais, j'ai même besoin qu'ils boivent mes paroles, tant ce que je m'apprête à dire est important.

NDA : Alors ce chapitre ? J'espère que ça vous a plu et que vous êtes prêts pour la suite ! J'ai bien aimé écrire ce chapitre. J'aime particulièrement Ilay, j'adore écrire les répliques de ce personnage !

Chapitre vingt-trois :

NDA : Voici enfin le chapitre lourd en révélations ! Bonne lecture ! Je le corrige demain également !

Eden, à côté de moi, était étrangement silencieux. Il a juste l'air lessivé. Je ferais mieux de discuter avec lui après cette réunion, je m'inquiète sincèrement pour sa santé mentale.

- Avant de prendre la parole, sachez que nous avons affaire à ceux qui ont décimé les Heaven lors de la grande tragédie.

Nayra acquiesça, approuvant mes dires. Je vins déposer un regard houleux sur eux tous. Ils étaient, à présent, tous silencieux, écoutant avec sérieux ce que j'avais à dire.

- Néanmoins, vous êtes très loin d'avoir la moindre idée de leurs identités. Je me suis renseignée sur chacun d'entre vous, en interne, je sais que vous êtes tous très méfiants vis-à-vis de la grande prêtresse et du temple suprême, n'est-ce-pas ?

Ils acquiescèrent, ne voyant absolument pas où je veux en venir. Patience, j'y viens.

- Très bien. Je vais donc commencer mon explication.

Je croisais élégamment mes jambes, avant de laisser reposer mon menton sur mes mains entrelacées, pendant que mes bras repliés supportaient ma tête.

- J'ai enquêté sur le mobile de chacun de ces meurtres. Il me paraissait insensé que ces meurtres soient simplement contre la monarchie et l'aristocratie. Pas quand les victimes étaient si bien choisies.

Ils étaient tous suspendus à mes lèvres. Je pense sincèrement que personne n'a pensé à étudier le mobile des meurtres, ils ont juste considéré ça comme une simple attaque contre le régime établi. Ce fut probablement une de leurs premières erreurs.

- J'ai profité de ma matinée pour discuter avec la marquise Mahr. Elle était assez naïve alors ça a été assez facile d'obtenir les informations que je cherchais.

Ils me regardèrent l'air de dire « tu l'as manipulée, quoi ». Oui, bon, je ne peux pas leur donner totalement tort, mais pour le coup, la fin justifiait vraiment les moyens.

- Saviez-vous que de nombreux nobles ont pillé le palais quelques jours après la tragédie ? Juste avant que ce dernier ne soit rasé.

Un air scandalisé prit place sur leurs visages. En même temps, c'est un véritable affront que de faire une telle chose. Je pense qu'ils n'auraient même pas pu imaginer que quiconque aurait osé.

- Comment..? Murmura Ace

- Les gardes ont été probablement corrompus à l'époque. Ils devaient savoir qu'une ère de misère se préparait, alors ils ont essayé de grappiller un peu d'argent avant de disparaître. On ne peut pas leur en vouloir. Bien sûr, je n'avance pas tout ça sans preuve.

Je claquais des doigts, affichant une photo de la robe que j'ai eu l'occasion d'admirer juste derrière moi. Elle était projetée sur un grand écran pour que nous puissions tout l'observer et n'avoir aucun doute sur son origine.

- Cette robe appartenait à ma mère, Iriel Heaven. C'était un cadeau de la déesse de la couture et de la mode. La marquise s'est d'ailleurs excusée, lorsqu'elle m'a vue, quelques minutes avant de mourir. Elle nous a probablement confondus avec ma mère.

- Oh, c'était donc pour ça, chuchota Eden.

J'acquiesçais. Cette scène m'a fait un peu de peine. La marquise n'avait pas un mauvais fond, ce n'était qu'une jeune fille qui avait grandi dans la pauvreté et qui voulait à tout prix s'en sortir.

J'aspire à créer un monde où personne n'aura à troquer ses valeurs morales pour pouvoir vivre décemment.

- La marquise m'a expliqué que les Hilberg avaient également pris part aux vols. Je pense, néanmoins, qu'ils ont été plus malins et se sont contentés d'en tirer l'argent qu'ils pouvaient en les vendant sur le marché noir. Garder ces objets aurait été trop dangereux. Après tout, je n'ai rien vu qui nous appartenait chez eux.

En effet, durant notre visite pour pouvoir analyser la scène de meurtre, j'en ai profité pour faire un petit tour dans la demeure en prétextant vouloir saluer le personnel et leur poser quelques questions.

- Comment aurais-tu pu, après tout ? Répondit la mère de Yuki, en haussant les épaules. Tu n'as même plus tes souvenirs, impossible que tu te souviennes de ce que contenait l'ancien palais.

Elle n'a pas totalement tort, sauf que rien ne disparaît définitivement, on peut toujours retrouver la trace de tout ce qui a existé dans notre monde. À condition de savoir où chercher et d'être un peu motivé.

- Je me suis simplement contentée d'apprendre l'inventaire de tous les objets de luxe que ma famille ait possédé et je me suis contentée de comparer cet ancien inventaire avec l'inventaire actuel de notre palais. Avec une simple étude comparative, le tour était joué. Il ne me restait plus qu'à flâner dans les marchés clandestins avec une fausse apparence et identité, pour ensuite traquer la liste des acheteurs et vendeurs pour chaque objet volé, afin de pouvoir remonter aux voleurs. Le nom des Hilberg est apparu environ une bonne dizaine de fois.

J'explique ça grossièrement, mais croyez-moi que c'était loin d'être une partie de plaisir. Ça m'a coûté un temps précieux ainsi que de bonnes nuits de sommeil.

- Quelle impressionnante mémoire pour quelqu'un qui l'a perdue, plaisanta Ace.

Tout le monde se tourna vers lui, c'est drôle, mais ce n'est vraiment pas le moment. Il a vraiment un don pour détendre l'atmosphère à sa manière.

- Bon, après avoir été interrompue par quelqu'un incapable de confesser ses sentiments, je reprends.

Ace leva les yeux au ciel, les joues brûlantes. Ce n'est que le début, mon coco. Je ne te lâcherai pas ! Nayra et Aaron pouffèrent sous cape, visiblement très amusés de voir Ace se prendre un retour de flammes bien mérité.

- Attends, intervint Eden complètement abasourdi. Je ne t'ai pas vu faire tout ça ces derniers jours.

- C'est normal, j'avais fait tout ça bien avant. Je savais que les vols avaient eu lieu bien avant toute cette histoire. J'ai mené mon enquête, quelques jours après être sortie de la salle du temps pour mon entraînement. Je faisais ça de préférence de nuit. Je voulais savoir si nous avions des ennemis parmi les nobles et cette enquête a finalement porté ses fruits, bien au-delà de ce que j'espérais.

Un air profondément choqué commençait à se dessiner sur leurs visages. Je crois qu'ils ne s'attendaient pas à ce que je planifie tout ça de cette manière et depuis aussi longtemps. En même temps, qui aurait pu deviner ça ? Je ne l'ai même pas dit à vous !

- Pourquoi te serais-tu interrogée sur ça ? Demanda alors Adelaïde curieuse.

C'est vrai que c'est une question pertinente. Après tout, les monarques ont une autorité suprême sur les citoyens lambdas ainsi que les nobles, pourquoi est-ce-que j'ai décidé de me méfier ? Un léger sourire flotta sur mes lèvres. Je leur ai dit pourtant qu'ils devaient toujours être méfiants, on ne sait jamais d'où vient l'ennemi.

- Pour la simple et bonne raison que lors de notre couronnement, certains nobles manquaient à l'appel. Dont les Hillberg. Ils ne sont, par la suite, jamais venus nous saluer ou nous féliciter alors qu'ils étaient pourtant supposés être très proches de nos parents. Étrange, n'est-ce-pas ? Tu en avais parlé la dernière fois Eden, tu te rappelles ?

Ce dernier acquiesça, scotché. Les autres étaient globalement dans le même état. Je vous l'avais dit qu'il y avait un indice qu'ils avaient tous raté. Et encore, ce n'est vraiment qu'un indice parmi une montagne.

Les escrocs/manipulateurs/meurtriers ne savent pas planifier correctement, qu'importe leur nature. Humains, dieux ou démons, ils sont tous pareils. Trop tête en l'air. Bon, je ne vais pas m'en plaindre, ça ne rend mon travail que plus facile.

- Et tu affirmais ne pas être si brillante que ça, me complimenta gentiment Nayra.

- C'est un peu plus que de l'intelligence, constata Adelaïde. Tu es un génie.

- Non, répondis-je simplement. J'aime juste observer les gens. Enfin, reprenons.

Je repris la parole, le visage impassible. J'aime bien les compliments en temps normal, mais pour le coup, je n'ai rien fait de bien extraordinaire, je pense. Je prête juste bien attention aux détails.

- A votre avis, qui pourrait en vouloir à ces nobles d'avoir commis ces vols ?

- Un membre de la famille Heaven, déclara Yuki.

J'acquiesçais. C'est la réponse la plus logique et pour une fois, logique est équivalent à juste dans notre cas.

- Effectivement. Seulement, Eden comme moi, n'avons que faire de ces vols. Ils ne nous importent pas.

- Mais alors qui ? Vous êtes les seuls membres de la famille Heaven, encore en vie.

Je laissais le silence planer pendant quelques minutes pour qu'ils comprennent où je voulais en venir. A présent, j'ai assez parlé, j'ai besoin de faire intervenir quelqu'un pour donner encore plus de crédit à mes propos.

- Nayra, je te laisse la parole, je clôturerai cette réunion après que tu as fini de parler.

J'ai d'autres choses à dire, mais elles ne seront percutantes qu'après la prise de parole de Nayra.

Cette dernière sursauta légèrement sur sa chaise, elle ne s'attendait probablement pas à ce que je la fasse intervenir. Pourtant, j'ai toutes les raisons du monde. J'ai besoin qu'elle raconte ce qu'elle sait. Elle déglutit péniblement, avant de se lever.

Je vois très bien l'anxiété qui plane dans ses yeux. Je m'en veux un peu de la sortir de sa zone de confort de cette manière, mais c'est nécessaire.

- Je n'en ai jamais parlé jusqu'à présent. Je ne savais pas comment aborder le sujet.

On la fixa tous, ce qui augmenta un peu son malaise, mais elle se fit violence pour ne laisser rien paraître et pour continuer à parler. Le reste de la pièce était plongée dans une confusion sans nom.

Ils n'ont pas encore conscience que les révélations de Nayra, ou même cette nuit en général, vont changer le cours de l'Histoire.

- Le jour de la tragédie, j'étais au palais Heaven, déclara-t-elle fermement.

J'avais donc visé juste.

Ils se figèrent tous instantanément. C'est vrai que c'est une révélation peu anodine pour le moins qu'on puisse dire et ce n'est que le début !

- Ce carnage a, effectivement, été commis par des Dieux. Ils ont massacré Nathaniel Heaven, le père des jumeaux Il était complètement surpassé numériquement parlant et il était aussi dévasté par la trahison de sa propre femme, ce qui a fortement diminué ses capacités. J'ai vu tout ça de mes propres yeux, je n'invente rien.

Les couples royaux en perdirent leurs voix et leurs aplombs habituels. Ce n'est pas facile d'apprendre qu'on a été trahis par l'un des nôtres.

En plus, ça rend la chose encore plus difficile à avaler de savoir que cette trahison a été faite dans une violence sans nom.

Eden, à côté de moi, semblait sonné. Je vins prendre sa main dans la mienne pour le rassurer. Il m'adressa un faible sourire, sa température corporelle est anormalement haute. Il a sûrement attrapé froid.

- Après avoir participé au massacre de son propre mari, Iriel s'est dirigée vers Eden avant de lui faire perdre connaissance et d'effacer sa mémoire. Puis, elle s'est tournée vers Myriam.

Elle marqua un temps de pause, avant de déglutir péniblement. Je crois qu'à présent, c'est le trauma de Nayra qui va parler. Je m'en veux terriblement de lui infliger tout ça.

- Pour Eden, ça a été relativement facile de le neutraliser, car comme son père, il était sous le choc. J'imagine que vous vous rappelez tous qu'Eden était très proche de sa mère, alors que Myriam, elle, a toujours été plus proche de son père.

Ils hochèrent tous la tête, silencieux. Ils sont encore sous le choc, je doute qu'ils arrivent à formuler des phrases cohérentes pour le moment. C'est donc Nayra qui est en complète possession de la parole.

- Myriam était enragée par ce qu'elle venait de voir, elle s'est emportée, mais elle était surpassée numériquement parlant, tout comme son père et elle était bien trop jeune pour pouvoir se battre seule contre autant d'adversaires redoutables. Elle n'avait pas la moindre chance.

Nayra me regarda, peinée. Je ne pouvais pas rater l'infinie tristesse qui habitait ses yeux. Il se pourrait que tout ce temps, à chaque fois qu'elle me voyait, ce sont ces scènes dont elle se remémorait.

- Elle t'a fait subir des tortures infâmes, je n'ai même pas les mots pour décrire ce que j'ai vu ce jour-là.

Elle croisa ses bras sur sa poitrine pour se donner un peu plus de contenance et surtout pour qu'on ne voie plus ses mains trembler.

- Je ne savais même pas qu'un parent pouvait traiter son enfant de cette manière. Même un criminel n'aurait jamais pu aller aussi loin.

Franchement, vu les expressions des autres, je crois que personne n'a envie d'avoir les détails de ces dites tortures. La façon dont Nayra en parle est suffisamment horrible pour qu'on préfère rester dans l'ignorance.

- Tu as fini par perdre connaissance, m'expliqua-t-elle. Ils riaient aux éclats. Ces rires me hantent chaque nuit, nous avoua-t-elle.

Ça n'a vraiment pas dû être facile pour elle de garder ce secret aussi longtemps. Elle doit se sentir un peu plus libre à chaque qu'elle fois avance dans son récit.

- Elle t'a ensuite effacé la mémoire.

On s'attendait tous à ce que le récit se termine là, mais la réaction de Nayra nous fit comprendre que ce n'était pas le cas. Elle s'agrippa fermement à la table pour éviter de s'effondrer par terre.

Ses yeux étaient larmoyants, Yuki se leva aussitôt pour venir la soutenir physiquement comme émotionnellement.

- Elle n'arrêtait pas répéter qu'elle avait faire de ta vie un enfer. Qu'après tout, toute cette souffrance, ce n'était rien comparé à ce qu'elle te réservait dans le futur. Elle a affirmé ne jamais pouvoir trouver la paix tant que tu serais en vie. Ses yeux étaient vraiment terrifiants, tant ils étaient sincères.

Charmant. Je ne sais pas si les autres s'attendaient à ce que les mots de cette femme me heurtent vu comment ils me regardent peinés, mais ce n'est pas le cas. Je n'ai que faire des mots d'une étrangère.

Eden, en revanche, malgré son état un peu tourmenté, était en train de s'indigner de plus en plus. Je pense qu'il aurait aimé laisser exploser sa colère, mais il ne voulait pas rendre le récit de Nayra encore plus difficile.

- Puis, elle s'est approchée de moi, je suppose qu'elle savait que j'étais là, même si j'étais bien cachée. Elle m'a demandé ce que je pensais de la situation, si je pensais que tu méritais de souffrir.

Nayra se tourna vers moi, l'air coupable, des larmes roulant sur ses joues.

Cette Iriel est décidément démoniaque pour soumettre une enfant à un tel choix.

- J'étais terrorisée, alors j'ai dit oui. Je suis désolée, Myriam, je m'en veux tellement. Parce qu'après ça, elle a continué de te martyriser bien que tu sois inconsciente.

Alors c'est ça, toute cette méfiance qu'elle a à mon égard, c'est juste cette culpabilité qui la hante. Elle a cherché, inconsciemment, une raison qui expliquerait pourquoi Iriel a agi comme ça à mon égard pour pouvoir se dédouaner et pouvoir vivre sans cette souffrance constante.

Je ne lui en veux pas, c'est une manière de continuer à vivre malgré son traumatisme.

Ce n'était qu'une enfant, qui pourrait la blâmer de quoi que ce soit ?

- Nayra, je ne t'en veux pas. Je suis contente que tu aies pu te protéger. Je n'ai aucun souvenir de tout ça de toute manière. Le plus important, c'est que tu aies pu t'en tirer saine et sauve. Elle s'en serait sûrement prise à toi si jamais tu avais répondu autrement que positivement.

Nayra se mit à pleurer de plus belle, visiblement la culpabilité la rongeait jusqu'à l'os. Elle était secouée de tremblements, Yuki se retrouvait incapable de la calmer. C'est normal, c'est de mon « pardon » dont elle a besoin pour pouvoir se détendre un peu.

Je me levais simplement, avant de poser ma main sur son épaule.

- Je ne t'en veux pas, d'accord ? Tu n'as plus à t'en préoccuper. On va s'unir et travailler ensemble pour lui faire payer tout ça, pas vrai ?

Je tendis mon poing avec un sourire bienveillant, elle me regarda surprise pendant quelques secondes, avant d'accepter et de cogner nos deux poings.

Même si elle continuait de pleurer, son regard semblait s'être réchauffé. Ça devrait aller à partir de maintenant. Non seulement, elle va pouvoir enfin se libérer de sa culpabilité, mais notre relation devrait enfin s'améliorer.

Je repris donc ma place, continuant d'écouter le récit de Nayra.

- Avant de disparaître, Iriel m'a dit que tout ceci n'était que le début et que l'on devait se préparer au pire, termina-t-elle avant de se laisser tomber sur sa chaise.

J'apprécie fortement son courage, elle a été forte et a relaté les faits avec clarté. A présent, elle doit être épuisée et il faudrait mieux la laisser reprendre ses esprits.

Les autres restèrent muets, abasourdis. Ils m'ont l'air sincèrement dépassés par la situation.

- C'était une des nôtres, murmura la mère de Yuki.

- Parle pour toi, Sakae, répliqua Adélaïde. Je n'ai jamais pu m'encadrer Iriel. Elle est pourrie jusqu'à l'os. Même si j'avoue que je ne l'aurais jamais crue aussi cruelle avec sa propre fille et capable d'aller aussi loin.

Encore une fois, ils me regardèrent tous peinés.

- Pas la peine de me regarder comme ça, soupirais-je. Je me fiche éperdument de cette femme, ma mère adoptive est ma seule mère.

Ils acquiescèrent, comprenant que je ne voulais plus en parler. Tant mieux.

- Mais donc, ça signifie qu'Iriel est encore en vie ? Où peut-elle bien être ? S'interrogea Yuki

Franchement, ça me surprend que personne n'ait vu la flagrante ressemblance. Personnellement, ça m'a sauté aux yeux.

- C'est Héméra, répondis-je simplement.

- Pardon ? S'étonna Ace

Vu son air déconcerté, le sien comme celui des autres, ils ne l'ont pas vu venir celle-là.

- Je voulais en apprendre plus sur mes parents adoptifs pour comprendre un peu plus mon rôle. J'ai donc regardé des centaines de vidéos, j'ai lu des dossiers, etc.

Oui, ces derniers temps, je manque vraiment de sommeil. Je mérite vraiment des vacances.

- Héméra et Iriel sont la même personne. Leurs démarches, leurs prestances. Et puis, sa menace, à peine voilée, lors de notre réunion avec elle la dernière fois, c'est suffisant pour comprendre qu'Héméra n'est qu'une fausse identité qu'Iriel a construit de toutes pièces.

Ace commença à se masser la tempe, j'ai bien conscience que tout ceci, c'est trop pour une soirée.

Néanmoins, on n'a pas le choix, il faut en parler pour préparer un plan de défense et un plan d'attaque éventuellement.

- Comment a-t-elle pu prendre le contrôle de l'autre royaume ? S'interrogea à voix haute, Aaron.

Aaron était resté, étonnemment, silencieux tout le long de la réunion, avait enfin décidé de parler. Son regard était posé sur moi. Je suppose qu'il pense que personne d'autre que moi peut répondre à cette question, c'est assez flatteur.

- Comme vous le savez tout aussi bien que moi, que les familles royales avaient pour habitude d'organiser de nombreux festivals parmi lesquels ils s'affrontaient ou effectuaient des démonstrations splendides de magie.

Ils hochèrent la tête, ce genre de festivals prenaient place environ cinq ou six fois dans l'année par le passé. Maintenant, ils ne sont plus du tout d'actualité. De nos jours, on ne fait des festivals que pour célébrer des occasions particulières ou faire la fête.

- J'ai regardé des centaines de vidéos d'Iriel lors des démonstrations de force durant les festivals, etc. J'ai été étonnée de constater que pas une seule fois, elle n'a utilisé de la pression spirituelle. C'est comme si elle n'en avait pas. Sauf que si, car elle est humaine. Elle vient simplement de l'autre monde. Elle n'est pas originaire d'ici. Elle ne pouvait donc pas ouvertement utiliser le fluide.

- Alors ça, murmura la mère d'Ace.

Eden, à côté de moi, était muet comme une carpe. Tout ceci est juste en train de l'épuiser davantage. Il vaut mieux y mettre un terme. J'ai besoin de lui parler pour m'assurer que tout va bien.

- Je pense que nous devrions continuer cette réunion demain. Ça fait trop d'informations pour une seule soirée.

- Très bien, à demain, répondit Adelaïde en se levant.

Pendant que tout le monde se levait, je me tournais vers Eden. Ce dernier est en train de se lever péniblement, il se massait la tempe comme s'il était en proie à un mal de tête vraiment persistant.

- Eden, commençais-je.

- Je vais aller dormir, me coupa-t-il. Je ne me sens pas très bien.

Il doit aller sacrément mal pour me repousser comme ça. Est-ce-que j'ai fait quelque chose de mal ? Est-ce-qu'il aurait aimé que je lui parle de tout ça, avant de balancer ce même tout ça dans une réunion ?

J'ai négligé ses sentiments et ses émotions, il doit sûrement m'en vouloir.

- Hey, ne commence pas à t'angoisser toute seule.

Je levais les yeux vers la personne qui était en train de me parler. C'était Aaron, il m'adressa un petit sourire réconfortant.

- C'est juste que je voulais lui parler, mais il est sûrement malade. J'ai juste un peu peur qu'il soit en colère contre moi.

Croyez-moi, je peux supporter beaucoup de choses, mais dès qu'il s'agit d'Eden, je deviens terriblement vulnérable. Aaron prit avec douceur ma main dans la sienne.

- Il a sûrement besoin d'un peu de temps seul pour pouvoir comprendre tout ce qu'il vient d'apprendre. C'est normal, laisse-lui un peu de temps.

- Tu as sûrement raison, soupirais-je.

Il me donna une petite pichenette sur le front. Je lui lançais un regard outré.

- J'ai toujours raison, affirma-t-il.

- Hé ho, l'égo, ça va deux minutes !

On était plus que tous les deux, ils sont déjà tous partis. On était dans le couloir, ce dernier était éclairé par les rayons de la Lune et quelques torches. Je n'ai pas envie qu'on se sépare tout de suite, j'ai encore un peu envie de lui parler.

- Tu vas rentrer ? Demandais-je

- Pas si tu souhaites que je reste.

On peut traduire ça par un « Demande-moi de rester ».

- Je peux t'emprunter une petite heure de ton temps, alors ?

- Mon temps est tien, affirma-t-il avec un petit sourire narquois.

Je rougis légèrement, avant de prendre sa main dans la mienne. Il esquissa un sourire, avant que je ne l'entraîne sur le toit du palais pour qu'on puisse admirer les étoiles ensemble.

- Comment tu te sens après cette soirée catastrophique ? Me demanda Aaron.

Je pris un peu de temps pour répondre cette question. Les yeux perdus dans les étoiles, je réfléchissais à comment formuler ma réponse pour être le plus claire possible.

Une fois sûre de ma formulation, je pris la parole.

- La mort d'Edgard m'a affectée, avouais-je. Je ne sais même pas encore comment je vais gérer ça. Puis, quand Galatea et Jennie vont se réveiller, comment vais-je leur annoncer ça ? J'ai vraiment échoué lamentablement, je n'ai pas su les protéger correctement.

Aaron me laissa le temps adéquat pour pouvoir complètement me confier. Je l'en remerciais intérieurement, je n'aurais pas apprécié d'être interrompue. Ce n'est déjà pas facile d'exprimer tout ça.

- Et puis, la haine que me voue ma génitrice, ça me dépasse un peu. J'ai toujours pensé que les parents aimaient naturellement leurs enfants de manière conditionnelle. Visiblement, ce n'est pas le cas.

Je laissais mon menton reposer sur mes genoux, encerclant mes jambes repliées avec mes bras.

- J'ai dit, tout à l'heure, que ça ne m'affectait pas, mais quand même, est-ce-qu'il y avait quelque chose à propos de moi qui la débectait à ce point ? Tu sais, je me dis qu'elle a visé les filles et Edgard uniquement pour me blesser, ils n'étaient pas impliqués dans ces histoires de vols.

J'avais enfin terminé ma longue tirade, je n'ai pas le courage d'affronter son regard. Pas après m'être mise à nue comme ça.

- Lorsque quelqu'un se refuse à t'aimer, il ne faut pas que tu te blâmes pour ça. Qu'importe qu'il s'agisse de ta mère, de ton père ou de n'importe qui. Tu ne perds pas en valeur, juste parce que quelqu'un a décidé que tu n'étais pas digne d'être aimée.

Il posa son regard sur moi.

- Il n'y a que toi qui puisses décider de ça. Personne d'autre, affirma-t-il d'une voix claire. Ta valeur, c'est toi qui la décides. La qualité de l'amour que tu souhaites recevoir, c'est toi qui la décides.

Il se tut quelques secondes, avant de venir caler une mèche de cheveux derrière mon oreille.

- Puis, tant que tu t'aimeras, tu t'affranchiras de ce besoin d'être aimée par les autres. Ce sera simplement un bonus à ta vie, mais pas une nécessité.

Je tentais de cacher mon sourire grâce à l'obscurité de la nuit, avant de laisser ma tête reposer contre son épaule. Il passa son bras autour de mes épaules.

Son étreinte est si chaleureuse et douce, je m'y sens en sécurité. Je me laisserai presque bercer par sa chaleur corporelle.

- Tu as de drôlement bons conseils.

- C'est mon rôle en tant que fiancé, répondit-il naturellement, amusé.

Je vins déposer un baiser sur sa joue, narquoise. Je le sentis se tendre légèrement, la pointe de ses oreilles était légèrement rouge.

- Aww, je n'y avais pas prêté attention avant, mais quand tu rougis, tu...

Il me fit signe d'arrêter là, embarrassé. Ça ne le rend que plus adorable.

Le prince des Enfers est juste adorable. Vraiment adorable. Parfois, j'ai l'impression que mon cœur ne peut pas s'empêcher de fondre en sa présence.

- Je sais, je sais, répondit-il exaspéré. Je n'arrive pas à m'en débarrasser.

- Tu ne devrais pas, c'est mignon, affirmais-je.

L'ombre d'un sourire flotta sur ses lèvres. Je sens qu'il va avoir une réponse pleine de répartie à me servir.

- Quand tu rougis, tes yeux se mettent toujours à pétiller un peu plus vivement, ça aussi, c'est mignon.

Il a lâché ça de manière complètement random.

- Hein ?

Mon cœur accéléra légèrement, on ne m'avait jamais fait la remarque avant. C'est peut-être aussi parce que je ne rougissais pas vraiment, avant de rencontrer Aaron, mais bon, ça, c'est un détail auquel je n'ai pas très envie de penser pour l'instant. Parce que vous comme moi, on sait très bien ce que cela signifie.

- Oui, moi aussi, je sais faire attention aux détails, affirma-t-il en me faisant un petit clin d'œil.

- Je trouve ça adorable que tu puisses remarquer un changement aussi infime chez moi, tu dois vraiment beaucoup me regarder.

- Même si je le voulais, je ne pourrais pas te donner tort.

Mon cœur se mit à accélérer de plus belle, je détournais le regard, les joues brûlantes. Son bras posé sur mes épaules n'aide vraiment pas. Je relevais timidement les yeux, tout ça pour rencontrer son regard argenté empreint d'une douceur à vous faire immédiatement tomber sous le charme.

- Je suis un peu surprise que tu tiennes toujours autant à moi, même après que j'ai perdu ma mémoire. Celle que tu aimais n'est vraiment là, tu sais.

Ça me taraude depuis un moment ce sujet, j'aimerais bien entendre ce qu'il a à dire à ce propos.

- Celle que j'aime est toujours là, répliqua-t-il calmement.

- Qu'est-ce-que tu veux dire ?

- Rien du tout, princesse, affirma-t-il avant de se lever et de déposer un baiser sur mes cheveux.

Cette fois, mon cœur rata un battement, il ne se contenta pas de simplement accélérer. La chaleur qu'il dissipait commence déjà à me manquer. J'ai l'impression de devenir un peu trop accro.

- Princesse ? Bégayais-je.

- Je voulais juste voir si je pouvais provoquer plus de réactions chez toi que ce Ilay.

Je ne pus m'empêcher d'esquisser une petite moue. N'est-ce pas évident ? Je n'ai même pas réagi lorsque Ilay a utilisé ce surnom.

- Évidemment que oui. Même pas la peine de se poser la question, répondis-je en évitant soigneusement son regard.

- Bien sûr que si, c'est toujours important de communiquer. C'est pour ça que la prochaine fois, n'angoisse pas dans ton coin, viens me parler.

- Toi aussi, alors.

Il acquiesça, comme si c'était évident. En fait, Aaron Hillhells, c'est juste THE STANDARD.

J'ai bien conscience que des sentiments commencent à se développer, suffit de voir comment je l'observe alors qu'il est en train de partir, son dos me faisant face.

- Est-ce-que ce sont mes yeux qui pétillent vraiment plus lorsque je te regarde ou c'est simplement le reflet des tiens que tu vois ? Murmurais-je dans l'obscurité de la nuit.

Ma voix a probablement dû se répercuter dans la pénombre de la nuit, puisque celui qui occupe un peu trop mes pensées ces derniers temps et qui est en train de traverser les jardins royaux, me répondit.

- Peut-être un peu des deux, avoua-t-il.

Je ne peux pas distinguer correctement son visage à cause de l'obscurité de la nuit, mais j'entends son sourire. C'est possible, ça ? Et c'est normal de ne pas pouvoir s'empêcher de sourire en retour ?

NDA : ALORRRS ? J'ai hâte de lire vos retours ! J'ai beaucoup aimé écrire ce chapitre, en tout cas !

Chapitre vingt-quatre : Eden's POV

NDA : Hello ! J'espère que vous allez bien, ça fait un petit moment que je n'avais pas posté. A cause des vacances, mais aussi à cause du fait que j'ai passé pas mal de temps à travailler mon intrigue. En fait, j'ai déjà le fil conducteur de l'intrigue ainsi que la conclusion, mais j'essaye de vraiment passer du temps sur l'élaboration du développement des personnages ! Néanmoins, j'ai pris une certaine avance et je ne devrais plus faire de pauses aussi longues pendant un moment. Enfin, bref beaucoup de bla-bla, enjoy ! Je poste la suite dans la journée !

Je m'en veux d'avoir repoussé Myriam comme ça. Sincèrement. C'est juste que tout se bouscule dans mon esprit, j'ai l'impression que ma tête va exploser. J'ai carrément du mal à me tenir debout correctement. Je n'aurais pas eu la force de discuter, même si c'est avec ma soeur jumelle. J'espère seulement qu'elle ne m'en voudra pas trop. Je lui parlerai demain.

Je suis sorti en trombes de la pièce, en évitant soigneusement de croiser quiconque, avant de m'enfermer à double-tour dans ma chambre. Il ne manquerait plus que quelqu'un vienne toquer.

Une fois au sein de cette dernière, je ne pus que me laisser tomber contre la porte, le corps en nage. Ouais, peu élégant de la part d'un prince, je l'admets volontiers, mais c'est vraiment le cadet de mes soucis actuellement.

Mon coeur tambourine si fort dans ma poitrine que ça en vient à me faire mal. Si à ça, on ajoute les bourdonnements anormaux de ma tête, j'ai l'impression que je vais vraiment perdre la raison et devenir complètement fou.

Je ne comprends pas. Qu'est-ce-qui m'arrive ? Je vins passer ma main sur mon visage, mon reflet dans un miroir me faisant face. J'ai commencé à me sentir bizarre depuis qu'on a eu les explications de Myriam par rapport à cette situation. Est-ce-que je devrais aller voir un des médecins du palais en urgence ?

Je n'eus absolument pas le temps de m'interroger plus longtemps à ce sujet, puisque subitement, des images commencèrent à défiler dans mon esprit.

J'ai l'impression d'être au cinéma, ces images qui me font face et puis ces sons qui commencent à retentir dans mes oreilles.

Pendant au moins une bonne heure, je suis resté figé, les yeux perdus dans ceux de mon reflet qui me faisait face, me narguant presque d'une certaine manière.

- Ces souvenirs.. Ce sont les miens ? Finis-je par murmurer.

Ces images et ces sons, ce sont les miens ?

Si oui, alors il n'y a vraiment plus qu'une seule solution pour régler tout ça.

Chapitre vingt-cinq :

NDA : Hey, j'espère que ce chapitre va vous plaire ! La suite arrive dans quelques minutes, l'avantage d'avoir pris une longue pause, c'est que j'ai vraiment une sacré avance sur les chapitres ! Bonne lecture ! N'hésitez pas à me faire vos retours ! Je le corrige demain comme d'habitude, désolée pour les éventuelles fautes.

- Cette réunion est terminée, déclara Sakae.

On acquiesça de manière synchro, avant de se lever dans un même mouvement. La mère de Yuki avait donné le signal pour terminer cette conversation puisque nous étions actuellement au sein du palais Park. C'est un des petits privilèges dont les hôtes disposent.

Enfin, assez discuté de choses futiles. Je dois tenter une énième fois d'amorcer une conversation avec Eden. Ce dernier a déjà récupéré ses affaires et s'avance vers la sortie. Soit il est pressé, soit il compte continuer à m'éviter.

- Eden ! M'exclamais-je

Je sais très bien qu'il veut, à tout prix, m'éviter, mais je ne vais pas laisser ce petit cirque s'éterniser. On doit parler coûte que coûte.

- Désolé, je suis un peu pressé, je dois me rendre à la Night School, répondit-il.

Je sais que c'est un mensonge, mais bon, rentrons dans son jeu.

- On peut y aller ensemble ? Proposais-je

- Non, t'inquiète, on se voit plus tard.

Il déguerpit, sans demander son reste. Je serais presque tentée de le poursuivre, de le plaquer au sol et de l'obliger à me regarder dans les yeux, mais c'est sûrement un peu excessif. Les convenances sociales, c'est décidément très chiant.

- Qu'est-ce-qui lui prend ? Ce n'est pas la vingtième fois qu'il te fait le coup ? S'étonna Nayra en voyant cette scène.

Cette dernière avait les bras croisés sur sa poitrine et observait la scène d'un regard suspicieux. Après tout, Eden et moi, on est inséparables en temps normal.

Cette situation ne peut qu'attiser la curiosité des autres. Surtout que ça fait exactement que ce cinéma dure. Cela fait deux semaines que celui qui est censé tout traverser avec moi m'ignore complètement. Je ne sais pas ce qui le turlupine à ce point, mais je suis à deux doigts de craquer.

Ces derniers temps, j'ai eu tellement de choses à faire et je n'ai pas pu me reposer sur Eden une seule fois. Il est juste... absent.

Je vais vous faire un petit topo de la situation actuelle. Je vous préviens, ce n'est pas l'El Dorado en ce moment.

Premièrement, Jennie et Galatea sont plongées dans un profond coma, les médecins n'ont pas la moindre idée de quand elles se réveilleront ou de même si elles se réveilleront un jour.

Elles n'ont pas de blessure physique, mais mentalement, leurs esprits ont été sévèrement meurtris. Dans leur cas, le coma, c'est la seule réponse que leurs cerveaux ont trouvée. Je leur ai rendu régulièrement visite et continue de leur rendre visite, accompagnée de Johan qu'il a fallu évidemment soutenir.

Je lui ai préparé des séances de thérapie avec les meilleurs spécialistes de notre monde, en plus de lui tenir compagnie. Il va un peu mieux, il commence à digérer la situation, mais c'est loin d'être terminé.

A tout cela, on ajoute l'adoubement du nouveau chef des armées. Événement que j'ai géré complètement seule. En plus de ça, c'est Nash que j'ai dû choisir. Je n'avais clairement pas de meilleure option sous la main et pour être tout à fait honnête avec vous, ça me démange terriblement. Je pense que vous l'aviez déjà compris, mais je vous une haine sans faille à Nash, alors lui confier un tel rôle, je l'ai en travers de la gorge.

Et enfin, il a fallu s'occuper des funérailles d'Edgard Ophelis, le père de Galatea. Là, encore une fois, toute la responsabilité m'est tombée dessus. Déjà que ce n'était pas un moment facile, car j'aimais beaucoup Edgard, j'ai dû gérer tout ça seule.

Je peux comprendre qu'il ait ses propres problèmes, mais est-ce si égoïste que ça de vouloir traverser nos moments difficiles, ensemble ?

- Il doit être occupé, ne t'en fais pas, répondis-je simplement à Nayra qui attendait toujours ma réponse.

Je haussais simplement les épaules, un peu dépitée pour pas qu'elle ne s'inquiète trop. Elle me décocha un regard peiné, tout en déposant sa main sur mon épaule pour m'adresser un sourire encourageant.

J'ai pu comprendre récemment que l'intelligence émotionnelle de Nayra n'était pas extrêmement élevée. Elle a beau être académiquement parlant à un autre niveau que quasiment toute la population, tout ce qui touche de loin ou de près aux émotions la perturbe et déstabilise fortement.

De ce fait, ses petites attentions me touchent particulièrement, notre relation s'est récemment grandement améliorée et j'avoue que j'aimerais que ça continue ainsi. Elle me fait enfin confiance et je suis contente de pouvoir la compter parmi mes amis.

Je fus sortie de ma torpeur par la petite discussion à voix basse d'Aylan et d'Esther. Ces deux derniers s'entretenaient un peu à l'écart, loin des oreilles discrètes (sauf les miennes !). Les deux affichaient une mine sérieuse et semblaient un peu sur le quai vive.

Je le cherche peut-être un peu, mais je préfère m'assurer que ces deux-là vont bien, quitte à me rajouter un problème supplémentaire sur le dos.

Discrètement, je m'approchais de nos petits chefs des régiments sans que personne s'en aperçoive et surtout pas eux. Maintenant, il ne reste plus qu'à tendre l'oreille.

- Esther, tu fais trop facilement confiance à ce type, murmura Aylan.

- Tu n'y comprends rien, souffla Esther, exaspérée.

Elle enroula une de ses belles mèches rousses autour de son index. Esther m'a l'air un peu agacée par cette conversation, mais en même temps heureuse. Étrange.

- Je pense qu'il y a méprise, c'est toi qui n'y comprends rien. Ce type est clairement mal intentionné, répliqua Aylan.

Toujours aussi pragmatique.

- Ecoute Aylan, je te raconte ça parce que tu es mon ami, mais là, tu vas trop loin ! S'emporta Esther, toujours à voix basse.

J'ai du mal à recoller tous les morceaux, mais cette scène est quand même assez particulière. C'est la première fois que je vois ces deux-là se disputer.

Ils sont assez proches, ils ont traversé l'entraînement pour atteindre leurs positions respectives ensemble. Ils se connaissent depuis plusieurs années.

- Bon, je te laisse, je dois aller le voir, lança Esther avant de quitter la pièce.

Cette simple phrase suffit à clôturer la conversation, Aylan n'avait cependant pas l'air satisfait. J'imagine qu'il n'a pas obtenu la conclusion qu'il voulait.

En même temps, la réunion était terminée, aucun des deux n'avait la moindre raison de s'attarder dans cette pièce. Il n'y a que les membres des familles royales qui sont restés, afin de discuter un peu plus, mais même eux, ils ne vont pas tarder à quitter les lieux.

Je dois avouer que cette petite dispute a piqué ma curiosité. Une fois Esther loin, je vins me poster aux côtés d'Aylan.

- Tout va bien ?

Il sursauta légèrement, surpris par mon intervention. Ce dernier, trop plongé dans ses pensées, ne m'avait même pas vu m'approcher.

- Oui, oui, m'assura-t-il, le regard fuyant.

Aylan ne sait décidément pas mentir. Il a trop de mimiques qui laissent entrevoir la vérité au premier venu. Par exemple, il devient raide lorsqu'il se met à mentir, son regard se fait fuyant et il cligne beaucoup plus des yeux qu'à l'accoutumée.

Oui, je vous l'ai déjà dit, mais j'aime particulièrement observer les gens, c'est vraiment un de mes passe-temps favoris.

- Tu sais que tu peux tout me dire, Aylan ? On est amis.

Je pris bien la peine d'appuyer sur le mot « amis », histoire de jouer un peu sur sa corde sensible afin de créer un petit sentiment de culpabilité qui va se développer de manière exponentielle.

Je n'ai pas eu à attendre très longtemps. En effet, au bout de cinq minutes, il soupira, visiblement exténué avant de prendre la parole.

De toute évidence, ça va lui faire un bien fou de parler et il a l'air de s'en rendre compte.

- C'est juste ce type qui tourne un peu trop autour d'Esther, finit-il par lâcher en se triturant légèrement les mains.

Je vins poser ma main sur les siennes pour calmer son anxiété. Je sais qu'il est anxieux par nature, mais j'ai pu constater, à de nombreuses reprises, à quel point ce simple geste est efficace sur lui.

- Qui ? Et pourquoi tu t'en préoccupes ? Es-tu jaloux ?

Je veux juste le taquiner un peu pour détendre l'atmosphère, je sais très bien que lui et Esther n'ont absolument pas ce genre de relations. Il s'inquiète simplement pour son amie.

La taquinerie prit aussitôt, puisqu'il rougit violemment, très gêné. Je ne pus m'empêcher de rire intérieurement. Il est vraiment adorable. Qui aurait cru que le garçon, si réservé et si froid, cachait un cœur d'artichaut ?

- Pas du tout ! S'exclama-t-il

Il attira l'attention des autres sur nous, ce qui l'embarrassa encore plus. Intérêt qui se dissipa quelques secondes plus tard, sauf celui de mon cher prince des Enfers. Il nous observa, arquant légèrement un sourcil.

Je me contentais de lui lancer un simple clin d'œil discret qui le fit légèrement sourire, avant qu'il ne se concentre à nouveau sur sa conversation avec Ace.

Lui aussi, il est très drôle à embêter et pour le coup, je le trouve même encore plus adorable qu'Aylan.

Peut-être parce qu'il trouve toujours le moyen de me rendre la monnaie de ma pièce.

- Tu te moques de moi ! Constata Aylan, ennuyé.

Je me répète, mais adorable.

- Non, je n'oserais pas, lui assurais-je. Allez, raconte-moi tout, je peux peut-être t'aider.

Il se massa la tempe, il a l'air un peu travaillé par toute cette situation. J'espère pouvoir lui apporter mon aide. Je n'aime pas le voir aussi inquiet.

En fait, si ça ne tenait qu'à moi et que j'en avais le temps, je m'attellerais à résoudre les problèmes de tous ceux qui me sont proches. Néanmoins, plus facile à dire qu'à faire, vous me direz.

- Récemment, elle parle à ce type. C'est un des nobles les plus influents, il y a des rumeurs comme quoi, il appartiendrait même au conseil suprême, m'expliqua-t-il.

- Donne-moi son nom.

Je connais toutes les identités de ceux qui siègent au conseil suprême, car puisque j'y ai accès, je ne vais sûrement pas me gêner pour me renseigner un peu sur eux. Je préfère les surveiller de près.

- Julius Vandersen.

- Je vois. C'est effectivement un membre du conseil.

Et un des plus agaçants pour être honnête.

Non pas parce qu'il est incroyablement intelligent ou quoi que ce soit, il est juste terriblement malhonnête et il n'hésitera sûrement pas à empiler les cadavres pour parvenir à ses fins.

- Myriam ! S'exclama-t-il toujours en essayant de rester le plus silencieux possible. Tu ne peux pas révéler une telle information à quelqu'un comme moi.

Hm ? Ah oui, c'est vrai. Seuls les membres des familles royales sont autorisés à avoir accès à ce genre d'infos, mais bon, ce n'est pas vraiment mon problème. Les règles sont faites pour être brisées, non ?

- Et pourquoi pas, hein ? Tu es mon ami. Je te fais confiance.

Il soupira devant ma bêtise apparente, même si je pouvais facilement distinguer les coins de ses lèvres qui se recourbaient légèrement. Il est heureux de la confiance que je lui accorde. C'est mignon.

- Depuis quand est-ce-que ce type et Esther se voient ?

- Environ depuis une semaine. Le principal truc que je retrouve à dire vis-à-vis de leur relation, c'est que premièrement, il est un peu trop manipulateur et possessif à mon goût.

Il marqua un temps de pause, se remémorant probablement des conversations avec Esther si jamais le besoin d'exemples se faisait ressentir. Néanmoins, pas la peine, je lui fais totalement confiance, lui et ses premières impressions, puisque après tout, je partage exactement les mêmes.

Julius Vandersen = source de problèmes. Ce n'est qu'une bombe à retardement dont il faut s'occuper le plus tôt possible.

- En plus de tout cela, il ne prend pas trop son temps avec Esther, il va vraiment beaucoup trop vite en besogne. J'ai peur qu'elle finisse blessée.

- Trop vite en besogne à ton goût, hein ? T'es plus du genre à prendre ton temps avec l'être aimé ?

Il rougit à nouveau et me lança un regard de chien battu. Il en a sûrement assez de mes taquineries pour aujourd'hui. Bon d'accord, j'arrête, alors que je m'apprêtais à m'excuser, une voix se fit entendre derrière nous.

- Quelle conversation intéressante, murmura Aaron à moins d'un mètre de nous.

L'embarras d'Aylan ne fit que s'accroître, après tout, il ne connait pas réellement Aaron, ça se comprend.

- On ne t'a jamais dit que c'était malvenu d'écouter aux portes ? Demandais-je narquoise

Il me répondit par un doux sourire, visiblement peu inquiet par mon reproche.

- Je pense pouvoir me le permettre de temps en temps quand il s'agit de ma fiancée.

Il a décidément réponse à tout. Un petit air espiègle s'installa sur son visage, il est incorrigible.

- Quelle curieuse personne, tu fais, Aaron.

Ça ne me dérange pas de continuer cette petite joute verbale, mais je vais d'abord libérer Aylan. Je doute qu'il ait envie de tenir la chandelle comme le dirait Ace.

- Tu peux y aller, je vais me renseigner sur ce qui se passe avec Esther, tu n'as plus à t'en inquiéter.

- Merci majesté.

- Myriam, corrigeais-je instinctivement.

- Merci Myriam.

C'est sûrement à cause de la présence d'Aaron qu'il n'a pas osé m'appeler par mon prénom. Aylan reste et restera toujours quelqu'un de très à cheval sur les conventions sociales.

Il fila sans demander son reste.

- Tu es vraiment gentille et prévenante, tu t'inquiètes pour tous tes proches, constata Aaron.

- C'est vraiment la moindre des choses que je puisse faire.

- J'ai presque envie de voir ce que tu pourrais faire par inquiétude pour moi.

Si tu savais. Je vins caresser sa joue avec douceur, les yeux pétillants de malice. Cette vision et petite attention le firent presque instantanément sourire.

- Je serais prête à retourner les quatre mondes pour toi.

Nous étions plus que tous les deux dans la pièce, ils sont tous enfin partis. S'ils étaient encore là, je ne me serais pas adonné à ce petit jeu.

- Rien que ça, murmura-t-il d'une voix grave.

Cette voix grave provoqua instinctivement de délicieux frissons dans mon corps. Je pourrais l'écouter parler pendant des heures.

- Et tu vaudrais encore plus que ça, encore plus de sacrifices, continuais-je.

Une partie de moi a simplement envie de le taquiner, mais une partie de moi ne plaisante absolument pas lorsque je prononce ces mots. Je serais prête à faire beaucoup de choses pour Aaron.

- J'ai du mal à dire si tu le penses sincèrement ou si tu es juste en train de flirter pour me faire perdre mes moyens.

Il était dos à un des piliers qui venait soutenir notre magnifique toit, les mains enfouies dans ses poches. C'est fou, même dans une situation aussi anodine, on pourrait me faire croire qu'il est en train de poser pour un magazine.

Le charme Hillhells, je suppose. Non, rectification, le charme d'Aaron Hillhells.

- Si je voulais te faire perdre tes moyens, c'est d'autres méthodes que j'utiliserais.

- Lesquelles ?

- Qu'est-ce-que tu es curieux aujourd'hui.

- Je suis toujours curieux quand il s'agit de toi.

- Oh, vraiment ? Qu'est-ce-que tu souhaites savoir à mon sujet ? Je suis prête à répondre à toutes tes questions.

Il passa délicatement son bras autour de ma taille, avant de m'attirer vers lui, je vins naturellement amortir le choc inexistant de mes mains.

Ces dernières se retrouvèrent donc naturellement sur son torse. Je vous vois venir. Non, je n'en profite pas.

Il baissa légèrement la tête, pour venir murmurer dans mon oreille. Je crois qu'on n'a jamais été aussi proches. Mon cœur se mit de son propre chef à battre à la chamade. Il sent décidément toujours aussi bon. Cette délicieuse odeur fruitée et florale à la fois.

Vous savez ce qui est drôle ? Petite story time, je suis actuellement incapable de distinguer les parfums entre eux. Pour moi, c'est toujours la même chose, les parfums me piquent juste le nez et me font éternuer. Je n'arrive pas à ressentir leurs arômes.

Néanmoins, celui d'Aaron ne m'agresse pas les narines (charmant, je sais).

Comme quoi, même dans ce genre de trucs futiles, on est compatibles.

Fin de la story time.

- J'ai une liste de questions que j'aimerais te poser, mais je crois que ce n'est pas encore le bon moment pour te les poser.

Sa voix était doucereuse, venant m'envoûter pour une énième fois. Son souffle se répercutant contre ma nuque, je frémis avant de me rapprocher encore un peu plus de lui.

On est pratiquement collés l'un à l'autre.

- Je fais confiance à ton intuition alors, mais sache que j'apprécie énormément quand tu te confies à propos de tes émotions. Tes commentaires sur mon livre étaient juste... Vraiment plaisants à lire.

C'est le moins qu'on puisse dire. Ses petites annotations ont vraiment fait chavirer mon cœur à plusieurs reprises.

C'est un peu comme vous quand vous lisez un livre ou regardez une série romantique et qu'il se passe un truc un peu... Intéressant, on va dire, vous ne pouvez pas vous empêcher d'arrêter deux minutes, juste le temps de calmer votre rythme cardiaque.

- Tu m'en vois ravi, je m'ouvrirai encore plus à l'avenir alors.

- Qu'est-ce-que j'ai bien pu faire dans une autre vie pour mériter un gars comme toi, hein ?

- C'est moi qui devrais me poser cette question.

On resta silencieux, appréciant juste l'étreinte et la présence de l'autre.

À cet instant, je n'ai absolument pas envie d'être nulle part ailleurs que dans ses bras, et ça m'a l'air réciproque.

Je dus réellement faire un effort titanesque pour m'écarter, je dois aller voir ce qu'Esther fabrique, même si j'avoue que je n'ai réellement pas envie qu'on se sépare.

- Déjà ? Soupira-t-il

Visiblement, le sentiment est réciproque. Ça me mit du baume au cœur.

- Surveille ton téléphone, je vais te proposer quelque chose ce soir, lui assurais-je.

- Je prends note.

Aaron ne répond jamais au téléphone, que ce soit des appels ou des messages d'après Ace. Il n'y fait simplement pas attention. Lorsque Ace m'a fait part de cette information, j'ai eu du mal à ne pas rire.

Pour la simple et bonne raison qu'Aaron me répond toujours dans la minute, il doit simplement ignorer les autres messages ou appels.

- À plus, mon cœur, me moquais-je ouvertement.

Il se figea sur place, surpris.

- Juste une petite vengeance pour le princesse de la dernière fois.

- Qu'est-ce-que tu es rancunière.

Il marqua un temps de pause, un sourire en coin.

- Darling.

Je rougis violemment, avant de lui lancer un regard meurtrier qui l'amusa énormément. Ce surnom a clairement un certain effet sur moi et je doute qu'il n'ait pas remarqué.

- Je commence à vraiment beaucoup trop t'aimer.

Ses yeux se mirent à pétiller, un grand sourire se dessinant sur son visage. Adorable.

En fait, si j'écoutais la petite voix dans ma tête, je crois que je passerais tout mon temps libre avec Aaron. Il me fascine dans tous les sens du terme.

- À plus, lançais-je avant de quitter la pièce.

- À ce soir.

Ce ne fut pas très compliqué de retrouver Esther et le dénommé Julius, ils étaient en train de discuter au détour d'un couloir.

Ce Julius m'a l'air vraiment sûr de son coup pour s'exposer aussi délibérément. Il est peut-être encore plus stupide que ce que je ne le pensais, c'est inquiétant, car je n'avais pas déjà énormément misé sur son compte.

Je vins me cacher pour pouvoir les espionner tranquillement. Ils sont dans leur petit monde de toute façon, je n'ai même pas vraiment besoin de me cacher.

- T'es vraiment jolie aujourd'hui. Tu n'as rien à envier aux princess-es, tu es sublime, affirma Julius en venant caler une mèche de cheveux derrière son oreille.

Esther ne put que rougir en entendant ce compliment. C'est un beau parleur. Il a parfaitement cerné les problèmes de confiance en soi d'Esther, c'est justement pour ça qu'il a besoin de donner plus de poids à son compliment en la comparant physiquement aux princess-es.

En faisant ça, il fait d'une pierre deux coups, il entretient doucement, mais sûrement une rivalité entre les héritières et par extension, les monarchies et Esther dans l'imaginaire de cette dernière.

Je vous l'avoue, c'est subtil de comprendre cette technique de manipulation.

Néanmoins, Julius n'a assurément pas réfléchi autant.

En tout cas, c'est ridicule. Quelqu'un qui veut vous faire un compliment sincère sait qu'il n'a pas besoin de vous mettre en compétition avec quiconque.

Esther est magnifique, ça crève les yeux. Pas besoin de tout ce charabia.

- D'ailleurs, tu devrais arrêter de parler à Aylan, ça me rend un peu jaloux.

- Mais c'est mon ami, répliqua Esther un peu mal à l'aise.

Maintenant, il essaye de l'isoler pour pouvoir exercer son influence plus facilement sur elle. Il a dû se rendre compte qu'Aylan est bien plus pragmatique et qu'à force de converser avec Esther, il pourrait bien lui faire voir la réalité en face, faisant tomber à l'eau tous les plans de Julius.

Ce type est vraiment une ordure et en plus, il n'est même pas un peu novateur. C'est simplement un abruti fini qui a les yeux plus gros que le ventre.

- Qu'est-ce-que tu fais ? Me chuchota Yuki qui marchait dans ma direction.

Je lui fis signe de rester silencieuse, elle resta donc muette avant d'espionner avec moi. Je n'ai pas spécialement envie de me faire repérer, ça pourrait mettre en danger Esther.

Les deux étaient toujours en train de flirter, enfin, si on peut appeler ça flirter.

- Quel beau parleur, murmura Yuki en l'entendant parler.

J'esquissais un sourire amusé. Il ne lui a pas fallu longtemps pour arriver à la même conclusion que moi.

- Un manipulateur de bas-étage, répondis-je simplement.

- C'est vrai qu'en manipulation, toi, tu t'y connais.

Elle m'observa, amusée, avec son regard toujours aussi perçant que d'habitude. Franchement, son regard, c'est quelque chose. Il serait presque capable de me mettre mal à l'aise.

- Les autres n'ont peut-être pas remarqué, mais tu es une très grande actrice. Une actrice née même.

Je n'ai pas encore eu beaucoup d'occasions de discuter avec Yuki, contrairement aux autres héritiers que je côtoie, même en dehors de mes heures de « travail ».

- Je ne vois pas ce que tu veux dire, répondis-je narquoise.

J'ai vraiment répondu du tac au tac, je suis bien curieuse de voir jusqu'où elle est prête à aller. J'ai déjà ma petite idée sur ce qui l'intéresse et je vais me prêter au jeu.

J'ai envie de créer des amitiés solides avec chacun des héritiers, Yuki ne déroge pas à la règle.

- Je ne sais pas, peut-être comme le fait que ce sourire que tu arbores en ce moment-même est complètement faux.

Mon sourire se volatilisa aussitôt, son sourire redoubla d'intensité en revanche.

Qu'importe, ce n'est qu'un sourire de surface.

- Pourquoi est-ce-que tu souris alors que tu es troublée ? Demandais-je alors. Ça t'effraie un peu que je puisse jouer aussi bien la comédie, non ?

J'avais prononcé ces mots, tout en attrapant délicatement son visage par le menton à l'aide de deux doigts pour le relever doucement, avant de planter mon regard dans le sien. Cette fois, elle n'a plus du tout l'ascendant grâce à son regard perçant.

Yuki est clairement l'héritière qui a le plus d'aplomb, ce n'est pas facile de lui faire perdre ses moyens.

Pourtant, cette fois-ci, elle était légèrement troublée, cela se voyait à ses mains qui étaient comme figées dans le vide et aussi par la façon dont elle ne m'avait pas repoussée.

Elle est en situation de faiblesse et elle le sait, même son instinct le plus primaire lui crie de se retirer sur le champ en ce moment même, mais elle est comme paralysée par un sentiment qui lui était bien inconnu jusqu'à aujourd'hui.

- Je me demande seulement quel est ton but, répondit-elle d'une voix doucereuse.

Visiblement, elle en a encore dans le ventre. Est-ce là une dernière tentative désespérée pour se sortir d'une situation très inconfortable ou alors, elle est prête à se pousser elle-même dans ses retranchements ?

- Créer un monde juste, répondis-je presque instantanément.

Elle tenta de déceler la moindre trace de mensonge dans mes dires, seulement, il n'y en aura pas et elle s'en rendit rapidement compte. Yuki finit alors par se taire pour analyser cette dernière conversation.

Je me permis donc de la laisser de côté, afin de pouvoir écouter de nouveau la conversation entre nos « deux tourtereaux ».

- J'ai hâte que tu deviennes commandante en chef des armées, lança Julius souriant.

Voilà donc la raison de son petit manège. Enfin, pas besoin d'être devin pour le voir venir à des kilomètres. Seulement, Esther est bien trop amoureuse pour s'en rendre compte. La pauvre. La chute va être brutale et douloureuse.

- Rien n'est joué. Myriam a simplement dit qu'elle me verrait bien occuper à ce poste. C'est juste parce qu'elle n'apprécie pas Nash, elle veut le rétrograder le plus vite possible, ajouta-t-elle.

Esther, tu es trop naïve. Tu te jettes droit dans la gueule du loup. Tu lui fournis beaucoup trop d'informations. Si ce n'était pas Esther, je serais légèrement en colère, néanmoins, je sais très bien qu'elle n'est qu'une victime dans cette histoire.

C'est après moi que ce type en a et c'est moi qui vais lui rendre la monnaie de sa pièce. Il ne perd pour rien attendre.

- Du moment qu'elle n'envisage que toi, c'est bon. Ton rôle est important, tu sais. Le conseil n'apprécie pas grandement Myriam Heaven, elle est trop problématique.

Ça, je m'en suis très rapidement rendue compte. Depuis le jour où j'ai forcé le passage avec ma loi pour la protection des enfants.

C'est facile pour eux, leurs enfants fréquentent les meilleurs instituts du monde, occupent des postes importants, ils ne pourront jamais comprendre la peur des parents qui n'ont jamais de quoi finir le mois ou encore l'angoisse quotidienne que traversent les enfants qui sont orphelins et incapables de subvenir à leurs besoins.

Ça les dépasse complètement ce genre de tracas. Quel triste monde.

- Mais Myriam est mon amie, répondit naïvement Esther.

- Tu rêves, c'est du sang royal qui coule dans ses veines, elle se fout éperdument du peuple.

Oui, oui, l'hôpital qui se fout de la charité. Les monarques sont loin d'être des gens du peuple, mais s'il y a bien deux groupes qui se fichent éperdument du peuple, c'est bien le conseil suprême ainsi que le temple suprême.

- Mais, tenta vainement de protester Esther.

Pauvre Esther. Elle tente tant bien que mal de me protéger. Elle est mignonne. C'est bien pour ça qu'elle n'aura pas à être inquiétée de la suite de cette affaire. Je la protègerai.

Constatant que son emprise était loin d'être totale, Julius passa à la vitesse supérieure. Il prit délicatement le visage d'Esther dans les paumes de ses mains.

- Fais-moi confiance, Esther. Cette fille ne veut du bien à personne. Tu me fais plus confiance qu'à elle, non ?

Esther hésita longuement, elle se dandinait presque sur place. Je suis touchée par sa loyauté, elle n'a pas l'air si encline à me trahir.

- Esther, je veux qu'on sorte ensemble et qu'on se marie, si tu ne me fais pas confiance, ça ne va pas marcher.

Le coup fatal. Esther aura fait de son mieux, n'importe qui pourrait en attester. Je sais bien qu'elle a énormément de problèmes avec la validation masculine.

- Tu as raison, je suis désolée.

- Ce n'est pas grave, mon cœur.

Il déposa un baiser sur son front, avant que les deux ne se séparent et prennent différents chemins. Esther était repartie, les épaules légèrement affaissées. Tout ceci la travaille, mine de rien. Je dois donc me dépêcher de ce problème au plus vite.

- Le conseil suprême se méfie de toi, constata Yuki. C'est très mauvais signe pour toi.

- Je m'en fiche éperdument, déclarais-je peu inquiète.

- Quelle confiance en soi, rit Yuki.

Je lui souris, amusée.

- Tu as vraiment l'air de t'intéresser à moi. Je trouve ça un peu étonnant. On s'est très rarement parlées.

Elle acquiesça, confirmant mes dires. Alors, c'est réellement de l'intérêt, hein ?

- Tu m'intéresses, déclara-t-elle. Je pense que tu es capable de me divertir.

- Dans quel sens ?

- Les autres te font confiance, moi, ce n'est pas vraiment mon cas. Je pense que tu as beaucoup à apporter, mais j'ai bien peur que le jeu n'en vaille pas la chandelle.

Je l'observais, les bras légèrement croisés sur ma poitrine. La personnalité de Yuki est vraiment très particulière.

- Je préfère me méfier de toi encore un peu. Après tout, il faut bien quelqu'un pour s'en charger. Nayra te fait confiance à présent, Ace ne s'est jamais méfié de toi et Aaron, je n'en parle même pas. Il te fait aveuglément confiance.

J'entretiens de bonnes relations avec les autres héritiers, honnêtement, je les apprécie tous beaucoup. Nayra est d'excellente compagnie, c'est une personne très intéressante.

Ace me fait vraiment rire, j'apprécie beaucoup les moments que nous partageons dont je ne vous ai encore jamais parlé pour l'instant.

Et enfin, Aaron, c'est.. Particulier. D'eux tous, il est celui dont je suis le plus proche. Je ne vais pas m'étendre sur mes sentiments là tout de suite, ce n'est pas clairement pas le bon moment. Pas avec Yuki qui me fixe aussi intensément.

- Tu penses que je les ai manipulés ?

Je me demande bien ce qu'elle pense franchement de moi, mais vu son sourire énigmatique, je me doute bien qu'elle ne va pas me répondre aussi sincèrement que je l'espère. Je vais devoir me contenter de son sourire comme réponse.

- Qu'est-ce-qui te fait croire que je ne pourrais pas te manipuler également, si c'était le cas ?

- J'aimerais bien t'y voir, déclara-t-elle souriante.

- C'est un défi ? Répondis-je narquoise, plongeant mon regard dans le sien.

- Ça se pourrait bien.

Je soupirais, amusée. J'avais vu juste, elle aime particulièrement ajouter un peu de piment à sa vie, quitte à tourmenter les autres. Quelle personne étrange.

Nayra, quand elle se méfiait encore de moi, m'évitait ou cherchait à obtenir des informations.

Yuki, elle, elle veut juste que je la divertisse. Ce sont vraiment deux attitudes diamétralement opposées.

- Très bien, mais ça va devoir attendre. Je dois m'occuper de ce Julius dans un premier temps.

- Laisse-moi donc assister à tout ça, je suis très curieuse de voir tout ça de plus près.

- Fais-toi plaisir.

Ça fait un petit moment que nous avions quitté le couloir, on était à présent dans un des salons du palais Park, en train de siroter un bon thé noir.

Ce thé est encore meilleur que celui que j'ai bu chez la marquise Mahr. Les biscuits sont vraiment pas mal dans leur genre. Un vrai petit délice. Ça vaudrait presque le coup de se coltiner la présence de Yuki Park.

- Comment comptes-tu t'y prendre ? Julius Vandersen a une influence incroyable au sein du conseil suprême, en plus d'être quasiment omniprésent chez les nobles. Ça ne va pas être simple de le faire tomber tout en s'en sortant indemne.

- C'est simplement un imbécile qui se croit plus malin qu'il ne l'est réellement, répondis-je en soufflant sur ma tasse de thé.

Délicieux ce thé, vraiment. Je devrais lui demander plus tard où est ce que le palais Park s'en procure, mais malheureusement, ça n'a pas l'air d'être le genre de choses dont elle veut discuter.

- C'est typiquement le genre d'idiots à toujours viser plus haut, par pure gourmandise. Donc dans son cas, on n'a qu'à l'appâter, le faire énormément miser avant de le détruire, expliquais-je.

- Comment comptes-tu t'y prendre, concrètement ? Répéta-t-elle.

Elle ne se contentera décidément pas de mes réponses abstraites, elle veut plus. Drôlement avide décidément. Ça contraste beaucoup avec son apparence sage. Comme quoi, il ne faut vraiment pas se fier aux apparences.

Je souris, croisant élégamment les jambes avant de me prélasser dans le divan.

- Tu ne vas pas simplement te contenter d'assister à tout ça, tu vas y prendre part.

Pas la peine de lui répondre, c'est encore mieux si elle y assiste, ça devrait satisfaire sa soif de sensations et par conséquent, elle devrait me laisser tranquille pendant un moment.

Elle rit doucement. Un rire vraiment charmant. Elle est décidément élégante en toutes circonstances.

- Et comment donc ?

- Je ne sais pas, on pourrait faire intervenir Flora Hélis, Anastasia Levi, Maria Hern etc.. Tu choisis qui ?

Elle se figea sur place, avant de me regarder, interdite. En même temps, j'ai découvert son petit secret. Secret qu'elle a férocement protégé. Elle doit un peu tomber des nues.

- Comment est-ce-que tu es au courant ? Demanda-t-elle calmement.

Elle réussit quand même à garder son calme. Quelle prouesse.

- Si tu n'es pas facile à duper, c'est également mon cas.

Elle m'observa quelques secondes, avant d'éclater de rire. Fou rire qui dura plusieurs minutes.

Bon, le temps qu'elle s'en remette, je vais vous expliquer son fameux petit secret.

Si vous avez une bonne mémoire, vous devez sûrement vous rappeler que j'avais dit, dans le premier chapitre, que les héritiers avaient dû conserver leurs identités secrètes jusqu'à leur entrée en seconde, n'est-ce-pas ?

Néanmoins, rien ne les interdisait de se pavaner sous de fausses identités et apparences, du moment qu'ils ne se faisaient pas prendre.

C'est exactement ce que Yuki a fait. Elle a enchaîné les fausses identités, ainsi que les fausses apparences, elle a conquis de nombreuses industries du divertissement.

Elle a tout fait. Actrice, chanteuse, mannequin, présentatrice télé... Tout lister prendrait des heures.

Je le sais parce que j'ai toujours été très intéressée par ces industries-là, surtout celle de la mode, j'ai donc facilement remarqué que certaines mannequins avaient exactement la même aura et la même démarche !

Un peu comme avec Iriel d'une certaine manière. Ainsi, Yuki n'a pas pu échapper à mon radar, mais je suis vraiment une exception, excepté moi, elle a vraiment berné tout le monde.

- T'es vraiment exceptionnelle pour avoir vu clair dans mon jeu, je suis franchement impressionnée. Comment est-ce-que tu as réussi à me démasquer ?

Normalement, un magicien ne révèle pas ses astuces, mais bon, je vais plus ou moins faire une exception. Histoire de commencer à instaurer une relation de confiance entre nous deux.

- Disons que j'ai simplement l'œil pour reconnaître la prestance d'une personne. Et toi, qu'importe ton apparence physique, tu as toujours conservé cette confiance inébranlable en toi-même qui émane à des kilomètres.

Elle m'observa longuement, tout en buvant une nouvelle gorgée de thé. Je pense qu'elle doit se rendre compte de la similarité de sa situation avec celle d'Iriel, ça doit lui paraître donc à fait plausible.

- Tu as visé juste, en tout cas, me concéda-t-elle. J'interviens dans les différentes sphères d'influence, sous des apparences différentes, pour prouver un argument.

- Lequel ?

J'avoue que pour le coup, je suis plutôt intéressée. Je me demande vraiment pourquoi elle fait ça. Elle s'y adonne régulièrement après tout, il doit forcément y avoir une raison.

- Celui qu'une personne qui souhaite obtenir quelque chose le peut. Qu'importe son visage, sa silhouette, qu'importe son apparence de manière générale, tout ce qui compte, c'est avoir une confiance en soi inébranlable.

En voilà une mentalité de vie bien intéressante. Honnêtement, je la rejoins totalement sur le propos. Rien n'est hors de la portée de qui que ce soit. Ne l'oubliez jamais. On a tendance à trop vite baisser les bras, c'est humain, mais ce qui est encore plus humain, c'est de se relever.

- Tu as raison, approuvais-je simplement. La confiance en soi apporte naturellement du charisme. C'est pour ça que les gens comme Iriel sont terriblement effrayants. Elle a ce don pour ensorceler les foules. Les plus simplets penseraient que c'est dû à sa beauté.

Ça parait naturel pour une personne lambda de réfléchir de cette façon, sauf que non. Iriel et les gens de sa trempe sont loin de se reposer sur une simple apparence physique.

- C'est une erreur. C'est cette façon qu'elle a d'exister et de faire exister les autres qui lui confèrent autant de puissance. Rien qu'à travers des vidéos, j'ai vu ce pouvoir. Elle excelle vraiment dans ce domaine.

Yuki acquiesça, approuvant tout ce que je disais. Contrairement à moi, elle a pu rencontrer Iriel en personne, quand elle était encore la reine Heaven, elle comprend parfaitement ce que je veux dire.

Avec ma rencontre avec Héméra (enfin Iriel), j'avais pu ressentir quelque chose de similaire, mais elle avait tout de même essayé de diminuer son éclat pour ne pas trop me mettre la puce à l'oreille.

- Tu sais ce qui est terrifiant, Yuki ?

- Quoi donc ?

- C'est que si jamais elle revenait à cet instant, nous ne pourrions rien faire, elle réussirait à manipuler la vérité et à se faire aimer du peuple à nouveau. Elle aurait deux mondes à sa merci.

- C'est effrayant, effectivement.

Il y a bien plus effrayant que ça, mais Yuki ne semble pas avoir encore eu le déclic.

- Non, tu ne comprends pas. Ce qui est effrayant, c'est qu'elle pourrait avoir deux mondes à sa merci, mais qu'elle ne fait rien. Elle essaye donc d'obtenir quelque chose d'encore plus alléchant.

- Oh, murmura Yuki, réalisant enfin ce que je voulais dire. Qu'est-ce donc à ton avis ?

- Je l'ignore encore pour l'instant, mais ça ne saurait tarder.

Elle hocha la tête, elle a beau dire ne pas me faire confiance en tant qu'individu, sur le plan intellectuel, elle me laisse presque carte blanche.

Je suis flattée.

- Malgré ce problème, tu comptes quand même accorder du temps à Esther ?

C'est vrai que ça devrait normalement être ma dernière priorité, voire carrément le cadet de mes soucis, sauf que je me soucie réellement d'Esther.

- Esther est mon amie, je ne peux pas la laisser être brisée par cet imbécile.

- Tu es drôlement humaine, je ne l'aurais pas cru. Enfin, pour charmer Aaron, je suppose que tu as un bon fond.

Yuki a l'air d'avoir une très bonne opinion d'Aaron. J'ai entendu dire que Nayra et Yuki estimaient particulièrement Aaron et n'hésitaient pas à lui confier tous leurs tracas et appréhensions. C'est Ace qui me l'a dit.

J'avoue que ça ne m'étonne guère. On a facilement envie de se confier quand on discute avec lui.

Il est de très bon conseil et fait preuve d'une délicatesse très agréable.

Je me contentai de hausser les épaules, ne la relançant pas sur le sujet Aaron.

- J'ignore pourquoi vous imaginez tous que je suis un monstre.

- Je crois que c'est à cause de tes yeux.

- Mes yeux ?

- Ils sont comme morts ou éteints si tu préfères. Ils ne se rallument qu'au contact de certaines personnes, alors quand on ne fait pas partie de ces personnes, on a tendance à imaginer le pire à ton propos.

Des yeux morts...? C'est vraiment une remarque particulière. C'est drôle puisque rien que récemment, Aaron, lui, affirmait que mes yeux pétillaient. J'imagine qu'elle a raison, ça doit varier en fonction des personnes qui m'entourent.

- Je vois, j'y ferai attention à l'avenir.

Ce n'est sûrement pas ce qu'elle aurait aimé entendre, mais je n'ai vraiment pas envie de m'éterniser sur ce sujet.

Je pris un dernier biscuit, avant de lever les yeux vers elle. Cette dernière était déjà en train de m'observer, ses lèvres dissimulées par sa tasse en porcelaine.

- Pour le plan, je te ferais signe.

Elle acquiesça, j'ai déjà tous les détails de ce fameux plan en tête, mais je n'ai vraiment pas envie d'en parler maintenant. Je suis assez fatiguée et j'ai vraiment autre chose à gérer.

- C'était un plaisir de discuter avec toi. À bientôt, Yuki.

- Au plaisir, Myriam.

NDA : Alors ce chapitre ? Personnellement, j'ai bien aimé l'écrire pour plusieurs raisons. La première est que j'aime énormément Yuki, je suis donc contente que ce soit enfin " son moment". J'essaye d'introduire et de développer les héritiers petit à petit ! Deuxièmement, j'aime beaucoup la façon dont Myriam se développe. Elle a montré beaucoup de capacités dans les chapitres précédents, mais dans celui-là, je ne sais pas, je trouve ça un peu différent. N'hésitez pas à me dire ce que vous en pensez !

Chapitre vingt-six :

NDA : Chapitre bien plus court que le précédent, en fait à la base, c'était un seul et même chapitre, mais il était vraiment trop long. Du coup, j'ai essayé de le couper à un moment adéquat. Je ne suis pas vraiment convaincue du découpage, mais bon ! Je le corrige demain, donc désolée pour les fautes. Le prochain chapitre sera un chapitre du point de vue d'Aaron, il est quasiment prêt donc je pense le partager demain. Bonne lecture !

Bon, maintenant, je dois essayer d'engager la conversation avec Eden. J'ai déjà arrangé un dîner chez nos parents ce soir, on a besoin de les revoir, surtout moi. J'en ai besoin. Je vais également inviter Aaron pour éviter qu'Eden se méfie et aussi parce que j'ai un peu envie de le voir...

Je pianotais donc sur mon téléphone pour les inviter.

Aaron répondit presque instantanément à mon message, acceptant l'invitation. En revanche, Eden mit un peu plus de temps à répondre, mais il finit par se résoudre à accepter. En même temps, il ne peut clairement pas m'éviter éternellement et il n'a sûrement pas envie de poser un lapin à nos parents.

Pour l'occasion, j'ai préparé tout un petit tas de cadeaux pour mes parents. Ils vivent beaucoup mieux depuis que nous avons été couronnés. En même temps, ça aurait été bien honteux de notre part de les laisser croupir dans la pauvreté.

Néanmoins, on ne devrait pas avoir à être couronné pour éviter à ses parents de vivre dans la pauvreté. Ce n'est qu'une question de temps avant que je ne règle ce problème de pauvreté qui nuit à toute notre société.

Une fois la nuit tombée, on se rejoignit devant le palais Park. Je rappelle que j'ai été adoptée dans ce royaume à la base. Je connais cet endroit un peu comme ma poche. Ne vous en faites pas, je vais vous décrire ce royaume paradisiaque du mieux que je peux dans un futur proche. Ce royaume et les autres.

Bon, revenons-en à nos moutons. Nous n'étions plus qu'à quelques pas de notre maison, cette dernière est de taille modeste. Mes parents ont refusé qu'on leur en achète une nouvelle, c'est normal dans un certain sens, ils y sont attachés. Les lumières de la cuisine et du salon sont allumées, ils doivent être en train de s'activer pour tout préparer.

J'étais en train de marcher, avec Aaron à mes côtés. Eden, quant à lui, était devant nous et ne nous prêtait pas la moindre attention.

Franchement, même sous ce magnifique ciel étoilé, j'ai vraiment un mal fou à ne pas laisser cette situation m'atteindre.

Par, je ne sais quel moyen, Aaron s'en rendit compte, il prit discrètement ma main dans la sienne pour la serrer légèrement, comme pour me témoigner son soutien.

- Courage, cette soirée, c'est pour régler ça, murmura-t-il.

Il a raison. Je ne vais pas me laisser abattre aussi facilement. Eden ne pourra pas continuer à être muet comme une carpe éternellement. Ce dernier ouvrit la porte, laissant place à notre mère qui se précipita aussitôt vers nous pour nous serrer dans ses bras.

- Mes petits cœurs, s'exclama-t-elle enjouée.

Ça fait plaisir de voir qu'elle n'a rien perdu de son enthousiasme habituel !

Nos parents nous serrèrent dans leurs bras quelques minutes, avant de se tourner vers Aaron. Ils s'apprêtèrent à s'incliner, mais ce dernier les stoppa nets.

- Je ne suis pas ici en tant que prince, mais en tant que l'ami de vos enfants, affirma-t-il un peu embarrassé et précipitamment.

Il fit apparaître le petit sac rempli de cadeaux qu'il avait soigneusement préparé, après m'avoir harcelée de questions sur les goûts et intérêts de mes parents. Comment ne pas tomber amoureuse après ça, hein

- Oh, il ne fallait pas ! Affirma mon père, un peu gêné.

- Non, non, c'est normal. Vous êtes les parents de mes meilleurs amis, merci d'avoir pris et de continuer à prendre soin d'eux, répondit Aaron en s'inclinant légèrement.

Mes parents le regardèrent un peu décontenancés. En même temps, ce n'est pas tous les jours que le prince des enfers s'incline devant qui que ce soit. Ça déstabiliserait n'importe qui.

Aaron se releva, légèrement gêné, il doit probablement se demander s'il en a trop fait. Il a vraiment un comportement si mignon parfois. Ma mère se rendit compte de sa gêne et décida de dévier le sujet.

- Un peu plus que l'ami de ma fille, toutefois, pouffa ma mère.

Oui bon, visiblement, le changement de sujet doit se faire à mon détriment !

- Maman ! M'exclamais-je

Elle me lança un regard complice, avant de pouffer avec mon père comme les deux gamins qu'ils sont. Incorrigibles, ces deux-là !

On pénétra à l'intérieur de la maison, on peut déjà sentir les doux arômes de la cuisine de ma mère. J'ai l'impression que ça fait une éternité que je n'ai pas senti cette délicieuse odeur.

Impossible d'éviter cette petite bouffée de nostalgie qui était en train de se propager dans mon corps.

- Qu'est-ce-que ça fait du bien de revenir à la maison ! m'exclamais-je. Pas vrai, Eden ?

- Ouais, répondit ce dernier un peu maussade. Je vais rester un peu dans ma chambre, je vous rejoins plus tard.

Il ne laissa à personne le temps de lui lui répondre, il était déjà monté dans sa chambre pour verrouiller cette dernière quelques secondes plus tard.

Un léger silence plana dans la pièce. C'est compréhensible, on est vraiment à des années lumières du Eden habituel.

- Tout va bien ? S'inquiéta mon père qui s'était décidé à rompre le silence.

- Oui, ne t'en fais pas. Il est juste un peu fatigué.

- Oh mon pauvre chou, le dîner n'est pas encore prêt de toute manière. Profitez-en pour vous reposer, tu peux faire visiter à Aaron, Myriam.

- Bien sûr.

Je me tournais instinctivement vers Aaron, avant de prendre sa main dans la mienne. Ce geste me paraît presque naturel pour moi. Même habituel.

Néanmoins, pour mes parents, c'est une autre histoire, ces derniers eurent du mal à réprimer leurs sourires. On ferait mieux de s'éclipser si on veut éviter de nouvelles taquineries.

- Allez viens, je vais te faire visiter un peu.

Ce dernier se contenta de sourire avant de me suivre. On monta donc à l'étage après avoir rapidement visité le rez-de-chaussée. On a eu le droit de goûter à la soupe que ma mère avait préparé. Rien que pour ça, cette petite visite en valait le coup.

- Bon, là, c'est la chambre de mes parents, et à côté, c'est celle d'Eden. La mienne, c'est celle au fond du couloir. Tu veux la voir ?

Je mis quelques secondes à me rendre compte de ce que je venais de proposer. C'est ridicule, mais c'est la première fois que j'invite un garçon dans ma chambre. En plus, ce garçon, c'est Aaron. Celui qui occupe un peu trop mes pensées ces derniers temps.

Aaron esquissa un petit sourire amusé en voyant mon air embarrassé.

- Laisse tomber, ajoutais-je aussitôt.

- Non, non, on y va, répondit-il narquois.

J'imagine que c'est trop tard pour me défiler. Ma chambre d'enfance est plutôt petite, il n'y a pas vraiment de décorations particulières. Quelques posters par-ci, par là. Le seul élément un peu notable de cette pièce, ce sont les étagères pleines à craquer de livres.

- T'es vraiment une grande lectrice. Tu as d'excellents goûts littéraires, à part ton amour pour Ash Ford.

C'était bien parti, mais évidemment, il ne pouvait pas s'empêcher de lancer une petite vanne. Apparemment, notre date n'était pas suffisant pour le convaincre du talent d'Ash Ford.

Si la discussion ne marche pas, alors il faut recourir à la violence. Hey, ne me regardez pas comme ça, je plaisante !

Je vais me contenter de lui pincer le bras, tout en affichant une mine outrée.

- Ne critique plus Ash Ford devant moi.

Un petit sourire vint se dessiner sur ses lèvres. J'observais un peu trop longtemps ces dernières. Heureusement qu'il est trop occupé à regarder les livres présents dans ma petite bibliothèque.

- Oh. Un journal intime, remarqua-t-il.

- Pas touche, hein.

- Je ne me permettrai jamais. Même si j'aimerais bien le lire.

- Ce n'est pas très intéressant, j'y racontais des trucs de gamine.

- Du style tes petits crush etc ?

Évidemment, c'est la première chose à laquelle il pense. C'est drôle parce que du coup, ça en dit plus sur lui que sur moi. Il doit probablement avoir un journal intime dans lequel il raconte ce genre de trucs. Je vais bien me garder de lui dire, sinon il va se méfier et cacher son journal intime, ce qui est bien la dernière chose dont j'ai envie !

Je me laissais tomber sur mon lit, amusée.

- Je n'ai jamais eu de crush, disons que tu es vraiment ma première expérience.

- Oh, vraiment ? As-tu un crush sur moi ?

- Je pense qu'il faudrait être un peu aveugle pour ne pas l'admettre, ou être de particulièrement mauvaise foi.

- Oh, t'as toujours été pas mal niveau mauvaise foi. Ce ne serait pas surprenant.

J'attrapais un coussin avant de lui lancer le dessus, il l'esquiva aisément, tout en l'attrapant de sa main droite. Maudits réflexes !

- Ravi d'être ton premier crush, en tout cas !

Il sourit un peu trop. Certes, son sourire est très attirant, mais là n'est pas la question.

- Et toi, alors ? Tu n'as jamais aimé que moi ?

Il s'était saisi d'un livre qu'il était en train de feuilleter, il leva alors son regard doucement avant d'esquisser un nouveau sourire, encore plus séduisant cette fois-ci.

- Bien sûr, répondit-il sans même y réfléchir une seule seconde.

Sa sincérité n'a de cesse de me décontenancer et d'augmenter le nombre de battements par minute de mon cœur. Il ne pourrait pas me ménager un peu ?

- Ça ne te gêne jamais de dire si facilement ce genre de trucs à haute voix ?

- Non. Si une safe place devait être personne, alors tu serais la mienne. Je suis juste à l'aise avec toi.

Il s'assit au coin du lit. Je suis sa safe place ? Il n'a définitivement pas choisi ce terme au hasard, il sait à quel point...

- Comme le dirait sûrement Ash Ford, « you just feel like home ».

Je le savais ! Il l'a fait exprès. Ash Ford fait souvent référence au concept de safe place. C'est un thème très récurrent dans certains de ses recueils, surtout lorsqu'il fait référence à son premier amour.

Ainsi, le fait qu'il utilise ce terme dans ce cas précis, désolée, mais c'est un peu trop pour moi.

Je détournai naturellement le regard, embarrassée, roulant sur le dos pour ne plus lui faire face. Franchement, si Aaron le voulait, il pourrait charmer n'importe qui et clairement, je ne fais pas exception à la règle.

- Pas besoin de te cacher, tu sais, me taquina-t-il, toujours assis sur le coin de mon lit.

Même si je ne peux pas voir son visage, sa voix est amplement suffisante pour me faire rougir. Cette voix un peu grave et un peu joueuse, c'est vraiment la voix de la défaite pour moi.

- C'est juste que parfois, tu me fais totalement perdre toute contenance avec ta sincérité. Je dois juste me calmer un peu.

- Ah bon ?

Je sentis du mouvement au bout du lit, quelques secondes plus tard, Aaron s'était allongé et m'avait délicatement attrapé le poignet pour que je lui fasse de nouveau face.

Son visage n'était qu'à quelques centimètres du mien. Je ne sais même plus où donner de la tête. Ses yeux argentés ou ses lèvres qui ne sont qu'à un seul mouvement de tête des miennes ?

- Tu es en train de me dire que la grande Myriam Heaven perd ses moyens quand elle est autour de moi ? Je suis drôlement flatté.

Il tenait toujours délicatement mon poignet dans sa main, souriant.

- Oui, répondis-je, les joues brûlantes. Et encore si ce n'était que ça...

- Um ? Qu'est-ce-que tu veux dire par là ?

Il relâcha doucement mon poignet, sans pour autant me lâcher du regard.

- Même si je sais que ça va me déstabiliser la plupart du temps, à chaque fois qu'on a une réunion, à chaque fois qu'on doit donner des discours pour n'importe quelle raison, c'est ton regard argenté que je ne peux pas m'empêcher de chercher.

Je dois vraiment faire un effort surhumain pour que ma voix ne tremble pas. Ça peut vous paraître exagéré, je le conçois, mais ce regard argenté déstabiliserait n'importe qui. Vraiment.

- Et à chaque fois que je le croise, je ne peux pas m'empêcher de ressentir tout un tas de sentiments.

Il était resté silencieux jusqu'ici, mais cette fois-ci, sa voix grave vint briser mon court monologue.

- Lesquels, Myriam ?

Il était suspendu à mes lèvres, attendant patiemment ma réponse. Il ne s'en cache même pas, il veut entendre ma réponse. Ma gorge devint soudain sèche, j'ai bien peur que si je parle maintenant, je serai incapable de sortir le moindre son.

- Des sentiments amoureux, finis-je par lâcher.

Ça m'a demandé un effort colossal. Ce n'est même pas le fait que ce soit embarrassant ou quoi que ce soit, c'est juste que ce n'est pas facile pour moi. Je suis tombée bien vite amoureuse et assez profondément.

C'est un peu comme si c'était écrit. Comme si je ne pouvais pas y échapper.

- Désolée, je n'avais pas prévu de t'en parler ce soir.

Mes mains étaient moites et mon souffle imperceptiblement irrégulier. Tout ceci est bien évidemment invisible à l'œil nu et pourtant, allez savoir comme il le sait, mais il le sait.

- Hey, tout va bien, m'assura-t-il. Je peux oublier cette partie de notre conversation, si tu veux. Je peux attendre que tu sois prête.

- Oublier ? Es-tu sûr d'être capable d'oublier ça ? Lui demandais-je, suspicieuse.

Ça m'en vexerait presque.

- Ok, ok, je comptais m'en servir pour mes petits scénarios du soir, avant de me coucher, mais bon, je me débrouillerai pour faire sans.

Impossible de ne pas éclater de rire. Il est décidément sacrément doué pour changer le mood. J'en oublierai que je viens presque de me confesser à... mon fiancé ?

- Si tu oublies ce que je viens de te dire, ça me vexerait presque, tu sais !

Pas la peine d'entendre sa réponse pour l'instant, tout ceci a demandé suffisamment d'efforts pour cette soirée. Je sortis un peu hâtivement la chambre, avant de rejoindre mes parents dans le salon.

Heureusement que je suis une actrice née comme Yuki aime si bien le dire, ça aurait été difficile de cacher mes émotions autrement.

- Besoin d'un coup de main, maman ?

- Pas vraiment, mais si tu pouvais mettre la table, ce serait gentil. Aaron n'est pas avec toi ?

- Je lui ai prêté un livre, il est en train de le feuilleter, il ne devrait pas tarder, lui assurais-je

NDA : Alors, ce chapitre ? J'espère qu'il vous a plu. D'ailleurs, j'aimerais savoir ce que vous pensiez de la dynamique de la relation entre Aaron et Myriam. Est-ce-que vous trouvez que ça va trop vite entre eux ? Je vous pose la question parce que pour moi, le rythme est cohérent avec l'intrigue (il y a vraiment une raison pour le rythme de leur relation), mais bon, évidemment, ça me paraît cohérent parce que connais le cœur de l'intrigue, mais pour vous, ça m'intrigue de savoir ce que vous en pensez ! N'hésitez pas à me le dire dans les commentaires !

Chapitre vingt-sept : Aaron's pov

NDA : Salut ! J'espère que vous allez bien et que vous allez apprécier ce nouveau chapitre ! Moi, j'ai adoré l'écrire parce-que c'est vraiment sympa d'écrire depuis le POV d'Aaron, mais aussi parce-qu'ILAY IS BACK ! Enjoy ! D'ailleurs, je pense que je vais me poser samedi pour corriger tous les chapitres publiés jusqu'à présent, donc désolée pour les éventuelles fautes !

J'avoue que ça, je ne m'y attendais pas. Je me doutais bien qu'elle commençait à m'apprécier un peu plus que comme un ami, mais je n'aurais vraiment jamais parié sur la possibilité qu'elle se confesse aussi tôt.

Je n'arrive même pas à réprimer cette stupide envie de sourire comme un idiot. Franchement, si ça ne tenait qu'à moi, je crois que je me poserais quelque part pour répéter cette scène pendant des heures dans mon esprit. Les scénarios vont être incroyable ce soir !

- A table ! S'exclama sa mère depuis le salon.

Je sortis de sa chambre, tentant d'essayer de ne pas avoir l'air trop heureux. Eden venait, lui aussi, de sortir de sa chambre, il ne fit même pas attention à moi. Il était complètement plongé dans ses pensées.

Il faut absolument qu'on agisse, Eden n'est vraiment pas du genre morose, tout ceci ne me dit rien qui vaille.

- Bon appétit ! S'exclama Myriam, joyeuse.

Elle doit vraiment être contente d'être entourée de sa famille. Je suis réellement touché par son invitation, c'est un moment particulier qu'elle a souhaité partager avec moi. En plus, ça me permet de rencontrer mes beaux-parents un peu plus tôt. Je sais très bien qu'elle n'y a même pas pensé, mais ça me va. Je suis ici et c'est tout ce qui compte.

On commença à dîner dans la bonne humeur, il n'y a qu'Eden qui s'évertue à particulièrement rester en retrait, en ignorant nos tentatives pour l'intégrer à la conversation. Il n'a juste pas envie d'adresser la parole à qui que ce soit. Je pense que le message est assez clair, mais allez faire comprendre ça à Myriam.

Cette fille, quand elle veut quelque chose, elle ne rechignera pas à tout faire pour l'obtenir. Elle est du genre très déterminée.

- Je suis un peu malade ce soir, je vais aller me coucher, lança alors Eden pour pouvoir s'éclipser.

Encore une fois, personne n'eut le temps d'en placer une, il quitta rapidement la pièce, avant de se réfugier dans sa chambre.

- Tu es sûre que tout va bien avec lui ? S'inquiéta leur mère.

- Ce n'est pas facile pour lui, c'est très prenant pour nous ces derniers temps.

- Essayez de prendre un peu de temps pour vous, lui conseilla son père. Certes, tout ça, c'est important, mais votre santé mentale est plus importante. Mais ne t'en fais pas Aurore, ils sont ensemble, l'un pour l'autre.

- Tu as sûrement raison Philipe, répondit-elle.

Leurs parents ne peuvent pas réellement comprendre la situation, ils ne sont pas en permanence avec les jumeaux. Ils ne remarqueront sûrement pas le regard de Myriam qui vient de s'assombrir et le fait qu'elle a de se mordre ses lèvres, de plus en plus frustrée par cette situation.

Évidemment, moi, je remarque tous ces petits détails, probablement parce-que je l'observe toujours un peu du coin de l'œil.

- Tu as raison, papa. Je vais essayer de lui en parler.

- C'est bien, vous devez rester soudés ! Aaron, tu prendras soin d'eux ?

- Bien sûr, lui répondis-je avec un grand sourire.

Je tiens plus que tout aux jumeaux, je ferais n'importe quoi pour eux. Le seul problème, c'est qu'ils ne sont pas trop du genre à exprimer leurs problèmes. Ils essayent toujours de se débrouiller, sans inquiéter les autres. En revanche, ils feront toujours tout pour que les autres leur confient leurs problèmes pour pouvoir les aider. Ils sont juste altruistes.

Par exemple, rien qu'aujourd'hui, Yuki m'a raconté cette histoire avec Esther. Elle voulait m'en informer, moi ainsi que les autres héritiers, pour pouvoir assurer les arrières de Myriam. En même temps, c'est avec le conseil suprême qu'elle a décidé de « s'embrouiller ».

Comme je l'ai déjà dit, elle passe énormément de temps à prendre soin de tout le monde. Elle comme Eden. Néanmoins, il n'y a jamais eu grand monde prêt à leur renvoyer l'ascenseur.

Ça a toujours été comme ça. Ils sont juste un peu trop généreux, avec un trop grand cœur pour leur propre bien. Mon rôle, à moi, c'est de m'assurer que personne n'abusera d'eux et de leur gentillesse. Quitte à me salir un peu les mains.

- Vous devriez aller vous amuser, nous conseilla sa mère. Profitez un peu de la campagne !

C'est vrai que ce serait dommage de ne pas profiter un peu de cadre féérique qu'offre le royaume Park. J'envierai presque Yuki d'être l'héritière Park. Avec un royaume aussi beau, on en oublierait presque tous nos problèmes.

On acquiesça, avant de quitter la table, non sans avoir débarrassé On sortit dans le jardin, éclairé par les étoiles et la lune.

- Tu veux qu'on aille se promener ? Me proposa Myriam.

C'est étonnant. Je ne m'attendais pas à ce qu'elle prenne des initiatives, au contraire, je pensais qu'elle essayerait de m'éviter après sa petite confession. Elle est moins gênée que je ne l'imaginais, elle se contente de simplement éviter mon regard. Ça aurait pu être pire. Là, c'est juste adorable.

- Oui, allons-y.

Je vins naturellement prendre sa main dans la mienne, c'est fou comme une action aussi simple me fait intérieurement paniquer au point de faire battre mon cœur frénétiquement. Si jamais mes chers citoyens des Enfers me voyaient, ils se moqueraient sûrement de moi.

En même temps, qu'est-ce-que j'y peux, hein ? Ace a raison. Je suis juste terriblement faible et niais quand il s'agit d'elle.

- Je ne comprends pas ce qui ne va pas avec Eden, me lâcha-t-elle soudainement alors qu'on marchait tranquillement.

Sa prise de parole me ramena à la réalité, elle marchait à côté de moi, ses doigts entrelacés avec les miens, le visage soucieux.

- Il est peut-être un peu dépassé par tout ça et c'est pour ça qu'il se renferme sur lui-même ?

Merci captain obvious. Normalement, j'ai des analyses un peu plus pertinentes à amener, mais là, même moi, je ne comprends pas le comportement d'Eden. Il est juste brutalement devenu introverti. Ce n'est pas un problème en soi, c'est juste qu'Eden est probablement une des personnes les plus extraverties que je connaisse.

De plus, il n'a jamais repoussé ou ignoré Myriam par le passé, c'est vraiment une grande première et cette dernière semble être terriblement déstabilisée par cette situation. Ça se voit rien qu'à sa mine anxieuse.

- Je comprends, mais moi aussi, je suis dépassée par tout ça. Je ne vois pas pourquoi il m'évite. On pourrait traverser tout ça ensemble, mais non, il préfère m'ignorer comme si j'étais un paria.

Elle marchait de plus en plus lentement. Je préfère me taire et l'écouter, je pense que c'est de dont elle a le plus besoin en ce moment.

Eden ne la considère sûrement pas comme une nuisance, il a ses raisons. Il ne reste plus qu'à savoir quelles sont ses fameuses raisons pour pouvoir régler le problème.

- C'est mon frère jumeau, on a toujours été ensemble, on a traversé tellement de choses tous les deux. Pourquoi est-ce-qu'il m'abandonne maintenant ?

Il faut savoir que Myriam a toujours été très vulnérable lorsqu'il s'agit de son frère jumeau. Lorsqu'on était petits et qu'il arrivait quoi que ce soit à Eden, Myriam était toujours dans tous ses états. C'est quelque chose qui ne changera jamais.

L'inverse est également vrai. Les jumeaux sont très dépendants l'un de l'autre. Si jamais ils venaient à être séparés pour, je ne sais quelle raison, ça les affecterait profondément et les changerait définitivement.

Ne sachant quoi lui répondre dans l'immédiat, je contentais d'ouvrir mes bras, lui offrant une étreinte, elle vint s'y blottir tout de suite.

Elle a beau être la plus talentueuse des héritiers, elle n'en reste pas moins humaine. Je crois que les autres ont un peu trop tendance à l'oublier.

Le fait qu'elle ne se montre quasiment jamais vulnérable n'aide pas les gens à arrêter de lui vouer un culte. C'est un cercle vicieux.

Ces dernières prouesses n'ont fait qu'augmenter les éloges des autres, mais elles ont également nourri un certain sentiment de haine à son égard. Sentiment de haine qui provient évidemment du conseil suprême et sûrement aussi de la grande prêtresse.

Elle n'a pas vraiment à s'en faire, si jamais le conseil suprême ou la grande prêtresse, décide de s'en prendre à elle, je sais qu'elle sera capable de riposter, mais je serais aussi là pour l'assister.

Je n'hésiterai également pas à m'occuper du problème moi-même, si jamais le besoin s'en fait ressentir et qu'elle le souhaite.

- Ça va aller. Je vais parler à Eden, d'accord ? Il m'écoutera peut-être, lui proposais-je.

- Merci, murmura-t-elle toujours dans mes bras.

Elle se contenta de rester silencieuse, ses bras autour de mon bassin, son visage enfouie dans mon torse. Elle n'a sûrement pas envie que je puisse voir son visage tourmenté.

Ça ne dérange pas de rester comme ça si ça l'aide ne serait-ce qu'un peu.

J'espère juste qu'elle n'entend pas les battements de mon cœur, ce serait très embarrassant de devoir les expliquer.

Je passais ma main dans ses magnifiques cheveux de jais, ça a l'air de la détendre un peu puisque je la sentis fondre légèrement dans notre étreinte.

- J'ai vraiment l'impression que le temps s'arrête lorsque je suis dans tes bras, murmura-t-elle. Je m'y sens si bien.

- Peut-être que je suis aussi ta safe place ? Plaisantais-je pour tenter de la distraire un peu.

- Sûrement.

Elle n'a même pas cherché à nier, elle doit être épuisée. Le fait qu'elle s'assoupisse quelques secondes plus tard, ne vint que confirmer cette idée.

- Je crois que je suis définitivement ta safe place, murmurais-je, avant de doucement la prendre dans mes bras.

Je mis quelques minutes à regagner la maison, tout en faisant attention à ne pas marcher trop brusquement pour ne pas la réveiller.

Ses parents étaient tous les deux dans le salon, en train de boire du thé. Une petite moue surprise se dessina sur leurs visages en nous voyant arriver ainsi.

- Elle s'est endormie, expliquais-je à ses parents. Elle doit être fatiguée.

Aurore, sa mère, se leva aussitôt pour s'avancer vers nous.

- Ma pauvre petite puce, murmura sa mère en dégageant les mèches qui venaient couvrir le front de Myriam. Prends soin d'elle, Aaron. Elle a tendance à ne pas trop exprimer ce qu'elle ressent. Eden aussi, cela dit.

- Ne vous en faites pas, je serai toujours là pour les jumeaux.

Ils me gratifièrent d'un sourire reconnaissant. En vrai, ce n'est même pas la peine de me remercier, c'est juste normal pour moi. Une fois à l'étage et dans sa chambre, je vins la déposer sur son lit avant de la recouvrir à l'aide d'une couverture.

Elle dort déjà profondément, je ferais mieux de la laisser se reposer dans le calme. Une fois les volets fermés et le chauffage allumé, je me mis à marcher en direction de la sortie.

Impossible de ne pas s'arrêter devant son bureau avec tous les livres d'Ash Ford éparpillés sur ce dernier.

Ils sont tous, sans exception, annotés. Elle a même un petit carnet où elle se permet d'écrire des paragraphes un peu plus longs que ceux sur les ouvrages.

Ce n'est pas une coïncidence qu'elle possède certains des recueils les plus rares de cet auteur. En fait, pour être honnête, elle possède même certains livres qui sont uniques. Je me suis toujours arrangé pour qu'elle puisse se les procurer. C'était assez simple de m'en assurer, j'ai juste fait ouvrir une petite librairie à quelques pas de chez elle. Librairie tenue par un employé du palais et qui a reçu l'ordre ne les vendre qu'à sa famille.

On pourrait se demander ce qui m'a poussé à agir ainsi. C'est assez simple, après tout, ces livres, ce sont des lettres indirectes sur lesquelles j'ai planché pendant des heures.

C'était impossible pour moi d'arrêter complètement toute communication avec elle, alors même si elle ne le savait pas, même si elle avait oublié mon existence, je me suis toujours débrouillé pour maintenir un contact avec elle.

Je ne pouvais pas faire autrement, si je venais à visiter le coin un peu trop souvent, ça aurait éveillé des soupçons et c'était vraiment la dernière chose dont j'avais envie. Je voulais qu'elle soit en sécurité, même si ça signifiait que je ne pourrais communiquer qu'à travers des livres et qu'elle ignorerait qu'elle est la destinataire de tous ces poèmes d'amour.

Je me demande si elle a deviné qu'Ash Ford et moi, ne faisons qu'un. J'en doute fort. Après tout, tout le monde l'ignore, mais j'ai presque envie qu'elle le sache.

Simplement, parce que.. Bon, déjà, je ne suis pas jaloux, (bon peut-être un peu) mais c'est un peu agaçant de la voir parler avec Aylan de tous ces livres.

J'ai envie qu'elle n'en parle qu'à moi, qu'elle me dise tout ce qu'elle a ressenti en lisant ces livres. Pour la simple et bonne raison, qu'ils lui sont tous destinés, je n'ai que faire de l'opinion du grand public, c'est son opinion à elle que je souhaite entendre.

Enfin bon, assez discuté. Je n'ai pas encore sommeil, je vais faire un petit tour dehors. Il fait frais, c'est drôlement agréable. Les mains dans les poches, je me décidai à faire un petit tour dans la forêt.

Après m'être promené pendant une bonne quinzaine de minutes, je finis par soupirer.

- Tu comptes m'espionner encore longtemps ? Demandais-je sans même me retourner. Je sais que je suis plutôt agréable à regarder, mais tout de même.

Un rire vint percer le silence de la nuit.

- Il semblerait que je t'ai un peu sous-estimé, déclara-t-il avant de sauter de branche d'arbre sur laquelle il était assis.

Il atterrit sans le moindre problème, un sourire en coin. Il posa son regard d'ambre sur moi.

- Pas besoin de me regarder aussi méchamment, lança-t-il en passant négligemment sa main dans ses cheveux.

- Compte tenu de ce qui s'est passé récemment, tu ne m'en voudras pas trop de ne pas t'accueillir avec un câlin et une tasse de thé ?

- Aww. Ça va être difficile, mais je pense que j'arriverai à m'en remettre, répondit-il, amusé.

La personne qui me fait face, c'est bien évidemment Ilay.

- Qu'est-ce-que tu me veux ?

- Ne sois pas jaloux, mais à la base, je n'étais pas vraiment là pour toi.

- Oh vraiment ? J'en aurais presque le cœur brisé.

Un léger sourire vint se dessiner sur son visage.

- Mais du coup, ta réponse risque de me rendre un peu plus agressif. Après tout, s'il n'est pas là pour moi, il est là pour les jumeaux.

- Qu'est-ce-que tu viens foutre ici ?

- Je ne suis là que pour espionner, ce n'est vraiment pas la peine de s'énerver.

Je soufflais, déjà agacé. Ce type a vraiment un don pour agacer les gens. Je n'ai même pas tant discuté avec lui que ça et pourtant, je peux déjà l'affirmer.

- Il est là pour moi, lança alors une voix.

On se tourna vers le propriétaire de cette voix. C'était Eden. Il sortit de l'obscurité, les mains dans les poches, le regard tranchant.

- Pour toi ? Répétais-je.

- Oh, tu ne leur as rien dit ? Fit mine de s'étonner Ilay.

Il a vraiment l'air de s'éclater. Quel dieu excentrique.

- En même temps, si la petite princesse apprenait ce que tu faisais. Sa réaction risque d'être.. Houleuse.

Il commence vraiment à me les briser avec son surnom à deux balles. Je m'apprêtais à répondre avec une réplique cinglante, mais c'est Eden qui me devança.

- Elle comprendra, c'est dans son intérêt.

- T'es très optimiste. Maintenant que tu as récupéré ta mémoire, tu es un parfait inconnu pour elle.

Récupérer sa quoi ? Je me tournais brusquement vers Eden, confus. Je m'attendais à ce qu'il nie ou quoi que ce soit, mais non, c'était un visage impassible auquel je fis face.

- Mémoire ou pas, je reste son frère jumeau.

Eden a donc bien retrouvé sa mémoire, alors là... Je suis complètement abasourdi. Est-ce-que c'est la raison derrière son comportement anormal récemment ?

- Frère qui a décidé de s'allier à Iriel. On aura vu mieux comme frère jumeau.

PARDON ? Cette fois, si Eden ne nie pas, je risque de vriller légèrement. Il est complètement malade. Il n'a pas écouté le récit de Nayra ou quoi ?

Non, c'est impossible. Eden ne pourrait jamais faire ça, pas à Myriam. Eden s'avança sereinement, avant de poser sa main sur mon épaule.

- Il ment. Il sait très bien que j'ai fait ça en tant qu'agent double. Je voulais récupérer des infos.

Son sourire rassurant suffit à me convaincre. C'est vraiment Eden. Il est de retour.

Bien sûr, même sans sa mémoire, Eden reste Eden, mais maintenant qu'il a récupéré sa mémoire, je me sens encore plus proche de lui.

On n'a plus cette barrière mémorielle qui mettait une certaine distance entre nous.

- Oh donc tu l'admets enfin.

- Tu le savais très bien, répliqua Eden, sans se laisser démonter.

Il a retrouvé sa personnalité bien « je ne me laisse pas marcher sur les pieds ». Il l'avait aussi, même sans sa mémoire, mais je ne pouvais pas m'empêcher de constater qu'il s'effaçait un peu lors des meetings ou des cérémonies.

- As-tu trouvé ce que tu cherchais ? Demanda alors Ilay.

- Non. Iriel ne me fait pas encore assez confiance et maintenant que tu vas t'empresser d'aller tout lui raconter, c'est fichu.

- En effet, répondit Ilay souriant.

Il marqua un temps de pause, avant de reprendre la parole.

- Néanmoins, je suis quelqu'un d'assez généreux. Je vais vous donner un petit coup de main.

- Pourquoi est-ce-que tu ferais ça ? Demandais-je surpris.

- Parce que ce type est complètement barge, répondit Eden. Il aime juste les situations compliquées car ça le divertit.

- Touché !

C'est vraiment un personnage à part ce type. Je rappelle quand même que tôt ou tard, une guerre va éclater entre le monde d'Iriel Heaven et le nôtre. En fonction des informations qu'il est prêt à nous livrer, il pourrait bien complètement déstabiliser le cours de cette guerre.

De toute évidence, il ne suit pas les directives d'Iriel parce que cette dernière est plus puissante que lui. Je suis même prêt à parier qu'il est plus puissant qu'elle et nous. Non, il considère juste tout ça comme un jeu.

Il y a clairement un truc qui ne tourne pas rond chez lui.

- Alors, vous acceptez mon offre ?

- Ouais, déballe ce que tu sais, répondit simplement Eden.

- Pour cela, il va falloir me suivre dans l'autre monde. Je n'ai pas spécialement envie de discuter ici.

Évidemment. Il n'allait pas nous donner ce que l'on voulait aussi facilement. C'est sûrement un piège, je n'ai clairement pas envie de suivre ce type.

Eden a l'air de penser exactement la même chose que moi. Les yeux d'Ilay pétillaient encore un peu plus en nous voyant aussi hésitants.

- Je peux comprendre votre hésitation, néanmoins, je vous assure que ce que j'ai à vous dire en vaut la peine.

Il désigna la maison des jumeaux d'un mouvement de tête.

- Surtout que ça concerne la petite princesse.

Je ne vais même plus relever, il ne va clairement pas arrêter d'utiliser ce surnom.

De plus, si je lui dis d'arrêter, ça va juste l'amuser encore plus et il va devenir infernal.

- On te suit, lança alors Eden. On a besoin du portail pour se rendre dans l'autre monde, par contre.

- Pas la peine, répondit simplement Ilay en claquant des doigts.

Une vive lumière nous entoura tous les trois, littéralement deux secondes plus tard, nous étions tous les trois dans une petite pièce.

Pièce très sobre d'ailleurs, juste un lit, une chaise ainsi qu'un bureau. Ilay s'assit à l'envers sur la chaise, une jambe de chaque côté du dossier de cette dernière.

- Il semblerait qu'Iriel ne t'apprécie pas beaucoup pour te laisser loger dans une pièce aussi minuscule, se moqua Eden.

- Ne fais pas trop le malin, le nargua Ilay. C'est la seule pièce qui échappe à sa surveillance.

On s'assit sur le lit avec Eden, lui faisant face.

- Bon, tu nous expliques ? Demanda Eden.

Il n'en a strictement rien à faire que le type en face soit un dieu. Tout ce qui l'importe, c'est d'en savoir plus pour pouvoir protéger sa sœur. Dire que cette dernière a peur qu'il la déteste. Quel malentendu !

- Patience. Vous ne voulez pas un café, plutôt ?

On le fusilla du regard, il leva ses paumes, l'air désolé.

- Si on ne peut même plus être un hôte agréable. Bon, commençons.

Ses bras étaient croisés sur le haut de la chaise, il laissa son menton reposer contre le dos de ses mains.

- Enfin bon, j'imagine que vous êtes là dans son intérêt. Vous avez dû comprendre qu'Iriel ne reculera devant rien pour tuer sa propre fille.

Oui, on avait cru comprendre. Surtout après le récit de Nayra, je n'arrive même pas à imaginer qu'un parent puisse faire souffrir son enfant de cette manière. C'est inhumain.

- Quelque chose me dit que tu n'as pas l'air franchement emballé par son plan, répondis-je, prenant enfin la parole.

- Pas vraiment. La princesse m'amuse beaucoup et ça m'ennuierait qu'elle meurt aussi vite.

Ne réagis pas, Aaron. Il le fait exprès. Ce dernier pouffa, amusé en voyant que je me contenais.

- Je vois. Tu ne pourrais pas nous en dire un peu plus sur le royaume céleste et sur pourquoi les dieux en ont après elle. Après tout, ils n'ont aucune raison d'aider Iriel.

- Je pourrais, oui.

Il ne fit même pas l'effort de commencer à entamer un semblant d'explication. Il ne s'attend quand même pas à ce qu'on le supplie ? Il est terriblement énervant, on y sera encore demain à ce rythme. Il sait qu'on a besoin de lui et visiblement, ça l'enchante.

- T'es vraiment chiant quand tu t'y mets. Dis-nous pourquoi et c'est tout, souffla Eden.

- Qu'est-ce-que j'y gagne ?

Non, mais je rêve. C'est lui qui nous a demandé de le suivre. Il n'est vraiment pas net, mais ok, je commence à comprendre comme ce mec fonctionne. On va rentrer dans son jeu.

- Nous révéler ce genre d'infos, ça rendrait cette situation un peu plus amusante, tu ne penses pas ? Ça compliquerait le travail du royaume céleste, ça pimenterait le tout.

- Tu marques un point. Allez, asseyez-vous.

Ce n'était pas si difficile que ça de le convaincre. Il doit vraiment aimer les problèmes.

- Je pense que vous êtes déjà au courant pour l'intelligence de Myriam, n'est-ce-pas ?

On acquiesça, ne voyant pas vraiment où il voulait en venir. L'intelligence de Myriam est loin d'être une grande nouvelle pour Eden, comme pour moi. Il n'y a que les autres héritiers qui l'ignoraient ainsi que les autres familles royales. Myriam a toujours eu des capacités intellectuelles hors du commun.

- Myriam cache encore beaucoup de capacités, certaines sciemment et d'autres à cause de la perte de sa mémoire. Le royaume céleste déteste franchement Myriam pour la simple et bonne raison qu'à sa naissance, elle a brisé l'équilibre.

- L'équilibre ? Répéta Eden

Qu'est-ce-que c'est que ça encore ? Bon, vu l'air malicieux d'Ilay, on ne va pas tarder à le savoir.

- Lorsqu'une âme est créée, avant de rejoindre le royaume des âmes, elle traverse une petite série de balances.

Il ne fait vraiment pas d'effort pour être plus explicite. Le royaume des âmes, c'est le royaume dont Ace sera un jour à la tête. Évidemment, comme c'est un autre royaume, je n'ai pas toutes les informations, mais au sein de ce royaume, il existe une réserve naturelle dans laquelle toutes les âmes passent du temps avant d'être insufflées à un nouveau-né.

Par contre, cette histoire de balances, je ne vois pas de quoi il parle. Devant notre air confus, il sourit avant d'expliciter son propos.

- Les balances déterminent beaucoup de choses à propos de vos capacités. Par exemple, on a la balance qui va doser les capacités cognitives d'une personne, une autre qui va doser ses facultés magiques etc.

D'accord, je comprends mieux, mais j'avoue que je l'ignorais totalement. La déesse des Enfers ne m'en a jamais parlé. Je pense qu'elle n'est même pas au courant. Ilay doit être drôlement bien placé dans la hiérarchie du royaume céleste pour avoir accès à ce genre d'informations et être capable de pouvoir les divulguer sans être inquiété. C'est limite inquiétant. Qui est réellement Ilay ?

- Les êtres célestes sont supposés être au-dessus des autres êtres, même au-dessus de vous qui êtes pourtant des royautés. Alors que se passerait-il si un individu venait à naître avec des capacités cognitives défiant les leurs, avec une puissance magique capable de les menacer. Notez bien que ne cite que deux balances.

Je commence à comprendre où il veut en venir et malheureusement, c'est évident maintenant.

- C'eat quasiment impossible que les balances s'accordent toutes pour faire naître un individu pareil.

- Quasiment ? Déglutit péniblement Eden.

Ilay nous observa avec son regard perçant, franchement amusé. Il sait qu'on est en train de saisir ce qui se passe et nos visages livides le divertissent. Ce type est complètement barge.

Il se saisit d'une tasse avant de boire une gorgée de café fumant, pas le moins du monde troublé.

- Oui, quasiment, confirma-t-il. La petite princesse a réussi à accomplir cet exploit. Elle a réalisé l'impensable. Les balances ont été bien trop généreuses à son égard, lui conférant des capacités tout simplement inimaginables. En fait, pour résumer, Myriam est une humaine aux habiletés divines. C'est globalement pour ça qu'elle a tout le royaume céleste à ses trousses, ils ont peur d'être renversés.

Il esquissa un sourire en coin, le regard perdu dans le vague. Il était face à nous, ses yeux étaient posés sur nous et pourtant, ce n'était pas nous qu'il regardait. Je me demande à quoi il pense.

- Son existence même est problématique pour eux.

Beaucoup de choses s'éclairent, tout devient bien plus logique à présent.

- Pourquoi est-ce-qu'ils n'ont pas cherché à la tuer le jour de la tragédie ? Ils auraient pu aisément le faire. Ils se sont juste « contentés » de la torturer, rappela Eden.

Il a raison. Ce jour-là, d'après le récit de Nayra, de nombreux dieux accompagnaient Iriel. Ils ont torturé Myriam pendant des heures, mais ne lui ont pas porté de coup fatal. Rien que cette pensée me rend fou de rage, ils ont osé la blesser, mais le fait qu'ils l'aient laissée en vie, ça n'a pas de sens.

- Pour plusieurs raisons, répondit d'un ton tranquille Ilay. Raisons que je ne peux définitivement pas vous révéler.

Autant jouer la carte de la provocation. Il nous en a déjà trop dit, donc bon, répondre à une question, ça ne va pas le tuer.

- Pourquoi ? Tu as peur que tes supérieurs s'en prennent à toi ?

Ses yeux se firent rieurs, il porta de nouveau la tasse jusqu'à ses lèvres avant de faire couler du café dans sa trachée. Ses mouvements sont hypnotisants, je l'admets volontiers. Il doit faire un malheur parmi les habitants du royaume céleste.

- Je n'ai pas de supérieurs, déclara-t-il tranquillement. J'agis selon mon bon vouloir.

-Je l'entends bien. Seulement, même toi, tu dois suivre les efforts de quelqu'un de plus puissant que toi, continuais-je.

Je sais me montrer persistant, il faut essayer à tout prix d'obtenir cette information.

- Effectivement, mais pour cela, il faudrait encore qu'une telle personne existe.

Il bluffe, ce n'est pas possible.

- Tu sous-entends que ce n'est pas le cas ? Demanda Eden

Ce dernier est dans le même état que moi. Il commence à être gagné par l'angoisse. En même temps, à aucun moment, nous avions prévu que ce type soit aussi fort que ça.

Il y a la possibilité qu'il soit en train de bluffer et de nous mener en bateau, mais son regard confiant, voire carrément arrogant, décrédibilise cette théorie.

- Qui sait, répondit-il amusé.

Cette situation l'amuse de plus en plus. Je sentis Eden se tendre légèrement à côté de moi, il est déjà prêt à s'enfuir. S'il est vraiment aussi fort qu'il le dit, pour l'instant, nous n'avons clairement aucune chance de s'en sortir vivants si on se décidait à l'affronter.

- Avant qu'on ne se sépare, je tenais à vous dire quelque chose.

Cette simple phrase ne fit qu'augmenter la tension, à présent palpable, dans la pièce. J'ai encore un petit espoir que la séparation se fasse amicalement, mais vu le regard d'Ilay, j'en doute fortement.

- Vous êtes en train d'entrer dans le cœur d'une guerre qui vous dépasse complètement. Vous feriez mieux de rester à votre place. Néanmoins, je doute que vous m'écoutiez aussi facilement.

Il se leva calmement, posa sa tasse sur une table, épousseta ses habits, avant de poser son regard ambre sur nous. Ses yeux sont froids. C'est même un euphémisme.

- Eden, on se tire ! Hurlais-je

Tout comme moi, il avait clairement senti le danger imminent. Ilay n'est qu'une bombe à retardement, même si on réussissait à s'échapper, ce qui serait un miracle, je doute qu'on puisse s'enfuir à nouveau dans le futur.

Avant même qu'on ne puisse se téléporter, la pièce autour de nous se volatilisa, ne laissant place qu'à une longue étendue obscure. La température autour de nous chuta à une vitesse alarmante.

- Ce n'est pas vraiment contre vous, mais je n'apprécie pas les gens qui interfèrent dans mes plans.

La voix d'Ilay venait de retentir comme un écho autour de nous, je serais incapable de dire si il se trouve à proximité de nous. Je n'avais jamais vu un tel genre de magie, je suis incapable de prédire ce qui va nous arriver.

- C'est quoi ce bordel ? Pesta Eden

Si seulement je le savais, on aurait peut-être eu une chance.

Impossible de le dire puisqu'on perdit très rapidement connaissance.

Deux héritiers. Un seul Dieu. Un seul vainqueur. C'est donc ça la trempe des gens qui en ont après à Myriam ?

Comment vais-je pouvoir la protéger...?

NDA : Alors ce chapitre ? Qu'est-ce-que vous en pensez ? N'hésitez pas à me le dire en commentaires !

Chapitre vingt-huit : Cassandra's POV

NDA : Salut ! Alors, aujourd'hui, on a le droit à un chapitre super court mais nécessaire ! En plus, c'est le chapitre où ma REEEEEINE Yeleen fait enfin son apparition. Si vous aimez bien le personnage de Myriam, vous allez sûrement aimer Yeleen, elle est incroyable !

- Bien sûr qu'on a bien fait de les sauver ! Je te rappelle que Myriam m'a sauvée la vie ! M'exclamais-je, irritée.

Yeleen leva les yeux au ciel, exaspérée. Bon, sa réaction est compréhensible, je lui parle de Myriam si souvent, elle doit en avoir marre à force, mais en même temps, Myriam m'a protégée alors que tout le monde ignorait la situation délicate dans laquelle je me trouvais.

Je me rappellerai cette soirée toute ma vie. Cette énième soirée à la taverne, avec le flux abondant de clients, accompagnée de cet homme qui me dégoutait au plus haut point. Rien que le fait d'avoir été mariée de force à cette ordure me fait encore faire des cauchemars. La guérison à ce niveau-là ne sera clairement pas simple.

Si ce jour-là, Myriam n'avait pas décidé de se rendre dans cette taverne, si on ne s'était manquées de quelques minutes, je serais encore condamnée à vivre cet enfer. Je lui dois la vie et encore plus important, je lui dois ma liberté. Je n'oublierais jamais ce qu'elle a fait pour moi et un jour, je lui rendrais la pareille quoi que ça m'en coûte.

Yeleen le sait et c'est pour ça qu'elle ne s'agace pas (trop !) quand je lui parle d'elle. Elle comprend que c'est plus que de la simple reconnaissance que j'éprouve. Si je devais mettre un mot dessus, je dirais que c'est de l'admiration. Oui, c'est ça, de l'admiration pure et dure.

Après tout, je n'étais qu'une étrangère et pourtant, elle n'a pas hésité à me tendre sa main, éclairant pour la première fois mon quotidien lugubre.

- Je sais, je sais. Tu me l'as dit une bonne centaine de fois, j'ai compris que cette dénommée Myriam, c'est ton idole. Néanmoins, ce sont tout de même deux inconnus.

Elle jeta un regard méfiant aux deux individus encore inconscients, allongés dans les lits que nous avions préparés pour eux. Ils sont dans un sale état et c'est plutôt compréhensible, c'est Ilay qu'ils ont croisé. Leurs sourcils sont froncés, leurs visages exprimant une claire douleur.

- Oui, mais ce gars aux yeux violet, c'est sûrement quelqu'un de sa famille. Ils se ressemblent beaucoup trop pour que ce soit une simple coïncidence.

Yeleen soupira, les bras élégamment croisés sur sa poitrine. Je sais qu'elle laisse couler beaucoup de mes caprices et je l'en remercie tous les jours.

J'admire Yeleen presque autant que Myriam. C'est vraiment quelqu'un de bien. Lorsque je me suis enfuie, c'est elle qui m'a tendue la main. Elle qui m'a appris à me battre et à me défendre. Ses entraînements rudes m'ont aussi permis de me forger une personnalité un peu plus combattive, personnalité qui à présent me permet de survivre et plus important, de vivre.

Si Myriam a été le glas de la libération, Yeleen est le glas du bonheur et de la joie.

- Et comment on la contacte ta Myriam ?

Elle marque un point. J'ai presque envie de lui lâcher un " bien vu", mais je doute qu'elle apprécie. Yeleen est déjà particulièrement à cran ce soir.

Néanmoins, elle a vraiment raison, on la contacte comment ? J'ai bien une idée, mais je me doute bien que Yeleen va y apposer son véto.

- On pourrait utiliser le portail qui se trouve dans le palais ?

Autant tenter le tout pour le tout.

Je sais très bien que Myriam ne vient pas de mon monde, même si elle ne m'a l'a jamais dit explicitement. Le seul moyen de pouvoir la contacter serait de traverser le portail qui se trouve au sein du palais. Autant dire que c'est plus que risqué.

- C'est hors de question, répondit aussitôt Yeleen. Je ne vais pas risquer aussi gros pour de parfaits inconnus.

Comme prévu. Je me doutais bien que sa réaction allait être négative. Je retins de justesse un soupir qui tentait de s'échapper de mes lèvres. Tout simplement parce qu'elle a raison, c'est trop dangereux.

- Mais...

Elle me lança un regard ferme qui ne laissait place à aucune discussion. C'est peine perdue. Inutile d'essayer de contester sa décision, surtout que j'ai bien conscience que sa décision est la bonne. On ne peut pas risquer autant pour de parfaits inconnus, et ce même, si l'entre d'eux est lié par des liens de sang avec Myriam.

Je l'aurais volontiers fait si ça n'impliquait des risques que pour moi, mais c'est loin d'être le cas.

Si jamais je me décidai à agir de mon propre chef, c'est l'œuvre d'une toute vie, celle de Yeleen, que je mettrais en péril et je ne peux pas lui faire ça.

Je n'ai plus qu'à espérer que Myriam nous contactera et elle le fera, j'en suis sûre. Yeleen tourna les talons, me laissant m'occuper de nos blessés.

On n'est pas des experts dans le domaine de la magie régénératrice, il va falloir se débrouiller avec les moyens du bord qui eux sont bien plus rudimentaires. Si Myriam ne se dépêche pas, ils pourraient bien y passer.

Pour l'instant, je ne peux rien faire de plus qu'essayer de stabiliser la fièvre qui les traverse tous les deux et de faire en sorte que leur sommeil soit le plus confortable possible.

NDA : Ce chapitre est assez court, donc je me doute qu'il ne suscite pas énormément de réactions, mais toutefois, s'il y en a, n'hésitez pas à m'en faire part dans les commentaires !

Chapitre vingt-neuf : Yuki's POV

NDA : Nouveau chapitre ! J'ai particulièrement apprécié l'écrire (je sais, je dis souvent ça mais bon tant mieux, non ?) en raison du fait qu'il est écrit depuis le POV de Yuki. Franchement, écrire depuis le point de vue des héritiers est un toujours plaisir ! Anyways, enjoy !

- Ils ont juste disparu ? Répéta Ace, un peu hébété.

C'est normal d'être confus, la situation est dingue, mais bon, comme c'est Ace qui a décidé de prendre la parole, je ne pus m'empêcher de lui lancer une de ces petites remarques acides dont j'ai le secret.

- Incroyable, comme quoi, tu es capable d'écouter une femme dans une autre situation que celle autour d'un dîner.

J'étais assise sur le sofa, me prélassant dans ce dernier. Mes yeux tranchants se posèrent sur les iris écarlates d'Ace. On se fixa quelques secondes, comme deux chiens en faïence. Aussi loin que je souhaite me souvenir, je n'ai jamais apprécié Ace. Ce type a le don de me faire sortir de mes gonds comme personne d'autre. C'est juste un gars qui enchaîne les filles et qui ne fait pas le moindre effort pour les faire se sentir un peu spéciales. Les mêmes restaurants, les mêmes pick-up lines, il ne fait juste aucun effort.

On est vraiment loin du gentleman. Si seulement traîner avec Aaron pouvait lui apprendre deux trois petits trucs sur comment se comporter convenablement avec une potentielle partenaire romantique.

On pourrait se demander comment je sais tout ça. Je le dis tout de suite, je ne suis pas du genre à me baser sur des petites rumeurs insignifiantes. J'ai expérimenté le comportement joueur de cet imbécile moi-même.

J'ai tendance à modifier mon apparence grâce à la magie de la métamorphose, fait qui a été découvert par Myriam très récemment. Enfin bon, ce n'est pas le sujet. Le fait est qu'à chaque fois que j'ai modifié mon apparence et que j'ai défilé, paradant les créations d'Ace, ce dernier m'a invitée au restaurant.

Bien sûr, si ça n'était arrivé qu'une seule fois, j'aurais pu conclure qu'il était juste sous le charme de l'apparence que j'avais choisie lors de ma métamorphose, mais le souci est qu'on a largement dépassé la seule tentative. Il a fait le coup environ une bonne dizaine de fois.

- Ne t'en fais pas Yuki, promis, dès qu'on règle tout ça, je t'accorde toute l'attention dont tu as besoin.

Je fis mine de lui adresser un sourire innocent, enroulant une mèche de cheveux autour de mon index, papillonnant comme une idiote.

- Oh, vraiment ? Tu es sûr de réussir à me caler dans ton emploi du temps overbooké ?

Mon attitude délibérément voulue stupide l'amusa au plus haut point.

- J'aurais toujours du temps pour toi, affirma-t-il, un petit sourire mutin flottant sur ses lèvres.

- Tu dois probablement libérer un sacré paquet de temps si tu affirmes ça à toutes celles que tu convoites, lui lançais-je moqueuse.

Il était debout, appuyé contre le mur, les mains dans les poches. Ses cheveux sont légèrement en bataille, il a visiblement à peine eu le temps de sortir de son lit et d'enfiler une tenue rapidement, contrastant avec ses tenues habituelles qui sont toujours à la pointe de la mode.

Franchement, quel dommage que les cieux aient décidé de le gâter avec un si beau visage. Si seulement, ils avaient pu faire un effort avec sa personnalité, ça aurait été extraordinaire.

- Je ne l'affirme qu'à toi, affirma-t-il, me fixant toujours moqueur.

- Permets-moi d'en douter.

- Oh, tu sais, je suis prêt à te permettre beaucoup de choses lorsqu'il s'agit de ma personne.

Ce n'est même pas la peine d'essayer de comprendre ce qu'il veut dire par là. Quelque chose me dit que je ne vais pas apprécier le sous-entendu et que la situation ne risquerait que de s'envenimer entre nous. On se voit quasiment tous les jours, alors il vaut mieux éviter de rendre la situation invivable.

Conclusion : ce type est tout bonnement insupportable et son existence m'empêche d'atteindre un bonheur total.

- Ça suffit vous deux, ce n'est vraiment pas le moment, s'agaça Nayra.

Cette dernière était assise à côté de Myriam, les deux étaient en train d'analyser la situation. Elles pourraient faire un sacré duo dans le futur. Les deux petits génies travaillant main dans la main.

Néanmoins, elle a raison. Je le sais, mais c'est plus fort que moi, je n'arrive pas à passer outre ma haine pour Ace. Si ça ne tenait qu'à moi, il finirait avec une dague entre les yeux.

Ce dernier m'observait, un sourire arrogant florissant sur ses jolies lèvres. Il doit bien être content de me voir me taire, il sait très bien que Nayra compte beaucoup pour moi et que je suis toujours prête à corriger mon comportement si ça peut lui faire plaisir.

Quel artiste de pacotille.

- Nayra a raison. On doit absolument les retrouver, sinon ce sont vos parents qui vont devoir intervenir, rappela Myriam en se levant gracieusement et en marchant vers nous, suivie de l'héritière Kaïn.

Là, elle marque un sacré point. En effet, maintenant que nous approchons de l'âge du couronnement, toutes les missions de ce genre nous sont déléguées. On ne touche juste pas à la diplomatie très avancée pour l'instant, à l'exception d'Aaron. Enfin, à l'exception d'Aaron et de Myriam. Cette dernière a récemment montré qu'elle était tout à fait apte à régner.

Pour en revenir au sujet principal, notre position n'est pas " stable", si on se montre incompétents, ce sont nos parents qui interviennent pour prendre le relais et s'ils interviennent, ça ne fait que retarder notre couronnement puisqu'on sera considérés comme inaptes.

Donc, c'est à nous de retrouver Eden et Aaron. Je me demande bien dans quel genre de problèmes ces deux-là ont bien pu se fourrer. Je me rappelle du nombre de bêtises que ces deux là faisaient quand on était petits. Ça m'inquiéterait presque.

En parlant d'inquiétude, je ne pus retenir mon regard de se poser sur Myriam le temps d'un instant. Son teint était plus pâle que d'habitude, elle paraît même un peu fragile comme ça. Ses lèvres sont légèrement retroussées, exprimant une inquiétude plus qu'évidente.

Bien sûr, elle berne absolument tout le monde avec une telle attitude. Tout le monde, sauf moi. Je mettrai ma main au feu qu'elle sait où ils sont et qu'on n'a pas à s'en faire. Si elle est capable de continuer sa comédie, alors ils sont en sécurité. S'ils étaient vraiment en danger, Myriam serait prête à retourner les quatre mondes en même temps.

Après tout, on parle de son frère jumeau et de l'amour de sa vie. Non, je ne roule pas des yeux.

- Avec Aaron, quand on était petits, on a réalisé un sort pour lier nos âmes. Ainsi, qu'importe où il se trouve, je peux le retrouver et inversement. On a plus qu'à suivre le signal pour les retrouver, nous expliqua alors celle qui venait d'occuper mes pensées.

Bingo. Je l'avais dit. Elle sait très bien où ils sont et ils vont bien. Ace et Nayra acquiescèrent, approuvant le plan. Je fis mine de hocher la tête, à mon tour, pour ne pas rester en retrait.

- Un sort pour lier vos âmes, s'amusa à répéter Ace. Vous êtes si amoureux, vous me feriez presque regretter mon éternel célibat.

Il donna une légère tape sur l'épaule de Myriam, cette dernière lui adressa un sourire narquois. Éternel célibataire, tu parles. Je ferais mieux de me taire, Nayra m'en voudrait de relancer une énième joute verbale avec cet idiot. Ce dernier me décocha un regard moqueur, il sait très bien que je meurs d'envie de lui lancer une remarque acerbe, mais que je me retiens uniquement pour ne pas ennuyer Nayra.

- En tout, ça devrait nous permettre de les retrouver, déclara-t-elle. On y va.

Je me levais du sofa, passant ma main sur ma nuque pour dégager élégamment mes cheveux en arrière. Les yeux d'Ace s'attardèrent sur moi, pendant que j'accomplissais ce geste tout à fait anodin. Alors que Myriam et Nayra tournaient les talons, il s'approcha de moi pour venir murmurer à mon oreille.

- Franchement, tu devrais vraiment songer à défiler pour moi. Mes créations t'iraient à merveille.

J'ai beau le haïr, mais il n'y a pas dire, son travail est remarquable. Chacune de ses pièces transmet un florilège d'émotions que même le plus beau des poèmes ne pourrait correctement retranscrire.

Le mélange des couleurs et celui des étoffes font de chacune de ses pièces, une œuvre d'art. Néanmoins, ça je ne l'admettrai jamais de vive voix.

- Si tu t'approches encore une fois de moi ainsi, je te jure que tu finis encastré dans le mur.

- J'aimerais bien t'y voir, répondit-il en s'éloignant de moi, les yeux pétillants de malice.

On sait très bien que dans un duel entre héritiers, il serait quasiment impossible de déterminer un vainqueur. Si vainqueur il y a.

Franchement, je m'en veux sincèrement d'être attirée par lui. J'aime les belles choses et pour le coup, Ace pourrait être bien plus intéressant visuellement que ses créations, ce qui n'est vraiment pas peu dire. Heureusement que ma haine prévaut largement.

- Myriam, tu souhaites qu'on t'accompagne ? L'interrogea Aylan, m'arrachant à ma discussion stupide avec Ace.

Il était accompagné d'Esther, tous les deux habillés plutôt simplement. En même temps, les pauvres, ils ont été convoqués si tôt. Il doit être sept heures du matin. Vu la petite moue d'Esther, cette dernière a été arrachée de son sommeil un peu trop brutalement ou alors, elle n'est juste pas très à l'aise autour de Myriam.

Elle aide quand même un membre du conseil qui complote contre Myriam. Ce n'est absolument pas négligeable. Elle a vraiment de la chance que Myriam soit sa reine, aucun des autres héritiers n'aurait fait preuve d'autant de clémence et je dis bien aucun.

- Oui, ça pourrait être dangereux. Ce sera plus sûr d'y aller tous ensemble. Oh, mais attendez...

Elle se tourna vers moi subitement, l'air d'avoir eu une idée brillante. Je me doute déjà de ce qu'elle va demander. Je le vois venir gros comme une maison.

- Est-ce-que tu pourrais appeler Flora Hélis ? demanda-t-elle innocemment.

Avec ses yeux brillants de sincérité et son sourire angélique, qui pourrait la soupçonner de quoi que ce soit ?

Néanmoins, je compris immédiatement à quoi elle faisait référence. Flora Hélis, c'est une des nombreuses identités que j'ai créées. Pour le coup, elle, ce n'était pas une femme qui prenait part à l'industrie du divertissement. C'était une soldate, très admirée. Son père est issu du royaume Heaven et sa mère du royaume Park, elle a combattu au sein des deux armées, avant de s'arrêter à 20 ans pour profiter un peu de la vie. Elle a disparu de la circulation et personne n'a de ses nouvelles. C'est vraiment l'identité parfaite.

Myriam ne perd décidément pas le nord en me faisant cette demande. Quand je disais que c'était une actrice née, j'avais encore plus raison que je ne le pensais.

- Flora Hélis ? s'étonna Aylan.

Sa réputation la précède, ils savent tous de qui il s'agit et entendre son nom dans cette pièce, après tout ce temps, ça surprendrait n'importe qui.

- Très bien, répondis-je simplement.

Myriam éluda la question d'Aylan par un simple mouvement de tête, il comprit aisément qu'il devait se contenter d'attendre un peu pour comprendre la situation.

Je sortis de la pièce, avant de me rendre dans un salon vide.

Je revins cinq minutes plus tard, accompagnée de la fameuse Flora.

Comment ai-je fait ? Assez simple, ce n'est qu'une illusion que seuls les héritiers peuvent percer à jour et comme ils sont déjà plus ou moins au courant du plan, il n'y a aucun problème.

Je vais juste faire parler cette Flora à la manière d'un ventriloque et ainsi Esther n'y verra que d feu.

Ma petite illusion s'avança vers Myriam, avant de s'incliner devant cette dernière après avoir reçu mes ordres.

- J'ignore pour quelle raison son altesse m'a appelée, mais je suis plus qu'honorée d'être en votre présence, déclara Flora.

Franchement, c'est fou la magie et tout ce qu'on peut faire avec. Ça ne cessera jamais de m'impressionner. Je me suis beaucoup amusée quand j'ai créée Flora, j'ai pu m'infiltrer parmi les soldats et en apprendre un peu plus sur eux, c'était vraiment cool.

- J'aimerais que tu deviennes chef des armées. Alia est partie, Nash est passé au rang supérieur, je manque cruellement d'effectif, répondit honnêtement Myriam.

Ça pourrait avoir l'air d'être une demande, mais en réalité, c'est un ordre. Si jamais un membre royal vient à faire une telle demande, il est impossible pour quiconque de refuser.

- A vos ordres, majesté.

- Appelle-moi Myriam.

Flora acquiesça, Myriam lui répondit simplement en lui adressant un doux sourire. Sourire qui mettait visiblement Esther très mal à l'aise. Elle doit commencer à avoir peur de perdre la seule chose que Julius Vandersen souhaite obtenir d'elle.

Je comprends le plan de Myriam, mais d'une certaine manière, c'est un peu cruel. Elle compte utiliser Esther comme un pion jusqu'à obtenir la chute de Julius. Je sais qu'elle va protéger Esther, mais tout de même, elle pourrait prendre plus en compte les sentiments de son amie.

Est-ce-qu'au fond, elle la considère vraiment comme son amie ? J'ai un peu de mal à déchiffrer ce qu'elle pense vraiment des gens en général. Pour Eden et Aaron, il n'y a aucun doute, mais pour le reste ? Je n'en ai pour l'instant pas la moindre idée. Elle pourrait bien tous nous considérer comme des pions ou comme des outils dont elle compte se servir dans le futur.

- Allons-y, lança Myriam.

Cette dernière marchait en tête du cortège, tout en discutant à voix basse avec Flora. En les voyant ainsi, leur complicité sauterait aux yeux de n'importe qui. Bien évidemment, cela vaut pour Esther également.

Cette dernière marchait, juste un peu derrière Nayra et moi-même, accompagnée d'Aylan. Ma chère amie était plongée dans la lecture d'un bouquin, elle ne prêta donc pas à la conversation de ces deux-là. J'en profitais pour tendre un peu l'oreille, histoire de glaner quelques informations.

- Elle ne nous en a même pas parlé, murmura Esther.

- Ce n'est pas une obligation et pourquoi ça te dérange autant ?

- Je pensais qu'on était ses amis...

- Ça ne change rien à notre amitié avec elle, fit remarquer Aylan un peu confus.

Elle prend à l'hameçon. Elle a peur pour sa place. Elle sait très bien qu'Aylan se fiche éperdument de devenir le commandant suprême des armées, mais que ce n'est probablement pas le cas pour quelqu'un de l'envergure de Flora Hélis.

Esther doit être vraiment tétanisée à l'idée de devoir se séparer de Julius. Elle se triture les mains, le regard un peu fuyant. Son angoisse est plus qu'évidente.

Myriam Heaven, tu es quelqu'un de drôlement cruel.

Au moment où cette pensée me traversa l'esprit, Myriam se tourna vers moi avant de m'adresser un doux sourire.

Sourire qui n'était doux qu'en apparence. Je ne pus m'empêcher de pouffer, ce qui attira l'attention de Nayra qui se rabattit rapidement sur son livre, concluant que j'étais juste traversée par une de mes lubies habituelles.

Je me réitère, mais tu es cruelle, Myriam Heaven et tu en as conscience. Je ne sais pas si c'est censé me rassurer.

Une fois devant le portail, c'est notre chère cruelle héritière qui s'avança pour le programmer. Il est extrêmement dangereux de passer par le palais d'Iriel, il vaut mieux atterrir ailleurs. À proximité des deux idiots si possible. Iriel sentira notre présence à la seconde où on posera un pied dans l'autre monde, on a vraiment un temps d'action très limité.

On traversa, chacun à notre tour, le miroir, avant d'atterrir dans une vaste forêt.

- Ils ont décidé de faire une randonnée ? s'étonna Ace, en voyant cette vaste étendue verdâtre.

- Aucune idée, mais le signal vient d'ici, répondit Myriam, la main droite sur la hanche.

- On doit se dépêcher, Iriel doit probablement avoir remarqué nos auras, déclara Nayra inquiète.

On se mit aussitôt en marche. Cette forêt est loin d'être le lieu le plus adéquat pour une randonnée. De toute évidence, Eden et Aaron ne sont pas venus de leur plein gré.

- Heureusement que je n'ai pas choisi mes plus belles tenues pour ce petit voyage, maugréa Ace. Elles auraient été ruinées !

Personne ne put s'empêcher de lever les yeux au ciel. C'est vraiment une drama queen quand il s'y met. Nous aussi, on a les jambes qui sont lacérées par des ronces, est-ce-qu'on se plaint ? Non ! Il n'y a vraiment qu'Ace pour s'inquiéter de ses tenues dans un moment pareil.

- Tu as raison, Ace. Heureusement que je n'ai pas choisi une jolie robe, lui lança Myriam, qui menait le groupe.

Cette dernière venait de découper plusieurs branches avec son sabre pour pouvoir dégager le passage. Pour le coup, on a tous troqué nos habituelles tenues royales pour un simple jogging avec un pull. Cette forêt est un véritable cauchemar. Plus on s'enfonce, plus il est quasiment impossible de se mouvoir. De plus, la lumière peine à pénétrer l'endroit à cause de l'enchevêtrement des arbres.

- Je savais que tu me comprendrais, Myriam, lui répondit Ace, amusé.

Le fait que ces deux-là s'entendent bien me dépasse. Je tournais la tête pour voir Aylan et Esther, en fin de cortège, peinant également à se dégager un passage.

- Hey, Yuki, regarde où tu vas, me lança Nayra.

Trop tard. Je vins me heurter au dos de Myriam, cette dernière s'était stoppée, appuyant son épée contre le sol, le tenant par la poignée.

- Le signal s'arrête ici, déclara-t-elle tranquillement.

- Es-tu sûre ? s'étonna Aylan. Il n'y a strictement rien ici.

Il n'a pas tort. On est en plein milieu de nulle part. On était entourés d'arbres qui sont si noués entre eux, que ça en devient difficile de les distinguer. Il n'y a quasiment plus de lumière. Qu'est-ce-qu'Aaron et Eden viendraient foutre ici ?

À l'instant où Aylan termina sa phrase, un sifflement vint briser le silence de la forêt. Une flèche venait d'être lancée sur Myriam, cette dernière l'esquiva d'un simple mouvement de tête, avant de la coincer entre deux de ses doigts.

- Je n'ai pas vraiment le temps pour vos bêtises, déclara-t-elle calmement.

Elle brisa la flèche, tout en levant la tête vers les branches d'un arbre en particulier.

- Montrez-vous.

Elle se débarrassa des débris de la flèche par terre, avant de croiser nonchalamment ses bras, visiblement pas la moins inquiète du monde.

Elle est vraiment charismatique, personne ne peut lui enlever ça.

Deux jeunes femmes se mirent à notre portée de vue, elles étaient effectivement debout sur les branches que Myriam fixaient plus tôt. Elles sont à une bonne vingtaine de mètres de hauteur et pourtant, elles sautèrent l'air de rien.

Je n'eus même pas le temps de distinguer les traits de l'une d'entre elle puisqu'elle se précipita vers Myriam pour la serrer dans ses bras.

- Myriam !

Cette dernière écarquilla les yeux, surprise de cet accueil. En même temps, entre la flèche et un câlin, il y a un monde.

- Je peux savoir à qui j'ai affaire ?

La jeune femme releva subitement la tête, un grand sourire collé au visage. Elle doit avoir un an ou deux de plus que nous, mais elle a ce petit air enfantin qui lui donne l'air d'avoir le même âge que nous. Ses longs cheveux blonds étaient tressés en deux longues nattes et son joli nez fin retroussé lui donnent un charme angélique.

- Cassandra ! S'exclama alors Myriam d'une même voix qu'Aylan et Esther.

- Je suis si contente de vous revoir, les amis !

Elle vint les serrer successivement dans ses bras. Ils ont l'air d'être proches. Ce n'est pas une amitié forgée par le temps, mais une amitié forgée à travers les aléas de la vie. La façon dont elle les gratifie d'un regard reconnaissant me donne tout à penser qu'ils lui sont venus en aide à un moment ou à un autre.

En tout cas, il est clair qu'ils sont contents de se retrouver, même s'il est évident que c'est Myriam que Cassandra est la plus heureuse de retrouver. La façon dont elle reste à ses côtés, le visage radieux et aussi la manière dont ses bras sont noués autour de celui de Myriam.

Je ne sais pas exactement ce que Myriam a bien pu faire, mais elle a visiblement une nouvelle fan.

Devant les regards curieux du reste du groupe, Myriam crut bon de nous fournir quelques explications.

- Je vous présente Cassandra, je l'ai rencontrée y a un petit moment.

Cassandra n'avait pas l'air satisfaite de cette explication. Elle ne peut pas s'en contenter après tout. Myriam représente bien plus qu'une vague connaissance à ses yeux.

- Tu m'as sauvée la vie ! crut bon de lui rappeler Cassandra.

Bingo. Encore une fois dans le mille. Décidément, je suis si do uée... Et terriblement modeste, en plus. Néanmoins, je commence à être dépassée par le nombre d'affaires dans lesquelles Myriam est impliquée.

- Tu lui as sauvé la vie ? Répéta Ace, surpris.

Il observa Cassandra d'un œil évaluateur. Cassandra a l'air capable de se défendre, on se demande bien dans quel genre de contexte, elle aurait pu avoir besoin de l'aide de Myriam.

-Non, non, elle exagère un peu, réfuta avec douceur Myriam.

- Non ! S'indigna Cassandra, les poings sur les hanches. Tu m'as vraiment sauvée la vie.

Bon, à ce stade, l'admiration qu'elle éprouve envers notre chère héritière est plus qu'évidente. Ça crève carrément les yeux. Myriam doit bien s'en rendre compte, elle lui sourit tendrement pour ne pas la froisser davantage.

- Et je le referai avec plaisir. Lui affirma-t-elle, les yeux pétillants, en tenant délicatement la main de Cassandra dans la sienne.

Cette dernière rougit violemment et tenta de fuir le regard améthyste de Myriam, embarrassée.

Tout en continuant de tenir la main de Cassandra, elle se tourna vers la seconde fille qui l'accompagnait. Cette dernière était restée silencieuse, observant calmement la situation.

- Tu es ? Demanda Myriam d'un ton poli.

- Yeleen, répondit-elle d'un ton tranquille avant de s'avancer vers nous pour qu'on puisse distinguer son visage.

Une fois exposée à la faible lueur des rayons de soleil qui réussissaient à pénétrer dans la forêt, on put enfin distinguer clairement son visage. Ses cheveux étaient élégamment tressés et s'arrêtaient au niveau de ses reins. Sa peau était teintée d'une belle couleur noire scintillante, son regard noisette impénétrable nous fixait avec une curiosité à peine dissimulée.

Elle se tenait à présent en face de Myriam, elles font pratiquement la même taille, en plus de partager une silhouette très similaire. C'est-à-dire, élancée avec la taille marquée.

Soyons très honnêtes, elle est absolument sublime. Elle dégage une maturité rassurante, même si elle a l'air d'avoir le même âge que nous.

-Quel joli prénom, la complimenta Nayra sincère.

- Merci, répondit-elle en lui adressant un sourire.

Quel joli sourire. Je ne sais pas si c'est juste moi, mais elle dégage quelque chose de très particulier. Une force écrasante, mais sereine. Je ferais mieux d'arrêter de l'observer aussi ouvertement, je risquerais de la mettre mal à l'aise. C'est juste un peu étonnant, elle dégage quelque chose que je n'ai jamais vu auparavant. En tant que l'experte de l'analyse du groupe (J'exclue volontairement Myriam), je ne peux juste pas m'empêcher de l'observer.

- Yeleen m'a accueillie dans son groupe juste après que je me suis enfuie cette nuit-là, expliqua Cassandra à Myriam.

Elle doit sûrement faire référence à cette nuit où Myriam lui est venue en aide. J'aimerais bien en savoir un peu plus sur tout ça à l'avenir. Je suis sûre que j'arriverai à convaincre Myriam de m'en parler autour d'une bonne tasse de thé, elle a vraiment un faible pour le thé du royaume Park.

- Je vois.

Myriam tendit alors sa main à Yeleen, cette dernière écarquilla très légèrement les yeux, un peu étonnée. Je suis quasiment sûre qu'elle nous connaît, nous et notre rang. Elle doit être surprise qu'une future reine soit prête à serrer sa main. Ce qui est compréhensible, leur reine, c'est Iriel et je doute que ce soit son genre d'être aussi avenante que sa fille.

Yeleen finit par se reprendre, avant de serrer sa main. Leur poigne dura quelques secondes, secondes pendant lesquelles elles plongèrent chacune dans le regard de l'autre.

- Merci d'avoir pris soin d'elle.

- C'est normal, Cassandra est comme une petite sœur pour moi.

Je ne pus m'empêcher de remarquer que Cassandra gigotait presque un peu sur place. Elle doit être terriblement heureuse de voir ces deux-là s'entendre. À mon humble avis, elle attendait même cette rencontre avec impatience.

- En tout cas, suivez-nous, on a récupéré vos deux amis ! S'exclama Cassandra.

C'est vrai qu'il ne vaudrait mieux pas oublier la raison de notre venue. On obéit donc sans rechigner. Pendant tout le trajet, Cassandra ne lâcha littéralement pas Myriam, lui racontant tout ce qu'elle avait accompli récemment, Myriam la regardait avec une fierté quasi-maternelle. Un peu comme une mère regarde son enfant, lorsqu'elle est fière des derniers exploits de ce dernier.

À présent, c'était Yeleen qui menait le cortège, elle nous fit marcher pendant cinq minutes avant de s'arrêter devant un arbre. Elle se mit à murmurer de manière inaudible, avant qu'une porte n'apparaisse dans l'écorce de ce dernier.

Elle l'ouvrit d'un geste presque mécanique, avant de nous inviter à entrer d'un simple geste de la main. On s'exécuta, avant de descendre les marches d'un escalier. Des torches étaient accrochées au mur pour éclairer ce passage légèrement étroit. Quel étonnant endroit. J'ai bien conscience que Yeleen et Cassandra ne sont pas des gens ordinaires.

- Faites attention, nous lança Yeleen. C'est facile de manquer une marche et de tomber.

Ce fut le cas d'Aylan quelques minutes plus tard, ce dernier manqua une marche et évita de justesse de dévaler ces derniers. Heureusement pour lui, Ace l'attrapa par le bras avant qu'il ne connaisse une chute peu agréable.

- Est-ce-qu'on se rend dans une ville souterraine ? On marche déjà depuis un moment, constata Nayra.

- Effectivement, mais on est presque arrivés, lui répondit Yeleen.

Elle avait, bien évidemment, raison. Deux minutes plus tard, le tunnel dans lequel on s'était engagés depuis près plus d'une demi-heure déboucha sur le toit d'un immeuble.

- Wow ! s'exclama Ace, en se précipitant un peu pour observer la vue qui s'offrait à nous.

Une grande ville s'étendait juste devant nous. Elle était évidemment éclairée par de la lumière artificielle, mais c'était à en couper le souffle. On aurait presque dit une ville ordinaire.

On avait des commerçants, prenant part aux activités d'un marché juste en bas de l'immeuble. Une odeur de poisson grillé vint me chatouiller les narines. Un peu plus loin, à quelques pas, on pouvait voir une école qui commençait à accueillir ses élèves. Au détour d'une rue, un pressing venait d'afficher une pancarte " OUVERT !".

- C'est vraiment exceptionnel, chuchota Aylan.

- Je suis d'accord, lui répondis-je alors que je venais de m'appuyer contre la rambarde l'immeuble à mon tour.

D'habitude, il est embarrassé que quelqu'un d'autre qu'Esther ou Myriam lui adresse la parole, mais cette fois-ci, il était bien trop époustouflé par ce qui se tenait à quelques mètres de nous.

Je rêve ou c'est un parc d'attractions que je viens d'apercevoir ? Yeleen gloussa, amusée pe t nos réactions presque enfantines.

- Je ne veux pas casser l'ambiance, mais vous feriez mieux de venir vos amis, déclara-t-elle, un léger sourire flottant sur ses lèvres.

- Bien sûr, j'avais presque oublié ces deux idiots, avoua Ace en haussant les épaules.

Myriam lui pinça le bras, indignée.

- Oui, oui, ça va, allons voir ton jumeau et ton prince.

Elle lui pinça de nouveau le bras, exaspérée. On suivit une nouvelle fois Yeleen et Cassandra, on pénétra dans l'immeuble avant de descendre quelques étages et de s'arrêter devant un appartement. Yeleen sortit un jeu de clés avant de nous inviter à entrer. Il n'était composé que d'une seule pièce, pièce un peu rustique. Elle ne contenait que deux lits dans lesquels nos deux gugusses étaient en train de dormir et une cuisine ne contenant que les ustensiles les plus basiques ainsi qu'une petite table grossièrement taillée.

On s'approcha des lits pour pouvoir se faire notre propre idée de l'état de nos deux malades. Ils semblaient en proie à un sommeil fiévreux.

- Je me demande qui a bien pu les mettre dans un état pareil, soupira Ace.

- Sûrement pas quelqu'un d'ordinaire, répondit Nayra.

Carrément. On parle quand même de deux héritiers. Aaron et Eden. Alors certes, Eden n'a pas encore récupéré tous ses pouvoirs à cause de sa perte de mémoire, mais il est déjà terriblement puissant. En plus, mettre Aaron K.O ainsi, c'est une véritable prouesse. Il ne dévoile jamais plus de cinq pour cents de ses capacités et c'est largement suffisant pour qu'il terrasse des légions. C'est typiquement le genre de personne que personne ne souhaiterait affronter.

Myriam s'était avancée avant de s'asseoir entre les deux lits, sur une petite chaise bancale, m'arrachant à ma torpeur. Elle les observait calmement, le regard impénétrable. Je payerais cher pour pouvoir savoir ce à quoi elle est en train de penser.

- Ils seront rapidement de nouveau sur pieds, si on utilise de la magie régénératrice. On n'a pas pu le faire avant, parce qu'on n'est pas vraiment des experts dans ce domaine, s'excusa Yeleen.

Cette dernière se tenait dans le seul de la porte, appuyée contre l'encadrement dans la porte, les mains dans les poches. Son regard était posé sur Myriam, on pouvait y lire une certaine curiosité. J'ai bien l'impression que Yeleen en sait drôlement sur nous tous.

- Je peux m'en charger si vous voulez, intervint Esther.

C'est la première fois qu'elle prend la parole en s'adressant à tout le monde depuis le début de la journée. Elle et Aylan étaient dos au mur, dans un coin de la pièce. Ils se sont montrés étonnamment silencieux depuis le début.

En tout cas, la proposition d'Esther n'était pas surprenante, elle est particulièrement douée en magie régénératrice.

- Je préférerais que ce soit Flora qui s'en occupe, répondit simplement Myriam, dos à elle.

Cette dernière s'exécuta sous mes ordres avant de s'en occuper.

Esther bégaya quelque chose de manière inaudible, avant de se ratatiner sur place, terriblement honteuse. Cet embarras fut très rapidement remplacé par un agacement clair, elle serra ses poings au point que ses phalanges blanchirent. Elle voit la relation entre Myriam et Flora s'améliorer à ses dépens et par extension aux dépens de sa relation avec Julius Vandersen.

Aylan, qui se tenait à ses côtés, lui tapota l'épaule, avec un sourire réconfortant.

Flora s'occupa de sa tâche avec brio après avoir reçu mes ordres. Il ne fallut que quelques secondes pour que nos deux malades se réveillent brutalement. Ils se redressèrent dans un même mouvement, leurs mouvements trahissant une certaine panique.

Ils ont définitivement affronté quelqu'un qui a su éveiller une certaine terreur chez eux. Plusieurs minutes passèrent sans qu'ils remarquent notre présence.

- On est là, leur lança finalement Ace.

Ils relevèrent la tête, réalisant enfin qu'on était là. Ils ne posèrent même pas de questions sur le pourquoi du comment, ils se tournèrent subitement vers Myriam, les yeux empreints de panique. Bon sang, ils commencent sérieusement à m'inquiéter ces deux-là. Je ne les ai jamais vus agir ainsi.

- Il faut absolument rentrer, s'alarma Eden. On ne peut absolument pas rester ici !

Oula... Ça sent mauvais, cette histoire.

- Sympa, constata Yeleen. Notre accueil était si peu agréable que ça ?

Eden se tourna vers elle, il doit se demander de qui il s'agit. Malgré son état, il ne put réprimer un petit rire.

- Non, non, merci de vous être occupés de nous, mais c'est vraiment urgent.

Yeleen avait dit ça pour plaisanter, j'imagine qu'elle voulait détendre un peu l'atmosphère qui était en train de devenir très bizarre. Elle sourit à Eden, avant de s'asseoir à côté de Myriam, croisant harmonieusement ses jambes.

- Vous avez croisé la route d'Ilay, hein ? Demanda-t-elle.

- Oui, répondit Eden. Comment le sais-tu ?

- Je vous ai vus tous les trois, déclara-t-elle. Il ne vous a vraiment pas ménagé. Enfin, c'est Ilay, ce n'est pas très étonnant.

Donc le responsable de tout ça, c'est Ilay ? Voilà qui est assez effrayant. Il aurait pu se débarrasser de nous, la dernière fois, s'il l'avait voulu...

- Vous n'avez vraiment pas eu de chance, ce type est vraiment un enfoiré de première et un enfoiré beaucoup trop puissant pour ce monde, expliqua Yeleen.

- Il a affirmé être le plus puissant Dieu du royaume céleste, nous informa Aaron.

Pardon ? Le plus puissant Dieu du royaume céleste ? Oula et un type pareil s'est allié à Iriel ? Je l'avais dit, cette histoire, ça sentait mauvais. Comment est-ce-qu'on est censés se battre contre un type pareil ?

- Myriam, tu es en danger. Tout le royaume céleste en a après toi, lui confia en hâte Eden.

Je me répète, mais pardon ? Un silence de mort s'abattit sur la pièce, tout le monde était en train de digérer cette simple phrase. Phrase beaucoup trop effrayante. Cassandra lança un regard à Myriam, visiblement terrifiée pour son idole. Nayra laissa tomber son livre, sonnée par cette nouvelle. Je ne parle même pas d'Esther et d'Aylan, ces deux-là sont en train de pâlir à une vitesse exponentielle.

Il n'y avait qu'Ace et moi pour garder un semblant de contenance. C'est probablement pour ça que ce fut l'un de nous d'eux qui brisa le silence pesant qui était en train de s'installer.

- Le royaume céleste en a après Myriam ? Répéta Ace, les yeux ronds comme des soucoupes.

Il aura beaucoup fait le perroquet aujourd'hui, décidément. À présent, tous les regards convergeaient vers Myriam, cette dernière était impassible, le regard impénétrable. Elle se contenta de rester assise, les yeux rivés sur le mur, le bras sur le dossier de sa chaise. J'aimerais bien savoir comment elle fait pour garder son calme dans une situation pareille. Elle n'a même pas l'air surprise !

- Tu ne m'as pas l'air surprise, constata Yeleen. T'es du genre à ne pas te laisser déstabiliser aisément ?

- Non, répondit Myriam. Je m'en doutais simplement. On va aller en discuter au palais.

Elle se leva gracieusement avant de se tourner vers Yeleen et de poser sur elle, un regard indéchiffrable.

- Je sais ce que tu as risqué en nous faisant venir ici, je t'en remercie profondément.

- Qu'est-ce-qu'elle a osé risquer ? Demanda Esther, intriguée.

- Vous menez un mouvement de résistance contre le pouvoir en place, hein ? suggéra Eden.

Un mouvement de résistance, hein ? Je m'en doutais un peu, ils n'auraient pas besoin de se cacher ainsi si leurs activités étaient parfaitement légales. Ils ont vraiment été très généreux en nous accueillant, ils auraient pu se mettre dans un sacré pétrin en nous tendant la main.

Le regard de Yeleen passa d'Eden à Myriam, les deux l'observaient avec ces mêmes yeux améthystes.

- Aussi intelligents que je l'espérais, répondit-elle, amusée. Vous n'en avez sûrement pas conscience puisque vous venez de l'autre monde et que l'information est terriblement bien filtrée par Héméra, ou plutôt Iriel, mais le pouvoir en place est une véritable dictature.

Certes, on n'avait pas de preuves, mais connaissant le caractère d'Iriel, c'est plutôt normal. Ils ont quand réuni pas mal d'informations. Non seulement, ils savent qu'Héméra n'existe pas et que c'est Iriel qui se tient en coulisses. Ce mouvement de résistance a sûrement un bon service d'espionnage.

- Les droits humains sont complètement bafoués et le gouvernement n'en a que faire. Iriel ne se soucie que du pouvoir militaire, continua-t-elle.

Tu m'étonnes, elle compte après tout nous livrer une guerre sans merci. Ce n'est plus qu'une question de temps avant qu'elle ne passe à l'action.

- Nous avons donc créé ce mouvement de résistance, mais nos actions sont très limitées, on se contente pour l'instant de secourir les opprimés en leur offrant un refuge ici.

Elle marqua un temps de pause avant de soupirer. Je suppose que Yeleen est en quelque sorte la leader de ce mouvement, c'est une sacrée responsabilité qui pèse sur ses épaules. Elle a le même âge que nous et pourtant, elle doit gérer tout cela. C'est sûrement de là d'où vient cette aura mature qui se dégage d'elle.

- Nous ne pouvons pas saboter l'armée ou quoi que ce soit, à cause de cette ordure d'Ilay qui déjoue nos plans sans arrêt.

- C'est comme si ce type était au courant de tout. Il a des yeux partout, c'est impossible de lui échapper, soupira Cassandra.

- Il a dit qu'il n'aimait pas trop les gens qui interféraient avec ses plans, se rappela Eden

- C'est totalement le cas et il n'hésite pas à nous le rappeler si nécessaire, s'exaspéra Cassandra. On compte pas mal de pertes humaines à cause de cette ordure.

- Finalement, il faut se méfier de lui autant que d'Iriel, résuma Nayra songeuse. Peut-être même encore plus.

Vu son air pensif, elle est déjà en train de se demander comment récolter des informations au sujet d'Ilay. Elle va probablement passer sa soirée à lire des bouquins pour tenter d'y dénicher quelque chose. Néanmoins, si Iriel filtre bien l'information, le royaume céleste, c'est un autre niveau. Les informations que l'on possède sur leurs habitants se comptent sur les doigts d'une main.

Myriam s'était levée, elle était à présent appuyée contre le mur, perdue dans ses pensées. Ses yeux observaient distraitement ce qui se passait dans la rue. Tout le monde l'observait, soucieux.

- De quelle manière les droits humains sont bafoués ? demanda-t-elle d'une douce voix.

- De beaucoup de manières, malheureusement. Le trafic d'êtres humains est quasiment omniprésent. Ce sont les classes sociales les moins aisées qui sont touchées. Les orphelins sont une des cibles les plus convoitées. Les adolescentes aussi, et les hommes qui sont costauds.

Quel monde... Le nôtre a énormément de défauts aussi, mais j'ignorais que le leur était aussi sombre.

C'est important d'être confronté à ce genre de réalité pour nous rappeler à quel point nous sommes privilégiés. Surtout lorsqu'on devra créer de nouvelles lois pour les groupes opprimés.

- Je vois, répondit alors simplement Myriam. Allions-nous.

- Hein ? Répéta Cassandra.

Myriam se tourna vers nous, le visage sérieux, délaissant la jolie vue qu'elle avait sur le marché. Une lueur brûlante était distinguable dans son regard. Cette alliance doit vraiment lui tenir à cœur. En même temps, c'est une excellente idée.

- On a un objectif commun, non ? Faire tomber Iriel. Dans très peu de temps, une guerre va éclater.

- Peut-être que si nous entamons des négociations avec elle, on... Commença Aylan.

- Impossible, cette femme ne négociera jamais, le rembarra Myriam. Tant qu'elle n'aura pas ma tête sur un plateau d'argent, elle ne s'arrêtera pas. Elle et le royaume céleste.

Un petit frisson parcourut la pièce. Personne ne s'attendait à ce qu'elle énonce aussi clairement la situation. Myriam est décidément un mystère vivant pour moi, je n'arrive pas à prédire ses actions, et encore moins à deviner ses pensées.

Elle s'approcha d'un pas léger de Yeleen, lui tendant sa main pour la deuxième fois de la journée. Cette dernière observa cette main tendue quelques secondes, avant de la saisir tout en se levant. Une nouvelle fois, elles se jaugèrent du regard. Malgré ça, j'ai l'impression qu'elles se font mutuellement confiance et qu'elles vont fournir un travail de qualité ensemble. Je ne vois pas Myriam échouer dans quoi que ce soit de toute façon.

Décidément, j'éprouve un peu trop d'admiration pour elle pour mon propre bien.

- C'est d'accord. Toutefois, cela va être difficile de s'accorder sur les plans. Nous ne pouvons pas nous rendre dans votre monde, confia Yeleen.

- Ne t'en fais pas, c'est moi qui viendrai à vous.

- Tu risques énormément, lui fit remarquer Yeleen.

- C'est la moindre des choses si je veux obtenir ta confiance et celle de tes camarades.

Yeleen l'observa une poignée de secondes avec un visage impassible, avant que son expression sérieuse ne se brise pour laisser place à un sourire satisfait. Cassandra a l'air aux anges, après tout, tout cela signifie qu'elle verra Myriam beaucoup plus souvent.

- Tu ne te laisses vraiment pas berner.

- Il le faut bien quand j'ai autant d'ennemis destructeurs à mes trousses, répondit Myriam, amusée.

Elle se tourna vers nous tous, le visage radieux. C'est incroyable quand même, le royaume céleste est à ses trousses et elle trouve encore le moyen de sourire comme ça. Ça me dépasse.

- On rentre ?

On acquiesça, commençant à sortir de la pièce après avoir salué Yeleen et Cassandra. Myriam tenait le battant de la porte, nous laissant sortir un par un. Elle a sûrement encore quelque chose à dire. Elle prit alors la parole une dernière fois, ses lèvres se retroussant légèrement pour qu'un joli sourire ne s'y installe.

- Je suis vraiment fière de tes progrès, Cassandra. Cette flèche, c'est toi qui l'as lancée, pas vrai ?

Cassandra acquiesça, la mine un peu appréhensive. Elle attend le verdict de Myriam en quelque sorte. Verdict qui doit énormément compter pour elle.

- C'était vraiment impressionnant, tu aurais pu abattre n'importe quel soldat avec une telle flèche.

Les yeux de Cassandra s'emplirent de larmes, il semblerait que ce compliment compte encore plus pour elle que je ne l'imaginais. C'est vraiment que de l'admiration ? J'ai un doute, mais bon, en tout cas, c'est mignon. Myriam tendit simplement la main pour la décoiffer affectueusement, ce qui évidemment ne laissa pas une certaine blonde insensible.

- À bientôt Cassandra, à bientôt Yeleen.

Elle leur fit un petit signe de la main avant de sortir de la pièce, refermant la porte derrière elle.

- Myriam, commença Eden

- Attendons de rentrer au palais, je sais qu'on a beaucoup de choses à se dire. On en parlera ce soir, rien que tous les deux.

Eden acquiesça. Quelque chose a changé chez Eden, il est beaucoup moins effacé qu'avant. Je me demande bien à quoi c'est dû. On dirait presque que c'est le même Eden qu'avant, genre celui qui n'avait pas perdu sa mémoire...

Attendez... ?

NDA : Alors ce chapitre ?

Chapitre trente : Eden's pov

NDA : Coucou tout le monde ! Ça fait un bail mddr. Je suis contente de vous retrouver pour continuer à partager mon histoire avec vous. Surtout que ça devient de plus en plus intéressant de mon point de vue. D'ailleurs, aucun rapport, mais ça vous dirait que je rédige une rapide fiche pour vous rappeler les caractéristiques des personnages ? Je sais qu'avec les romans de fantaisie, c'est un peu galère parce qu'il y a toujours beaucoup de personnages ! Bref, si ça vous tente, n'hésitez pas à me le dire ! Bonne lecture !

Une réunion d'urgence a été mise en place. Juste entre les membres royaux. Personne d'autre n'est autorisé à entrer dans la pièce. Pas même le président du conseil suprême, ou la grande prêtresse. Ça s'explique entièrement par le contenu de cette réunion. Si jamais le conseil suprême ou le temple suprême venaient à apprendre ce dont on va parler lors de cette réunion, les conséquences seraient sans précédant.

- Racontez nous, déclara Adelaïde d'une voix ferme, les jambes élégamment croisées.

Ses yeux argentés étaient posés sur son fils et moi-même. La main repliée contre le côté droit de son visage, elle nous transperce de son regard glacial. Son regard est clairement le plus difficile à soutenir dans cette pièce. Elle a beau avoir les mêmes yeux qu'Aaron, les siens n'ont rien à voir. Ceux d'Aaron sont bien plus doux en présence de ceux qu'il aime. En revanche, Adélaïde ne laisse pas transparaître la moindre émotion dans ses iris.

Après avoir lancé un rapide regard à Aaron, je me décidai à commencer le récit. On alternera la prise de parole.

- J'ai récupéré ma mémoire, déclarais-je d'une voix calme.

Je n'ai vraiment pas envie de tourner autour du pot alors autant entrer clairement dans le vif du sujet. Néanmoins, j'aurais peut-être dû être un peu plus délicat, parce que le silence pesant qui vint accueillir cette révélation n'est pas des plus agréables pour être tout à fait honnête.

Il n'y a qu'une seule personne dont la réaction m'intéresse. Néanmoins, je n'ai pas le courage de me tourner vers elle. Je n'ai pas la moindre idée de comment elle va réagir.

Malgré moi, je n'eus pas réellement la possibilité de l'éviter. Toute l'attention de la pièce était tournée vers elle, guettant sa réaction. Me munissant d'un peu de courage, je réussis à lever les yeux vers elle. Cette dernière m'observait déjà.

Ma jumelle était confortablement assise sur son siège, les bras délicatement croisés sur sa poitrine, le visage complètement impassible.

Il semblerait qu'Adélaïde ne soit pas la seule à vouloir la jouer inexpressive aujourd'hui. Je ne peux pas expliquer à quel point cette situation est stressante.

Ses yeux sont absolument éteints. C'est de ça dont Yuki parlait la dernière fois ? Elle m'avait demandé si Myriam avait toujours eu ce regard aussi vide, aussi dénué de chaleur humaine.

Je ne comprenais pas ce qu'elle voulait dire à l'époque (= deux semaines), mais maintenant, ça devient plus clair. Même avec mes souvenirs fraîchement récupérés, je ne me souviens pas d'un tel regard chez Myriam. Quand a-t-il émergé ? Et pourquoi, surtout ?

- J'ai donc agi de mon propre chef, continuais-je. J'ai rencontré Iriel et j'ai tenté de lui soutirer quelques informations. Évidemment, j'ai beau être son fils adoré, elle ne pouvait pas lâcher des informations aussi aisément. Elle avait besoin de temps pour me faire confiance. J'aurais pu peut-être réussir, si Ilay n'existait pas.

Je sais que j'ai beaucoup risqué. J'ai misé gros pour pas grand-chose finalement. À présent, il est vital pour moi d'éviter le regard de Myriam. Il doit être rempli de déception.

- Avec Aaron, on a eu l'occasion d'avoir une petite discussion avec lui. On a dû le suivre dans l'autre monde toutefois.

- C'est un piège si grossier, nous fit remarquer Adélaïde. Comment avez-vous pu tomber dedans ?

Aaron se retint de justesse de soupirer. Il était évident qu'on n'allait pas échapper aux remontrances. Surtout de la part d'Adélaïde. Bon, j'avoue, elle a raison, mais dans ce cas précis, ça valait totalement le coup de miser gros.

- On sait, mais les informations qu'il nous a livrées en valaient la peine, répondit Aaron sans se laisser démonter.

Je lui laisse volontiers la parole. Je n'ai pas très envie de devoir « débattre » avec Adélaïde. Ils sont déjà en train de se toiser du regard.

Elle a beau être une maman poule quand il s'agit d'Aaron, c'est également sa plus grande critique. Elle n'hésitera jamais à pointer ses erreurs dans l'optique qu'il s'améliore évidemment.

Dans mon cas, Iriel est vraiment différente. Elle est prête à fermer les yeux sur toutes mes bêtises. C'est ce qu'elle a toujours fait. Elle passait toujours l'éponge. En revanche, elle était bien plus sévère avec Myriam, mais rien d'excessif non plus. Je ne peux donc pas m'empêcher de me demander comment ça a pu tourner ainsi.

- Et alors qu'avez-vous donc appris ? Intervint Sakae pour couper court au petit manège auquel les deux Hillhells se livraient.

La mère de Yuki n'est pas connue pour sa patience, ce n'est ainsi pas très étonnant qu'elle intervienne.

Bon, à présent, on aborde le sujet le plus délicat de la soirée. Myriam.

- Myriam est activement poursuivie par Iriel mais également par le royaume céleste, expliquais-je le plus calmement possible.

- Le royaume céleste ? Répéta Maria, la mère de Nayra.

Avec Aaron, on hocha la tête, avant d'oser lancer un regard à Myriam. Cette dernière n'a pas bougé depuis le début de la réunion. Elle est toujours terriblement calme. Je ne sais pas à quoi m'attendre. J'ai peur que ce ne soit qu'une façade, qu'une bombe à retardement.

- Pourquoi ? Demanda Ace. Iriel, ce n'est pas une nouvelle, mais le royaume céleste ?

- Ilay nous a expliqué que lorsqu'une âme est créée, avant de se rendre dans le royaume des âmes, elle traverse une succession de balances, expliqua Aaron.

Un air de confusion se dessina sur leurs visages. D'un même mouvement, ils se tournèrent tous vers la famille Emerald, sauf Myriam dont les yeux étaient toujours rivés sur la table.

- On n'a jamais eu vent d'une telle chose, lâcha la mère d'Ace, un peu déboussolée.

Andrea, la mère d'Ace, semblait un peu déconcertée. Elle comme son mari, Ezechiel.

- Il semblerait que ce soit une information auquel seulement un certain de groupe de Dieux a accès, répondit Eden. Je reviendrai sur ça dans quelques minutes.

- Oui, on en reparlera, confirma Aaron. Pour reprendre cette histoire de balances, elle détermine les capacités d'un individu. Capacités intellectuelles, physiques, magiques, etc. Il ne nous a évidemment pas donné tous les paramètres possibles que contrôlent ces balances.

- Au contraire même, il a été très évasif sur ce sujet.

Le silence devenait de plus en plus lourd. J'ai l'impression de suffoquer.

- Normalement, les balances sont justes. Elles se débrouillent pour qu'on ne soit que des humains, même nous, avec nos capacités supérieures au-dessus du commun des mortels, expliquais-je.

- Sauf pour une personne, finit Aaron.

Cette dernière phrase sonna comme un glas. À présent, tous les regards étaient rivés sur elle. Ne pouvant plus ignorer la situation, elle releva lentement son visage avant de poser ses yeux étincelants sur nous.

Pas une trace d'inquiétude. Pas une trace de panique. Son visage ne transmettait qu'un sentiment de calme olympien. Quand est-ce-que ma sœur a arrêté de se laisser vivre ? Je ne me souviens pas de ces yeux éteints qui me font face.

Pour la première fois de ma vie, j'ai l'impression d'avoir perdu Myriam de vue. Comme si ce fil qui représente notre lien fraternel s'était brisé. Peut-être que je suis un peu trop bouleversé ces derniers temps, mais je ne peux pas nier cette vérité angoissante.

Parfois, je ne reconnais pas Myriam. Pendant de très courts instants, j'ai même l'impression d'avoir affaire à une autre personne.

- Je suppose que j'ai brisé tout ça, déclara-t-elle d'une voix calme.

Je me sens incapable de lui répondre pour l'instant. Je n'ose même pas la regarder dans les yeux. Heureusement qu'Aaron est là.

- Oui. Tu as brisé l'équilibre, expliqua Aaron. Tu es humaine, mais tes capacités sont divines.

Myriam tapota doucement la table de ses longs doigts fins, le regard songeur. Elle a l'air de se sentir à peine concernée par notre réunion, alors que c'est elle le sujet.

- Ils ont donc peur que Myriam renverse le royaume céleste, conclut Ezechiel. Ils chercheront donc à l'éliminer à travers l'intermédiaire d'Iriel, qui, évidemment, coopère avec eux.

Aaron acquiesça, la mine grave. La tension ne cessait de peser de plus en plus lourdement sur toutes les personnes présentes dans cette pièce.

Il n'y a que Myriam qui semblait étrangère à cette pression. Ce n'est pas normal. N'importe quel humain fondrait en larmes en entendant qu'il est la cible du royaume céleste.

C'est le genre de destin qui vous condamne dès la naissance. Ce n'est qu'une vie vite écourtée de souffrance qui vous attend lorsque vous naissez avec un bagage pareil.

Je refuse de laisser Myriam à la merci de ces ordures. Même si pour ça, je dois tuer ma propre mère. Je n'hésiterai pas une seule seconde.

- Ilay n'a pas voulu nous expliquer pourquoi ils ne t'ont pas tué lors de la tragédie, expliqua Aaron, toujours aussi sérieux.

Il doit penser exactement la même chose que moi, en plus d'être dans le même état. Il est hors de question de les laisser s'en prendre à Myriam.

- Qu'ils essayent donc, répondit Myriam narquoise.

Elle gloussa, amusée, nous faisant tous tomber des nues. Le doigt replié contre les lèvres, elle s'amusait avec son autre main à bouger des pièces sur un plateau d'échecs.

Je m'attendais sincèrement à tout. À tout, mais pas à ça. Pourquoi est-ce-qu'elle a l'air aussi détendue ? Pourquoi est-ce-qu'elle n'a pas l'air de se préoccuper de son sort plus que ça ? Il y a tant de questions qui me taraudent. Je vais en perdre la raison.

Je n'aurais jamais dû parler avec Iriel. C'était une grossière erreur. Une erreur qui est en train de me coûter mon calme.

- Ils me veulent voir morte, très bien. On peut être deux à jouer à ce petit jeu, déclara-t-elle à nouveau avant de balayer une des tours du plateau.

Pardon ? Elle plaisante, là ?

- Myriam, es-tu sérieuse ? Déglutit péniblement Yuki. Tu veux déclarer la guerre au royaume céleste ?

Même pour Yuki qui est un peu « excentrique », c'est de la folie. Déclarer la guerre au royaume céleste... ? C'est une entreprise complètement perdue d'avance. Je me sens absolument dépassé par la tournure de la situation.

- Je n'ai pas déclaré la guerre, répondit Myriam.

Des soupirs de soulagement s'échappèrent aussitôt de nos lèvres à tous. Malgré la situation délicate, elle reste mesurée.

- Ce sont eux qui l'ont déclarée, je vais juste leur rendre la monnaie de leur pièce, continua-t-elle en haussant les épaules.

Non, mais elle a perdu la tête ou quoi ? En faisant ça, elle risque d'être encore plus en danger. Ils vont s'acharner contre elle, ne laissant plus qu'une âme en morceaux derrière leur passage.

- Non, mais tu as perdu l'esprit ? S'emporta Sakae. On parle du royaume céleste, as-tu vu leur puissance ? Un seul d'entre eux a mis K.O Aaron et Eden en moins d'une minute.

Cette dernière venait de frapper violemment la table de son poing. Je comprends sa colère. Une guerre contre le royaume céleste sera inévitablement soldée par une défaite pour nous.

Néanmoins, Myriam n'est pas le genre de personne à être intimidée par la personnalité naturellement colérique de Sakae. Bien au contr aire...

- Pour notre défense, Ilay a affirmé être le plus puissant Dieu du royaume céleste, avoua Aaron pour tenter de calmer le jeu.

Peine perdue. Sakae était bien trop excédée par Myriam pour pouvoir prendre en compte ce qu'il venait de dire.

- C'est vous qui avez perdu la tête, répondit Myriam sur le même ton.

Comme je l'avais prédit, elle ne se démonta pas le moins du monde. Ça aussi, Sakae ne devait pas s'y attendre puisqu'elle eut un imperceptible mouvement de recul, en entendant le ton que Myriam venait de prendre.

Lorsqu'il s'agit de défendre ses intérêts, Myriam fait preuve d'une détermination infaillible. Je ne compte pas le nombre de fois où son caractère nous a sauvés à l'orphelinat. Sans elle, je n'ose même pas imaginer ce qu'on serait devenus.

Myriam est le pilier de notre binôme. Même avec ma mémoire de retour, je ne pourrais jamais être aussi compétent qu'elle. Je suis loin d'être humble en affirmant une telle chose. Pour être honnête, je suis tout aussi compétent que les autres héritiers, mais ce talent pour mener les gens... Il n'y a que Myriam pour le posséder.

- Si nous continuons de rester inactifs, ils nous tueront, déclara tranquillement Myriam en brisant la reine du jeu d'échecs qu'elle tenait dans son poing.

- Toi, pas nous, répliqua d'une voix acide Sakae.

Non, là, elle va trop loin. Je m'apprêtais à intervenir, mais Aaron me fit signe de rester en retrait. Il lança un regard en coin vers sa mère, cette dernière observait la scène calmement. Il semblerait que ce soit à Adélaïde de régler toute cette situation.

À contrecœur, je me décidai à rester en retrait pour l'instant et à observer la scène surréaliste qui était en train de se dérouler.

- Ils ont tué mon père biologique, qu'est-ce-qui vous fait croire que vous êtes à l'abri ?

La réponse était tout aussi acide. C'est avec un petit sourire satisfait que Myriam toisa Sakae. Cette dernière se pinça les lèvres en entendant sa réponse, les poings serrés.

Bon, pour le coup, elle n'a pas tort, il faut bien l'admettre et c'est probablement ce qui agace Sakae.

- La guerre est inévitable, déclara Myriam d'un ton tranquille.-

- On pourrait te livrer, rétorqua Andréa amusée par la situation. Ils nous laisseront tranquilles.

Andréa, évidemment, ne put pas s'empêcher d'ajouter son petit grain de sel. Très loin de s'offenser par une telle suggestion, Myriam éclata de rire, ce qui déconcerta encore un peu plus toutes les personnes présentes dans la pièce.

Elle a eu un comportement anormal toute la soirée. Je suis incapable de dire ce qu'elle nous réserve pour la suite.

- Essayez donc. Une telle action serait si stupide, affirma-t-elle.

Les yeux pétillants, elle laissa son regard parcourir la pièce. Une drôle de lueur animait ses iris, je ne saurais nommer sa nature, mais il est clair et net que cette dernière met tout le monde très mal à l'aise.

- Premièrement, parce que je suis loin d'être du genre à me laisser faire. Deuxièmement, parce que si vous trahissez la seule dont ils aient réellement peur, ce ne serait rien d'autre que signer le début de votre chute.

La menace était à peine voilée. Elle est en train de faire comprendre à tout le monde qu'elle n'hésitera pas à la jouer solo s'il le faut. Franchement, c'est juste hallucinant.

Aucun autre héritier n'oserait faire une telle chose et ça, c'est très important. Les héritiers ne sont pas sur un pied d'égalité avec les couples royaux, excepté Myriam. Cette dernière leur fait clairement comprendre qu'elle ne leur obéira pas si ses propres intérêts sont en danger.

Après tout, ça, elle l'a démontré avec la grande prêtresse et le conseil suprême.

Elle ne reculera jamais devant qui que ce soit et ne s'agenouillera jamais face à quiconque.

Je me demande d'où elle tire cette confiance en soi inébranlable. Elle n'est pas en train de défier n'importe qui tout de même.

Andréa et Sakae se turent l'une amusée, l'autre terriblement en colère. Les parents de Nayra sont restés silencieux, ce sont des gens sages, ils ne vont pas réagir de manière impulsive.

C'est toutefois une maigre consolation, ce serait franchement catastrophique si Myriam venait à se disputer avec littéralement tout le monde.

- T'as un sacré tempérament, affirma Andréa. Qu'est-ce-que tu en penses, Adélaïde ?

C'est au tour de la mère d'Aaron de prendre la parole. De tous les souverains, c'est elle qui a le plus d'influence dans cette pièce. Étant celle qui a su remettre sur pied notre monde après la tragédie, elle a la tête sur les épaules et ne se laissera pas facilement faire.

Je ne sais pas ce qu'une conversation entre elle et Myriam va donner. Surtout, si on tient compte du « lien » qui les lie, i.e Aaron.

Adélaïde esquissa un sourire en coin, se prélassant dans son trône, les jambes gracieusement croisées.

Elle posa son regard acier sur Myriam qui ne broncha pas. Bien au contraire, elle vint le soutenir. Je vais commencer à croire que ma sœur jumelle a des tendances suicidaires. Adélaïde est sacrément effrayante quand elle s'y met.

- Quel est ton plan ? Demanda tranquillement Adélaïde.

Le visage de ma sœur s'adoucit un peu, elle a l'air d'être contente de passer enfin au cœur du sujet. Néanmoins, ses traits ont peut-être l'air plus doux, son regard, lui, n'en reste pas moins franchement féroce.

- Vous êtes prête à me suivre ? Demanda-t-elle narquoise.

Définitivement des tendances suicidaires... On se tourna tous vers Adélaïde, un peu inquiets. Si elle venait à s'emporter, cette réunion pourrait définitivement être considérée comme une catastrophe.

- Qu'est-ce-que tu es arrogante, rit Adélaïde. Est-ce que c'est cette histoire de balances célestes qui t'est montée à la tête ?

Myriam gloussa, tout aussi amusée qu'Adélaïde. Elles se sont décidément bien trouvées, ces deux-là.

C'est avec un sourire transpirant la confiance en soi que Myriam prononça peut-être les mots les plus importants de cette réunion de crise.

- Je n'ai pas attendu les Dieux pour avoir confiance en mes capacités.

Nayra observa la bouche légèrement entrouverte. Elle n'attribue pas son mérite aux Dieux, contrairement à quasiment toute la population peuplant ce monde. Si quelqu'un d'autre que nous l'enten dait... Je n'ose même pas imaginer les conséquences.

Bon, en tout cas, c'est rassurant de voir qu'elle n'est pas plus troublée que ça par cette histoire de balances célestes.

- Adorable, répondit simplement Adélaïde.

C'est clair comme de l'eau de roche qu'Adélaïde adore Myriam, je suppose que c'est une bonne chose étant donné que c'est un peu sa future belle-mère.

Impossible de louper aussi le regard fier d'Aaron. Ce dernier se donnait un mal fou à le dissimuler, mais c'est clairement peine perdue. Il a l'air vraiment impressionné. Ce n'est pas tous les jours que quelqu'un tient aussi effrontément tête à sa mère. Même lui ne s'y risque pas souvent.

- Je ne compte pas révéler tous les détails du plan pour l'instant. Néanmoins, sachez d'avance qu'on ne peut pas faire confiance au conseil suprême et aux instances reliées aux cultes.

- Ça va être difficile d'agir sans que ces deux-là ne soient impliqués, lui fit remarquer Maria, la mère de Nayra.

À présent que la tempête s'est calmée, les Kaïn se décident enfin à prendre la parole et à donner leurs opinions.

- En effet, répondit Myriam. Vous pouvez me laisser m'occuper du conseil suprême, je suis déjà sur le coup. Je vais les évincer, eux ainsi que le culte suprême. D'une pierre, deux coups.

Qu'est-ce-qu'elle mijote ?

- On doit te faire sacrément confiance, constata Andréa.

- Je ne vous décevrais pas, affirma Myriam. Nous devrions avoir le champ libre dans moins d'un mois environ.

Un mois ? C'est un délai très court pour une tâche aussi ardue. Pourtant, elle n'a pas l'air de douter de son coup, elle n'envisage même pas la défaite.

Quelque chose me dit qu'elle n'hésiterait pas à recourir à la violence s'il le faut. Néanmoins, elle ne jouera jamais de cette manière. Ses tactiques et stratégies sont toujours élégantes.

- Qu'est-ce-qu'on doit faire en attendant ? Lui demanda Ezechiel.

À présent, Myriam avait laissé tomber son sourire moqueur, elle était, on ne peut plus, sérieuse.

- Nos troupes sont déjà solides, mais il va falloir mettre les bouchées doubles. La guerre est inévitable, ce n'est plus qu'une question de temps.

La réponse est claire. On va devoir se concentrer, discrètement, sur le renforcement de nos armées. Pendant que Myriam s'occupe des deux instances suprêmes, on va devoir focaliser nos efforts sur le renforcement de nos armées. Je vais enfin pouvoir être utile pour Myriam, sans ma mémoire, j'ai été un véritable fardeau pour elle.

- Il nous faut tout de même un moyen d'obtenir des informations depuis l'autre monde, fit justement remarquer Maria.

- J'ai déjà quelqu'un sur le coup, répondit Myriam en se tournant vers elle.

Elle résuma la situation avec Yeleen et le fait qu'elle compte renforcer cette alliance très rapidement. Je me demande à quel point, elle va devoir négliger sa santé pour pouvoir accomplir tout ça avec un délai aussi court. Je dois sincèrement me montrer utile.

-Moi, je marche, répondit Adélaïde. À une seule condition.

-Laquelle ? L'interrogea Myriam, le regard pétillant.

Par pitié, faites que la situation ne s'envenime pas à nouveau.

- Je vais être tout à fait honnête avec toi. À mes yeux, il est impossible que tu n'aies pas perdu ta mémoire, déclara Adélaïde d'une voix doucereuse.

Pardon ? Des mines confuses commencèrent à se dessiner sur tous les visages.

- Cette façon dont tu t'accommodes si facilement de la situation, c'est franchement anormal. Je pense sincèrement que tu te moques de nous et que tu n'as jamais perdu ta mémoire. De ce fait, j'ai un peu de mal à t'accorder ma confiance.

Il est vrai que la façon dont Myriam gère la situation depuis le début de notre couronnement est bien trop... parfaite. Néanmoins, mentir sur ses souvenirs ? Sincèrement, qu'est-ce-que ça lui apporterait ?

- Je comprends vos craintes, répondit tranquillement ma sœur.

Elle s'assit sans rechigner, laissant le champ libre pour Adélaïde.

- Venez donc vérifier par vous-même, suggéra-t-elle, un sourire en coin.

Adélaïde se leva élégamment, ses talons se faisant entendre dans le silence assourdissant de la pièce. À présent, nous étions tous rivés sur elles, attendant le verdict avec crainte et impatience.

La mère d'Aaron posa sa main sur la tête de Myriam, afin d'utiliser la magie mémorielle pour pouvoir sonder tous les recoins et méandres de son esprit.

J'avoue que c'est un peu une violation de la vie privée de ma sœur. Néanmoins, la reine des Enfers n'adhérera jamais au plan de Myriam autrement.

Après quelques minutes, Adélaïde rouvrit les yeux, un doux sourire ornant ses lèvres.

- Bien. Il semblerait que je me sois fait du souci pour rien.

- Qu'est-ce-que ça aurait bien pu faire qu'elle ait récupéré sa mémoire ou non ? Demanda Andréa, qui ne s'en préoccupait absolument pas.

- Je n'aime pas l'idée de devoir travailler avec des menteurs, répondit simplement Adélaïde.

Elle posa son regard argenté sur Myriam, affectueux cette fois-ci.

- Il semblerait que tu sois juste un génie, déclara-t-elle amusée. Née pour régner. Allez, cette réunion est terminée. On mérite tous d'aller se reposer un peu.

Ils commencèrent donc à tous plier bagage afin de rentrer chez eux. Pour ma part, je dois discuter avec Myriam.

Cette dernière ne salua même pas ceux qui étaient en train de quitter la pièce.

Aaron a l'air de mourir d'envie d'aller lui parler, mais le regard qu'arbore ma sœur jumelle dissuaderait n'importe qui.

Le reste du groupe me lança des petits regards encourageants, j'espère que je n'en aurai pas besoin. Ma discussion avec elle va bien se passer.

NDA : Je suis fan de Myriam, elle est incroyable. Pareil pour Adélaïde, elle est juste géniale.

Chapitre trente-et-un :

NDA : Petit chapitre du point de vue de Myriam ! Enjoy !

- On va sur le toit ? Proposa Eden. C'est plus tranquille pour discuter.

Pas besoin d'être une spécialiste du comportement humain comme Yuki pour comprendre que la perspective de cette conversation le met très mal à l'aise.

Son regard m'évite soigneusement, j'aimerais bien le rassurer, mais c'est un peu au-dessus de mes forces pour le moment. J'ai besoin de l'interroger sur certains détails. Je lui fais confiance, mais je ne peux pas m'empêcher de me montrer légèrement... Agacée ? Envieuse ? Inquiète ? Jalouse ?

- Allons-y.

On monta en silence sur le toit, avant de prendre place et d'observer le coucher de soleil.

- Est-ce-que tu vas bien ? Demanda-t-il d'une voix un peu tremblante.

- Tout va bien, Eden, répondis-je.

Nous étions assis côte à côte, tous les deux plongés dans nos propres pensées. Il va pourtant bien falloir par briser le silence.

- Tu as parlé avec Iriel ? Je veux dire, d'autre chose que tout ce bordel politique.

- Oui, répond-il honnêtement.

- Comment est-ce-qu'elle t'a accueillie ?

Mes mains tremblaient légèrement sur mes genoux. Je sais que je ne vais pas apprécier la réponse. Je le sais pertinemment. Néanmoins, j'ai besoin de l'entendre pour pouvoir continuer sans avoir de regret.

- Sois honnête, Eden. Je peux tout entendre.

- Myriam, murmura-t-il simplement.

Il leva soudainement sa tête vers moi, avant de me fixer, les yeux larmoyants. Mon cœur se serra aussitôt. La pointe du nez légèrement roses, les yeux embués, il me faisait face, visiblement bouleversé.

- Comment est-ce-que je peux t'expliquer les yeux dans les yeux qu'Iriel me considère comme mon fils et donnerait sa vie pour moi, alors qu'elle ne te considère même pas comme un être humain ? Comment est-ce-que je peux annoncer de telles choses à la personne que j'aime le plus au monde ?

Les larmes se mirent aussitôt à rouler sur ses joues. Eden n'a pas pleuré depuis longtemps. La dernière fois que je l'ai vu pleurer remonte à l'époque de l'orphelinat. Il n'a pas lâché une seule larme depuis. Cette simple vision parvint à me rendre dans le même état.

On vint se serrer mutuellement dans les bras de l'autre. Impossible pour nous deux d'ignorer les tremblements de l'autre.

- Qu'importe à quel point j'étais proche d'Iriel, ma seule et unique famille, c'est toi, murmura-t-il, agité par une vague de sanglots. Je serais toujours de ton côté, Myriam. Toujours.

Je n'ai pas besoin de demander quoi que ce soit d'autre. C'était sincèrement tout ce que je voulais entendre. Tout ce dont j'avais besoin.

- De même pour moi, Eden.

Il y eut une minute de flottement, avant qu'on éclate ensemble de rire. Malgré les larmes qui continuaient de couler, nos rires ne perdaient pas le moindre éclat.

Savoir que je ne vais pas perdre Eden, c'est tellement rassurant. J'avais tellement peur qu'il me laisse tomber pour elle. Ç'aurait été compréhensible. N'importe qui la choisirait, elle. Iriel. Pas moi. Ç'a toujours été ainsi après tout.

Chapitre trente-deux : ??'s pov

NDA : Chapitre du point de vue d'un personnage qui a décidé de ne pas révéler son identité ! Néanmoins, avant que vous ne commenciez à lire ce chapitre, je tiens à préciser qu'il aborde des sujets sensibles comme la mutil*ation, ainsi que des traumas liés aux parents. Si ces sujets sont des sujets sensibles pour vous, évitez ce chapitre, d'accord ? Prenez soin de vous et je peux vous résumer le chapitre par messages sur Wattpad en évitant les passages qui peuvent choquer, donc n'hésitez pas à m'envoyer un message si jamais vous préférez éviter ce chapitre.

Je me laisse tomber contre un mur, les mains légèrement moites. Je ne voulais vraiment pas reprendre ces mauvaises habitudes, mais il y a certaines choses dont on ne se débarrasse jamais vraiment. Surtout lorsque ces choses sont issues directement de notre enfance. Elles nous hanteront indéfiniment.

C'est fou, une enfance ratée et on passe notre vie à essayer de réparer les dégâts. L'âge adulte ne fera jamais autant de dégâts que celui de l'enfance. Après tout, comment peut-on bâtir quoi que ce soit sur des bases aussi fragiles ?

Enfin bon, je ne suis pas là pour réfléchir. Non. Dans ce genre de moments, je ne veux plus réfléchir. Je veux que mon esprit se taise enfin, même si ce n'est que pour quelques minutes.

Je me saisis délicatement de ma dague avant de venir faire la première entaille.

À chaque fois, je me demande pourquoi je m'inflige une telle chose et puis je me rappelle que cette douce douleur me permet d'exprimer mes sentiments et émotions mieux que les mots ne pourront jamais le faire.

Une seconde entaille et je m'interroge sur le fait que j'ai pu arrêter un jour de m'infliger ça.

Une troisième entaille et les larmes me montent aux yeux. Ce ne sont pas des larmes de douleur, mais des larmes de répit. Je peux enfin focaliser mes pensées sur une douleur pure et simple. Une douleur qui n'a pas besoin de raisons pour exister. Drôle de parallèle avec moi qui n'existe que pour une seule raison.

Une quatrième entaille et je perds complètement de vue mon environnement. Tout ce qui compte à présent, c'est de continuer à libérer ce flot d'émotion par un flot de sang.

C'est mal. Je sais. Je ne peux pas prétendre aimer ma propre personne, et si je devais faire semblant, je ferais exactement la même chose qu'en ce moment.

Parce que lorsque c'est le seul type d'amour parental qu'on ait connu, on ne peut pas voir les choses autrement et s'empêcher d'y sombrer à chaque fois un petit peu plus. Aveuglée par cet abandon de mes propres parents, je me suis habituée à cette façon d'aimer, ignorant ceux qui m'aimaient et continue de m'aimer de manière saine.

Toutes mes relations humaines sont faussées, ce sont toujours les épaules lourdes et le regard éteint que je dois continuer de vivre.

Une vie que je n'aurais jamais dû vivre, une vie que je ne voulais pas vivre. Alors pour les gens comme moi, amour ou violence, les deux se confondent facilement. Pour les personnes comme moi, on n'a jamais appris à faire la différence, tout ce qu'on a connu, c'est ça. C'est la violence. Alors, on finit par croire que c'est une façon d'aimer. Non, je dirais même qu'on envisage que cette manière d'aimer.

Même si nos nouvelles relations ont l'air de bien débuter, on finira toujours par faire tout échouer. Tout simplement parce que c'est le schéma classique pour nous. Et il n'y a rien de plus rassurant qu'un schéma classique.

Il ne peut y avoir d'amour, sans violence. Un amour sans violence n'est qu'une douce illusion qui nous glissera éternellement entre les doigts.

Oui. C'est ainsi que sont les choses pour les gens comme moi.

Ceux que la vie n'a pas épargnés et qui ont cessé d'y croire. Tout simplement, parce que simplement y croire faisait bien trop mal.

Très rapidement, les entailles ne me suffisent plus. Elles ne me permettent plus de vider mon esprit, même le temps de quelques secondes. J'ai besoin de plus pour réussir à me contrôler.

Car si je ne me contrôle pas, je ne peux pas imaginer les horreurs que je pourrais commettre.

Ce n'est pas que je suis particulièrement contre ces horreurs, mais ce n'est juste pas encore le bon moment. Je dois me retenir. J'ai tout planifié, je ne peux pas me permettre d'échouer maintenant.

Et je ne vois pas d'autres manières de ne pas commettre l'irréparable que de planter violemment deux dagues dans mes cuisses pour rester clouée au sol. Je me mords légèrement la lèvre à cause de la douleur lancinante qui traverse mon corps.

Néanmoins, cette fois, je me sens étonnamment libre. Étrange impression pour une personne qui est littéralement clouée au sol. J'oublie cette colère brûlante qui crépite en mon for intérieur. Une douce voix vint m'extirper de cette doucereuse douleur.

- Tu m'avais promis d'arrêter.

Je levais les yeux avant de les poser sur l'individu en face de moi.

- Je n'y peux rien. Ça me fait du bien d'une certaine manière et surtout, ça m'empêche d'aller faire n'importe quoi.

Il se déplaça avant de s'asseoir en tailleur en face de moi, il fit disparaître les entailles sur mes poignets d'un simple geste. Puis, d'un mouvement brusque, il retira les dagues avant de faire disparaître les immondes plaies qui recouvraient mes jambes.

- Si ce n'est que ça, je peux très bien te faire du bien aussi, me taquina-t-il. Je peux aussi essayer de t'empêcher d'aller tu sais où.

- Imbécile.

Un sourire vint néanmoins prendre place sur mes lèvres. Je ne peux pas expliquer par de simples mots ce que je ressens envers cette personne. Il n'y a pas un seul recoin sombre de mon âme dont il n'est pas au courant. On a toujours opéré ensemble, chacun à son tour, dans l'ombre de l'autre. Il n'y a pas âme qui vive qui soit au courant de nos liens. Pour l'instant.

- Allez, viens par là, murmura-t-il avec douceur.

Il ouvrit avec tendresse ses bras, bras dans lesquels je vins aussitôt me réfugier. Il passa avec douceur sa main dans mes cheveux pour m'apaiser. Je vins faire de même. Ma main se mit à jouer avec ses belles mèches dorées.

- Je ne peux pas me permettre de me laisser aller, pas maintenant, murmurais-je.

- Je sais. Tu n'es pas toute seule, ne l'oublie pas. Je serais toujours là.

J'acquiesçais. Je sais déjà tout ça. Depuis le jour de notre rencontre, nos destins se sont liés.

- Bientôt, ce sera le début de la fin. Ils n'ont même pas idée de ce qui les attend. Je suis vraiment une horrible personne.

- Non, répliqua-t-il aussitôt. Tu sais tout aussi bien que moi que ce n'est pas le cas.

Un faible sourire se dessina sur mes lèvres. Le visage enfoui dans son cou, je vins me laisser par son parfum. Un des rares parfums que je tolère, et un des deux seuls au monde que je parviens à apprécier.

C'est avec regret que je rompis notre étreinte.

- Tu ferais mieux d'y aller, on pourrait nous surprendre.

- Tu me promets de ne plus te blesser ?

- Je te le promets, Ilay.

NDA : Alors, ce chapitre ? Qu'est-ce-que vous en pensez ?

Chapitre trente-trois : Aaron's POV

NDA : Salut, salut ! Je suis contente d'être de retour, et de pouvoir vous partager ce nouveau chapitre. J'essaie de mieux m'organiser afin de pouvoir publier plus régulièrement, mais j'avoue que ce n'est vraiment pas facile avec les cours, néanmoins, je vais faire de mon mieux. Enfin bref, je pense que ce chapitre devrait vous plaire, j'ai hâte de lire vos retours ! Je pense corriger ce chapitre dans la soirée ou demain, mais bon, je voulais quand même vous le partager un peu en avance !

PS : Je n'ai pas oublié la fiche des personnages que je devais faire, mais pour ce chapitre, pas besoin. Je la posterai donc plus tard. Bonne lecture !!

Des claquements de talons commencèrent à retentir dans le couloir. Tiens, moi qui m'apprêtai à l'appeler, il semblerait que ce ne soit plus la peine.

Cela fait une semaine qu'aucun d'entre nous n'a pu, ne serait-ce que, l'apercevoir. Elle a passé son temps enfermer dans son bureau à rédiger des piles et piles d'articles de lois. Elle a poussé le bouchon encore plus loin, en reprenant les bases des différentes économies de chaque royaume pour parvenir à la rédaction d'un traité qui plongera tous les royaumes dans une prospérité abondante, et ce, jusqu'à la fin des temps. Prospérité abondante, mais mesurée. Myriam est familière avec la nature humaine, elle a bien conscience que le surplus ne fait que très rarement bon ménage avec cette dernière.

Enfin bon, d'ailleurs, je suis au courant de vos existences. Vous qui nous lisez depuis un autre monde. Vous qui avez accès aux plus profondes de nos pensées sans que l'on puisse vous en empêcher.

J'ignore tout de vous, mais vous savez déjà énormément de choses à mon sujet.

Je vais être honnête avec vous. Malgré le fait que je sois au courant de votre existence, je ne comptais pas entrer directement en contact avec vous, mais je pense que je n'ai plus réellement le choix.

Myriam risque de devenir une narratrice de plus en plus vague, elle va probablement omettre de nombreux détails, intentionnellement ou non. De ce fait, je me propose humblement pour prendre le relais de temps en temps.

J'ai encore quelques minutes avant que je ne croise cette femme au regard ensorcelant, alors je vais vous expliquer succinctement la situation actuelle de notre monde.

Comme je l'ai précédemment dit, Myriam a rédigé des traités d'une valeur incommensurable. Traités qui ont été approuvés par le conseil suprême, à cause de la pression que toutes les familles royales ont exercée.

J'ignore si vous réalisez ce que cela incombe. Myriam, en seulement quelques mois de règne, vient d'éradiquer la famine, la pauvreté et la misère. Petit à petit, les classes sociales les plus basses ont pu grimper suffisamment l'échelle sociale pour que les précédentes différences entre la classe moyenne et eux soient négligeables.

Certains y voient là un désir pur et noble d'éradiquer la misère, mais ça va bien plus loin que tout ça, même si c'est tout à fait respectable, je l'admets volontiers. En effet, elle a plusieurs objectifs, comme celui d'effacer les rangs sociaux. La hiérarchie sociale ne sera bientôt plus qu'un lointain souvenir.

Évidemment, les nobles seront contre et riposteront probablement. Seulement, ils n'auront pas le choix, ils devront s'incliner devant les puissantes lois qui ont été approuvées.

Je pense sincèrement que même les plus érudits savants de notre monde s'arrêtent à ce niveau-là de la réflexion, pensant qu'il n'y a rien de plus derrière ses récentes actions. Toutefois, ce n'est pas le cas, l'objectif de Myriam ne s'arrête pas là.

Le niveau suivant, me demandez-vous ? Myriam vous aime bien, alors je vais être sympathique et vous l'expliquer.

Comme vous l'avez sûrement compris, lorsque l'on souhaite créer une loi, ou en éditer une, il faut passer par le conseil suprême, ce dernier délibère et finit par émettre un jugement. Ensuite, si cette loi se révèle efficace dans le royaume de son rédacteur, alors elle est appliquée à tous les royaumes.

Ne nous mentons pas, c'est un système plutôt efficace. Cependant, soyons sérieux un instant. Le conseil suprême est principalement composé d'hommes quarantenaires et nobles. Il y a quelques jeunes, mais ce sont tous les fils d'autres membres du conseil suprême. Par exemple, Julius Vandersen qui est le fils du président du conseil suprême. Enfin, plus pour très longtemps, vu la façon dont Myriam a décidé qu'elle allait personnellement s'occuper de son cas. Je ne lui donne guère longtemps, avant de sombrer. Néanmoins, passons, ce n'est pas le sujet.

Donc, comme je disais, tous les membres du conseil sont des nobles qui ont toujours vécu dans la richesse et l'abondance. Ils ont sûrement compris que Myriam cherchait à effacer la hiérarchie sociale qui nous condamne, et ce, depuis notre naissance, à une classe sociale bien définie.

Pourquoi accepteraient-ils de telles lois ?

Pour une simple et bonne raison. Leur arrogance, leur vanité ou leur bêtise. Les trois termes sont très similaires après tout.

Ils ne conçoivent même pas que Myriam puisse un jour, décider de s'en prendre à eux. Pour l'instant, ils ne la considèrent pas comme une réelle menace, ils pensent que c'est juste une gamine naïve aux idéaux un peu trop nobles ou stupides.

Ils ne s'accommoderont pas de la perte des autres nobles, qui, dans un futur très proche, ne deviendront que de simples citoyens, sans aucun pouvoir et sans aucune influence. Ils ne voient dans cette perte qu'un moyen de satisfaire Myriam une bonne fois pour toutes.

C'est une grosse et grossière erreur. Ils viennent de lui céder tout ce dont elle avait besoin. Je dirais même que cette erreur vient de signer la fin de leurs existences. Myriam est loin de penser que tous les nobles sont des pourritures, en revanche, croyez-moi, vous ne voulez pas entendre ce qu'elle pense réellement du conseil suprême ou encore du culte suprême. Elle n'a jamais exprimé son opinion de vive voix, mais je la connais bien, même très bien, alors ce qu'elle pense ne fait pas l'ombre pas d'un doute pour moi.

Elle les haït profondément. Elle ne se contentera pas d'une déchéance de rang social dans leur cas. Non, je pense sincèrement qu'il n'y a que semer la mort qui la satisfera.

Le conseil suprême n'a plus que quelques mois à vivre, et ses membres ne l'ont même pas encore réalisé. Que dis-je ? Ils n'ont même pas encore émis une telle hypothèse. Ça n'a même pas traversé leurs esprits.

Elle a tout planifié d'une main de maître, et j'ai bien conscience que j'ignore encore beaucoup de rouages de ce plan qu'elle a parfaitement planifié.

Au fond, je me fiche éperdument de ce qui peut arriver au conseil suprême. Ce qui m'inquiète en revanche, c'est tout ce tapage concernant le royaume céleste.

Je vais le dire clairement, si Myriam haït le conseil suprême ainsi que le culte suprême, ce n'est rien comparé à la rage et à la haine qu'elle éprouve à l'égard du royaume céleste.

Cela va peut-être choquant à entendre, enfin plutôt lire dans votre cas, mais elle ne se contentera pas de quelques morts. Myriam ne veut pas d'une simple guerre contre le royaume céleste, elle veut un génocide, elle souhaite effacer le royaume céleste des cartes. Pourquoi ? Et bien...

- Tu n'es pas en train de t'entraîner avec les autres ? M'interrogea alors une douce voix que je ne connais que trop bien.

Bon, vous aurez la réponse une prochaine fois. J'ai dit que je serai un narrateur un peu plus fiable que Myriam, pas que je serais parfait.

Revenons-en à celle qui obnubile mes pensées. Je me fiche éperdument qu'elle devienne une criminelle de guerre aux crimes si inhumains qu'elle soit classée dans une catégorie à part en tant que criminelle de guerre, catégorie à laquelle aucun un autre criminel de guerre ne pourrait imaginer prétendre. Elle a ses raisons et je vais faire de mon mieux pour les découvrir afin de l'assister.

Parce que je connais Myriam, il n'y a pas d'être plus juste qu'elle, il n'y a aucun un être qui aspire autant à la liberté, pour elle certes, mais également pour tous.

Je donnerais ma vie pour cette femme.

- Je n'ai pas de partenaire, répondis-je amusé, les bras appuyés contre le rebord d'une fenêtre.

La nuit est en train de tomber, mais les autres héritiers sont toujours en train de s'entraîner.

Ace et Yuki sont à deux doigts de s'entretuer, pendant que Nayra et Eden s'entraînent tranquillement à côté. Quel contraste amusant.

Je vins laisser ma tête s'échouer contre la paume de ma main, dont le bras était légèrement replié, afin de faire face à ce regard améthyste si froid que l'on s'y brûlerait presque.

Je suis un homme simple. Je n'ai pas grand-chose qui m'anime, mais lorsque ce regard améthyste qu'ils qualifient tous d'éteint, ou de

« mort », s'allume en ma présence et grâce à ma présence, je deviens une tout autre personne.

- Tu souhaitais t'entraîner avec moi ? demanda-t-elle, un fin sourire sur les lèvres.

Elle m'interrogea tout en rejetant élégamment ses cheveux par-dessus son épaule. Tout m'ensorcelle chez elle, absolument tout.

Elle est vêtue assez simplement, je suppose qu'elle revient d'une énième entrevue avec ses conseillers. Une simple chemise blanche épurée, nouée au niveau de la taille, avec un pantalon en toile, évasée et une jolie et délicate paire de talons.

De multiples bijoux en or viennent l'orner, rappelant à tous son statut social. Comme si quelqu'un pouvait oublier qu'elle est au-dessus des mortels. Au-dessus des Dieux, même.

Oui, je suis parfaitement objectif.

- Ça n'aurait pas été déplaisant, avouais-je tout en ne rompant pas le contact visuel.

Son sourire s'élargit un peu plus. Je n'ai plus les mots pour expliquer à quel point je suis épris d'elle. Le comble pour un auteur aussi réputé que moi.

- Pourtant, je suis une jeune fille délicate et si fragile... Je ne suis pas sûre de pouvoir tenir tête au prince des enfers.

Son sarcasme est si évident, si tranchant et si charmant. Je m'autorisai à rompre le contact visuel quelques secondes pour pouffer, franchement amusé.

Je relevais la tête, avant de me diriger d'un pas serein vers elle, m'arrêtant à deux mètres d'elle.

- Quelque chose me dit qu'au contraire, c'est moi qui ne serai pas capable de te tenir tête. En fait, je pense que personne n'en est capable.

Ses yeux pétillèrent de malice. Je sais qu'elle apprécie énormément ce genre de joutes verbales, c'est pour ça que je ne peux même pas m'empêcher de toujours entrer dans son jeu. Ça la divertit et qui suis-je pour ne pas divertir ma fiancée ?

Je vins passer avec douceur ma main sur sa joue.

- Tu me surestimes, murmura-t-elle tout en se laissant bercer par mon toucher.

- Non. Entraîne-toi avec moi, s'il te plaît.

- Pourquoi est-ce-que tu y tiens tant ?

Je ne pris pas la peine de répondre, et me contentai de l'observer, un sourire en coin.

Une partie de moi a vraiment envie de m'entraîner avec elle, une autre partie de moi a envie de juger ses capacités pour pouvoir déterminer à quel point elle nous est supérieure.

Quand je dis nous, j'inclus absolument les habitants des quatre mondes. Myriam nous cache tant de choses, si vous saviez.

- Très bien, soupira-t-elle. Néanmoins, je risque de te décevoir.

- Pas la moindre chance.

Elle leva les yeux au ciel, amusée. On descendit tranquillement les escaliers, dans un silence confortable, avant d'atteindre les terrains d'entraînement. Les autres héritiers sont rentrés pour pouvoir dîner et se reposer un peu. On a donc le champ libre, personne ne viendra dans cette partie du palace à cette heure-là.

De plus, on peut facilement insonoriser et rendre invisible notre affrontement, en plus de restreindre l'accès à la zone que l'on compte utiliser.

Bref, c'est juste elle et moi.

Elle se tenait tranquillement face à moi, les bras croisés sur sa poitrine. Elle est si sereine, qui pourrait la croire lorsqu'elle affirme n'avoir aucun talent particulier ?

L'issue d'un duel entre héritiers est impossible à déterminer. Encore plus lorsque je suis de la partie.

Pour être tout à fait honnête avec vous, je ne suis pas tout à fait comme les autres héritiers. Disons, que j'ai quelques cartes dans ma manche, cartes que je n'ai pas l'intention d'utiliser pour l'instant. Je ne les ai pas utilisées contre Ilay, c'est un atout que je refuse de révéler à quiconque et franchement, je mets ma main au feu qu'elle sait ce que je cache, et pourtant, elle n'a pas l'air le moins du monde effrayée.

Tout ceci m'amène à une seule question, à quel point est-elle puissante ? À quel point cette histoire de balances célestes est vraie ? À quel point l'ont-elles dotée d'atouts ?

- Commençons, veux-tu ? Proposais-je.

- Avec plaisir.

Même si je ne compte pas lui révéler mes véritables atouts, je ne vais certainement pas me retenir comme je l'ai fait jusqu'à présent.

Une fois que sa réponse vint s'échouer en un écho autour de nous, je me déplaçais à la vitesse de la lumière pour me poster derrière elle, avant d'asséner un violent coup de pied à l'endroit où elle se tenait… Il y a une seconde.

Elle est donc aussi rapide que moi, voire plus. C'est noté.

Ses bras toujours croisés, elle se tenait un peu plus loin, un sourire diaboliquement attirant sur les lèvres.

- Il va falloir être un peu plus rapide que ça pour m'attraper, tu sais.

- On s'échauffe, Myriam, on s'échauffe.

Je vois très bien qu'elle essaye de réprimer un rire. Tout ceci a l'air de l'enchanter.

Je sais pertinemment que je n'ai pas besoin de retenir mes coups, puisque qu'après tout, il n'y a que peu de chances qu'ils atteignent ma cible.

Le corps à corps n'est certainement pas la bonne manière d'appréhender ce combat. Passons directement à la magie. Myriam a l'air d'être du même avis que moi puisqu'elle se mit à libérer une quantité inouïe de pression spirituelle.

Néanmoins, c'est complètement inefficace face à moi. Les habitants des enfers sont insensibles aux énergies provenant de l'âme. Cela vaut pour la pression spirituelle, ainsi que le fluide, ou encore l'aura divine.

Seulement, ça, Myriam le sait. Elle ne compte pas me blesser avec sa pression spirituelle, c'est juste une façon pour elle de me montrer qu'on passe un cran au-dessus.

- Prêt ? Murmura-t-elle d'une voix terriblement séductrice.

Tu parles. Rien qu'en entendant cette voix, les mortels s'inclineraient aussitôt et franchement, je ne fais que difficilement exception.

- Prêt, répondis-je d'une voix aussi assurée que possible.

Elle sourit, elle sait très bien ce qui se trame dans ma tête.

- Soit, commençons donc les choses sérieuses.

Ses yeux se mirent à étinceler. Même si je ne suis pas affecté par sa pression spirituelle, je devine très bien que l'énergie qu'elle émane doit être tout bonnement spectaculaire, les arbres sont à deux doigts de se déraciner, le vent est si violent qu'il cause à présent des plaies au simple contact de la peau.

- Je vais me restreindre aux degrés avec toi, lança-t-elle. Je n'ai pas envie d'abîmer mon prince préféré.

Se restreindre aux degrés ? C'est une plaisanterie, là ?

Pour l'instant, nous n'avons pas eu à affronter de véritables adversaires, vous avez donc probablement oublié le peu d'informations que Myriam a dû vous expliquer concernant la magie.

Pour vous rafraîchir la mémoire, voici un bref topo. Beaucoup de magies existent dans notre monde, des magies ancestrales, et d'autres bien plus récentes, néanmoins, il existe cinq types de magie qui ne sont accessibles qu'aux familles royales.

La famille Heaven (Les élus des Dieux) : Magie Divine (ou encore magie blanche).

La famille Hillhells (Les souverains des enfers) : Magie des Enfers (ou encore magie noire).

La famille Kaïn (Les gardiens de l'univers) : Magie de l'Espace-temps.

La famille Park (Les héritiers de la nature) : Magie de l'Existence.

La famille Emerald (Les gardiens des âmes) : Magie de l'Être.

Ses magies se déclinent selon plusieurs niveaux, les niveaux les plus élevés se nommant les degrés. Ces degrés sont tout bonnement destructeurs. Est-ce que vous vous rappelez ce que Myriam avait fait en libérant le souffle des Dieux lorsqu'elle pensait qu'Eden était mort ?

Ce n'était même pas un pour cent de ce qu'un degré est capable de faire.

Je tiens à faire remarquer que le degré un, le souffle des Dieux n'est que le premier degré de la magie divine. C'est donc techniquement le plus « faible ».

Vous comprenez donc à quel point il est ironique et terrifiant d'entendre Myriam dire qu'elle compte s'abstenir aux degrés.

C'est terrifiant à cause de ce que ça laisse sous-entendre. Myriam considère probablement la magie divine comme sa magie la moins puissante.

- T'es terrifiante, murmurais-je.

- Et pourtant, tu m'as l'air terriblement charmé par ce que tu viens d'entendre.

- Je suis le prince des Enfers, Myriam. Je suis attiré par ce qui terrifie le commun des mortels.

De véritables bourrasques étaient en train de se déchaîner autour de nous, et pourtant, je crois que j'ai rarement vu un cadre aussi romantique. Vu son sourire, elle partage ma pensée.

- Dois-je en conclure que tu es attiré par moi ? Parce que ces derniers temps, j'entends régulièrement que je suis terrifiante.

- Je suis en train de livrer un duel avec une femme que je n'aurais jamais la moindre chance de vaincre, simplement pour voir cette facette d'elle. Est-ce que ça répond à ta question ?

Ma réponse sembla la satisfaire, puisqu'elle déposa un doux regard sur moi. Ses yeux se sont adoucis, bien que sa pression spirituelle ne fasse qu'augmenter.

- Je ne peux que céder et t'offrir ce que tu souhaites. Néanmoins, garde toujours à l'esprit que les plus belles choses sont toujours les plus dangereuses, Aaron.

- Je sais, Myriam. Néanmoins, ce sont aussi les plus enivrantes.

Elle acquiesça, souriante avant de simplement lever un bras vers le ciel. Ses cheveux se mirent à virevolter dans tous les sens, une violente bourrasque vint l'encercler avant de se dissiper lorsqu'une énergie scintillante et absolument destructrice fendit le ciel en deux avant de se précipiter vers Myriam et de se stopper au niveau de sa paume.

- Degré numéro un. Souffle des Dieux.

Aussitôt, l'énergie scintillante se transforma en halo qui vint l'envelopper de la tête au pied, comme une sorte de cocon, cocon la protégeant de l'apocalypse engendrée par l'utilisation du degré.

Les éléments sont complètement déchaînés, le vent est à présent capable de tailler en pièce des individus, la pluie torrentielle n'a rien d'une pluie normale. Au contraire, c'est même probablement de l'acide très concentré vu la façon dont une poignée de gouttes viennent de réduire une forêt entière en un vague souvenir.

Même si tous les membres d'une famille royale possèdent le même type de magie, cette dernière s'adapte à son possesseur. La façon dont

Myriam a modelé la sienne montre qu'elle a un penchant pour la destruction.

Et le conseil suprême pense sincèrement que cette fille va se contenter de la validation de quelques lois ?

La bonne blague. Je n'ai pas le choix, si je veux survivre, je dois également passer à l'utilisation des degrés.

- Degré numéro un : Néant des Enfers.

Aussitôt, le décor qui nous entourait disparut, pour ne laisser place qu'à un paysage obscur, à peine éclairé par le cocon protecteur de Myriam.

Plusieurs plaies s'ouvrirent un peu partout sur mon corps. Avec ce degré, je peux aspirer aspirer n'importe quel type de magie, rendant toutes les magies complètement inefficaces le temps d'un combat. Toutefois, cette absorption a un prix, je prends des dommages collatéraux assez importants en fonction de la puissance de la magie que je décide de neutraliser.

Et là, c'est la magie de Myriam, évidemment que je ne vais pas m'en tirer indemne. Bien, au contraire... Je sens déjà certains de mes muscles être violemment écartelés.

- Que c'est impressionnant, murmura-t-elle en estompant son cocon.

Elle atterrit avec délicatesse sur le sol, une fois le cocon volatilisé.

- Néanmoins, je ne pense pas me tromper lorsque j'affirme que tu souffres beaucoup en ce moment même, non ?

Effectivement, j'ai beau maintenir une façade impassible. Sa magie est trop violente et bien trop destructrice. Elle est en train de me consumer.

- Ne t'en fais pas pour moi, répondis-je simplement. Je ne peux pas être aussi facilement défait.

Elle gloussa franchement amusée. Ensuite, elle fit apparaître une épée dans sa main, avant de fendre l'air d'un geste, faisant complètement disparaître le néant que je vins de créer. Elle vient sérieusement de briser un de mes degrés avec une simple épée ?

Je ne pus m'empêcher de lui lancer un regard en coin. Une humaine aux capacités divines.

On est de retour sur le terrain d'entraînement, ce dernier a été complètement restauré. Les arbres sont, comme par magie, revenus à leur place. De cette apocalypse, il ne reste plus qu'une pluie toujours aussi torrentielle.

- J'avais vraiment envie de tester mes degrés sur toi, avoua-t-elle. Mais en fait, j'ai plutôt envie de reprendre notre corps à corps.

- Ma chaleur corporelle te manque déjà ? Répondis-je en faisant apparaître, à mon tour, une lame dans ma main.

- Il n'y a pas que toi qui es attiré par les belles choses, tu sais ? Répliqua-t-elle, un sourire narquois sur les lèvres.

Elle ne me laissa pas le temps de rêvasser à l'entente de cette phrase,puisqu'elle se précipita sur moi, assénant un violent coup d'épée qui fût, ma foi, assez difficile à parer.

Elle sourit amusée, reprenant tranquillement ses appuis avant de littéralement enchaîner les coups. Ça devenait de plus en plus difficile de la voir bouger et de contrecarrer ses coups.

Ses yeux ne me lâchaient pas, elle m'observait tout en m'administrant des coups dont l'intensité ne faisait qu'augmenter. Nos lames s'entrechoquaient violemment, le bruit de cette confrontation éclipsée par la pluie qui battait toujours de plein fouet.

Elle est si gracieuse lorsqu'elle se bat. En fait, elle ne se bat pas, elle danse. Douce et létale, sa façon de vous battre vous enivre avant de vous administrer le coup fatal. Ce qui me fascine, c'est que j'ai bien conscience qu'elle possède plusieurs styles de combat. Celui-ci est enivrant, mais elle est capable de livrer des combats extrêmement violents. Ses aptitudes physiques complètement hors-normes lui permettent de choisir le style de combat qu'elle souhaite adopter.

En tout cas, son jeu d'épée ferait pâlir n'importe qui. Très vite, sa vitesse n'était plus de l'ordre du mortel, je ne pouvais plus me défendre. Elle frappa alors d'un rapide geste le manche de mon épée, me forçant à lâcher prise et à laisser tomber l'épée au sol. Le bruit de sa chute fut complètement couvert par la pluie assourdissante qui nous entourait.

D'un autre geste précis, elle me plaqua au sol, sa main autour de ma gorge, me surplombant.Dans un autre contexte, j'aurais pu trouver cette situation plutôt plaisante, mais bon là... Le contexte ne s'apprête pas trop à ce que mon imagination est en train de me concocter.

Difficile d'imaginer que ce combat pouvait se terminer autrement. Elle menait la danse sans le moindre effort. Son regard améthyste vint s'échouer dans le mien.

Sa main toujours autour de ma gorge, on se contenta de se fixer silencieusement, pendant quelques minutes, avec seul bruit, celui de la pluie.

C'est elle qui rompit cette immobilité en venant passer son pouce sur mes lèvres. Mon cœur qui battait de manière plutôt normale jusque-là, se mit à battre frénétiquement dans ma poitrine. C'est dire l'effet qu'elle a sur moi.

- J'avais raison, murmurais-je. Tu m'as battu sans la moindre difficulté.

- Tu as rarement tort lorsqu'il s'agit de moi, répondit-elle simplement.

Elle baissa légèrement la tête, rapprochant nos deux visages. Mon rythme cardiaque est en train de devenir très irrégulier. Après tout, j'ai tant espéré ce moment.

- Et inversement, ajouta-t-elle d'une voix susurrante dans mon oreille.

Je ne pus m'empêcher de me redresser légèrement, ses jambes étant, à présent, de part et d'autre de mon bassin, avant de passer mes bras autour de sa taille.

- Il semblerait que tu n'aies plus vraiment l'entraînement en tête, me taquina-t-elle.

- Avec ta main autour de ma gorge, j'avoue que j'ai un peu de mal à me concentrer.

Elle semblait avoir oublié la prise qu'elle avait sur ma gorge et comptait me relâcher, mais je vins, juste à temps, déposer ma main sur la sienne.

- Ça ne me dérange pas spécialement, avouais-je.

- Oh ?

Un sourire espiègle vint se dessiner sur ses lèvres. Elles sont presque ensorcelantes, m'arrachant à la contemplation de ces yeux que j'affectionne tant.

Néanmoins, je restais silencieux, surveillant sa prochaine réaction.

Elle resta immobile, fixant simplement mes lèvres, le regard légèrement fiévreux. Elle va me rendre absolument fou. N'en pouvant plus de cette attente interminable, je me décidai à reprendre la parole.

- Elles sont à toi, murmurais-je.

Une façon simple d'exprimer mon consentement.

- Probablement ma plus belle possession alors, répondit-elle.

Tout en maintenant sa prise autour de ma gorge, elle posa avec douceur ses lèvres sur les miennes. Presque instinctivement, je vins passer ma main dans ses cheveux afin d'approfondir le baiser.

On finit par ne même plus prêter attention à l'averse. Tout ce qui comptait était l'être en face de nous. La pluie froide était, en même temps, bien incapable de calmer le feu brûlant qui nous animait simultanément.

Très vite, elle lâcha ma gorge avant de prendre mon visage dans ses mains et de m'embrasser de plus belle. Au bout de quelques minutes, elle vint mordiller ma lèvre inférieure avant de rompre le baiser.

Ça vient à peine de se terminer, que ça me manque déjà. Je ne pense pas pouvoir vivre sans, maintenant que j'ai enfin pu expérimenter ce que j'attendais depuis des années.

- Tu sais drôlement bien embrasser, t'as de l'expérience ? Me lança-t-elle.

Nos lèvres n'étaient qu'à quelques millimètres de celles de l'autre, mon souffle se répercutant alors doucement sur sa jolie bouche.

- Aucune expérience, répondis-je en passant sa main sur ma joue. C'est juste si simple de t'aimer correctement.

Ma réponse ne la laissa clairement pas indifférente. Ses joues, précédemment déjà rosies par notre baiser, se teintèrent d'une nuance foncée de rouge pourpre. Adorable. Avec ses longs cheveux noirs, à présent trempés, qui retombaient élégamment sur ses épaules, elle est tout simplement... au-delà de la compréhension de la beauté qu'ont les mortels.

Je ne vois pas d'autre manière de vous la décrire que de la qualifier d'œuvre d'art. Et encore, soyons honnêtes, ce ne serait pas lui faire honneur.

Ces yeux améthyste qui ne me lâchent pas, une lueur fiévreuse en leur sein, ces longs cils mouillés qui lui donnent un air faussement négligé. Et enfin, ces belles lèvres encore gonflées du baiser qu'on vient de partager.

Aucun artiste ne pourrait capturer une telle beauté au travers d'une toile. Diable, même moi, je ne pourrais pas réussir à exprimer à travers un recueil de poèmes les sentiments qu'elle insinue au plus profond de mon être.

- Aucune expérience, néanmoins, quand il s'agit de toi, je deviens si doué, ajoutai-je dans un chuchotement en laissant ma tête retomber sur son épaule.

NDA : Alors ce chapitre ?

Chapitre trente-quatre : Aaron's POV

NDA : Hello ! J'espère que vous allez bien ! Pour le coup, moi, ça va super. J'ai réussi à récupérer les données qui étaient stockées dans un ordinateur que j'utilisais au collège. Je suis vraiment trop contente, j'ai pu récupérer tellement d'histoires que j'écrivais à cette époque. J'ai passé une soirée entière à tout relire. J'étais grave émue . Enfin bref, assez parlé, je vous souhaite une bonne lecture de ce chapitre que je trouve grave chou.

Son souffle chaud qui se répercutait avec régularité sur ma nuque, ne me rendit qu'encore plus sensible à la situation. Si c'est possible. En effet, je vois mal comment mon cœur pourrait battre encore plus vite, il a déjà un tempo endiablé.

- Je suis capable du meilleur pour beaucoup de personnes. Néanmoins, il n'y a que pour toi que je suis capable du pire, vint-elle doucement murmurer dans le creux de mon oreille.

Malgré la pluie assourdissante, je ne pus entendre autre chose que ses mots. Il apparaît que je me sois trompé, mon cœur est capable de battre encore plus vite.

Je relevais légèrement la tête, croisant son regard ouvertement passionné. Dire que regard n'est adressé qu'à moi, à cet instant précis. Comment pourrais-je me contenter de n'être que son ami ?

Je ne peux pas encore réellement comprendre ce qu'elle vient d'affirmer. Toutefois, quelque chose me dit qu'elle ne se contente pas de prononcer des mots dans le vide.

Mon expression faciale a dû la satisfaire puisque le fantôme d'un sourire vint prendre place sur ses lèvres, avant qu'elle ne vienne délicatement relever mon visage par le menton pour m'embrasser de nouveau.

Second baiser et je suis déjà addict. Comment ai-je pu vivre si longtemps, démuni de cette douce preuve d'affection ?

- Tu n'as probablement même pas idée de ce que je suis capable de faire pour toi, ou même de ce que j'ai déjà fait, murmura-t-elle avant de déposer un baiser sur ma clavicule.

Un violent frémissement me parcourut. Peu sûr que mon cœur supporte la direction que tout ceci est en train de prendre, il est difficile de ne pas admettre qu'en tant qu'humains, nous ne pouvons pas nous empêcher d'aimer et de désirer ce qui pourrait nous blesser. C'est juste dans notre nature.

Je n'ai pas la capacité intellectuelle de réfléchir à ses propos. Comme je l'ai dit précédemment, ce ne sont pas des paroles en l'air, mais je ne suis pas en mesure d'en déceler le sens pour l'instant.

Néanmoins, une question me taraude, qu'a-t-elle donc bien pu faire pour moi ? Je veux dire, son existence suffit déjà à me combler, mais je doute que ce soit ce à quoi Myriam fait référence.

- Montre-moi dans ce cas-là, répondis-je simplement, le regard pétillant.

Un léger rire s'échappa de ses lèvres, avant qu'elle ne vienne mordiller les miennes pour obtenir l'accès afin d'approfondir le baiser qui allait suivre.

Évidemment, l'accès lui fut vite autorisé. Nos langues vinrent s'entremêler, elles dansèrent ensemble, infatigables.

À ce stade, nos vêtements sont complètement trempés par la pluie. Qu'importe, je ne pense pas me tromper en affirmant qu'aucun de nous deux n'y prête vraiment attention.

Elle me caressa le cou avec sa main droite, tout en continuant de m'embrasser. Chaque caresse est un terrible et pourtant si agréable supplice.

Elles sont le rappel de toutes ces années où je me contentais de vivre, bercé d'un bonheur chimérique, mais elles sont aussi la promesse d'un avenir si radieux.

À ce rythme, sincèrement, cela va être impossible de s'arrêter. La chaleur qui se dégage de cet échange est absolument addictive.

Elle rompit soudainement tout échange, avant de poser délicatement sa main tiède sur ma joue, dans un geste tendre.

- Tes lèvres m'appartiennent comme tu l'as si bien souligné, mais est-ce également le cas de tout ton être ?

- Oui, répondis-je presque instantanément.

À nouveau, elle s'abaissa légèrement afin de me chuchoter une suggestion. À l'entente de cette proposition, je m'esclaffais. Ce n'est rien de bien extravagant, mais j'ignorais que nos sentiments étaient aussi similaires dans leurs façons de s'exprimer.

- J'ignorais que tu aimais ce genre de trucs, mais pourquoi pas. Tu as mon consentement.

J'inclinais légèrement la tête sur le côté pour lui donner un meilleur angle d'accès, un sourire malicieux collé aux lèvres. Machinalement et inlassablement, sa main se fraya un passage dans mes cheveux, tout en continuant de maintenir le contact visuel.

- Si beau, souffla-t-elle simplement avant de venir déposer des baisers sur ma clavicule.

Lorsqu'elle fut certaine d'avoir recouvert la zone de baisers, elle vint délicatement mordre ma peau bronzée. Décidément, heureusement que personne ne fréquente les terrains d'entraînement à cette heure et merci également à la pluie torrentielle qui dissuaderait n'importe qui de s'aventurer dehors.

Décidément, même pour des tâches pareilles, elle fait preuve d'une efficacité déconcertante. Elle s'y attèle avec rigueur et douceur, je dus me faire violence pour ne pas émettre un son gênant. Au bout de quelques minutes, elle se redressa pour contempler son œuvre.

Discernant une petite lueur de fierté dans ses somptueux yeux améthystes, un sourire se dessina de lui-même sur mes lèvres.

- Cela te sied à ravir, affirma-t-elle sincère.

- Et pourtant, je suis persuadé que cela te siérait encore mieux.

- Est-ce-que c'est juste ta manière de me dire que tu aimerais bien en apposer un sur ma peau ?

Si perspicace. Incapable de le réprimer, un léger rire s'échappa de mes lèvres.

À l'aide d'un regard pétillant, je venais lui faire face. Je sais qu'elle a toujours eu un faible pour mes yeux. Parfois, ça m'aide un peu à plaider ma cause. Que voulez-vous ? Je ne peux pas toujours la jouer loyale, surtout pas quand la personne en face, c'est Myriam Heaven.

- Bien sûr, répondis-je. Tu sais, beaucoup de personnes donneraient n'importe quoi pour obtenir ton affection, j'aimerais bien qu'ils soient au courant de ce qui se passe entre nous.

- Jaloux ?

- Évidemment, tu attires l'attention de tous, les captivant si facilement.

- Tu ne fais pas exception, j'espère ?

- Notre situation actuelle devrait pouvoir répondre à ta question.

Je pense que Myriam ne peut pas s'empêcher de toujours m'interroger sur la nature de mes sentiments à cause de ses propres insécurités. Comme celle qui découle de l'incapacité de ceux, qui devaient l'aimer, à le faire correctement.

Sa mère lui a fait vivre un véritable enfer. Presque toutes les insécurités que Myriam possède, presque tous les traumatismes qu'elle se coltine à longueur de journée, ont été infligés par sa mère.

Son père apparaît souvent dans l'imaginaire collectif comme celui dont Myriam était le plus proche, mais c'est franchement faux. Ce dernier était complètement absent.

Les héritiers l'ignorent. Les souverains l'ignorent. À l'exception de ma mère et de moi-même.

Ils ignorent également les détails de la naissance des jumeaux.

Ce jour-là a été vécu très différemment par les deux jumeaux. Alors qu'Eden fut câliné, aimé et choyé dès le premier instant de sa vie par ses deux parents, ce ne fut pas le cas de sa sœur et ce ne fut d'ailleurs jamais le cas.

À sa naissance, Myriam fut simplement déposée dans un berceau, seule. Son père ne lui accorda même pas un regard, et je ne parle même pas de sa mère.

Aucune chaleur humaine, alors qu'elle venait de naître. Il n'est pas si étonnant que ça de pouvoir apercevoir cette lueur éteinte dans ses yeux, une fois que l'on est au courant de toute l'histoire.

Moi-même, je n'ai pas tous les détails de la maltraitance d'Iriel. Tout ce que je sais, de ce que ma mère a bien voulu me raconter, c'est que Myriam a vécu un véritable enfer durant son enfance. Enfer qui a été soigneusement caché de tous par Iriel, puisque même Eden ignore de ce qui se tramait réellement dans les coulisses du palais royal.

Le sourire de l'héritière Heaven m'arracha de mes pensées lugubres, me permettant de me tourner mes pensées vers le moment présent.

- Écoute, comme tu le demandes si gentiment, répondit-elle simplement, avant de dégager d'un doux geste sa chevelure et d'écarter le col de sa chemise blanche qui lui collait à la peau.

Je sais que je ne taris pas d'éloges concernant cette demoiselle, mais il faut sincèrement la voir pour le croire. Absolument magnifique.

- Tu as mon consentement, ajouta-t-elle d'une voix espiègle.

Bon, je pense qu'elle le fait un peu exprès là. Elle me rend la monnaie de ma pièce pour toutes mes taquineries passées.

C'est avec un amusement non dissimulé que je vins poser ma main sur son épaule dénudée avant de procéder exactement de la même manière qu'elle.

Contrairement à moi, elle fléchit légèrement, avant de laisser s'échapper un gémissement. Gémissement qu'elle fit taire en se couvrant aussitôt la bouche, se maudissant intérieurement.

- Laisse-moi entendre ta douce voix, lançais-je en écartant avec délicatesse sa main de son visage.

Les joues brûlantes, elle acquiesça, enfouissant son visage dans mon épaule, embarrassée. Adorable.

C'est une facette de sa personnalité qu'elle ne montre pas aux autres, et rien que ce fait, ça me rend heureux.

Une fois que j'eus terminé, je vins prendre sa main droite dans la mienne avant de déposer un baiser sur sa paume.

Elle ne me lâcha pas du regard pendant le baisemain, les joues toujours aussi pourpres.

C'est bien malgré moi que je me décidai à rompre le contact visuel.

- J'aurais vraiment aimé rester là à discuter. Néanmoins, je pense que l'on ferait mieux de rentrer, affirmais-je en me relevant avant de lui tendre la main pour qu'elle se relève à son tour.

Elle acquiesça, avant d'étreindre cette main tendue et de se relever avec grâce. Elle s'apprêtait à tourner les talons pour que l'on puisse rentrer, mais avant qu'elle ne se mette en route, je me saisis de son poignet. Se retournant, elle me fit face avec une lueur d'amusement dansant dans les yeux.

- Je croyais que l'on devait rentrer ? lança-t-elle, narquoise.

- Bien sûr, mais avant ça, quel piètre fiancé ferais-je si je te laissais rentrer dans cet état.

Pendant que je retirai mon pull, son regard s'attarda légèrement sur la parcelle de peau qui venait d'être révélée dans mon geste un peu hâtif.

Je ne pus m'empêcher de sourire, cela est toujours plaisant de savoir qu'elle me trouve physiquement agréable. Ses compliments, surtout ceux qui sont silencieux, n'auront jamais d'égal.

- Qu'est-ce-que tu fais ? murmura-t-elle, le regard fuyant.

- Tu ne l'as peut-être pas remarqué, parce que tu étais un peu trop occupée à embrasser l'amour de ta vie. Néanmoins, une chemise blanche et une pluie torrentielle, cela ne fait que très rarement bon ménage.

Ses yeux se baissèrent immédiatement pour constater d'elle-même l'état de ses vêtements. Le rouge lui monta instantanément aux joues. Tellement mignonne.

La pluie avait complètement trempé sa chemise, la rendant transparente et lui faisant épouser toutes les courbes de son corps, ne laissant plus place à une quelconque imagination.

Elle attrapa volontiers mon pull d'un geste abrupt, avant de le passer au-dessus de ses habits, tout en tentant de garder un semblant de contenance. Je me répète, mais vraiment adorable.

- On y va, me lança-t-elle avant de me tourner le dos, visiblement bien trop embarrassée pour me faire face.

- D'accord, répondis-je amusé.

Malgré sa gêne et le fait qu'elle marchait devant moi, elle m'attrapa main avant d'entrelacer les doigts. Ce simple contact suffit à réchauffer l'entièreté de mon âme.

- On ne devrait peut-être pas rentrer au palais. Les autres dînent, et je me vois mal leur expliquer ça, fit-elle remarquer en s'arrêtant un instant de marcher.

Elle marque un point. Ils vont être infernaux s'ils nous voient rentrer dans un tel état et très honnêtement, Ace ne sera pas le seul à nous tourmenter cette fois. Les autres vont s'en donner à cœur de joie.

- On peut aller chez moi, suggérais-je.

- Chez toi ? Au palais Hillhells ? Non merci, j'ai eu une réunion avec Adélaïde aujourd'hui, réunion que j'ai écourtée, prétextant avoir du travail. Je doute qu'elle réagisse de manière très positive en apprenant que j'ai passé ma soirée à...

Sa voix marqua un temps de pause, un peu gênée à l'idée de devoir terminer sa phrase.

- À batifoler avec son fils, terminais-je donc, par pure gentillesse, pour elle.

Sa réaction ne se fit pas entendre, elle m'administra immédiatement une tape sur l'épaule, les joues teintées d'un rouge carmin.

Son air est, on ne peut plus, sérieux. J'imagine que ma mère ne la ménage pas concernant notre « relation ».

Elle doit passer son temps à la taquiner, tout autant qu'elle me taquine également.

Une situation pareille, ce serait du pain béni pour ma très chère mère.

- Ne t'en fais pas, je ne faisais pas référence au palais Hillhells. J'ai un appartement dans la capitale, c'est à quelques rues du palais, on pourrait y aller ?

- Pourquoi pas. Ce sera toujours mieux que d'être en compagnie du reste du groupe ou d'Adélaïde.

Approuvant ces paroles emplies de sagesse, on se remit donc à marcher pour se rendre dans ce fameux appartement. Heureusement que les rues sont complètement vides, on aurait fait la couverture des journaux demain sinon.

Je n'utilise que très rarement cet appartement, puisque je suis autorisé à loger dans l'enceinte même du palais Heaven. J'ai même mes propres quartiers là-bas.

Je n'ai acheté cet appartement qu'après la tragédie, lorsque les jumeaux avaient disparu, n'ayant plus la force de mettre un seul pied dans ce maudit palais.

Se situant dans le quartier réservé à l'élite de l'aristocratie Heaven, et plus précisément dans un immeuble ayant un itinéraire réservé pour se rendre au palais, pour pouvoir habiter un tel endroit, des liens directs avec la famille des élus des dieux, autrement dit les Heaven, sont nécessaires.

Évidemment, les autres familles royales sont immédiatement éligibles, elles et quelques autres nobles chanceux.

Même si je ne passe pas énormément de temps dans cet appartement, je suis un peu anxieux à l'idée de le montrer à Myriam. C'est sûrement un peu stupide. Néanmoins, c'est nettement différent que de la recevoir dans mon palais. C'est plus... intime.

Une fois à l'intérieur, cette dernière parcourut l'endroit d'un regard inquisiteur. Pour détendre la situation dans laquelle je suis le seul à être stressé, je lui tendis une serviette pour qu'elle puisse se sécher les cheveux.

Elle l'accepta volontiers et commença à s'essorer rapidement les cheveux, encore sur le pas de l'entrée.

- T'aimes bien le gris, non ? Constata-t-elle, amusée.

Elle doit être surprise de voir autant de gris dans une seule et même pièce. Elle n'a même pas encore vu le reste de l'appartement. Les seules autres couleurs sont quelques touches de blanc ou de noir par-ci, par là.

La lumière tamisée permet d'apercevoir le mobilier dont les teintes varient toutes dans un spectre de gris assez nuancé.

La grande baie vitrée du salon, juste à côté de la cheminée, donnait une vue imprenable sur la capitale du royaume Heaven. Cette capitale resplendissante, dont le blanc immaculé contrastait avec les nuances plus grises de mon appartement.

Pendant que le feu crépitait, Myriam s'avança vers le centre de la pièce, observant minutieusement chaque élément de la pièce, tout en parcourant le marbre grisâtre du plan de travail de la cuisine de ses doigts.

- C'est ta couleur préférée, répondis-je simplement.

Non, je n'ai pas décoré mon appartement en fonction de ses goûts, juste dans l'optique qu'elle puisse un jour venir ici. Je ne suis pas aussi niais...

- C'est ma couleur préférée parce que c'est la couleur de tes yeux, avoua-t-elle sur le même ton d'évidence.

Sa réponse me désarçonna complètement, me faisant passer d'une anxiété légère à un total état de confusion.

Elle est sérieuse, là ? Dites-moi qu'elle est vraiment sérieuse. Je me mis à chercher une réponse dans le creux de ses yeux, le cœur battant, mais je ne pus rien y déceler si ce n'est qu'un profond amusement.

- Je vais me changer ! lança-t-elle, ne me laissant pas l'occasion de lui poser la question.

Comme si elle avait toujours habité ici, elle se dirigea vers la salle de bain que j'avais spécialement fait préparer pour elle. (Au cas où elle viendrait un jour).

Je m'interroge sur la manière dont elle a pu deviner que c'était cette salle de bain, parmi les dizaines de salles de bain de l'appartement.

Cette fille est un véritable mystère vivant. Même pour moi qui la connais depuis ma plus tendre enfance

Une fois cette dernière dans la salle de bain, je soufflais un grand coup, libérant cette accumulation d'émotion qui s'entassent depuis que je lui ai proposé de s'entraîner ensemble.

Je vins appuyer mes mains sur le rebord du plan de travail de ma cuisine, respirant profondément. Je n'arrive pas à croire que l'on ait vraiment autant avancé dans notre relation en une soirée.

Mes sentiments sont loin de lui être inconnus, elle sait pertinemment que je suis éperdument fou d'elle.

Pour l'instant, elle n'a dit n'éprouver que des sentiments à mon égard, mais ils doivent être puissants pour m'embrasser plusieurs fois, non ? Sans compter tous les propos qu'elle a tenus un peu plus tôt, ça ne peut pas être qu'un simple crush, pas vrai ?

Vous qui me lisez, si seulement vous pouviez me répondre. J'aimerais bien avoir un avis extérieur, sans avoir à demander à Yuki et Nayra. Ces deux-là vont réellement finir par me bloquer. Déjà que je n'ai pas été éjecté de justesse sur notre conversation de groupe pour toutes les fois où je les ai profondément ennuyées avec ça. (Elles abusent quand même).

Ace n'est même pas une option, cet imbécile serait bien trop agaçant. Je me confierais bien à Eden, mais j'ai bien peur que ce dernier ne tienne pas sa langue et en parle aussitôt à sa chère sœur jumelle.

L'installation d'un service de messagerie entre vous et moi, n'est pas une mauvaise idée.

Bon, je ferais mieux de prendre une douche rapidement, au lieu de me triturer les méninges, pour ensuite préparer le dîner.

Ma salle de bain est celle au fond du couloir, au second étage, juste à côté de ma chambre.

Contrairement au reste, cette dernière pièce est teintée d'une profonde nuance de violet, violet qui se marie parfaitement avec de légères teintes de gris, éparpillées subtilement.

Tous les murs sont peints d'un doux violet, tandis que le sol était fait d'un marbre gris assez onéreux. Le tout éclairé par un somptueux lustre, tout droit venant du royaume Émérald. Il a des propriétés magiques, il apaise les âmes de ceux qu'il éclaire. Plutôt sympathique, non ?

Au fond de la pièce, se trouve une baignoire sculptée dans une pierre blanche venant également du royaume Emerald. Cette dernière permet de détendre physiquement ceux qu'elle accueille en son sein.

Connaissant Myriam, elle prendra une bonne heure dans la salle de bain, j'ai largement le temps de prendre un bon bain, avant de m'affairer à la préparation du dîner.

Je suis bien content de pouvoir enfin retirer mes habits complètement trempés, et de me prélasser un peu. Mes épaules tendues se relâchèrent instantanément.

Au bout de vingt minutes, il fallut bien sortir et aller préparer le dîner.

Dîner qui ne sera rien d'autre qu'un de ses plats préférés, j'espère que j'ai tous les ingrédients dans mon frigo. Ce serait vraiment une opportunité gâchée sinon.

Alors que je pouvais entendre l'eau couler dans la salle de bain occupée par Myriam, je m'attelais à la préparation de ma sauce, tout en m'occupant de décortiquer les crevettes que je fis revenir dans une poêle, après les avoir assaisonnés comme il se doit.

Les pâtes seront prêtes dans une bonne dizaine de minutes, il ne me reste plus qu'à préparer les légumes qui vont accompagner le tout. C'est un plat simple, mais Myriam n'a jamais eu un palais très extravagant.

Pour le dessert, je n'ai pas le temps de me lancer dans une préparation complexe. Je vais me contenter de servir le gâteau que j'ai préparé hier soir, quand ma mère est venue me rendre visite.

- Ça sent drôlement bon.

Je remuais machinalement la sauce, plutôt onctueuse à ce stade, quand elle fit irruption dans la cuisine, apportant avec elle une douce effluve de jasmin.

Parmi tous les assortiments de gels douche, de lotion et de brume présents dans sa salle de bain, c'est celui au jasmin sur lequel elle a jeté son dévolu. C'est noté.

Elle était vêtue d'un de mes pulls avec un jogging dont elle a visiblement ajusté la taille par magie. Ma main se resserra naturellement autour de ma spatule. Elle est vraiment sublime avec ses cheveux coiffés en deux longues tresses et avec ses quelques mèches ondulées qui viennent encadrer son beau visage.

- Oh, tu as vraiment préparé un de mes plats favoris, constata-t-elle, son visage s'illuminant d'un sourire.

Se tenant juste à côté de moi pour pouvoir assister à la préparation du repas, elle laissa parcourir un regard radieux sur l'ensemble des poêles et casserole. Myriam est trop joyeuse pour un repas aussi simple, est-ce que je me fourvoie lorsque je suppose que c'est parce que je le lui ai préparé ?

Mon cœur s'accéléra rapidement à cette simple hypothèse, je rabattis mon regard sur ma poêle, embarrassé.

- Tu veux goûter ?

Elle accepta avec une joie non dissimulée. Je pris une bouchée dans le creux d'une cuillère, avant de la lui tendre. Au lieu de s'en saisir, elle se contenta de directement ouvrir la bouche pour pouvoir goûter.

Du calme. Du calme.

- Quel délice, murmura-t-elle. Je vais vraiment finir par renouveler nos fiançailles si ça me permet de déguster des plats pareils pour le reste de ma vie.

Je vins passer mon pouce sur ses lèvres, avec un sourire impossible à réprimer.

- Ça me va, mais épouse-moi aussi pour d'autres raisons que mes talents culinaires.

- Bien sûr, murmura-t-elle avant de passer ses bras autour de mon bassin.

Vous savez, en tant qu'héritier du royaume des Enfers, c'est-à-dire le royaume le plus prospère et également le plus puissant militairement parlant, j'ai toujours eu tout ce que je voulais.

L'argent, les plus belles possessions matérielles, tout ce qui dans l'imaginaire collectif permet le bonheur. Néanmoins, je ne me rappelle pas avoir associé le bonheur avec autre chose que son prénom.

On dîna dans la bonne humeur, discutant de tout et n'importe quoi. Évidemment, on ne discuta rien de tout ce qui touche à la politique. Il faut savoir faire un break parfois, et ce break, je pense qu'elle en a besoin plus que quiconque.

Une fois le dîner terminé, je fis la vaisselle pendant qu'elle l'essuyait.

- Tu as vu le dernier défilé d'Ace ? Me demanda-t-elle, tandis que je nettoyais les verres.

- Bien sûr, il ne me permettrait jamais d'esquiver un de ses défilés, puisque je cite « je lis chacun de tes livres, moi ».

- Tes livres ? Répéta-t-elle, curieuse.

Oh. Merde.

Putain, je suis vraiment un abruti. Qu'importe ce que j'invente, elle n'y croira pas. Comment pourrais-je berner une personne aussi intelligente ?

Son regard malicieux ne laisse place à aucun doute. Elle sait, et elle veut me laisser patauger un moment.

- Tu sais que c'est moi, Ash Ford, hein ?

- Depuis le début, répondit-elle.

Elle continua d'essuyer les assiettes en silence, un sourire flottant sur ses lèvres.

- Comment l'as-tu su ?

- Tu n'es pas subtil, répondit-elle simplement, en me faisant un léger clin d'œil.

Elle se tourna vers moi, narquoise.

- Quel type accepterait de passer une soirée entière à écouter une personne déblatérer sur des œuvres qui ne l'ennuient ?

- Un type très amoureux, répondis-je en haussant les épaules.

- Un type très amoureux, en plus d'être un type très sensible aux compliments, surtout lorsqu'ils viennent d'une personne en particulier.

Avec un sourire moqueur, ses bras autour de ma nuque. Son visage n'était plus qu'à quelques centimètres du mien, je dus me faire violence pour ne pas lorgner sur ses lèvres.

- Tu voulais juste savoir ce que je pensais de toutes ses lettres que tu m'as écrites ? J'ai toujours trouvé cette histoire de librairie, aux prix complètement fracassés, très étrange.

Elle a même deviné pour la librairie ? Je dois bien admettre ma défaite, je n'ai vraiment pas réussi à la berner très longtemps. Enfin, visiblement, je ne l'ai même pas bernée un seul instant.

- Dis-moi Aaron, est-ce que j'ai suffisamment complimenté Ash Ford à ton goût ? Me demanda-t-elle, d'un ton ouvertement joueur.

Je ne sus quoi lui répondre. Absolument désarçonné, je la regardais avec une moue un peu implorante.

- Oui, mais j'aurais aimé que tu ne parles de lui qu'avec moi.

Ma réponse fait évidemment référence à ses longues conversations passionnées avec Aylan, au sujet d'Ash Ford et de la poésie en général.

- Ces poèmes étaient tous pour toi, avouais-je. Je voulais maintenir un contact avec toi, même si cela devait être à sens unique.

Mon expression faciale est sûrement ridicule, je suis bien trop vulnérable pour maintenir une certaine contenance. Mes yeux doivent être bien trop expressifs, bien trop émotifs et surtout scintillants. Je sais que mes lèvres sont légèrement recourbées vers le bas.

Je sais pertinemment qu'en cet instant, mon attitude est loin d'être digne de celle de l'héritier des Enfers, et encore moins de celle du futur empereur d'un monde entier rempli de démons assoiffés de sang.

Bien que je les aime profondément, mes parents n'ont pas eu d'autre choix que de me dispenser une éducation stricte et sévère. Je les comprends au fond. Une personne vulnérable ne tiendrait pas une seconde sur le trône Hillhells, mais comment expliquer ça à un enfant de cinq ans ?

Cette vulnérabilité est une faiblesse.

- So pretty, murmura simplement Myriam, m'extirpant instantanément de mes ruminations.

Mes yeux s'écarquillèrent d'eux-mêmes, tout ça pour rencontrer le regard le plus doux que Myriam ait jamais administré à quiconque.

- Je te complimenterai de toutes les manières inimaginables, affirma-t-elle d'une voix doucereuse. Alors, s'il te plaît, n'arbore jamais une telle expression devant une autre personne que moi.

Avant même que je n'eusse le temps de répondre, elle se jeta sur moi, me serrant fort dans ses bras, nous faisant tous les deux tomber sur le canapé par la même occasion.

Elle se releva légèrement, s'appuyant sur ses deux mains, toutes les deux de part et d'autre de ma tête, m'emprisonnant ainsi, un peu à la manière d'une cage.

C'est drôle que ce soit la première comparaison qui me soit venue à l'esprit.

Pourquoi ?

Parce que je ne me suis jamais senti aussi libre.

- On ferait mieux de dormir un peu, bâilla-t-elle.

- D'accord.

De toute manière, j'ai eu mon compte d'émotion pour une seule soirée.J'ai besoin d'un peu de repos pour pouvoir calmer mes nerfs qui sont complètement en pelote. De ce fait, je vais ignorer qu'elle est déjà allongée sur moi.

Elle a déjà sombré dans le royaume de Morphée et je ne vais pas tarder à faire de même.

Même si je sais que tu ne seras pas là à mon réveil, Myriam.

J'aimerais tant que tu sois plus honnête avec moi.

NDA : Ils sont vraiment adorables !

Chapitre trente-cinq : Yeleen's POV

NDA : Après ces chapitres bien mignons, il est temps de se concentrer sur la guerre imminente qui débutera dans quelques chapitres !

- Te voilà enfin, lançais-je lorsqu'elle entra dans la pièce.

Elle acquiesça calmement, avant de s'avancer vers le centre de notre salle de réunion. Nous étions tous assis sur le même canapé qui lui faisait justement face.

La salle est plutôt modeste, elle se situe au dernier étage du bâtiment central du quartier officiel de la résistance, en plein centre-ville.

Modestement décorée, à l'aide de quelques tableaux peints par nos artistes locaux, le mobilier laisse franchement à désirer. Quelques fauteuils teintés d'une couleur moutarde rafistolés, une moquette brune dont la seule vision permet de comprendre qu'elle a un certain vécu.

C'est, sans aucun doute, un décor auquel la jeune princesse n'est pas habituée, je suppose. Quoique, j'ai entendu dire qu'elle avait été placée en orphelinat avec son frère. Elle n'est peut-être pas aussi habituée au luxe que les autres héritiers.

En tout cas, elle n'a pas l'air de se soucier de l'air peu avenant de cette pièce et de ceux qui l'habitent en ce moment même.

J'ai convoqué tous les lieutenants de la résistance. Cassandra, Navi et enfin Inei. Nous n'avons pas toujours été que quatre. Néanmoins, rien que l'idée de parler de la dernière membre est assez douloureux.

Ce n'est pas le moment de ressasser le passé. La tension est à couper au couteau à cause de cette animosité palpable qui réside dans la pièce, due à deux lieutenants en particulier.

Navi et Inei sont terriblement méfiants à l'égard de Myriam. Je peux les comprendre dans un certain sens. Comment faire confiance au portrait craché d'Iriel, autrement dit, celle que l'on s'est tous jurés de tuer ?

Surtout que, l'aura qui se dégage de Myriam n'est pas ce que l'on pourrait qualifier de rassurante. Puis, je n'ai même pas l'impression qu'elle essaye d'avoir l'air hostile. Ça m'a même l'air d'être complètement naturel chez elle, ce qui est encore plus effrayant d'une certaine manière.

Je l'ai pourtant vu faire preuve d'une touchante tendresse envers Cassandra. Néanmoins, j'ai un peu de mal à me dire que c'est la même personne que cette jeune femme aux yeux entièrement éteints qui se tient devant moi.

Il n'y a que Cassandra qui est franchement heureuse de la revoir et qui ne prête pas la moindre attention à la tension étouffante qui règne dans la pièce. Je ne suis même pas sûre qu'elle l'ait remarquée.

Que l'on ne se méprenne pas, je suis ravie de notre alliance. Malgré cet air peu recommandable qui l'entoure, je lui porte une certaine estime. La façon dont elle ne s'est pas brisée sur place, en entendant qu'elle était la cible du royaume céleste, force le respect et même une certaine admiration.

Cependant, j'ai toujours ce sentiment de mal à l'aise quand elle est dans les parages. Je m'habituerai sûrement à sa présence au fil du temps. Comme Inei et Navi. Enfin, je l'espère, sinon cela risque de compliquer la coopération.

- J'avais quelques affaires urgentes à régler au palais, je vous prie de m'excuser du retard et merci de m'avoir attendue.

- On n'avait pas réellement le choix, répliqua Navi clairement ennuyé.

Navi n'est pas du genre à mentir pour maintenir les apparences. Non, au contraire, il est plutôt du genre à énoncer les choses sans prendre la moindre précaution.

Sa franchise peut se révéler être un atout. Parfois. La plupart du temps, comme en ce moment, par exemple, il s'agit sincèrement d'une nuisance, mais que voulez-vous, on ne refait pas le monde et encore moins les êtres humains.

Rien à voir avec Inei. Ils sont complètement opposés. Ce dernier est plus du genre à être patient et à afficher une fausse mine compatissante, tout en se lamentant intérieurement de la stupidité de la personne en face.

L'intelligence de ce type est vraiment la chose la plus effrayante chez lui. On ne sait jamais réellement ce qu'il pense et cela déstabilise très facilement.

Néanmoins, en tant que chef de l'intelligence militaire de la résistance, il fait un travail extraordinaire et puis, on finit par s'habituer à son comportement plutôt... particulier.

- Navi ! S'exclama Cassandra, indignée. Tu ne peux pas lui parler ainsi, c'est notre alliée.

Les lèvres pincées, elle fusilla Navi du regard. Bien sûr, Cassandra, la fan numéro 1 de l'héritière Heaven, est incapable de laisser un tel affront passer. D'un naturel jovial, elle n'hésite pas à se manifester si quiconque ose critiquer celle qui lui a sauvé la vie.

Navi leva les yeux vers le plafond, déjà profondément ennuyé de cette réunion à laquelle il s'est fermement opposé pendant quelques jours, avant de finir par céder.

- Je ne l'accepte que parce que Yeleen l'a acceptée, mais désolé, je ne ferais jamais confiance au rejeton d'Iriel. On ne sait rien de la relation qu'elle peut avoir avec sa mère.

Cette simple phrase lança un froid sur la pièce. Cassandra s'apprêtait à violemment répliquer, mais Myriam lui fit signe de s'abstenir d'un simple geste de la main.

Évidemment que cette fille ne va pas se démonter pour si peu, elle n'a même pas bronché lorsqu'elle a entendu que le royaume céleste comptait l'exterminer.

Ses yeux améthyste vinrent chercher ceux de Navi, sans la moindre nervosité.

- J'ai bien conscience que tu ne me feras pas plus confiance en entendant ceci, mais Iriel ne me considère pas comme sa fille. À ses yeux, j'ai encore moins de valeur que vous, qui êtes pourtant ses plus grands opposants politiques.

Pardon ?

Elle a lâché ça d'une simple traite, pas la moins gênée du monde.

Cette réponse eut le bénéfice de secouer un peu Navi, il ne sut quoi rétorquer et finit par détourner son visage pour éviter le regard imperturbable de la princesse.

En même temps, c'est assez triste d'entendre une telle affirmation.

- Mais c'est ta mère, rappela Cassandra tristement.

- On ne peut pas forcer une personne à agir de la manière qu'on souhaiterait, répondit-elle simplement.

Cette fois-ci, elle posa son regard vers Navi, mais également Inei. Ce dernier, contrairement à Navi, n'était pas absolument déstabilisé par l'aveu de la jeune femme. Au contraire, il ne l'avait pas lâché du regard et semblait la jauger à l'aide de ses critères certes étranges, mais qui ont toujours fait leurs preuves jusqu'ici.

- J'ai bien conscience que ma présence n'est pas des plus appréciées. Malgré ma relation inexistence avec Iriel, je reste son portrait craché. Je comprends bien que c'est loin d'être chose aisée de me faire confiance. Toutefois, je tiens à vous rappeler que vous n'avez pas besoin de m'apprécier et inversement. Entendons-nous juste suffisamment pour pouvoir réaliser notre objectif.

Inei prit alors la parole. Surprenant. Il est plutôt du genre à ne jamais lâcher le moindre mot pendant les réunions et plutôt à me faire part de ses observations dans un rapport qu'il m'envoie le soir même.

- Merci de ta compréhension. Il nous faudra un peu, mais on finira par s'y faire. Enchanté, je m'appelle Inei, et lui, c'est Navi.

Ce n'est décidément pas la réaction à laquelle je m'attendais. Je suis prête à mettre ma main au feu qu'Inei ne lui fait pas le moins du monde confiance. Ce type est un mystère.

Il se leva et lui tendit la main, main qu'elle serra aussitôt. La façade impassible d'Inei se brisa quelques secondes pour laisser place à une moue légèrement surprise. Tout comme moi, il est surpris qu'elle ne respecte pas les protocoles royaux de son propre royaume. Il est inimaginable de pouvoir imaginer s'approcher de si près d'une royauté, et encore moins de pouvoir lui serrer la main à moins d'être de sang royal soi-même.

- Enchantée, répondit-elle d'une douce voix.

Sa voix a beau être douce, je ne doute pas une seconde qu'elle a déjà cerné la personnalité peu habituelle d'Inei. Néanmoins, elle ne fit aucun commentaire, ni la moindre insinuation.

Elle se contenta simplement de prendre place à côté de Cassandra, autour de la table. Cette dernière eut, tout de suite, un peu de mal à rester en place, je commence à croire qu'elle n'éprouve pas que de l'amitié envers notre très chère princesse.

Mes pensées furent interrompues par la voix monocorde d'Inei, qui faisait, à présent, face à Myriam.

- Tu as lu le rapport ? Demanda alors Inei, d'une voix sérieuse.

- Bien évidemment, répondit Myriam d'une voix calme. Vous comptez démanteler une partie d'un réseau de trafic humain. Leur QG se trouve dans le district cinq de la capitale. À priori, nous ne devrions pas rencontrer de problèmes puisque Iriel et Ilay ne se préoccupent pas de ce genre de choses, résuma-t-elle.

Visiblement satisfait de sa réponse, Inei se contenta d'acquiescer, silencieux, ses yeux toujours posés sur celle qu'il venait d'interroger.

Le silence devenant un peu pesant, il se décida à reprendre la parole. Pour ma part, je préfère ne pas prendre la parole pour l'instant et voir comment évolue l'échange entre eux.

- Enfin, ils s'en fichent habituellement, mais tu es là. Cela change relativement la donne, fit justement remarquer Inei.

- J'ai pris des précautions magiques. Ma présence est indétectable.

- Tu ne connais pas Ilay, la nargua Navi. Ce type sait tout. Absolument tout. On ne peut pas lui échapper.

Il n'a pas tort. Rien n'échappe à Ilay. Il agit de son propre chef et sait comment mettre en déroute tous nos plans. J'ai même la drôle impression que c'est lui le maître d'opéra et qu'il orchestre tout dans les coulisses, Iriel n'étant alors rien d'autre qu'un pion. Toutefois, je pense sûrement cela, car Iriel ne fait jamais aucune apparence publique et parce qu'Ilay est un dieu. Le plus puissant du royaume céleste, apparemment. Oui, je l'admets volontiers, cela soutient bien ma théorie.

Néanmoins, si Iriel est faite de la même trempe que sa fille, cette théorie devient bien moins plausible.

- J'en ai bien conscience, répondit imperturbablement Myriam. C'est bien pour cela que j'ai dit à priori. Ilay sera définitivement là, déclara-t-elle simplement.

- Sûre ? L'interrogeais-je.

- Affirmatif. Je suscite un intérêt particulier chez Ilay, il ne me laissera pas filer ainsi.

- Admets-tu donc être un fardeau ? lança Navi, qui se moquait à présent, ouvertement. Sans toi, on se débrouillerait bien mieux sans toi.

Il ne pense pas un traître mot de ce qu'il raconte, il veut juste pousser Myriam dans ses retranchements pour révéler sa véritable facette.

Un doux sourire vint se dessiner sur le visage de cette dernière. Elle remua calmement sa cuillère dans sa tasse pour dissoudre plus rapidement le sucre.

Bon, je l'admets volontiers, cette fille me fait peur. Sa capacité à garder son calme en toutes circonstances n'est pas normale.

Ses yeux se plissèrent légèrement, avant de se relever et de se poser sur Navi. Cette fois-ci, elle veut ouvertement paraître hostile. Son regard était tout bonnement terrifiant. Aucune émotion dans ses pupilles. Un regard tout simplement glacial.

Le regard d'Iriel est loin d'être doux, mais comparé à celui de sa fille, il en paraît presque innocent.

- Navi, commença-t-elle d'une voix doucereuse. Je crois que l'on s'est mal compris. Votre aide m'est précieuse, mais vous cela va de même pour vous. Cette relation est une relation égalitaire. Je ne suis pas un fardeau, puisque je ne pense pas me tromper lorsque j'affirme qu'aucun d'entre vous n'est capable de tenir tête à Ilay, n'est-ce-pas ?

Un peu penauds, on acquiesça tous d'un même mouvement. Aucun de nous n'est capable de ne serait-ce que heurter cette ordure, alors lui tenir tête, je n'en parle même pas.

- À cause de ça, vous avez dû avorter un grand nombre de missions, mettant mal à votre mouvement de résistance. Correct ? Je peux en citer quelque unes s'il faut vous rafraîchir la mémoire. Celle du mois de mai dernier par exemple. Plus d'un millier de victimes au compteur.

Non seulement, elle a lu tous les rapports que je lui ai donnés pour faciliter notre coopération, mais en plus, elle a vraiment su choisir son exemple. Cette mission a été le pire désastre que la résistance ait connu. Un millier de vies ont été perdues, sombrant toutes pour de bon dans le trafic d'être humains.

On acquiesça de nouveau, ne pouvant nier la vérité, aussi inconfortable soit-elle.

- Bien, répondit-elle satisfaite. Contrairement à vous, je ne crains pas Ilay.

Après avoir lâché cette affirmation, elle se désaltéra avec une gorgée de café, l'air tranquille, comme si elle ne venait pas d'affirmer qu'elle ne craignait pas celui qui a envoyé dans un coma deux héritiers.

- C'est le Dieu le plus puissant, lui fit timidement remarquer Cassandra. Il est invincible.

Myriam haussa les épaules, visiblement peu préoccupée. Quel est son problème ? Il lui faut quoi pour perdre son calme ?

Je vais commencer à croire qu'elle ne peut simplement pas ressentir un certain genre d'émotion.

- Octroyez-moi votre confiance, même si pour l'instant, il m'est impossible d'appuyer mes dires. Si jamais on a affaire à Ilay, occupez-vous de la mission, je me chargerais de son cas.

- Aaron et Eden combinés n'ont pas suffi. D'où te vient cette confiance en soi ? L'interrogea froidement Inei.

Myriam soupira, levant les yeux au ciel, resta silencieuse quelques minutes, songeant à je-ne-sais-quoi, avant de se relever gracieusement, tout en déposant sa tasse sur la table.

- J'ai eu tort de proposer cette alliance. Je m'attendais à discuter avec de véritables lieutenants, mais vous êtes franchement bien trop enfantins. Mon temps est bien trop limité pour le perdre avec des amateurs.

C'est plus qu'évident qu'elle ne s'adresse qu'à Navi et Inei, lorsqu'elle fait cette remarque. Néanmoins, pour une raison qui m'est inconnue, sa remarque me blessa.

- C'est une blague, rouspéta Navi.

- À quoi tu t'attendais ? rétorqua Myriam. Tu te comportes comme un imbécile. La diplomatie ne passe pas par ce genre de comportements. Tes ridicules provocations ne pouvaient décemment pas fonctionner sur moi.

C'est la goutte de trop. C'est le commentaire de trop.

- Contrairement à toi, nous n'avons reçu aucune éducation royale, la plupart des individus qui vivent ici, ne sont pas aussi savants que toi. Excuse-nous de ne pas connaître tous les rouages de la diplomatie.

Myriam se tourna vers moi, peu impressionnée par le ton véhément que j'avais employé. Je ne suis pas particulièrement en colère, je comprends ce qu'elle veut dire, mais est-ce si compliqué d'envisager d'autres réalités ?

- Et ? répondit-elle. Je n'ai pas accusé les habitants de cette ville, qui ne sont que de simples citoyens. J'ai accusé les commandants, ces personnes qui ont la vie de milliers de personnes entre les mains. Ces derniers, qu'importe leurs vécus, se doivent d'être irréprochables. C'est votre responsabilité et votre choix.

Ouch. Elle marque un point.

- C'est vrai ça, la responsabilité, tu t'y connais. La petite princesse au chaud, dans son palais, tu te contentes de donner des ordres aux soldats... Qu'est-ce-que tu as vécu ? S'emporta Navi.

Cette fois-ci, Navi ne s'arrêtera pas. Elle a touché un point sensible.

Cassandra semblait à deux doigts de fondre en larmes, elle n'aurait probablement jamais cru que la situation s'envenimerait ainsi. Honnêtement, je ne l'avais pas prévu non plus. Je m'attendais à ce que la princesse essaye, à tout prix, de maintenir un ton cordial. Visiblement, je me suis trompée. Si Navi est franche, elle l'est tout autant.

- Ce que j'ai vécu, murmura Myriam.

Pendant un instant, elle eut l'air d'avoir perdu le contact avec la réalité. Ses yeux étaient posés sur nous, mais je n'aurais pas été étonnée si elle révélait voir autre chose. Je donnerais cher pour savoir à quoi elle pense et ce qu'elle voit. Quelque chose me dit que Myriam Heaven cache tellement de choses.

De plus, je ne suis pas foncièrement d'accord avec Navi, Myriam est loin d'être du genre à se contenter des ordres, à l'abri dans son palais.

Comment je sais cela ? Ses yeux. Les croiser une seule fois, suffit à vous comprendre que ce sont les yeux d'une personne qui a vécu l'enfer.

- Pas grand-chose, lança Navi avant que je ne lui fasse signe de se taire.

Myriam parût regagner ses esprits en entendant la réponse de Navi, elle souffla avant de lancer sur la table le rapport que je lui avais donné.

- Voilà ce que l'on va faire. La libération des prisonniers, je vais m'en occuper. L'acheminement de ces derniers jusqu'ici, vous vous en chargerez. Pas besoin de vous battre contre quiconque. Je me charge du reste des débordements éventuels.

- Tu crois vraiment que l'on va te faire confiance à ce point ?

Elle avait déjà tourné les talons, néanmoins, elle nous fit l'honneur de tourner une dernière fois la tête vers nous, ses yeux étincelants dans l'obscurité de la pièce, qui n'était éclairée que par deux minuscules lampes à huile, et avec sa main sur le battant de la porte, déjà prête à l'ouvrir et à exécuter son plan.

- Vous n'allez pas avoir le choix, j'ai lu tous vos rapports dans les moindres détails. Votre situation est drôlement critique, bien plus critique que la nôtre. Continuez à vous entêter et bientôt, toute cette ville souterraine, ne sera plus qu'un lointain souvenir.

Sa voix était glaciale, promesse d'un danger imminent. Un frisson nous parcourut tous les quatre. Il paraissait, à présent, impossible de lui désobéir. D'un même geste, on se leva, presque instinctivement, pour la suivre. À présent, son statut et sa réputation s'expliquent aisément. Son autorité naturelle n'a rien à envier à celles des autres souverains, malgré son jeune âge. Est-ce que tous les héritiers sont faits du même calibre ?

- Quelle petite garce, souffla une dernière fois Navi avant de marcher délibérément en fin de cortège.

- Il est dur, murmura Cassandra.

- Ou peut-être que tu es trop indulgente avec elle, la taquinais-je.

Elle rougit violemment, avant de détourner précipitamment la tête pour éviter mon regard amusé. J'avais donc raison, elle ne considère pas la petite princesse comme une idole ou une simple amie. Cela va un peu plus loin que ça. Comme c'est mignon. Néanmoins, j'ai un peu peur que le sentiment ne soit pas mutuel. J'ai entendu dire que Myriam et Aaron étaient fiancés par le passé, et la dernière fois que je les ai vus ensemble, l'attraction entre ces deux-là était indéniable. Les regards ne trompent pas.

J'espère me tromper, je n'ai pas envie que Cassandra souffre d'une peine de cœur. Bien qu'elle ait terriblement évolué, elle est loin d'être complètement guérie. Ses traumatismes sont toujours présents, ses cauchemars qui l'amènent à hurler à trois heures du matin, encore haletante de ce que le royaume des rêves a décidé de lui offrir comme visionnage.

De ce fait, une peur, peut-être infondée, est présente en mon for intérieur, vis-à-vis ce qu'une peine de cœur pourrait engendrer pour Cassandra. Toutefois, la princesse semble l'apprécier, en plus d'avoir une intelligence émotionnelle plutôt élevée, elle comprendra et saura gérer la situation.

Cette dernière marchait en tête du cortège, vêtue d'un long manteau noir un peu miteux, une capuche rabattu sur la tête. Nous étions tous vêtus de la même manière, afin de ne pas attirer l'attention.

Le district cinq de la capitale n'est plus très loin. Ce district a une réputation qui laisse à désirer. Connu pour être le repère de tous les trafiquants, l'armée royale ne s'y aventure pas, puisque mine de rien, cela permet à l'économie de fleurir.

Lorsqu'il est question d'argent, les désirs les plus pervers peuvent se délier, tandis que les valeurs morales, elles, s'effritent, tout aussi vite.

C'est sûrement pour ça qu'aujourd'hui, le trafic d'être humains est aussi normalisé. Combien de jeunes femmes, de jeunes hommes et d'enfants ont vu leurs vies être ruinées, par la folie des Hommes ?

Chaque nuit, alors que le commun des mortels s'endort, toutes ses victimes lèvent les yeux vers le ciel, tentant d'entrer en communication avec les divinités, pour ne leur chuchoter qu'un simple mot.

Pourquoi ?

Les divinités, pourtant bien moins occupées qu'en temps normal puisque leurs adorateurs sont occupés à batifoler dans le royaume des rêves, ne prendront même pas la peine de répondre.

Ainsi, ces victimes, face à une absence complète de considération, ne sombreront qu'un peu plus dans la démence.

Des divinités, des Hommes, une communication à sens unique, et un sentiment d'injustice, c'est une histoire aussi vieille que le monde.

Peut-être que c'est cela qui explique mon envie de croire en cette princesse. Une personne qui est la cible du royaume céleste dans son entièreté, ne peut qu'être le signe d'une nouvelle ère ?

C'est sûrement un raisonnement stupide, mais, j'ai envie d'y croire, parce que pour les individus comme moi, l'espoir, c'est tout ce que l'on a.

Je fus arrachée à mes pensées par Cassandra qui trépignait presque à ma droite. Cette fille fait preuve d'un cruel manque de subtilité qui la rend sincèrement adorable.

- Tu as envie d'aller lui parler ? Chuchotais-je à Cassandra, qui se contentait d'observer le dos de Myriam, le regard empli d'espoir.

Si elle s'attend à ce que Myriam se retourne et engage la conversation, elle fait fausse route. L'héritière est bien trop plongée dans ses propres songes pour prêter attention à qui que ce soit.

- Oui, mais je n'ai pas envie de la déranger. Elle semble concentrée.

- Elle t'apprécie beaucoup, ça ne la dérangera pas. Vas-y, je m'occupe d'Inei et Navi.

- Merci Yeleen !

Elle s'avança discrètement vers Myriam, tandis que je reculais pour me retrouver au niveau des deux zigotos qui n'avaient pas prononcé le moindre mot depuis le début de notre escapade. Malgré leurs caractères peu commodes, je tiens particulièrement à eux. Ils ont rejoint la résistance à ses débuts, lorsque l'ancienne commandante en chef et moi, n'étions que deux.

Un lien indéfectible nous unit. Un lien plus fort que la souffrance qui nous habite.

- Hey, pourquoi est-ce-que Cassandra est en train de parler à cette folle ? S'énerva Navi.

- C'est bon, Navi, tu exagères franchement, elle n'a encore rien fait de mal.

- Non, mais tu as vu son regard ? Sa façon de parler ? Je préfère mourir que faire confiance à une telle personne, elle est encore plus terrifiante qu'Iriel.

Je peux difficilement lui donner tort, mais tout de même.

- Accorde-lui au moins une chance et cesse de la juger sur son apparence, soufflais-je, un peu ennuyée.

- Tu la défends avec une étonnante véhémence, constata Inci.

Je haussais simplement les épaules, sous les regards interrogateurs de ces deux-là. Ils ne me laisseront pas m'en tirer avec un simple haussement d'épaules.

- J'ignore quelles sont exactement ses aspirations. Cependant, je pense que c'est une bonne personne. Incompréhensible, certes, mais dotée un bon fond tout de même.

La dernière chose que je souhaite aborder, c'est cette opposition entre l'élue des dieux et les divinités, et de ce que cela représente pour moi. C'est une certaine partie de mon passé dont je refuse éperdument de parler. Une partie qui me hante et qui me donne envie de mourir chaque nuit.

- Qu'est-ce qui te fait dire ça ?

- Elle a sauvé Cassandra. Elle n'a pas hésité à mettre en danger la relation entre les deux mondes pour sauver une personne comme nous. Une personne qui ne représente aucune importance pour quiconque. J'ai envie de lui faire confiance, mentis-je simplement.

Ils finirent par se taire en entendant ma réponse complète. J'ai dû suffisamment les convaincre pour le moment. Je reportais alors mon attention sur les deux jeunes filles qui marchaient, à présent, en tête du cortège.

Les traits sérieux de Myriam ont laissé place à un air tendre et bienveillant, pendant que Cassandra s'évertuait à lui raconter ses dernières aventures et tout ce qu'elle avait appris durant ces dernières.

- Je me trompe ou on est la troisième roue du carrosse ? S'étonna Inei.

Je ne pus m'empêcher de m'esclaffer le temps de quelques secondes pour ensuite me taire. La promenade est terminée, nous avons enfin atteint de district cinq de la capitale. Sans encombre. C'est maintenant que tout se joue, que nous allons pouvoir sauver une bonne centaine de personnes et tenter de leur donner un avenir radieux.

L'adrénaline commence déjà à parcourir chaque parcelle de mon être, je suis peut-être un peu folle, mais c'est précisément durant ce genre de missions que je me sens vivante.

Vivre, pour sauver.

Je souhaite tuer Iriel de tout mon cœur, mais je dois bien admettre que sans elle, la seule personne que j'aurais tuée, c'est...

- Ils sont déjà là, ces petits bâtards, pesta Navi, les poings serrés.

Nous ne sommes plus qu'à quelques mètres du bâtiment qui fait office de bureau de poste. Officiellement. Officieusement, c'est une autre histoire. Derrière cette façade, tout à fait, banale, se cache un des plus grands points de relais pour le trafic d'êtres humains.

Des véritables auctions s'y déroulent tous les vendredis, dans les alentours de minuit. Ils organisent leurs ventes par catégorie.

Une catégorie pour les esclaves qui devront passer le restant de leurs jours à travailler dans des conditions inhumaines et évidemment exténuantes. Une autre case pour les esclaves qui seront prostitués de force, et enfin, la dernière, la plus prisée.

Les esclaves de luxe. Pour eux, c'est un autre genre d'avenir qui les attend. Un avenir que je suis bien incapable de narrer pour la simple et bonne raison que nous n'avons aucune information. Ils disparaissent tout bonnement de la surface de la terre, une fois qu'ils ont été achetés par certains mystérieux et répugnants acheteurs.

Nous n'avons jamais réussi à sauver cette catégorie d'individus.

- C'est parti, lança Navi.

On se mit aussitôt en position, chacun placé à un lieu stratégique pour pouvoir guider les victimes vers des cachettes de la résistance. Pour ma part, j'étais cachée dans les branches d'un arbre centenaire, qui surplombait une partie de la place publique.

À cette heure-ci, la ville devrait être plongée dans un silence immuable, avec aucune âme qui vive dans les rues. Néanmoins, c'est loin d'être le cas. Ils sont là, les petits connards qui vont s'aventurer dans les immeubles dédiés au trafic. Leurs pas se mélangent à ceux des animaux errants qui tentent de trouver de quoi s'alimenter pour survivre par cette glaciale nuit de décembre.

Les quelques lampadaires qui éclairent ce quartier malfamé, grésillent légèrement, s'éteignant parfois, comme pour cacher le visage de ceux qui pénètrent, un par un, dans ce fameux bureau de poste.

Pourquoi l'être humain est-il aussi vil ? Était-ce si impossible que ça de cohabiter dans la paix ? Ma question ne peut utiliser un autre temps que le passé, pas maintenant que les victimes se comptent en millions et que leurs âmes, qui nous ont quitté depuis longtemps, seraient prêtes à redescendre de l'au-delà pour se venger.

Pas quand des battants, pourtant dénommés comme des victimes, continuent d'observer le ciel étoilé au travers de leurs barreaux, espérant qu'un jour, une âme se décide à se dresser contre la folie des Hommes.

Je suis peut-être en train d'assister à l'arrivée de cette âme, en observant les mouvements de Myriam Heaven.

Cette dernière se dirige d'un pas, délibérément voulu, pressé, vers le bureau de poste. Elle sortit gracieusement le document, qui faisait office de laisser passer, de sa poche pour le présenter au vigile.

Fournir ce genre de papier, c'est un jeu d'enfant pour Inei et son équipe. Encore faut-il trouver une personne qui puisse pénétrer ce genre de bâtiments et en ressortir vivant.

Alors que le vigile étudiait avec précaution le document, la princesse lui faisait face, la capuche toujours rabattue sur son visage. Malgré la pénombre, on pouvait tout de même distinguer quelques traits de son visage.

C'est un sourire que j'aperçois ?

NDA : J'adore Yeleen vraiment. J'espère que ce chapitre vous a plu ! Le prochain chapitre sera depuis le POV d'Ilay !

Chapitre trente-six : Ilay's Pov

NDA : Voici enfin un chapitre depuis le POV d'Ilay ! Je l'ai sûrement déjà dit précédemment, mais c'est un personnage que j'affectionne particulièrement. Il est un peu particulier, mais je le trouve plutôt attachant. Je tiens également à vous prévenir qu'à partir de ce chapitre, de nombreux sujets qui peuvent trigger vont être présents dans certains chapitres. Je vais tâcher de toujours mettre les TW en début de chapitre pour que vous puissiez décider si vous souhaitez lire ou non les chapitres en question. Si vous le souhaitez, je peux vous faire des rapides résumés en DM si vous vous ne vous sentez pas à l'aise à l'idée de lire un chapitre en particulier, mais que vous souhaitez quand même continuer de lire l'histoire. Prenez soin de vous .

TW : Mention de violences sexuelles (C'est très légèrement abordé, mais il vaut mieux le préciser quand même).

Assis tranquillement dans les gradins d'une enchère d'esclaves, j'attendais patiemment l'arrivée de celle qui va mettre un peu de piment à cette soirée si ennuyante. Plus de six cents personnes présentes ce soir et pas une seule pour venir me divertir, je devrais sincèrement remercier la princesse d'exister.

En temps normal, je ne me préoccupe guère des actions de la résistance, lorsqu'il s'agit de libérer des esclaves. Je ne fais échouer que leurs tentatives de saboter les armées, à cause de l'alliance entre le royaume céleste et Iriel.

N'y voyez pas là un quelconque altruisme ou une quelconque gentillesse, je suis incapable d'éprouver ce genre d'émotion.

Toutefois, j'ai une personne qui m'est précieuse et je vis selon ses indications et ses valeurs morales.

Je m'interroge souvent sur sa façon d'agir pour calquer mes propres actions sur les siennes. Tout ceci dans l'espoir de ne jamais la décevoir.

Néanmoins, pour cette fois, j'ai décidé de faire abstraction de cette habitude. Curieux de voir le grabuge que la princesse peut causer, il me fut impossible de me restreindre à manquer cette opportunité.

Un combat contre elle serait la cerise sur le gâteau. J'ai beau avoir plusieurs cordes à mon arc, étant la divinité la plus puissante du royaume céleste, je suis persuadé que la princesse pourrait m'offrir un divertissement de première classe.

Je laissais ma tête retomber en arrière, ma nuque épousant parfaitement la forme du dossier. Mes cheveux blonds s'affaissèrent d'un mouvement léger dans le vide, pendant que mes iris ambrés vinrent rencontrer la porte d'entrée principale du bâtiment qui venait de s'ouvrir à la volée.

Pour être honnête, je n'ai pas besoin de me retourner pour savoir de qui il s'agit. Rien ne m'échappe. Ni la venue de la princesse, ni les différentes positions occupées par les membres de la résistance. Ils ne sont tous que des marionnettes dansant dans la paume de ma main, dans la paume d'une divinité omnisciente.

Une divinité omnisciente, et bien plus encore. La princesse n'est pas la seule à avoir été gâtée par les balances célestes, j'ai également eu le droit à mon lot de cadeaux. Entre omniscience et omnipotence, je suis au-dessus du commun des mortels et même des divinités.

La vie n'est qu'un long et ennuyeux enchaînement de répétitions. Rien de surprenant. Rien d'excitant. Enfin, c'est ce que je pensais. Jusqu'à ce que tu te décides à entrer dans ma vie.

Dès l'instant où tu as décidé de te dresser contre Iriel, ta propre mère, et contre le royaume céleste, tu as piqué ma curiosité. J'en suis venu à faire taire mon omniscience, dans une certaine mesure, pour pouvoir voir quels sommets tu atteindras.

Je t'en supplie, divertis-moi. Tue mon ennui, princesse.

En parlant de cette dernière, elle descendait calmement les marches, qui divisent les deux blocs de sièges, d'un pas gracieux. Vêtue de son long manteau, tenue officielle de la résistance lorsqu'ils sont en mission, il était difficile d'apercevoir le moindre trait de son visage.

Quel dommage, la vision de ses iris est toujours si spectaculaire, un regard vide pour les plus stupides, un regard froid et meurtrier pour les plus avisés. Enfin, le regard d'un être torturé par sa propre existence, pour une divinité omnisciente.

Une fois face à l'estrade où prenait place le défilé des esclaves, elle se tourna brusquement vers les acheteurs, en pivotant sur son pied droit, les bras ouverts, provoquant une incompréhension totale de la part de toutes les pièces présentes dans la pièce.

- Je suis bien contente d'être seule, je n'ai pas tendance à laisser libre cours à ma cruauté, voyez-vous, déclara-t-elle d'une voix létale.

Ta cruauté, répétais-je mentalement.

Est-ce cruel de rendre justice à ceux qui ne peuvent pas se défendre, par la violence ? Répondre par l'affirmative me paraît absurde.

La seule chose cruelle chez toi, Myriam, c'est ta créativité lorsqu'il s'agit de violence. Alors que d'autres se concentrent sur l'élaboration d'un nouveau chef-d'œuvre musical, ou sur l'écriture d'un futur classique de la littérature, qui saura tenir en haleine jusqu'à la dernière page le lecteur, tu as décidé de consacrer ta vie à autre chose.

À une idéologie. À un concept. À un sentiment. À une émotion.

On peut se fatiguer d'une passion, mais pas de ce genre d'émotion. Les émotions qui vous prennent par les tripes, les sentiments qui vous mettent à genoux ou encore les idéologies qui font scintiller les yeux à leur simple évocation, ceux-ci, on ne peut décemment pas s'en lasser.

On les poursuit toute notre vie, le cœur battant, tendant la main, espérant pouvoir ne serait-ce que les effleurer. Ce simple souhait vous amène à y consacrer votre vie, et avant même que vous ne réalisiez, vous êtes déjà sur votre lit de mort, le cœur en morceaux lorsque vous comprenez que vous n'avez poursuivi que des chimères toute votre vie.

Alors parfois, ces chimères peuvent nous amener à propager le bien lorsqu'on est suffisamment stables mentalement. Néanmoins, ce n'est pas ton cas.

Toutes ces illusions ne font qu'alimenter ta haine. Ta soif de sang. Soif que seuls des crimes, inimaginables pour le commun des mortels, peuvent étancher.

Ma réflexion fut brutalement interrompue par les hurlements de l'audience. Quelle plaie, on ne peut même plus s'écouter penser.

Pour avoir ce genre de réactions, elle ne s'est probablement pas contenté d'une mort rapide et incisive. Bien au contraire, elle a dû préférer une mort un peu plus douloureuse.

Certains tentèrent vainement de s'échapper, elle a scellé la porte d'entrée. D'un geste précis, elle agrippa le propriétaire de ce bâtiment qui se charge des ventes, avant de venir faire glisser une dague sur sa gorge.

Alors qu'elle avait agrippé ce quarantenaire par une touffe de cheveux, elle leva lentement la tête vers l'audience qui s'était réfugiée contre la porte d'entrée, espérant que cette dernière finisse par céder, sous leur poids. Peine perdue d'ailleurs, la porte est scellée à l'aide de magie.

Munie d'un sourire carnassier, sa voix doucereuse se mit à résonner dans cette pièce plongée dans le silence terrorisé du public.

- Dites-moi, commença-t-elle, était-ce agréable ? D'avoir toutes ces personnes à votre merci ? D'avoir un droit de vie ou de mort sur des personnes incapables de se défendre ? Était-ce si amusant que ça de jouer aux divinités ?

Le quarantenaire déglutit péniblement, sentant la lame froide de la dague glisser tranquillement sur sa peau, jusqu'à atteindre le niveau de sa jugulaire.

- Drôlement silencieux, chuchota-t-elle d'une voix séductrice. Ce n'est plus très drôle d'être, à présent, la future victime ?

- S'il vous plaît, murmura finalement la fameuse future victime. J'ai des enfants et une femme qui m'attendent à la maison, supplia-t-il.

Aïe. Mauvaise réponse ! La princesse se releva subitement. Sa capuche tomba en arrière, révélant une belle cascade de cheveux teintés d'un noir éclatant de santé.

- Parce que vous pensez sincèrement que toutes vos victimes n'avaient personne chez qui retourner le soir ?

Il se mit à bégayer, incapable de trouver un quelconque argument pour défendre sa personne.

- Je t'ai assez entendu, l'interrompit brutalement la jeune femme aux yeux améthyste.

Alors qu'il s'apprêtait à hurler, elle trancha sa jugulaire d'un geste net et précis avant de laisser son corps retomber sur le sol.

- Je déteste sincèrement salir mes affaires, souffla-t-elle en secouant sa dague pour retirer le sang qui la recouvrait.

- Essaye des méthodes plus indirectes, suggérais-je alors, mes jambes reposant sur le dossier qui me faisait face.

- Trop rapides. Néanmoins, je ne vais pas avoir le choix. Je commence à manquer de temps.

Ma présence ne parût même pas la surprendre, elle devait sûrement s'y attendre. Elle n'est pas de ceux que l'on peut surprendre. Ses plans et actions sont pensés bien trop méticuleusement pour cela.

Pendant qu'elle essuyait tranquillement sa dague sur les habits de celui qu'elle vient d'assassiner, la paume de sa main se dressa pour faire face aux acheteurs, livides. Cette pièce va empester la mort dans quelques secondes.

Personne ne sortira vivant d'ici, hormis elle, les victimes et moi-même.

L'audience l'a réalisé, ils ont abandonné l'idée de tambouriner contre la porte. De toute manière, les vigiles, à l'extérieur, ont été massacrés.

Un par un, les acheteurs commencèrent à violemment tousser. Puis, après les toussotements, leurs teints commencèrent à perdre la couleur de la vie. Blêmes, ils tombèrent à genoux, s'agrippant violemment la gorge, comme pour empêcher quelque chose d'en sortir.

Ils tentent vainement d'empêcher leurs âmes de s'extirper de leurs enveloppes corporelles. C'est une mort extrêmement douloureuse. Finalement, leurs bras finirent par retomber, avant que leurs corps ne s'affaissent et s'écrasent sur le sol.

- Heureusement que tes amis sont absents, me moquais-je. Je doute que tu aies révélé cette facette à quiconque auparavant.

- Effectivement, répondit-elle en rangeant sa dague dans son étui. Tu peux garder le secret, tu penses ?

Son sourire narquois ne fut que décupler mon amusement.

- Je devrais y arriver sans trop de mal, j'ai de l'expérience.

- Ravie, répondit-elle simplement avant de sauter sur l'estrade et de se diriger en coulisse.

- Hé ! Ne me laisse tout seul !

Aucune réponse, je vais donc devoir me lever et la suivre de moi-même. Une odeur putride se dégageait des coulisses, coulisses qui habitent plusieurs cellules, contenant toute une bonne vingtaine d'individus, presque entassés les uns sur les autres.

Des gamelles d'eau et de nourriture étaient empilés dans le maigre espace, laissé à cet usage. Les rares ampoules éclairaient faiblement la pièce, dégradant probablement la vision de ceux qui l'habitent.

- Quel triste spectacle, commentais-je.

À côté de moi, la princesse était complètement figée, le regard livide. Les poings serrés, elle se fit violence pour se diriger vers les cellules.

- Je suis venue vous libérer, affirma-t-elle avec une douceur inattendue aux prisonniers. C'est terminé.

Bien qu'ils soient méfiants, les victimes de ce trafic se décidèrent à la suivre. Ils y sont résolus assez rapidement, ce qui est compréhensible. Une minuscule chance de s'échapper ou être condamné à une souffrance sans fin ? Aucun ultimatum.

- Tu ne fais vraiment pas attention à moi, minaudais-je pendant qu'elle venait de briser un énième cadenas à mains nues.

- Tais-toi et viens m'aider, répondit-elle avant de m'indiquer la cage à ma droite.

Je rechignai pendant quelques secondes, avant de m'exécuter bien gentiment. Elle me récompensera sûrement plus tard. Un combat est peut-être même envisageable ?

Une fois tous les individus libérés, elle leur fit signe de la suivre, les entraînant vers l'arrière du bâtiment, les conduisant directement vers la forêt.

- On sera réellement en sécurité ? murmura une fillette en tournant la tête vers Myriam.

Autour de son cou, un collier venait ajouter une touche personnelle à son allure. Une bien triste allure. Ce collier était muni d'un pendentif, présent des initiales. " J.S".

- Ce ne sont pas des initiales, lançais-je à Myriam.

Pas besoin d'en dire plus. La signification de ces deux lettres est plus que clair maintenant. Une fillette de neuf ans devait être vendue en tant que jouet sexuel. La princesse se fit violence pour ne rien laisser paraître, avant de délicatement retirer le collier d'infortune.

- Retirez tous vos colliers, s'il vous plaît, murmura Myriam, la voix tremblante.

Elle se tourna une dernière fois vers la petite fille.

- Je te promets qu'il ne t'arrivera plus jamais rien.

Un sourire chaleureux vint se dessiner sur le visage de celle qui a probablement connu l'horreur, enfermée dans cette minuscule cellule. Voyant les plaies qui recouvraient ces jambes, Myriam ouvrit les bras pour la porter, mais c'était un peu trop tôt. La petite recula, le visage anxieux.

- Pardon, murmura Myriam avant de se relever.

Elle marchait en tête du cortège, les épaules affaissées. Cette soirée l'a éreintée mentalement. Néanmoins, une fois à l'extérieur, elle se força à faire disparaître cet air désespéré de son visage. Tout ça pour ne pas affoler la résistance et ceux qui sont sur ses pas. Quelle charge émotionnelle importante.

Ses talents d'actrice sont plutôt convaincants puisque nul ne lui fit la remarque. Tu es décidément une experte du mensonge, ou peut-être juste une habituée.

- Myriam ! S'exclama Cassandra, soulagée de la voir revenir intact.

Les autres arboraient tous un sourire satisfait, sourire satisfait qui s'envola à la seconde où ils m'aperçurent. Ils se mirent aussitôt sur leurs gardes, prêts à en arriver aux mains.

C'est ridicule, ils ne pensent tout de même pas avoir une chance face à moi ? J'ai conscience d'y aller mollo durant nos affrontements, mais ce n'est pas une raison de me sous-estimer.

- Myriam, décale-toi ! S'écria Yeleen.

Son épée était déjà hors de son étui, prête à venir me taillader en pièces. Les bras croisés sur mon torse, un sourire moqueur se dessina sur mon visage. Les humains ont des réactions mignonnes. Foutrement stupides, mais mignonnes.

- Non, répondit Myriam d'une voix tranquille. Me laisser derrière est le meilleur choix à faire.

- On ne peut pas te laisser avec ce malade ! S'exclama Cassandra.

Oh ça va, hein. Je ne suis pas aussi déjanté que ça. Myriam l'est tout autant que moi, voire plus pour être honnête. Rester à mes côtés pour m'empêcher de les suivre, alors que n'importe qui d'autre aurait pris ses jambes à son cou, pour tenter de sauver sa peau.

Son sacrifice ne montre qu'une chose. Sa faiblesse pour le genre humain. C'est cette faiblesse qui fait de toi une esclave.

Une esclave de la liberté. Enchaînée par ce concept, qui est censé retirer ces mêmes chaînes.

Ironique, non ? Vous ignorez sûrement où je souhaite en venir. Ce n'est pas grave, vous comprendrez bientôt.

- Il ne me lâchera pas et je refuse de l'attirer trop près de vos points stratégiques, leur expliqua-t-elle, le regard doux.

Yeleen s'avança, poussa doucement Myriam derrière elle, ne prêtant même pas attention à l'explication de cette dernière, avant de se poster devant moi.

Évidemment, une personne comme Yeleen ne peut pas se résoudre à laisser quiconque derrière soi. Tu es vraiment la fille de ta mère.

- Écoute-moi bien sale enfoiré, tu vas déguerpir.

Bon, je doute que sa mère aurait approuvé le choix de ses mots. Elle est plus du genre à être formelle en toutes circonstances.

- Yeleen, commençais-je d'une douce voix. Tu sais pertinemment que je ne suis pas du genre à suivre les ordres, surtout lorsque ceux-ci me privent d'un possible divertissement.

- Enflure, s'emporta Navi.

Tout en soupirant, je levai lentement la paume de ma main vers eux. Aussitôt, Myriam s'interposa, consciente du danger qui planait.

- C'est bon, Ilay, j'ai accepté de rester. Laisse-les partir.

- Je savais que tu étais intelligente, princesse.

Elle ne broncha pas, ne relevant même pas ma provocation plus qu'évidente. Navi l'attrapa par le bras pour qu'elle leur fasse face. Inutile d'essayer de la raisonner, elle a déjà pris sa décision.

- Hey, t'es au courant que si l'on te laisse vivante avec lui, on ne te reverra jamais vivante, lança Navi, inquiet.

Elle sourit tendrement, probablement touchée de l'inquiétude de Navi. Ne leur souris pas de manière aussi mignonne, ils ne le méritent pas.

- J'ai le royaume céleste à mes trousses, répondit-elle simplement. Ce genre de choses arriveront tôt ou tard. Allez-vous-en, sinon vous deviendrez des dommages collatéraux.

- Myriam ! Pleurnicha Cassandra.

Ils sont sérieusement agaçants. C'est mon moment avec elle, je n'ai pas un quelconque temps à leur accorder, je me contentais de claquer des doigts, les faisant directement disparaître, eux et les victimes, les téléportant directement dans la ville souterraine.

- Radical, constata la princesse, tout en dégainant son épée.

Elle me faisait à présent face, ses yeux améthyste étincelant dans l'obscurité. Les rayons de la lune pénétraient difficilement la forêt, à cause de l'enchevêtrement sinueux des arbres.

- Je ne suis pas du genre à partager mes petits moments personnels.

- À t'entendre, on serait des amis de longue date qui viennent de se retrouver.

Un rire perçant s'échappa de mes lèvres, brisant le calme religieux de la forêt.

- Et si c'était le cas ?

Elle esquissa un sourire, se balançant légèrement sur un de ses appuis, prête à bondir et à me trancher la gorge.

- Cesse de délirer. Toi et moi, c'est impossible.

- Il ne faut jamais dire jamais.

- Pas faux, répondit-elle, franchement amusée.

Notre petite joute verbale la divertit. Si cela peut lui faire oublier l'horreur de ce qu'elle a vu dans ce bâtiment maudit, alors tant mieux. Un combat avec une personne troublée et perturbée serait ennuyant à mourir.

- Surtout que l'on a énormément en commun, continuais-je.

- Comme quoi ? Demanda-t-elle tout en arquant un sourcil.

Un léger sourire vint se dessiner sur mes lèvres.

- Ils n'ont pas idée d'à quel point tu es cruelle. Ils ignorent tout de toi.

- Parce que toi, tu en as une idée claire ? Se moqua-t-elle ouvertement.

- Je sais reconnaître les individus comme moi.

- C'est-à-dire ?

- Ceux qui sont dénués de sentiment, mais qui ont appris à imiter ce qui leur manque.

- Il y a erreur, je suis apte à éprouver des émotions, répondit-elle tout en faisant tournoyer son épée dans les airs.

- Pas faux. Ton suçon en est une belle preuve.

Elle rougit violemment, prise en flagrant délit, avant de rabattre subitement le col de sa chemise pour le cacher.

- Cadeau du prince des enfers, je suppose ?

- C'est si mortellement ennuyeux au royaume céleste pour que tu te préoccupes des amourettes des êtres humains ?

- Plutôt, oui.

Ma réponse honnête sembla lui plaire. Elle vint relever mon menton avec la pointe de son épée, tout en plantant ses yeux améthyste dans les miens

- Ta puissance de divinité a beau te précéder, tu parais t'intéresser d'un peu trop près à une humaine.

- La nature de l'individu m'importe peu. Je suis simplement faible, en face d'une beauté aussi glaciale que chaleureuse.

- Ils autorisent ce genre d'amour, là-haut ?

- Pourquoi ? S'ils l'autorisaient, tu sortirais avec moi ?

Elle leva les yeux au ciel, amusée par ma répartie. La pointe de son épée chatouillait mon menton, pendant qu'elle réfléchissait à une réponse.

- Tu ne remplis pas mes critères, finit-elle par conclure.

- Oh ?

Je vins lentement baisser son épée, afin de m'approcher d'elle sans me faire embrocher. Elle ne recula pas, restant tranquillement à sa place, le visage serein.

- Tu n'as pas l'air d'avoir peur, murmurais-je tout en continuant de m'avancer vers elle.

- Je devrais avoir peur ? Feint-elle avec une fausse innocence.

Oui. Normalement, tu devrais avoir peur. Tu es en face de la divinité des divinités, et pourtant, tu restes là, imperturbable et prête à en arriver aux mains si nécessaire. Ce n'est pas étonnant que tous ceux qui croisent ton chemin, deviennent complètement obsédés par ton existence. Pour de bonnes raisons, comme des mauvaises. Heureusement, pour une fois, je ne fais pas exception aux règles auxquelles chaque être se soumet.

- Si brave, répondis-je d'un ton légèrement moqueur.

Bien qu'elle paraisse terriblement calme, elle est encore sur sa garde, prête à violemment attaquer dès que le besoin s'en fera ressentir.

Les mains dans les poches, et n'étant à présent plus qu'à un mètre d'elle, j'approchais lentement mon visage du sien.

- J'ai un peu de mal à comprendre, lâcha-t-elle alors, un sourire espiègle sur les lèvres. T'es là pour te battre ou pour flirter avec moi ?

- Un peu des deux. C'est ma manière de flirter.

Faisant tranquillement tournoyer son épée dans sa main droite, elle ne me lâcha pas du regard, silencieuse. Sentant l'air généré par son épée qui fendait habilement la matière autour de nous, je compris rapidement que je devais relancer la conversation.

Si je ne trouve pas de quoi titiller son intérêt, elle est entièrement capable de s'échapper et de me laisser derrière. Oui, elle y arriverait. Contrairement à Aaron et Eden. Une petite idée germa alors dans mon esprit. Idée que je prononçais à haute voix quelques secondes plus tard après son éclosion.

- Que dirais-tu d'aller faire un petit tour dans le royaume céleste ?

Sa réponse ne se fit pas attendre. Elle s'esclaffa durant une bonne minute, avant de s'essuyer les yeux à l'aide du revers de sa chemise.

- Tu es prêt à faire rentrer le loup dans la bergerie, tout ça pour un peu de divertissement ?

- En effet, me contentais-je de répondre.

C'est la vérité. Je ne me soucie guère du royaume céleste, sa complète destruction n'affecterait pas le moins du monde ma journée et encore moins le cours de mon existence.

- Dans ce cas-là, je suis partante. Tu as juste intérêt à me couvrir, je ne suis pas encore prête à me frotter aux divinités de plein front.

- Pas encore assez forte ?

Elle me lança un regard méprisant, même si je pouvais y lire un profond amusement. Amusement, car elle sait que je ne suis pas assez stupide pour la sous-estimer, nous faisons tous deux partie de la même œuvre d'art. L'œuvre des balances célestes.

- Ce n'est juste pas dans mes plans de vous exterminer pour le moment.

L'héritière des Élus des dieux qui affirme vouloir nous exterminer très prochainement, et ces imbéciles de la résistance pensaient sincèrement que j'allais gentiment rentrer chez moi ? Non, impossible, je suis face à celle qui va pimenter ma vie, face à celle qui va révolutionner les quatre mondes !

Le regard pétillant, je pris délicatement sa main pour que l'on puisse se rendre dans ce fameux royaume céleste ensemble.

- C'est nécessaire le contact ?

Ouch. Évidemment que ce n'est pas nécessaire, mais ça, elle n'en sait rien.

- Oui, mentis-je.

Elle arqua un sourcil, peu convaincue, sans pour autant retirer la main qui venait parfaitement épouser la mienne. Ce simple contact aurait pu m'insuffler le souhait de vivre.

D'un simple claquement de doigts, on quitta le monde réel pour se rendre dans le monde des merveilles, le monde de la beauté à l'état pur. Le royaume céleste. Enfin, c'est comme ça qu'ils le décrivent.

NDA : Alors ce chapitre ?

Chapitre trente-sept :

NDA : Le sujet du royaume céleste va enfin être abordé ! J'ai beaucoup apprécié écrire ce chapitre, j'espère qu'il vous plaira ! Il est possible qu'après ce chapitre, je refasse une fiche personnages pour introduire les petits nouveaux ! Je tenais également à vous remercier pour tous vos votes et vos commentaires, ça me fait ultra plaisir ! Bonne lecture !

- J'ai utilisé un charme d'invisibilité, tu es indétectable pour quiconque, à l'exception de ma personne. Évite juste de faire du bruit, m'informa-t-il.

J'acquiesçais calmement, bien trop occupée à observer les alentours pour lui fournir une réponse digne de ce nom.

C'est donc ça, le royaume céleste ? Un monde si beau, habité par des êtres aux âmes toutes plus immondes les unes que les autres.

Une immense étendue immaculée de nuages faisant office de sol, un ciel enchanteur en raison de sa clarté, les décors à couper le souffle ne risquent pas de manquer ici. À ma droite, une rivière sans fin prenait place, ses rives bordées par des fleurs toutes sublimes.

Tout en m'approchant de ces dernières, je m'adressai à Ilay.

- Je n'ai jamais vu de telles fleurs, constatais-je.

- Elles sont particulières, me répondit-il, en haussant les épaules.

J'effleurais longuement celle qui me faisait de l'œil, grâce à ses pétales argentés. Même dans le jardin Hillhells, je n'ai jamais rien vu d'aussi magnifique. Absorbée par ma contemplation, un temps non négligeable me fut nécessaire pour entendre cette douce mélodie qui ne rendait le lien qu'encore plus hypnotisant.

Je relevais la tête, tentant de trouver la source de ce son enivrant de harpe qui venait chatouiller notre ouïe, accompagnée d'un piano, nous faisant temporairement oublier nos problèmes dans leur entièreté. Un monde de légèreté.

- On en oublie presque tous nos tracas, hein ? M'interrogea Ilay, amusé par mon état.

- Presque, comme tu le dis si bien.

Ma réponse lui arracha un gloussement. Il s'agenouilla, se saisissant d'une fleur, avant de venir la caler avec délicatesse derrière mon oreille.

- Pour une personne dénuée de sentiments, tu sais faire preuve d'un certain romantisme, me moquais-je.

- Juste pour toi, me répondit-il avec un clin d'œil.

Il me fit ensuite signe de le suivre. Plus on avançait, plus le paysage devenait, si c'est possible, encore plus splendide.

- Qu'est-ce-que c'est ?

- Une habitation, répondit Ilay qui marchait devant moi.

Une simple habitation ? C'est une plaisanterie ? Cette maison peut rivaliser avec n'importe lequel des palais royaux et l'emporter aisément. Pour accéder à ladite habitation, qui se trouvait en hauteur, il fallait emprunter l'escalier en nuages duveteux. D'ici, on pouvait apercevoir une piscine rectangulaire, entourée d'une nature florissante. Pas de murs, simplement des fleurs toutes plus belles les unes que les autres. Les piliers, en or pur, ne pouvaient laisser décemment quiconque de marbre.

- C'est une habitation banale, m'informa Ilay. Ce n'est même pas celle d'une divinité de haut rang.

- Dis donc, vous ne vous embêtez pas, répondis-je franchement.

- En effet, pouffa-t-il.

Une fois arrivés à destination, j'en manquais de perdre mon latin.

- Ça, c'est la demeure d'une divinité de haut rang, lança-t-il narquois.

Époustouflée par la vision qui s'offrait à moi, j'étais bien incapable de lui répondre. Flottant dans les airs, la demeure d'Ilay était absolument divine. Entourée de chutes d'eau, dotée de l'eau la plus scintillante qui m'ait jamais été donnée de voir, elle resplendissait de mille feux à cause du halo scintillant qui l'enveloppait.

Le pire, c'est que tout ceci faisait pâle figure à côté du ciel sous lequel tout ceci prenait place. Un ciel d'aurores boréales.

- Après toi, princesse, dit-il en me faisant signe d'entrer la première.

- Quel gentleman.

Le cœur n'y était pas dans cette moquerie. Décontenancée devant autant de beauté, je m'avançais prudemment dans les escaliers en marbre scintillant, m'approchant à chaque pas un peu plus de ce ciel d'aurores boréales. Je tendrai presque la main, dans l'espoir de le toucher.

- Mauvaise idée, me confia Ilay. Tu risques juste de tomber et de faire un petit plongeon dans les chutes.

- Oh non, ironisais-je. Me baigner dans une eau qui ferait pâlir la fontaine de jouvence, quelle horreur !

- Puisque ça t'enchante tant à ce point, lança-t-il.

Avant même que je ne réalise qu'il avait bougé, il m'avait déjà poussée du haut des escaliers. N'étant plus du tout sur mes gardes, je ne l'avais vraiment pas vu venir pour le coup. Je vins m'échouer dans l'eau, bien plus vite que je ne l'aurais cru.

- Elle est fraîche ? me lança Ilay amusé, alors que je venais à peine de ressurgir de l'eau.

Cette eau... Ce n'est pas une eau ordinaire. Je ne me suis jamais sentie aussi bien. Pleine d'énergie, comme si cette simple baignade venait de me recharger, j'ai l'impression de pouvoir conquérir le monde.

- C'est réellement la fontaine de jouvence ? Murmurais-je, sans même prendre la peine de répondre à sa petite moquerie.

- Bien deviné, répondit-il simplement, un sourire flottant sur ses lèvres.

C'en était trop. Incapable de retenir mon euphorie une seconde de plus, j'éclatais de rire. Ilay m'observa, décontenancé. Le fait qu'un tel lieu existe est juste incroyable.

- Quel monde magnifique, lançais-je alors que je riais toujours aux éclats.

- Ton rire atteste de ton admiration, affirma-t-il, avec sa main appuyée contre sa joue. Néanmoins, tes larmes, c'est en quel honneur ?

En effet, un déluge avait pris place sur mes joues qui venaient de récupérer toute la vitalité qu'elles avaient perdu ces dernières semaines à cause de mon travail plus qu'exténuant. Franchement, pleurer devant Ilay, on aura tout vu. J'aurais aimé les essuyer et faire comme si de rien n'était. Toutefois, c'est impossible, ce ne sont pas le genre de larmes que l'on peut arrêter.

Ilay attendait patiemment ma réponse, loin de l'idée de me presser. Pour une fois, j'aurais bien été incapable de fournir rapidement une réponse.

- Des larmes de tristesse, répondis-je honnêtement. L'être humain n'est pas programmé pour voir autant de misère et de prospérité en une seule soirée.

L'air dubitatif, il acquiesça, appuyant son dos contre la rambarde des escaliers, ne me faisant ainsi plus face.

- Pourquoi te préoccupes-tu autant de ces humains ? Toi et moi, on est pareils. Je sais ce que tu caches et je ne le révélerai pas, mais sincèrement, tu serais capable d'accomplir tellement de choses si tu te libérais de ce fardeau que sont les humains.

Il est évidemment impossible d'ignorer que l'on ne peut rien cacher à Ilay. Sa nature omnisciente est plus que claire. Comme omniscience et omnipotence vont toujours de pair, il y a fort à parier qu'il soit également omnipotent. Donner autant de capacités à une seule divinité, car je me doute qu'il y en a d'autres, cela me paraît légitime d'affirmer que les balances célestes l'ont aussi gâté.

Alors que je barbotais tranquillement dans l'eau, je vins claquer des doigts, faisant disparaître la rambarde le temps d'une seconde, ce qui amena Ilay à venir me rejoindre.

- C'était nécessaire ? soupira-t-il, complètement trempé.

- Probablement, puisque contrairement à moi, tu savais ce que je m'apprêtais à faire et tu ne l'as pas évité.

- Tu marques un point, répondit-il, passant négligemment la main dans ses cheveux.

L'apparence d'Ilay atteste, à l'instar de cette demeure, de son statut supérieur parmi les divinités. Un être aux traits parfaits, façonné de la plus belle des façons qu'il soit. Tout bonnement sublime, dommage qu'il soit aussi... Déjanté.

- Tu ne comptes pas répondre à ma question ? Même si j'apprécie ta claire appréciation de mon apparence.

Je levais les yeux au ciel, avant de me mettre à nager sur le dos, pendant qu'il était assis sur un des rochers qui venait nous entourer.

- Les humains sont un fardeau dans ma quête, commençais-je. Je l'admets volontiers. Ils m'empêcheront éternellement d'être complètement libre.

Mes yeux se firent rêveurs. Rien ne paraît impossible ici. Au contraire. Dire que c'est ce royaume que je haïs le plus profondément, qui me confère pour la première fois la sensation de pouvoir respirer librement.

Est-ce l'absence des humains qui engendre cette sensation de liberté sans fin ? Tout ceci appuie l'affirmation d'Ilay.

- Cependant, sans eux, je pense que je n'aurais jamais découvert le concept de la liberté dans un premier temps. Sans la douceur humaine, je ne serais jamais devenue celle que je suis à l'heure actuelle.

Après tout, ce royaume me confère peut-être un sentiment de liberté, mais ce sentiment n'en reste pas moins factice. Comment pourrais-je me sentir libre dans un monde pareil ? Dans un monde qui est la seule raison de mon existence ? Ma relation avec le royaume céleste sera toujours bien trop toxique pour me faire ressentir réellement quoi que ce soit de positif.

Nageant jusqu'à l'atteindre, je vins poser mes mains sur ses joues. Son regard devint graduellement plus intense. Ses belles iris ambrées s'ancrèrent dans les miennes. Un tel regard doit manipuler un sacré paquet de monde. Il vous donne l'impression d'être la seule raison pour laquelle il pétille.

- Est-ce qu'une vie sans la moindre chaleur vaut vraiment la peine d'être vécue ?

- Je ne sais pas. Quelque chose que je n'ai jamais ressenti, ne peut pas me manquer, répondit-il en haussant les épaules.

Dans un certain sens, il a raison. Lui et moi, on est pareils. Nous avons manqué des mêmes choses en grandissant, d'où cette facilité de compréhension qui règne entre nous. Oui, dans un certain sens, c'est de l'alchimie, mais je ne l'admettrai sûrement pas, ça lui ferait bien trop plaisir.

D'un simple geste, je passais ma main derrière sa nuque, avant de le prendre dans mes bras. Il se figea dans l'embrassade. Passant la main dans ses cheveux, je le sentis doucement fondre dans cette étreinte.

- C'est une douce malédiction, avouais-je. Une fois que l'on y a goûté, on ne peut plus s'en passer. D'une certaine manière, je viens de t'offrir un cadeau empoisonné.

- Pourtant, c'est le plus beau cadeau que j'ai jamais reçu, répondit-il en relevant lentement la tête pour ancrer son regard dans le mien une nouvelle fois.

- Tu es vraiment faible pour les belles choses, qui sont aussi belles que létales.

Il pouffa de rire, encore dans mes bras, la tête, à présent, contre mon épaule.

- Votre excellence, Ilay, s'exclama une voix qui provenait de la maison.

Poussant un long soupir, Ilay se retira de l'étreinte, avant de claquer des doigts, faisant instantanément sécher nos habits.

- Suis-moi, la suite risque de t'intéresser, affirma-t-il avec un sourire malicieux.

Toujours derrière lui, je le talonnais jusqu'à ce que l'on arrive dans le hall d'entrée de la demeure. En vous épargnant les détails de la description de celle-ci, je vais me focaliser sur l'origine de la voix de tout à l'heure.

Elle appartenait à un petit être, doté d'un halo qui trônait juste au-dessus de sa tête. De mignonnes petites ailes étaient déployées dans son dos. Adorable.

- Maître Ilay, vous devez vous rendre au palais céleste au plus vite, ils vous attendent.

Une fois l'ange suffisamment loin, on reprit le cours de notre discussion.

- Ils ? répétais-je. Les autres dieux ?

- Oui, souffla-t-il. C'est une réunion capitale puisque l'on va être tous rassemblés, tu vas pouvoir en apprendre plus sur eux.

- T'es vraiment un sacré traître, riais-je. Tu sais pertinemment que je me servirai toutes ces informations contre vous plus tard.

- Oui, répondit-il, ne voyant même pas l'utilité de nier. Seulement, tu te trompes sur une chose. Je ne leur ai jamais juré la moindre loyauté.

Ilay fait réellement cavalier seul. Qu'importe le destin du reste du monde, du moment qu'il s'amuse. Il a un côté touchant, mais il est un peu fou sur les bords.

D'un pas synchrone, on se mit en route pour le palais céleste. Ce royaume a vraisemblablement des propriétés exceptionnelles, on a dû parcourir une bonne centaine de kilomètres, sans ressentir la moindre fatigue.

Une fois le palais dans notre champ de vision, je dus me rendre à l'évidence que ce royaume est infiniment supérieur à ce que nous, les humains, ou même les démons, avons pu connaître tout au long de notre existence. Rien ne pourrait nous préparer à de telles visions.

Le palais céleste est bien plus impressionnant que la demeure d'Ilay, ce qui n'est pas peu dire. Grâce à sa nature sacrée, il était férocement gardé. De gigantesques anges, rien à voir avec celui que nous avons pu voir précédemment, l'entouraient, dont deux d'entre eux étaient chargés de la supervision de la porte d'entrée.

Tous vêtus d'armures sûrement faites dans des matériaux particuliers, ils auraient pu être qualifiés de véritables forteresses vivantes. Leurs regards impénétrables sondaient les alentours sans repos. Facile de sonder un très large périmètre lorsque l'on fait plus de cent mètres de haut. Ils me donnent presque le vertige.

En voyant arriver Ilay, la porte s'ouvrit d'elle-même, donnant alors une vue imprenable sur l'endroit le plus inaccessible de l'univers. Ilay, les mains dans les poches, visiblement ennuyé, s'avança sans faire de cérémonie. Il doit souvent côtoyer cet endroit, pour ne pas paraître, un tant soit peu, déstabilisé par la grandeur de ce lieu.

- Bienvenue dans le palais de la reine Imany, me chuchota-t-il.

L'entrée du palais débouchait sur une gigantesque salle. En son centre, une large table ovale trônait. Environ cent chaises étaient disposées autour de cette dernière. Les chaises, bien évidemment, étaient tapissées d'étoffes qui doivent valoir une véritable fortune. Une seule chaise se distinguait, puisqu'il s'agissait d'un trône. Sur ce trône, une femme à l'allure fascinante était assise.

Ses cheveux étaient coiffés en un afro tout bonnement parfait et ornés d'un diadème, se distinguant par les sublimes diamants qui venaient le parer. Vêtue d'une longue robe blanche, contrastant avec sa peau noire éclatante, elle était d'une beauté irréelle.

Une autorité naturelle se dégageait d'elle. Une autorité qui imposait un silence assourdissant parmi l'audience. En effet, de nombreux gradins venaient s'ajouter aux murs qui encadraient cette pièce sans fin. Dans ces gradins, de nombreuses divinités prenaient place. Je suppose que ce sont les divinités qui n'ont pas un rang très élevé.

- Quand apprendras-tu à être ponctuel ? interrogea Imany en voyant Ilay arriver.

- Les dieux innommables sont incapables d'arriver à l'heure, souffla une autre divinité autour de la table.

Les divinités, déjà autour de la table, doivent être d'un rang supérieur pour pouvoir se permettre de s'asseoir à la même table que la reine. À présent, je dois me concentrer pour noter mentalement toutes les informations possibles sur la hiérarchie du royaume céleste.

Je le rappelle, au cas où vous l'auriez oublié, mais à l'heure actuelle, aucune information sur le royaume céleste est disponible parmi les trois autres mondes. Ils ont su protéger tout ce qui les caractérisait.

- Mes excuses, votre majesté, répondit simplement Ilay, insouciant.

Imany ne fit aucun commentaire sur ses excuses, peu sincères... Il prit place à droite de la reine, dans un silence religieux. À ses côtés et invisible, je me mis à observer un peu plus en détail ce qui m'entourait.

" Cette femme au bout de la table, c'est la reine Imany, elle gouverne le royaume céleste dans son entièreté. Ceux qui sont dans les estrades, ce sont les dieux qui sont en bas de l'échelle céleste, ils ont tous un attribut particulier sur lequel ils gouvernent. Le type frêle, par exemple, c'est le Dieu du vent, nous les appelons les dieux random."

Ilay ferait un super présentateur. Je n'avais pas pensé à la télépathie pour communiquer sereinement, sans se soucier de la présence des autres, je jetais un rapide coup d'œil au fameux garçon frêle, il a beau être en bas de l'échelle sociale qui régit le royaume céleste, cela ne fait pas de lui une personne dont la puissance est négligeable. Bien au contraire.

« En effet, ils ont beau être en bas de notre échelle, ils sont loin d'être faibles. À l'heure actuelle, n'importe lequel d'entre eux massacrerait vos soldats les plus puissants sans le moindre effort. Les couples royaux seraient aptes à leur faire mordre la poussière, mais les héritiers ne sont pas toujours de taille pour l'instant ».

Oui. Cela ne faisait pas l'ombre d'un doute, cette nouvelle n'a rien de surprenant. Néanmoins, notre première guerre, celle contre Iriel et par extension, le second monde humain, forgera les esprits militaires des héritiers. Ils en ressortiront avec de lourds traumatismes certes, mais ils n'auront plus à avoir peur du royaume céleste.

Les mains entrelacées dans le dos, je buvais les paroles d'Ilay, tout en évaluant numériquement le nombre de dieux random. Ce genre d'information fera la différence lors d'une éventuelle guerre.

« Ceux qui sont autour de la table, ce sont les dieux originels. Ils ont fondé le royaume céleste, ainsi que tous les mondes que nous connaissons aujourd'hui. Chercher à les affronter, serait du suicide pour toi et tes amis. Ils sont environ une bonne cinquantaine ».

Il y aurait donc trois groupes de divinités. Les dieux random, les dieux originels, et enfin, les dieux innommables. De toute évidence, les dieux originels sont un danger non négligeable, ils sont les fondateurs de toutes choses, les défaire ne sera pas une mince affaire, c'est le moins que l'on puisse dire.

De plus, ils m'ont l'air particulièrement agacés en ce moment même.

- Ilay, est-ce que ton petit groupe d'incapables compte se ramener ? lança un dieu originel à Ilay.

- Ils devraient arriver dans quelques minutes, répondit-il simplement.

Les dieux innommables... Quel drôle de nom.

« J'aimerais ne pas être omniscient, parfois. C'est toujours à moi que l'on pose les questions chiantes ! »

Un léger sourire se dessina sur mes lèvres. Ilay a occasionnellement des comportements très enfantins. Content de l'effet de sa petite blague, son sourire, loin de s'estomper, s'illumina. C'est mignon.

« Qui sont les dieux Innommables ? ».

Ilay ne parut même pas surpris de voir ma capacité à utiliser aussi facilement son réseau de télépathie, sans que mes pensées ne soient captées par quiconque dans la pièce. En plus de m'en savoir capable, il l'avait sûrement vu venir. À ce rythme-là, je n'aurais plus aucun secret pour lui. Enfin, qu'importe, il est déjà au courant de tout ce que je cache aux autres héritiers et aux souverains.

Je suis bien contente qu'il soit capable de tenir sa langue, je n'ai vraiment pas comme projet de révéler toute la vérité pour l'instant.

« Le groupe le plus dangereux et le plus instable du royaume céleste. Les dieux originels ne sont pas au sommet de la pyramide, même si la reine elle-même est une déesse originelle. Il existe un autre groupe, les dieux innommables. Ce sont des divinités qui apparaissent depuis la nuit des temps de manière aléatoire. Ils sont si puissants qu'ils ne peuvent pas être qualifiés par un seul attribut, contrairement aux dieux random. De ce fait, une nouvelle catégorie a été ouverte pour eux ».

« Tu es un Dieu Innommable, je suppose ? ».

« Oui, le dernier du groupe pour l'instant, j'ai le même âge que toi ».

Notant mentalement l'information, je m'apprêtais à répondre lorsque la porte d'entrée s'ouvre brusquement. Un groupe d'environ une cinquantaine de personnes apparut dans l'encadrement de cette dernière.

En tête du cortège, une femme d'approximativement une bonne vingtaine d'années, parfaitement apprêtée. Ses lèvres étaient teintées d'un doux rose pêche, apportant une touche angélique à son apparence. Apparence qui me rappelle celle d'une autre personne.

« C'est ma grande sœur. Serena. ».

Les deux n'avaient pas l'air spécialement proches, ils ne se sont même pas salués. Avec une sœur, Ilay aurait dû se sentir aimé, non ? Je jetais un rapide coup d'œil à ce dernier, les mains dans les poches, il observait la scène avec un certain amusement.

Ce type ne vit que pour et à travers le divertissement que la discorde des autres peut lui procurer.

- Veuillez nous excuser de notre retard, s'excusa d'une voix claire et distincte Serena.

Cette voix, elle ne m'est pas étrangère. Je vous épargne le mystère, je pense qu'il y en a déjà assez. Serena et la grande prêtresse sont une seule et même personne. Voilà qui risque de s'annoncer légèrement embêtant.

Pourquoi est-ce qu'une déesse de son rang occupe une vulgaire position parmi les humains ? Oui, même une position comme celle de grande prêtresse, doit avoir l'air ridicule pour des individus célestes.

Elle doit certainement avoir un objectif. Sûrement celui de nous surveiller. De me surveiller. En plus de tout cela, la grande prêtresse (Serena) et Iriel sont connues pour avoir toujours été très proches. Serena doit lui fournir des informations, c'est une certitude.

Tout ceci renforce mon souhait d'utiliser le conseil suprême pour me débarrasser au plus vite du culte suprême. Après cette petite virée au royaume céleste, je vais enfin entrer en action.

- Ce retard est vraiment déplorable, bâilla Azeerah.

À l'aide d'un miracle (Ilay), les prénoms de toutes les divinités ont été ancrées dans ma mémoire. Leurs noms, ainsi que de courtes biographies. Voilà qui va me faciliter la tâche, même si cela démontre qu'encore une fois, ce type veut sincèrement créer un désordre sans nom.

- Notre présence est déjà un honneur, s'esclaffa Lei, avec un sourire condescendant.

« Fais très attention à cette femme. C'est une des plus violentes déesses. Elle ne considère même pas les dieux random comme ses pairs, je te laisse imaginer ce qu'elle pense des humains. Elle est connue pour être complètement déjantée ».

« Tu es certainement très bien placé pour te permettre un tel commentaire ».

« Touché. Néanmoins, je suis sérieux, vous devez être sur vos gardes autour d'elle. Elle est réputée pour ne pas connaître la peur ».

« Pourtant, ses yeux sont ceux d'une personne qui a passé sa vie à être terrifiée ».

« Oh vraiment ? ».

Son ton désinvolte et teinté d'une légère pointe de sarcasme me déplût, je ne pris donc pas la peine de lui répondre.

Néanmoins, je maintiens mon propos. Cette femme, qui doit avoir l'âge de Serena, paraît sans peur, uniquement si l'on se contente de l'observer en surface. Vu la réaction d'Ilay, je pense franchement qu'il y est pour quelque chose.

Qu'est-ce qu'il a bien pu faire à cette déesse innommable, dont la puissance ne laisse place au moindre doute, pour la terroriser aussi profondément ? Même si personne ne l'a remarqué, la manière dont elle évite soigneusement de croiser le regard d'Ilay en dit long.

Ce type l'a traumatisée jusqu'à la moelle.

- Cessez vos pitreries, déclara d'une voix froide Imany.

Azeerah et Lei se turent aussitôt. L'autorité de la reine n'est plus à démontrer. Toutes les divinités présentes se redressèrent correctement sur leurs sièges, à l'exception d'Ilay qui était toujours affalé sur le sien et de Serena qui avait déjà une posture parfaite.

- Je vous ai convoqués pour autre chose que vos idioties habituelles.

« Les dieux originels et les dieux innommables se détestent foncièrement et ouvertement. Par le passé, les premiers dieux innommables ont été massacrés à cause de leur infériorité numérique et du futur danger qu'ils incarnaient. Néanmoins, très vite, de nouveaux dieux innommables ont commencé à apparaître jusqu'à ce qu'ils soient, numériquement parlant, les égaux des dieux originels. Depuis, il n'y a plus d'assassinat commandité, mais la rancœur est toujours présente."

Intéressant. Voilà une corde sur laquelle on pourra jouer plus tard.

- Que se passe-t-il donc ? Demanda un dieu originel d'une voix lasse.

- Une guerre est sur le point d'éclater entre les deux royaumes humains, résuma brièvement le conseiller qui se tenait aux côtés d'Imany. Une guerre entre Iriel et sa fille, Myriam Heaven.

Les divinités n'eurent aucune réaction. Ils doivent sûrement penser qu'Imany se fait du souci pour rien. Bande d'imbéciles.

- Iriel se chargera du cas de cette petite effrontée. Néanmoins, je vous avais dit de me laisser m'occuper du cas de cette petite garce, lança Lei, en croisant élégamment les jambes.

- Elle n'a pas tort, on n'aurait pas eu tous ces problèmes si on l'avait tuée dès le départ, souffla Shawn.

Ils ne m'ont ainsi pas tuée, pas par pur altruisme, mais pour la simple et bonne raison, qu'Imany et ses conseillers s'y sont opposés. N'ayant pas le droit de m'éliminer, ils se sont contentés de me torturer pendant des heures, comme l'a si bien narré Nayra la dernière fois.

Comment peut-on être aussi cruel ? Je n'étais qu'une enfant. J'avais, à peine, douze ans.

- Je propose qu'on laisse Iriel s'en occuper, si jamais elle échoue, on s'en chargera.

Une fois cette proposition suggérée, ils eurent tous l'air de considérer que cette réunion était terminée, et s'apprêtaient donc à plier bagage, mais ce fut la prise de parole de Serena qui balaya leurs plans.

Serena est la déesse innommable ayant le plus d'influence au sein du royaume céleste, d'après la biographie soigneusement rédigée par Ilay. Son influence, qui prend tout son sens lorsqu'on prête attention une seule seconde à l'intensité magique qui se dégage d'elle.

- Vous sous-estimez la menace que Myriam Heaven représente, déclara-t-elle d'une voix tranchante.

- Ce n'est qu'une gamine, un peu trop ambitieuse, qui va violemment s'en mordre les doigts.

- C'est surtout une gamine qui a tenu tête au conseil suprême ainsi qu'au culte suprême. Une gamine qui vient d'éradiquer la famine et la pauvreté dans son monde. Une gamine qui a presque effacé toutes les hiérarchies sociales, lista Serena pour leur faire comprendre leur stupidité.

Son visage, exaspéré, montrait un clair sentiment de supériorité vis-à-vis du reste des divinités. Elle les considère comme des imbéciles, et je ne peux pas le lui reprocher, leur insouciance va leur coûter cher.

- Et ? Souffla Lei. Ça n'a rien d'extraordinaire. Ce ne sont que des broutilles humaines.

- Je crois que vous oubliez qu'elle a été choisie par les balances célestes, se permit de faire remarquer Ilay.

L'ensemble des personnes dans la pièce eurent un air suspicieux lorsqu'il prit la parole. Je suppose que sa réputation ne doit pas être très positive. Tu m'étonnes... S'ils étaient au courant de ma présence, je ne peux pas imaginer les conséquences que cela engendreraient pour Ilay.

- Wow, une petite mortelle a attiré l'attention des balances célestes, se moqua une autre déesse innommable. Sérieusement, même si elle était terriblement puissante, que pourrait-elle faire contre un royaume entier ?

C'est vrai ça, qu'est-ce que je suis bien capable de faire ? Je ne pus m'empêcher de lever les yeux au ciel, ils n'ont pas idée de ce que je mijote tranquillement pour eux.

- Vous êtes tous profondément stupides, souffla Serena.

Évidemment, elle n'inclut pas la reine et Ilay. Les seuls à comprendre la situation.

- Éclaire-nous donc, lança Lei, moqueuse.

Serena ne releva même pas l'évidente provocation.

" Vous êtes vraiment désinvoltes, votre extermination va être encore plus simple à planifier que ce que j'imaginais".

Ma remarque arracha un léger sourire à Ilay. C'est la moindre des choses de lui promettre le divertissement qu'il attend, après m'avoir fournie autant d'information.

- Elle est en train de créer un monde où les divinités n'ont plus leur place, elle nous efface de l'imaginaire collectif. Bientôt, le peuple se soulèvera contre nous, résuma Serena.

- On commettra un génocide dans ce cas-là, avant de recréer de nouveaux humains, répondit Lei en haussant les épaules. Je ne vois pas le problème. Les dieux originels sont des spécialistes dans le domaine, n'est-ce-pas ?

Ses provocations ne prennent pas avec Serena, mais c'est loin d'être le cas avec les autres dieux originels qui prirent automatiquement la mouche. Au moment où ils s'apprêtaient à rétorquer violemment, la porte d'entrée s'ouvrit de nouveau, faisant entrer une invitée d'honneur cette fois-ci.

Iriel Heaven. Ma très chère mère.

Cette fois-ci, même avec tous les efforts du monde, il m'était impossible de maintenir une mine impassible.

C'est la première fois que je la vois sous sa véritable apparence, depuis longtemps, on comprend mieux les remarques sur nos apparences si similaires, en la voyant. Ç'aurait été un euphémisme de nous comparer autrement qu'en nous qualifiant de photocopies.

Vêtue de sa longue robe écarlate et d'escarpins qui se faisaient entendre dans la pièce, à présent, plongée dans un silence religieux.

Même au sein le royaume céleste, l'apparence d'Iriel Heaven ne laisse pas grand-monde indifférent.

Au-delà de sa beauté, c'est sûrement son attitude qui l'amène à se démarquer, même parmi tous ces individus à la beauté édifiante.

Cette confiance en soi qui lui est si propre. Cette même confiance en soi qui attire tous les regards.

- Voilà celle qui s'apprête à créer un sacré grabuge, ricana Lei.

Ses lèvres se recourbèrent subtilement. Son amusement était plus qu'évident. Contrairement à moi, ses yeux sont remplis de vie. Ils sont aptes à hypnotiser toute âme qui vive et pour les bonnes raisons, toujours contrairement aux miens.

- Je n'y peux rien si cette enfant est incapable de comprendre que son existence n'a aucune valeur, répondit-elle simplement avant de s'asseoir sur un fauteuil qu'un ange venait de lui apporter.

Aucune valeur ?

Mes poings se serrèrent d'eux-mêmes. Ma gorge se nouant, je dus me faire violence pour ne pas me mettre à pleurer.

J'ai accordé suffisamment de larmes à cette femme, j'ai tant pleuré à cause et pour elle, je l'ai tant suppliée de m'aimer ou au moins de faire semblant. Elle a toujours refusé.

- Probablement les gênes de son père, soupira Shawn. Ce dernier ne voulait vraiment pas mourir. Je me souviens encore de ses supplications, c'était pathétique.

La vie de mon père ne m'a jamais grandement importé. Depuis le début, je n'ai voulu l'amour que d'un seul de mes parents, et il m'a toujours été refusée.

- Filme-nous la mort de Myriam, suggéra Lei à Iriel. Cela pourrait être amusant à visionner.

- Avec plaisir, répondit simplement Iriel, en rejetant élégamment ses cheveux en arrière.

Tout en savourant sa coupe remplie de nectar divin, elle discuta joyeusement avec les divinités. Comment peut-elle être aussi détendue, après avoir prononcé autant d'horreur ? Pourquoi est-ce que c'était si difficile que ça de m'aimer ?

Toute ma vie, je n'ai poursuivi l'amour que d'une seule personne. Une unique personne. Celui de ma mère. Tout en acceptant les pires traitements possibles, j'ai prié nuit et jour des divinités que je haïssais, juste pour un peu de son amour, ne m'humiliant qu'encore un peu plus.

Cette humiliation me reste toujours en travers de la gorge. J'ai mis de côté ma dignité pour elle. Tout ça, en vain.

Tortures psychologiques et tortures physiques, j'ai tout subi, mais elle n'a jamais changé d'avis. Indigne de son affection, je n'avais pas la moindre chance, et ce, depuis le départ.

Tout ça pendant qu'Eden, lui, avait le droit à un amour inconditionnel, un amour sans limites. Eden ne pourra jamais comprendre la chance qu'il a eue. Il a eu le droit d'avoir la mère pour laquelle j'aurais pu mourir.

Nous sommes jumeaux et pourtant, nos enfances sont si diamétralement opposées. Néanmoins, je suis heureuse pour lui. Nul ne mérite de souffrir à ce point.

Sauf moi, visiblement.

- Tu penses que ton fils te pardonnera ? Lui fit remarquer Serena.

- Il finira par s'y faire. Je me débrouillerais pour qu'il assure ma succession et dans le pire des cas, j'effacerais de nouveau sa mémoire.

Du coin de l'œil, Ilay me lança un regard. Mon expression devait être pathétique. Des larmes commençaient à faire leur apparition au coin de mes yeux.

Le cœur en miettes, il m'est impossible de rester plus longtemps dans cette pièce. Revoir Iriel aussitôt, a fait ressurgir une panoplie de traumatismes que je pensais avoir bien enfouis. Quelle idiote.

Je suis toujours aussi fragile quand il s'agit d'elle. Toujours aussi stupide et naïve. Malgré toutes les fois où j'ai été déçue, j'ai toujours espéré, au plus profond de moi, qu'elle avait un plan et souhaitait juste m'aider.

Comment faire comprendre cette partie de mon âme d'enfant qui réside en mon for intérieur, que l'amour que je lui porte sera éternellement à sens unique ? Elle ne me considérera jamais comme sa fille.

Pourquoi l'accepter semble aussi insurmontable ?

- Enfin bon, ma fille n'est qu'une incapable. Une incapable au cœur trop tendre et trop naïf. Si stupide qu'encore aujourd'hui, mes mots parviendraient encore à la blesser.

Je déteste qu'elle me comprenne aussi bien, alors que je suis encore aveuglée par cette chimère d'amour maternel pour comprendre qu'elle ne m'a jamais considérée autrement qu'une nuisance.

« On peut partir ? »

Sans même me répondre, Ilay se releva, toujours aussi calme et collecté que d'habitude.

- Je dois y aller, j'ai quelque chose d'urgent à régler, affirma-t-il en se levant.

- Tu as croisé Myriam, non ? l'interrogea Iriel.

Est-ce qu'elle n'en a pas suffisamment déjà dit ? Doit-elle vraiment continuer de remuer le couteau dans la plaie béante ?

- Tu n'as pas cru bon de le mentionner ? Souffla Imany.

- Je n'ai rien plus à dire que ce qui a été dit durant cette charmante réunion.

- Au contraire, tu as sûrement des choses à dire, affirma Serena.

Ilay souffla longuement, se rasseyant, franchement ennuyé.

- Il n'y a pas grand-chose à raconter, expliqua-t-il, agacé. Elle a montré un sentiment hostile pour toutes les instances de pouvoir qui privent les citoyens de leurs libertés et droits les plus fondamentaux. Cela vaut pour le royaume céleste.

C'est une réponse parfaite.

- Hostile à quel point ? l'interrogea Shawn.

- Je crois que la réponse est un peu trop terrifiante. J'en ai carrément eu des frissons.

Sa moquerie était plus qu'évidente. Serena tiqua violemment en entendant son frère se moquer ouvertement du royaume céleste dans sa globalité. Elle s'apprêtait à partager sa pensée avec lui, mais Imany lui fit signe de se taire.

Une dispute entre ces deux-là n'apportera de rien bon à mon avis. Ilay annonça de nouveau qu'il allait prendre congé, et cette fois, malgré les protestations des autres, il ne jugea pas utile de leur accorder plus de temps.

Toutefois, juste avant de s'extirper de cette situation étouffante, il s'arrêta juste devant l'encadrement de la porte.

- Si vous voulez mon opinion, je peux vous la donner, commença-t-il calmement. Cependant, c'est ma propre opinion. Je ne l'ai pas développée, en ayant recours à mon omniscience ou quoi que ce soit.

Malgré cet avertissement, l'ensemble de la pièce était suspendu aux lèvres d'Ilay. Satisfait de cette réaction, il prit un certain temps avant de continuer.

- On t'écoute, lança Imany, afin de le presser un peu.

Considérant avoir assez savouré le fait de les avoir tous à sa merci, il reprit la parole. Un sourire narquois se dessina sur ses lèvres, un sourire qui ne présageait rien de bon. Les divinités ne vont sûrement pas entendre quelque chose de plaisant.

Iriel observait calmement Ilay, une expression indescriptible sur le visage. Que pense-t-elle de tout ça ?

- À mon avis, le royaume céleste, c'est bientôt terminé.

Aussitôt des exclamations commencèrent à s'élever. Indignés, ils dévisageaient tous Ilay comme s'il venait de prononcer une absurdité. Rares sont ceux qui se sont tus en entendant la prophétie d'Ilay.

Parmi eux, Imany, dont le regard pénétrant n'était plus posé sur Ilay, mais sur moi. Je n'ai pas la prétention de pouvoir berner celle qui règne en maîtresse suprême de cet univers dans son entièreté.

Le charme d'invisibilité d'Ilay ne fonctionne pas sur elle. J'ignore si cet imbécile l'a fait exprès ou non, mais qu'importe.

Pendant qu'Ilay se réjouissait des réactions et commençait déjà à s'en aller, j'adressais un sourire à Imany, avant de lever la paume de main et d'afficher le chiffre quatre.

J'ai presque dix-sept ans.

Dans quatre ans, je serai âgée de vingt-et-un an.

Je lui conseille vivement de retenir ce chiffre. Dans quatre ans, le royaume céleste ne sera plus qu'un souvenir. Un souvenir amer, mais un souvenir tout de même, et ça, ce sera une victoire sans précédent pour le genre humain.

En plus d'être une petite victoire personnelle.

Imany se contenta simplement de sourire, tapotant la table de ses longs doigts fins, ne me lâchant pas du regard. Sa réaction m'arracha un air amusé, avant que je finisse par suivre Ilay en dehors du palais céleste, tout en me faisant violence de ne pas jeter un dernier regard vers Iriel.

Une fois de retour dans la demeure d'Ilay et à l'abri des oreilles indiscrètes, ce dernier prit la parole.

- Tu te donnes quatre ans pour nous anéantir ? me demanda-t-il, amusé. C'est ambitieux.

J'acquiesçais, tout en buvant la tasse de nectar divin qu'il venait de me servir. Le goût est à tomber par terre.

- C'est un plaisir, Ilay, mais je vais devoir rentrer, il me reste des choses à faire avant que le soleil ne se lève.

Assis en face de moi, il remua distraitement le contenu de sa tasse avec une cuillère en argent. Son regard perdu dans le liquide sucré, il était plongé dans une profonde réflexion.

- Tu sais, Iriel est incapable de se rendre dans le royaume céleste, sans que la reine lui octroie un charme d'immunité. Il en va de même pour tous les êtres humains. En temps normal, il est impossible pour un être humain d'être autour d'une divinité, à cause de l'aura divine qui se dégage de nous.

Je me doutais bien qu'il ne pourrait pas s'empêcher de commenter sur cette anomalie. L'énergie spirituelle qui se dégage des divinités, autrement dit l'aura divine, est incomparable à la pression spirituelle ou le fluide que possèdent les humains.

- C'est étonnant que personne ne t'ait octroyé un quelconque charme d'immunité, et que pourtant, tu sois encore en vie après être restée plus de deux heures dans le royaume céleste.

- Je cache assez bien la douleur physique que j'éprouve, tentais-je, intérieurement amusée.

Un sourire se dessina sur ses lèvres, sourire qui disparut derrière sa tasse qu'il porta jusqu'à sa bouche avant d'en boire une gorgée.

- Ne me prend pas pour un imbécile, c'est vexant. Cacher une telle force à tes amis ne doit pas être chose aisée.

- Tu es omniscient et tu me poses quand même des questions dont tu pourrais facilement avoir la réponse, je pense avoir tous les droits de te traiter comme un imbécile.

- Je te l'ai dit, j'ai désactivé mon omniscience dans une certaine mesure pour ne pas me gâcher le plaisir du divertissement que tu comptes nous offrir.

- J'ai un peu de mal à te faire confiance, avouais-je honnêtement. Quelque chose me dit que tu ne fais cavalier seul qu'en apparence.

Je m'approchais de lui, un sourire en coin.

- À vrai dire, je te soupçonne même d'avoir un ou une complice. Une personne encore plus horrible que toutes les personnes présentes dans ce royaume céleste.

- Oh vraiment ? se moqua-t-il ouvertement.

- Oui, vous devriez faire plus attention, les murs ont des oreilles, lançais-je une dernière fois. Rien ne m'échappe bien longtemps et malgré ta nature omnipotente et omnisciente, tu ne fais pas exception mon cher Ilay.

- Si tu le dis de cette manière, je vais finir par croire que tu essayes de me séduire. Continue de me chasser. Laisse-moi te prévenir cependant, tu es incapable de vaincre ma complice.

J'arquais un sourcil, curieuse de savoir ce qui lui permettait d'affirmer une telle chose.

- Tu laisses un misérable déchet comme Iriel te blesser, me rappela-t-il sans la moindre compassion. Tu crois sincèrement que cette complice ou moi-même allons sérieusement te prendre au sérieux ? Mon alliée ne pourrait jamais s'autoriser une telle faiblesse.

Je comprends mieux pourquoi il se définit comme un être dénué d'émotion. Son regard ne laisse pas place au moindre doute. C'est un regard dépourvu de la moindre empathie.

- T'es un sacré enfoiré, répondis-je sur le même ton vicieux. N'active pas ton omniscience, le futur ne risque pas te plaire, car alliée ou pas, l'Histoire, je l'écrirai.

- J'ai hâte de voir ça, princesse, assura-t-il.

Ne voyant plus l'intérêt de continuer cette conversation, je claquais simplement des doigts pour rentrer dans le royaume céleste.

Les yeux d'Ilay s'écarquillèrent sous le coup de la surprise.

- J'ignorais que tu étais capable de te rendre, par toi-même, dans le royaume céleste, eut-il le temps de prononcer avant que je ne commence à me volatiliser.

- Utilise ton omniscience à bon escient. Je ne pense pas que tu puisses te permettre de complètement t'en priver.

NDA : Alors, ce chapitre ?

Chapitre trente-huit :

NDA : Nouveau chapitre ! Je ne sais pas si vous avez remarqué, mais au fur et à mesure des chapitres, le personnage de Myriam change progressivement. Dans ce chapitre-ci, on le voit un peu plus, mais dans le prochain chapitre, ce sera encore plus flagrant. En tout cas, j'ai énormément apprécié écrire ce chapitre et j'espère que vous prenez autant de plaisir à le lire.

PS : Je n'ai pas oublié la fiche pour les nouveaux personnages (les divinités), je la ferai juste plus tard puisque pour ce chapitre, elle est inutile)!

Les premiers rayons du soleil ne vont pas tarder à apparaître, sans pour autant réchauffer cette nouvelle journée glaciale. Nous approchons à grand pas de la période la plus froide de l'année. Pendant cette période, les deux mondes humains sont soumis à des températures très basses en pleine journée, et invivables durant la nuit. Évidemment, les journées se raccourcissant à grand pas, nous serons bientôt plongés constamment dans l'obscurité la plus totale.

Bien que l'aube ne risque de plus tarder, ma nuit est loin d'être terminée. J'ai encore quelques petites affaires à régler pour pouvoir finaliser en beauté mon plan. De ce fait, je n'ai pas eu de minutes supplémentaires à accorder à la résistance. Ils ont été fort surpris de me voir revenir en un seul morceau, mais je n'ai pas eu le temps de digresser avec eux.

Je me suis contentée de leur faire savoir que je comptais bientôt revenir, tout en ayant par la suite une entrevue privée avec Yeleen, je ne lui ai demandé que deux choses.

La première est de rassembler ses forces armées et de commencer à s'équiper. Au besoin, nous leur fournirons le matériel nécessaire. La seconde est de demander aux civils de préparer leurs affaires pour un voyage de plusieurs mois. Bien qu'elle ne soit pas au courant de tous les rouages de mon plan, elle a accepté. Pour l'instant, je dois maintenir dans l'ombre et la confusion tous ceux qui m'entourent.

Ce serait absurde de risquer la fuite d'informations, ce serait catastrophique et difficile à rectifier.

Une fois de retour dans la salle du portail, même portail qui m'a permis de me rendre dans le second monde humain, je m'autorisai à reprendre mon souffle quelques secondes.

Les gardes, toujours plongés dans un profond sommeil, probablement puisque je les ai légèrement empoisonnés (rien de bien méchant !), je me laissai tomber sur le sol froid, composé de dalles toutes taillées avec une précision à faire frémir les plus grands perfectionnistes.

En dépit de mes capacités, je n'en reste pas moins humaine malgré ce que l'on essaye de me faire croire et malgré l'image que j'essaie de renvoyer. Revoir Iriel aussitôt m'a chamboulée.

Je passai nerveusement ma main dans mes cheveux, pendant que le silence réconfortant de la pièce m'entourait. Cette petite pièce, silencieuse et pratiquement vide, m'apaise. J'ai la sensation d'y être en sécurité, la sensation que personne ne pourra m'atteindre.

Assez ironique ce besoin d'éprouver un sentiment de sécurité, lorsque l'on vient de déclarer une future guerre à la reine suprême, la reine du royaume céleste.

Soyons même honnêtes, cela n'a aucun sens.

Néanmoins, cela reste cohérent dans l'absence de sens, n'y a-t-il pas de vie plus dénuée de sens que celle que l'on nous impose ?

Les êtres humains ne sont pas faits pour une vie qu'un autre se charge de dessiner pour eux. Vous avez peut-être l'impression d'avoir le contrôle sur votre vie, mais ce n'est pas le cas. Vous vous dites sûrement que vous avec décidé de suivre une telle voie ou d'en suivre une autre, peut-être même que vous avez changé d'avis au long de votre aventure, comment puis-je alors oser affirmer que vous ne possédiez pas le contrôle de votre propre vie ?

Les rênes du chariot sont les vôtres, et je ne suis qu'une pauvre folle qui digresse un peu trop souvent.

Pourtant, pour un individu comme moi qui s'est vu façonner de la tête aux pieds, il n'y a rien de plus risible que de prétendre que l'on est libres.

Mon rêve le plus cher est ridicule.

Les choix des balances célestes m'ont enfermée dans une cage, avant même que ma vie ne débute. Le choix des divinités concernant mon lieu de naissance a encore une fois déterminé l'environnement dans lequel je grandirais, ce même environnement qui m'a façonnée, moi et toutes les décisions que j'ai pu prendre.

Les êtres humains sont faibles et à la merci des divinités. Nous sommes prédéterminés, tout ce qui nous concerne est écrit depuis la nuit des temps.

Nous nous fourvoyons dans cette chimère de liberté que l'on pense être nôtre.

D'un esclave, on dit qu'il est prisonnier d'une cage. Pour lui, pas de liberté.

D'un employé de bureau, on dira qu'il est à la merci de ses supérieurs, et pourtant, ce même employé a bien plus de droits qu'un esclave, alors on pourra même le considérer comme libre, en occultant cette partie où il n'est qu'un numéro parmi des centaines d'autres numéros au sein de son bureau, dont les systèmes économiques pourront aisément se dispenser.

D'un chef d'entreprise, on dira qu'il est libre, complètement libre, en ne mentionnant même pas qu'il est à la merci de l'économie, et complètement esclave de ce souhait de ne pas vouloir voir son entreprise s'écrouler. Ce souhait de protéger de ce qu'il pense avoir bâti de ses propres mains de manière unique, alors qu'en réalité, il est entièrement remplaçable et qu'un autre aurait très bien pu faire l'affaire.

Comment se penser libre et unique dans un monde, dont le modèle social est fait pour lutter contre l'unicité de ses individus ?

Finalement, nous sommes tous esclaves de quelque chose, littéralement ou abstraitement parlant, nos cages n'ont simplement pas la même taille, mais cela n'en reste pas moins des cages aussi vastes soient-elles. Nous pensons simplement que tant que nous ne sommes pas emprisonnés dans la condition d'esclave, nous sommes libres. Seulement, c'est faux, et inconsciemment, nous le savons.

C'est pour cela que les Hommes poursuivent ce désir de vouloir agrandir leurs cages, de repousser leurs barreaux toujours un peu plus loin, en devenant une personne respectable et aimée de la société, en essayant de toujours s'enrichir, quitte à réduire les cages des autres, commettant alors une erreur irréparable. La liberté de l'un, ne peut exister sans la liberté de l'autre. Néanmoins, cette règle, pourtant capitale, est complètement ignorée par la plupart des individus, rendant son application impossible, malgré la bonne volonté de certains.

Qu'importe, la course effrénée pour la liberté, a l'air de ne pas avoir de prix.

Et pourtant, elle en a un.

Ma montre, nouée autour de mon poignet droit, vibra silencieusement. C'est l'heure. Il ne va plus tarder à arriver. D'un claquement de doigts, mon apparence physique se métamorphosa.

Je n'ai plus rien en commun avec Myriam Heaven, je suis à présent le portrait craché de Flora Hélis. Un bref regard dans le miroir me le confirma.

Pendant plus de deux semaines, j'ai traqué les moindres faits et gestes de Julius Vandersen, tout en menant Esther par le bout du nez. Elle a sincèrement pensé qu'elle apportait des informations inédites à Julius Vandersen, alors que ces dernières, toutes fausses, ne lui faisaient que perdre sa crédibilité auprès du fils du président du conseil suprême.

Lentement, elle sombre, un peu plus chaque jour, dans un état mental très instable, j'ai conscience qu'elle ne me trahit pas de bon cœur et qu'elle a sûrement sa propre vengeance à mener. Seulement, qu'importe son souhait de vengeance, il ne sera jamais plus ardent que le mien.

Esther en veut au conseil suprême, j'en veux à l'univers.

Il est très regrettable de devoir pour moi de devoir me servir d'elle ainsi, néanmoins, c'est sincèrement pour son propre bien, même si elle mettra du temps à le comprendre. Elle n'a pas les épaules pour s'attaquer, seule, à une telle institution. C'est un travail minutieux qu'il faut mener la tête froide.

N'allez pas croire que je me sens supérieure et apte à donner des leçons de morale, Esther a le mérite d'avoir, malgré sa haine, le semblant d'un plan. Dans mon cas, j'ai des plans, j'ai des plans pour chacun de mes adversaires, mais ce sont des adversaires, pas des êtres auxquels je voue une haine, si inexorable, que chaque jour est une lutte pour ne pas sombrer dans une violence sans fond et sans limites.

Ça, il n'y a qu'un être capable de me faire ressentir une telle haine. Contre cet homme, je n'ai pas l'ombre d'un plan, je me contenterais de l'attaquer de plein fouet, libérant toute cette haine que je lui dédie depuis une époque si lointaine que les humains ne s'en souviennent même pas.

Notre affrontement, que j'attends avec impatience, sera cathartique.

En tout cas, libre à Esther de se rallier à ma cause si le désir s'en fait ressentir. Il n'y a que dans ce cas-là, et uniquement dans celui-là, que je lui tendrai volontiers la main pour mettre en feu et à sang ceux qu'elle considère comme ses ennemis.

Après tout, je suis loin de vouloir préserver le conseil suprême. Au contraire, j'ai même promis à certaines personnes de les détruire jusqu'au dernier. Ces mêmes personnes vivent un véritable enfer et attendent patiemment que je les libère de ce fardeau.

On peut désapprouver mes méthodes, mais on ne pourra jamais me reprocher de me manquer à mes promesses.

Une fois que ma montre m'indiqua l'heure exacte, je m'extirpai silencieusement de la salle du portail. C'est presque sur la pointe des pieds que je m'apprêtais à arpenter le couloir pour pouvoir m'échapper du palais.

- Oh, quelle action illégale que celle de pénétrer dans la salle du portail, susurra une voix.

En plein dans la gueule du loup. Je me retournais, avec une mine faussement terrifiée, comme prise la main dans le sac.

Ça valait le coup de l'épier pendant aussi longtemps, même si j'ai dû me coltiner ses sorties régulières dans les clubs de nuit branchés de la capitale. Si Julius Vandersen doit être esclave de quelque chose, c'est bien de ses pulsions les plus animales.

Comment une personne peut se complaire dans une illusion de bonheur aussi évidente ? Je suppose que c'est un moyen de ne pas sombrer dans la démence, puisque le retour à la réalité, dans son cas, risque d'être plus que violent.

Avec toute cette influence, tout cet argent et pouvoir, il n'en reste pas moins un être malheureux. Malheur auquel je compte contribuer et décupler. Désolée pour lui, mais mon empathie est très sélective.

- Tiens donc, Flora Hélis, chuchota Julius tout en s'approchant de moi.

Le plus difficile va être de ne pas vomir lorsque la distance entre nous ne sera qu'un lointain souvenir. Julius Vandersen pense être très attrayant, suffisamment pour que quiconque ne puisse résister à son charme.

Un jour, un être humain lui dira peut-être un jour qu'il est loin de renvoyer l'image qu'il tente en vain de s'octroyer. Je passe mon tour, le dessein de cet individu m'importe peu lorsqu'il s'agit d'autre chose que de la manière dont je compte brutalement lui retirer la vie.

Enfin, ce moment est encore loin d'arriver, je m'inclinai, à cause de son rang social désormais supérieur au mien, autrement dit celui de Flora Hélis.

- Relève-toi, chantonna-t-il. Puis-je savoir ce que tu faisais dans cette pièce ? Vu ta mine apeurée lorsque je t'ai prise la main dans le sac, je doute que tu t'y trouvais sous ordre de la princesse Heaven.

Si perspicace. À deux doigts de nous inventer l'eau chaude. Il est inquiétant de se dire que ce type fait partie de la dizaine d'Hommes qui se chargent de la validation de toutes les lois auxquelles les royaumes sont soumis.

Honnêtement, c'est franchement trop facile. Si tout ceci ne relevait pas d'un enjeu crucial, je me serais déjà probablement assoupie.

- Non, avouais-je d'une voix peu assurée.

Cette voix tremblante, je me décidai de l'accompagner d'un regard fuyant. Me triturant les mains, je faisais tout pour ne pas montrer ma mine inquiète à Julius. Du coin de l'œil, je voyais que ce dernier jubilait, éprouvant une satisfaction presque perverse en me voyant aussi mal à l'aise.

Quel imbécile.

- Tu sais qu'elle te fera exécuter à l'aube, si elle apprend tes petites escapades ? La princesse ne fait pas dans la miséricorde.

À mourir de rire.

Je ne fais peut-être pas dans la miséricorde, et encore, je n'ai rien montré de ma cruauté, mais je suis juste.

Chose qui semble terriblement manquer au conseil suprême. Enfin bon, ils sont si occupés à subtiliser des adolescents dans des orphelinats afin de s'en servir pour assouvir leurs pulsions les plus dégoûtantes, la justice est le cadet de leurs soucis puisqu'ils l'abusent régulièrement.

Comment suis-je au courant ?

J'ai passé une brève période en orphelinat, avec Eden. Ce dernier ne se souvient de rien, mais nous avons bien failli connaître un sort terrible.

- Je sais. Je le sais plus que quiconque, murmurais-je, les dents serrées, continuant à jouer la comédie.

Son sourire s'élargit. Ce type est si malsain, je frémis d'impatience à l'idée de pouvoir le supprimer définitivement de notre monde. J'ai sincèrement hâte ! Lui, son père, leurs amis, j'ose espérer qu'ils profitent de leurs derniers jours. Je ne tarderai pas à m'occuper d'eux.

En tout cas, je mène cette conversation avec une telle aisance que cela en devient ennuyant. Si au moins, ç'avait été Yuki en face de moi, j'aurais eu une adversaire digne de ce nom. L'échange aurait été infiniment plus intéressant, Yuki aurait vu clair dans ce jeu d'amatrice dès la première seconde. En revanche, Julius, lui, mord à l'hameçon comme l'idiot qu'il est.

- Que veux-tu dire par là ? S'étonna Julius.

Je me refusais à répondre, évitant de plus belle son regard, mais avec une lueur moqueuse dans mes iris. Cette lueur, il la vit, et elle ne sembla guère lui plaire. Il doit sûrement se demander comment un être qui lui est aussi inférieur, en termes de rang social, peut se permettre de le narguer.

Bien que sa curiosité est, à présent, titillée, Julius Vandersen n'est pas du genre à laisser quiconque le prendre de haut. (Oui, j'ai eu le temps de l'analyser, même s'il n'y a pas grand-chose à étudier chez lui).

Le tout, à présent, c'est de faire en sorte que sa curiosité l'emporte sur sa condescendance naturelle.

- Tu as perdu ta langue ? Se moqua-t-il ouvertement.

- Non, mais j'ai conscience que le conseil suprême est terrifié de la princesse. Je ne peux donc pas vous confier la raison de ma présence dans la salle du portail.

Aussitôt, ses traits se durcirent, il enfouit les mains dans les poches, me regardant ouvertement de haut. J'ai bien dit qu'il fallait décupler sa curiosité, mais néanmoins, le premier objectif est de créer un ennemi commun.

Ennemi commun qui n'est personne d'autre que moi. Myriam Heaven. Je fais, en général, un bon bouc émissaire.

- Terrifié par la princesse ? Et puis quoi encore ?

- Vous la laissez agir, vous la laissez créer les lois dont elle a envie. Non, encore pire, vous appuyez ses lois.

- Tant que cette petite salope n'ennuie pas le conseil suprême, elle peut bien faire ce qu'elle veut. Ne prends pas ça pour un signe de faiblesse.

Allez, j'y suis presque. Encore un peu.

-Je ne suis pas convaincue. Ne comprenez-vous pas donc que ces lois ne sont qu'un premier pas vers un projet plus grand ?

- Et alors ? Si jamais elle devient un problème, on se chargera de son cas. Le conseil suprême règne en maître sur toutes les institutions.

Si stupide.

- On ne peut pas attendre jusque-là, continuais-je. Il faut l'éliminer le plus tôt possible.

Un air narquois prit place sur son visage. Il pense avoir retrouvé l'avantage, maintenant qu'il va pouvoir me rappeler mon rang dans la société. Un rang si infiniment inférieur au sien, sans se rendre qu'il vient de passer plusieurs minutes à tenter de se justifier auprès de justement, un être aussi inférieur que moi.

Vexé, Julius ?

- Et comment comptes-tu faire ça ? Tu n'es qu'une vulgaire soldate qui a fait son temps, comment une personne comme toi pourrait s'opposer à l'élue des dieux ?

Il est si prévisible. Son père n'a-t-il donc jamais prêté attention à son éducation ? J'aurais aimé croire que le président du conseil suprême se chargerait un peu plus de l'apprentissage de son fils, mais apparemment non, il n'y a donc sincèrement aucune méritocratie dans tous ces systèmes arriérés.

Julius Vandersen deviendra le futur président du conseil suprême, si personne ne s'interpose, ainsi non seulement, le poste lui revient sans le moindre effort, mais en plus de cela, il ne cherche même pas à faire semblant de renvoyer une image faussement méritocratie du système.

Intéressant. Ces imbéciles sont devenus si à l'aise dans leur ramassis d'idioties qu'ils ne cherchent plus à ne pas indigner le peuple.

-J'ai l'appui direct d'une autre élue des dieux.

- Une... ? S'époumona-t-il presque. Iriel Heaven ? Tu es entrée en contact avec Iriel Heaven ?

Comme je le soupçonnais, les informations quant à l'orchestration de sa propre mort d'Iriel sont arrivées aux oreilles des membres du conseil suprême. Excellent travail, Esther. Tu viens d'écourter d'au moins vingt minutes cette entrevue.

- Oui. D'où mon voyage dans l'autre monde, expliquais-je.

Julius parût franchement désarçonné. Sa confusion était plus que lisible sur chacun des traits de son visage. Éclairé par les derniers rayons de la lune qui s'infiltraient dans les couloirs du Palais royal, il me parut si misérable qu'il me fut difficile de ne pas éclater de rire.

Je dois rester concentrée, c'est le moment d'infliger le coup de grâce.

- Iriel veut la mort de sa fille. Dans quelque temps, une guerre va éclater entre les deux royaumes, continuais-je.

Cette fois, la confusion laissa place à une agressivité primaire. Dépassé par ces informations dont il n'a jamais eu vent, il m'agrippa par le col, laissant tomber ses fausses manières de gentleman dont il se sert régulièrement en boîte de nuit.

- Es-tu sûre de ce que tu racontes ?

- Bien sûr, et les familles royales se préparent déjà pour riposter. N'as-tu donc pas vu les héritiers s'entraîner sans relâche ? Ils sont tous en train de solidifier leurs armées en secret.

- Sans même avertir le conseil suprême... ? Ont-ils perdu la tête ? Murmura-t-il en me relâchant.

Maintenant qu'il est sonné, il ne reste plus qu'à déblatérer d'autres informations soigneusement choisies.

- Qu'importe, répondis-je. Ce royaume n'a aucune chance.

- Qu'est-ce-que tu racontes ?

Je me mis soudainement à trembler, les yeux livides et le teint pâle. N'hésitez pas à voter pour moi aux Oscars, j'ai entendu dire que c'était une cérémonie assez populaire chez vous.

- Elle a les dieux de son côté.

- Les divinités ? S'exclama Julius.

Heureusement que le couloir menant à la salle du portail est un couloir vide et drôlement bien insonorisé. Sinon, il m'aurait fallu effacer la mémoire de toutes les personnes aux oreilles indiscrètes.

La mine grave, j'acquiesçai, n'accentuant que de plus belle la terreur qui était en train d'infiltrer chaque parcelle du corps de Julius.

- Ils ont choisi de soutenir militairement Iriel. Nous sommes foutus, murmurais-je en me laissant tomber à genoux.

La gravité de la situation était impossible à rater, même pour un être aussi débile que lui. Une fois la situation comprise, il ne put s'empêcher de se retourner vers moi.

Moi, Floria Hélis, une simple soldate aux anciens triomphes militaires qui suit censée avoir disparu de la circulation, quel est mon rôle ?

- Et quel est ton rôle dans tout ça ?

Te précipiter au fin fond de l'enfer.

- Je fournis des informations à Iriel, espérant qu'elle m'épargne, avouais-je honteuse.

- Une soldate héroïque réduite à ça ? Pathétique, murmura-t-il, alors que son visage disait tout autre chose.

Tu m'envies. Tu donnerais père et mère pour te retrouver à ma place. Ta jalousie est si transparente.

- Tu ignores tout d'eux, Iriel est terrifiante, mais ce n'est rien, comparé au dieu qui est censé l'épauler.

Toujours à genoux, je me mis à marmonner de manière inaudible, comme le ferait une personne perdant la raison.

Au fond, une personne normale qui découvrirait la réalité du royaume céleste et de ce dont ils sont capables, perdrait facilement son intégrité mentale. Je ne fais que me mettre dans la peau du personnage. (Je mérite vraiment cet oscar, non ?).

- Le conseil suprême n'enverra jamais un dieu de renom pour une broutille entre humains.

Comme je m'en doutais, il est déjà au courant de la hiérarchie du royaume céleste. J'imagine que Papounet s'est quand même un peu chargé de son éducation.

Il tourna les talons et commença à s'éloigner. Maintenant, il ne reste plus qu'à l'achever avec les informations qu'Ilay m'a gentiment transmises.

- Ils ont envoyé un Dieu innommable. Ilay, le plus jeune de sa génération.

Aussitôt, il se figea, le corps tremblant. Il se précipita vers moi, avant de plaquer sa main sur ma bouche, il était tétanisé par la peur. Je me demande bien quels exploits inhumains a bien pu commettre Ilay pour insuffler une telle horreur.

- Toi... Comment peux-tu être au courant de ce terme ? Et pire encore, comment peux-tu connaître l'existence de... ce dieu ?

Il fait référence au terme de dieu innommable. Évidemment, une personne de mon rang ne devrait pas avoir accès à cette information. Il n'y a que deux personnes au courant de la hiérarchie du royaume céleste.

Le président du conseil suprême, autrement dit le père de Julius et ainsi que la grande prêtresse.Le fait que je détienne une telle information, cela signifie que je dis la vérité sur toute la ligne.

Une horrible vérité, mais une vérité tout de même. Il ne reste plus qu'à attendre que quelques minutes, le temps que la réalité le frappe de plein fouet.

La main toujours plaquée sur ma bouche, il m'observait sans vraiment me voir. Perdu dans ses pensées, il doit déjà être en train d'envisager la fin d'un monde qu'il pensait éternel. Ce monde qui lui est si précieux puisqu'il l'autorise à commettre tous ses méfaits dans l'impunité la plus totale.

Néanmoins, j'ai une autre personne à visiter et le soleil va se lever dans moins d'une heure. Je n'ai pas plus de temps à lui accorder. De ce fait, ses états d'âmes, il va se dépêcher de les abréger.

Je me mis donc à pleurer, mes larmes le ramenèrent immédiatement à la réalité.

- Vendre des informations est le seul moyen de sauver notre peau, avouais-je.

- Tu as raison, concéda-t-il. Si un dieu innommable est impliqué, et surtout Ilay, ce monde est perdu. Foutu de chez foutu.

Il est à deux doigts de sombrer dans cette fameuse démence qui lui était inévitable par sa condition d'être pathétique. À présent, le temps est venu de lui proposer une porte de sortie, juste avant que le sol ne se dérobe sous ses pieds.

- On pourrait s'allier, lui suggérais-je en essuyant mes larmes avec les manches de mon haut.

Son regard convergea aussitôt vers moi, je viens juste de lui tendre la main, il ne lui reste plus qu'à jauger cette même main, avant de s'en saisir. Enfin, ce ne sont que des convenances. Lorsqu'on est face au pied dur mur, on accepte n'importe quelle main tendue, qu'elle soit réelle ou factice. Tout semblant d'issue de secours est bonne pour ceux dont l'avenir vient d'être dérobé.

- Qu'est-ce que tu racontes ?

Son air, bien que méfiant, n'était capable de cacher cette lueur d'espoir qui commençait doucement à naître dans ses yeux.

À cet instant précis, je n'ai plus rien d'une vulgaire humaine qui lui est inférieur en tout point et qui ne serait bonne qu'à réchauffer son lit. Non, maintenant, je revêts d'une nature angélique, presque prophétique à ses yeux.

Délivrant un message, je peux lui sauver la vie, le faisant échapper de justesse au courroux des divinités qu'il craint tant.

- Donne-moi des informations, issues directement du conseil suprême, je les transmettrais à Iriel et elle nous épargnera sûrement tous les deux.

- C'est un acte de trahison, murmura-t-il.

Oh ? Un semblant de moral ?

Ai-je l'air stupide au point qu'il pense que jouer les bons samaritains le dédouanera de toute responsabilité si nous nous faisons prendre ?

- Et alors ? Tu veux mourir ? De ce monde, seules les familles royales, minus, la princesse seront épargnées. Les gens comme moi, et même les gens comme toi, on va y passer, affirmais-je.

Mes paroles eurent l'effet escompté, je n'ai pas besoin de jouer la comédie plus longtemps. L'affaire est bouclée.

Titubant légèrement, je me relevai difficilement, avant de passer à sa droite pour rejoindre les escaliers en marbre qui se situaient au fond du couloir.

- Je te donne une journée pour me donner ta réponse. Au-delà, le deal ne tiendra plus.

Je tournai les talons, m'éclipsant du palais. Le conseil suprême ne va pas tarder à devenir un pion avec lequel je pourrais me débarrasser du culte suprême, créant une discorde irréparable entre les deux instances.

Comment ? À travers le fils, je peux atteindre le père. Il ne laissera pas son cher fils être condamné à mort, ce que je compte faire une fois que j'aurais de quoi prouver l'alliance de Julius avec Flora Hélis, et par extension, avec le second monde humain.

Le président du conseil suprême, souhaitant sauver son fils, se pliera à chacune de mes volontés, ne devenant plus qu'une simple marionette dont je tirerais les fils en coulisse.

À présent, il ne me reste plus qu'un dernier endroit à visiter.

NDA : Alors, ce chapitre ? Le prochain chapitre sera lourd en révélation, un élément de taille va être dévoilé. Je pense que certains s'en doutent déjà, néanmoins, vis-à-vis de notre chère protagoniste, c'est un véritable tournant que le prochain chapitre va marquer.

PS : Le prochain chapitre sera depuis le POV de Nayra !

CPSIA information can be obtained
at www.ICGtesting.com
Printed in the USA
LVHW050043260123
737950LV00015B/920

9 781837 619887